Knaur

Von Gilbert Sinoué sind außerdem erschienen:

Der blaue Stein
Die schöne Sheherazade
Die Straße nach Isfahan
Purpur und Olivenzweig
Tochter Ägyptens

Über den Autor:

Gilbert Sinoué hat bereits zahlreiche Romane veröffentlicht, darunter den erfolgreichen Titel »Die Straße nach Isfahan« und »Der blaue Stein«, für den er 1996 den Prix des Libraires, den begehrtesten und populärsten Buchhändlerpreis Frankreichs, erhielt.

Gilbert Sinoué

Das Geheimnis von Flandern

Roman

Aus dem Französischen von
Ralf Stamm

Knaur

Die französische Originalausgabe erschien unter dem Titel
»L'enfant de Bruges« bei Gallimard, Paris.

Vollständige Taschenbuchausgabe 2002
Droemersche Verlagsanstalt Th. Knaur Nachf., München

Umschlaggestaltung: ZERO Werbeagentur, München
Umschlagabbildungen: AKG, Berlin
Satz: Ventura Publisher im Verlag
Druck und Bindung: Clausen & Bosse, Leck
Printed in Germany
ISBN 3-426-62249-1

2 4 5 3

Für alles,
was ich dir
nicht habe
sagen können

I

Florenz, Juni 1441

Die Hitze, die bereits seit dem Frühsommer in der Toskana herrschte, hatte noch zugenommen. Der Weg von der Piazza della Signoria zur Kirche Santa Maria del Fiore führte durch flimmernden Dunst. Selbst der Campanile wirkte in sich zusammengesunken, und das Grün und Rosa der Marmorverkleidung verschwammen in der Sonne zu einem einzigen, unbestimmten Farbton.

Mit schweißglänzender Stirn vor der Tür der San-Giovanni-Taufkapelle kniend, trug Lorenzo Ghiberti am Profil des Kain ein allerletztes Stückchen Blattgold auf.

Die Handführung des Dreiundsechzigjährigen zeigte keinerlei Schwäche. Die Bewegungen waren genauso sicher wie vor mehr als vierzig Jahren, als er gegen die bedeutendsten Künstler der Stadt zum Wettbewerb angetreten war. Es sollte ein Gegenstück zur ersten, siebzig Jahre früher von einem anderen Bildhauer, Andrea da Pontedera, geschaffenen Tür entworfen werden, wobei auch die Aufteilung in achtundzwanzig Bildfelder vorgegeben war. Das Ergebnis hatte die Erwartungen des Sachverständigenkomitees übertroffen. Ghiberti hatte den Wettbewerb gewonnen und damit das Vorrecht erworben, die zweite Bronzetür an der Taufkapelle auszuführen. Nach zwanzig Jahren hatte Lorenzo ein grandioses Werk übergeben, und ganz Florenz hatte sich vor seinem Genius verneigt.

Heute war ihm bewusst, dass sein eigentliches Meisterwerk, die Krönung eines Goldschmiede- und Bildhauerlebens, diese dritte

Tür sein würde, hier im Schatten von Santa Maria del Fiore. Siebzehn Jahre arbeitete er nun bereits daran, und er hatte nur noch den einen Wunsch, dass der Tod ihm den nötigen Aufschub für die Fertigstellung gewähren möge. Dabei hatte er bis zur Stunde, weiß Gott, eine außerordentliche Schöpferkraft bewiesen. Ganz ohne Prahlerei konnte er von sich sagen: »In unserem Land ist Weniges von Bedeutung zu Stande gekommen, woran ich nicht Anteil gehabt hätte, ob nun mit dem Entwurf oder als Leiter der Arbeiten.«

Selbstverständlich fehlte es nicht an kritischen Stimmen. Widmete er sich doch der Wiederbelebung der Bronze, des in der Antike so sehr geschätzten Materials, das man zwischenzeitlich in der Gunst zurückgestuft und minderen Zwecken vorbehalten hatte. Und trug nicht in den Augen der Dummköpfe die gesamte Antike nach wie vor den Prägestempel des Heidnischen? Der Faltenwurf seines *Heiligen Mathias* hatte ihm mancherlei verletzende Bemerkungen eingetragen. Auch die hier an der Tür skulptierten Figuren hatten bestimmte Leute veranlasst, wie verschreckte Jungfern aufzuschreien, und das einzig deswegen, weil er bei der Anordnung dieser Figuren auf Gleichgewicht und Symmetrie geachtet und damit an antike Kompositionsprinzipien erinnert hatte.

Wie nur konnte man die erstarrten Geister davon überzeugen, dass alle Quellen des Wissens im alten Rom, in Griechenland lagen, dass nichts Blasphemisches der Absicht innewohnte, die weltlichen Bildwerke auszugraben und den Texten eines Plinius, eines Plato, eines Apuleius oder eines Seneca wieder Geltung zu verschaffen? Wie nur sollte man erklären, dass die Zeit gekommen war, die Sprache der Bildhauerei zu erneuern, dem zugleich manierierten und plumpen Ausdrucksprinzip, das bis jetzt vorgeherrscht hatte, ein Ende zu bereiten?

Lorenzo überprüfte ein letztes Mal Kains Gesicht. Befriedigt gab er seinen *discepoli*, den Gehilfen, das Zeichen für eine allgemeine Pause. Er sah ihnen nach, wie sie auf dem Domplatz umherschlenderten, und in merkwürdiger Gedankenverkettung fiel ihm der staunenswerte Gegenstand wieder ein, den er am Abend zuvor, bei seinem Freund Michelozzo speisend, entdeckt hatte: ein Astrolabium, auch »Sternenfasser« genannt, mit dem man den Stand eines Gestirns bestimmen konnte. Lorenzos Brust weitete sich in ruhiger Zuversicht. Die jungen Leute, die gerade in die Straßen von Florenz ausschwärmten, würden ihrerseits »Sternenfasser« sein – sie würden nach jenen Sternen greifen, die man erloschen geglaubt hatte und die doch im Verborgenen immer weiter gefunkelt hatten.

Er wischte sich den kahlen Schädel ab und machte sich in straffer Haltung auf den Weg zur Taverna del Orso.

»Signor Ghiberti!«

Ein Junge, der fünfzehn Jahre alt sein mochte, kam mit eiligen Schritten auf ihn zu. Lorenzo kannte ihn nicht.

»Ihr seid doch Signor Ghiberti?«

Lorenzo nickte bestätigend.

»Maestro Donatello schickt mich.«

»Donato? Ich dachte, er sei in Lucca.«

»Er ist zurück. Ich soll Euch ausrichten, dass er Euch in seiner *bottega* erwartet.«

»Sehr schön! Sag ihm, es wird mir eine Freude sein, ihn aufzusuchen. Aber nicht, bevor ich zu Mittag gegessen habe.«

Der Junge stand im grellen Gegenlicht. Das war der Grund, warum Lorenzo nicht sogleich begriff, was sich nun ereignete.

Er wollte seinen Weg zur Taverne weitergehen, aber in diesem Moment schwankte der Junge und suchte Halt an seinem Arm. Ghiberti reagierte mit einer Geste irritierter Abwehr. Vertraulichkeiten dieser Art waren ihm verhasst, von jeher hatte er darin nur Mangel an Respekt gesehen. Er trat lebhaft einen Schritt zurück. Der andere verlor das Gleichgewicht, sackte zu Boden, und seine Stirn schlug dumpf auf dem Pflaster auf. Verblüfft hielt Lorenzo inne, einen Moment wusste er nicht, wie er sich verhalten sollte. Schließlich entschloss er sich, dem jungen Mann beim Aufstehen behilflich zu sein. Er bückte sich, und erst jetzt entdeckte er zwischen den Schulterblättern den Dolch. Lichtsprü-

hend ragte er senkrecht nach oben. Schon bildete sich um die tief eingedrungene Klinge ein kreisrunder Blutfleck. Ghiberti war erbleicht, sein panischer Blick erhaschte am Ende des Platzes gerade noch eine Gestalt, die zum Arno hin entfloh. Wer, um Himmels willen, war dieser Wahnsinnige?
Ein Kreis von Neugierigen hatte sich gebildet, jemand kniete nieder, Ghiberti sah ihn wie durch Nebel. Der Mann, wahrscheinlich ein Apotheker, untersuchte die Wunde, betastete den Hals und setzte eine betrübte Miene auf:
»E morto ...«
Dann richtete er einen ernsten Blick auf den Goldschmied und sagte: »Ihr habt großes Glück gehabt, Signor Ghiberti.«
»Wie das? Was meint Ihr damit?«
»Ich habe das Geschehen beobachtet: Auf Euch hatte man es abgesehen. Nicht auf ihn hier.«

Brügge, am gleichen Tag

Ein Geruch von kochend heißem Öl verpestete das Haus. Der leichte Wind trug ihn vom Gärtchen hinein, er drang in jeden Winkel und setzte sich in den Nasenlöchern fest, ranzig und beißend zugleich.
Den hölzernen Eimer in der Hand, das geplättete Kopftuch unterm Kinn zusammengebunden, so stürzte die Magd auf Jan los und schimpfte: »Nie werde ich mich an diesen Gestank gewöhnen!« Der Knabe, der neben einem seltsamen, an einen Kochkessel erinnernden Gerät stand, legte den ganzen Hochmut seiner dreizehn Jahre in die Antwort:
»Ich genauso wenig, stell dir vor! Meinst du wirklich, es macht mir Spaß, diesen Qualm einzuatmen und mir die Finger mit dem klebrigen Zeug schmutzig zu machen?«
Sie schüttelte ungeduldig ihr Kleid aus wollenem Tuch. »Warum denn so viel Umstände, wenn's drum geht, ein ganz gewöhnli-

ches Bild zu malen? Wozu soll das gut sein, dass man Leinöl heiß macht?«
Jan schnappte nach Luft. »Gewöhnlich? Du findest das Werk von Meister Van Eyck gewöhnlich?«
»Mehr als gemalte Bilder sind es schließlich nicht. Sie mögen ja schön sein, aber das heißt noch nicht, dass man deswegen umkommen muss vor Gestank!«
»Dir wäre es wahrscheinlich lieber, der Meister würde Urin oder das Blut eines jungen Ziegenbocks verwenden?«
»Ekelhaft!«
»Nein, nicht ekelhaft, sondern wahr! Eine Methode, die die Alten anwandten, um ihre Pigmente zu binden. Habe ich gelesen.«
»Du bist mir einer! Seit der Meister dir das Lesen beigebracht hat, bildest du dir ein, dass alles Geschriebene das Evangelium ist.«
»Es stimmt trotzdem, mit deiner gütigen Erlaubnis. Ich habe sogar ein Rezept gefunden, das auf zerstoßenen Bienen, vermischt mit Kalk, beruht.«
»Abscheulich!«, schnaubte Katelina.
Jan musste unwillkürlich lächeln. Mochte sie zetern und drohen, ihre perlmuttzarten, fast rosigen Wangen, ihr Vollmondgesicht, ihre goldblonden, unter einem Tuch oder einer Samthaube verborgenen Haare verrieten doch immer die gleiche Gutmütigkeit. Wie hätte sie auch bei Jan andere Gefühle als unendliche Zärtlichkeit wecken können? Sie, die ihn abends zugedeckt, die Nächte hindurch bei ihm gewacht hatte, die allzeit bereit gewesen war, sich zum Schutzwall zwischen ihm und den Widrigkeiten der Welt aufzuwerfen. Dieses Gesicht musste einfach – da war er sich sicher – dem der Mutter ähneln, die er nicht gekannt hatte.
»Pass auf! Das Öl fängt an zu brennen!«
»Verflixt! Der Meister wird wütend sein.«
Jan war einen Schritt zurückgewichen. Jetzt wischte er die ölverschmierten Finger an seiner Kniehose ab, griff sich Streifen von altem Drillich und umwickelte sich hastig die Hände.

»Was machst du? Hast du den Verstand verloren?«
Ohne auf sie zu hören und ohne die hoch züngelnden Flammen zu beachten, ging er zu dem Kessel, packte den Tiegel mit dem rauchig siedenden Öl bei den Griffstielen und setzte ihn ohne weiteren Schaden auf dem Grasboden ab.
»Du bist verrückt! Du hättest dich verbrennen können.«
»Hätte sein können, stimmt.«
»Ich weiß, wie all das Teufelswerk noch enden wird!«
In festem Ton schloss sie: »Ich gehe jetzt sofort zu Meester Van Eyck und rede mit ihm darüber!«
Sie brauchte nicht weit zu gehen. Der Maler hatte soeben das Gärtchen betreten und näherte sich mit einem kleinen Napf in der Hand.
»Eines möchte ich Euch sagen«, hob Katelina in beinah schroffem Ton an. »Wenn Ihr unbedingt in der Hölle braten wollt, mit mir braucht Ihr als Begleitung nicht zu rechnen. Eines Tages werdet Ihr noch das Haus in Brand setzen!«
Van Eyck fing an zu lachen, als hätte sie etwas sehr Absurdes von sich gegeben. »Ach was, wer wird sich denn so aufregen. Im schlimmsten Fall werden es meine Werke sein, die verbrennen. *Mehr als gemalte Bilder sind es schließlich nicht* …«
Die Dienstmagd errötete. Ihre Lippen öffneten sich halb, aber kein Laut kam hervor. Schmollend schulterte sie den Holzeimer und entfernte sich in Richtung Haus.
»*Sic transit gloria mundi* …«, murmelte der Maler gelassen.
Er kniete im Gras nieder und begutachtete die Konsistenz des Öls.
»Lass es gut sein, Jan. Es scheint mir die richtige Dicke zu haben. Aber warten wir, bis der Rauch vergeht und es abkühlt.«
Der Knabe nickte, wobei er einen beunruhigten Blick auf Van Eyck warf. Nie hatte er ihn so sehr von Erschöpfung gezeichnet gesehen. Die dunklen Augenringe in dem sonnenverbrannten Gesicht verrieten noch die Strapazen der Reise nach Portugal. Selbst die Wangenfurchen und die Höhlungen direkt unter dem Wangenknochen wirkten ausgeprägter als sonst. Wahrscheinlich

war es so, dass mit Sechzig bei einem Mann die Widerstandskraft dann doch nachließ, und unwillkürlich krampfte sich bei diesem Gedanken Jans Herz zusammen.
Das Altern sieht man bei geliebten Menschen nicht, und vor diesem Augenblick hatte er nie etwas bemerkt, weder den verlangsamten Schritt, noch das weniger verlässliche Gedächtnis, noch die tiefer eingegrabenen Linien des Gesichts. Ohne Vergangenheit, außerhalb der Zeit, so stehen sie uns vor Augen, diese Menschen. Sie waren das Erste, was unser Blick fasste, und deswegen sind sie ewig. Weder Katelina noch Van Eyck konnten sterben.
»Weil ich gerade daran denke, bist du mit dem Manuskript zu Rande gekommen, das ich dir vor meiner Abreise zum Lesen anvertraut habe?«
»Die *Schœdula* …? Nur ziemlich mühsam, muss ich gestehen.«
»Was bedeutet, dass dein Latein noch zu wünschen übrig lässt, denn die Sprache des Mönchs Theophilus ist ganz besonders durchsichtig. Mein Unterricht hätte aus dir einen befähigten Lateiner machen sollen. Da bin ich offenbar gescheitert.«
»Aber nein«, protestierte Jan. »Ich habe mir nur schwer getan, bestimmte Erklärungen zu verstehen. Dieser Theophilus ist …«
»Wir kommen darauf zurück«, unterbrach ihn der Maler. »Ich glaube, wir können jetzt anfangen.«
Langsam goss er in den Tiegel den Inhalt des mitgebrachten Näpfchens: Harzöl.
Der Junge wunderte sich. Zum ersten Mal verwendete der Maler diese Mischung.
»Du wirst schon sehen. Das ist viel besser so. Der flüchtige Anteil wird rasch verdunsten, und auf dem Bild wird nur der dünne Film gekochten Öls zurückbleiben. Außerdem ist mir aufgefallen, dass die Kombination der beiden Bindemittel auf der Maltafel stabil bleibt, während das gekochte Leinöl allein zum Verfließen neigt.«
Aha, dachte Jan. Der Meister würde ihn immer neu überraschen. Man brauchte sich nur den merkwürdigen Kessel anzuschauen, den er erdacht hatte, um sein Leinöl im Freien zu erhitzen.

Ein bizarres Gerät aus so verschiedenen Einzelteilen, dass es an einen dicken schwarzen Maikäfer erinnerte. Welch erstaunlicher Mann! Wenn man es recht bedachte, dann hatte das Alter keinerlei Bedeutung, Van Eycks schöpferischer Genius sorgte dafür, dass er innerlich jung blieb. Jedes Mal, wenn er ein Bild malte, wurde er wieder geboren, und in diesem Prozess schenkte er Leben. Unter seinen Händen verwandelten sich banale Leinwandflächen, einfache Nussholztafeln in zerstäubte Sonnen. Gestalten und Formen entstanden aus dem Nichts, erinnerten an jene Stelle der Bibel, die der Maler ihm vorgelesen hatte und wo geschrieben stand, dass Gott den Menschen aus ein wenig Lehm geformt hatte.
»Lassen wir jetzt die Mischung zur Ruhe kommen, und gehen wir ins Haus. Ich möchte den Malgrund sehen, den du vorbereitet hast.«

Die nach Süden gelegene Werkstatt war von hellstem Licht erfüllt. Ein hartnäckiger Geruch nach Drachenblutharz und Venezianer Terpentin schwebte im Raum. Auf einem langen Holztisch fanden sich sorgfältig aufgereiht Näpfchen, Pinsel, Pigmentkästchen sowie, etwas abgerückt davon, eine marmorne Farbreibeplatte, auf der ein Läufer aus Porphyr wie der König auf dem Schachbrett thronte. Zur Rechten erblickte man eine eindrucksvolle Tür aus massivem Eichenholz, deren solides Schloss einen Märchenschatz hätte behüten können.
Jan bückte sich nach einer am Tischbein abgestellten Holztafel und übergab sie Van Eyck. Dieser warf einen prüfenden Blick auf die weißliche Schicht der Oberfläche und verzog das Gesicht.
»Dein Gips ist weder ausreichend gesiebt noch ausreichend gereinigt worden. Wie lange hast du gewartet, bevor du ihn auf der Tafel aufgetragen hast?«
Der Knabe zögerte. »Eine Woche ungefähr.«
»Das ist ein Fehler. Wenigstens einen Monat lang hättest du ihn in seinem Mörser sich setzen lassen und dabei das Wasser jeden Tag erneuern müssen.«

Er ergriff eine Leinwand und hielt sie Jan vor Augen.
»Das hier nenne ich eine gelungene Grundierung! Der Gips ist geschliffen glatt, er fühlt sich an wie Elfenbein. Wie willst du denn mit leichter Hand auf einem körnigen Grund zeichnen? Nichts darf die Bewegung deiner Hand hemmen. Erinnere dich an das, was Alberti sagt: ›In der Hand des Künstlers sollte sich sogar ein Meißel in einen Pinsel verwandeln, einen Pinsel, der frei wie ein Vogel dahinfliegt.‹«
Der Meister beließ es nicht bei Worten, sondern stellte die grundierte Leinwand auf eine Staffelei und griff nach einem Stück Reißkohle. In ein paar Strichen entstand das Oval des Gesichts, dann die Augen, die Nase, der Mund, die Mundwinkel.
Jan wollte es zuerst nicht glauben, doch dann rief er: »Aber das bin ja ich!«
»Du bist es, in der Tat.«
Während er sich daran machte, die Gesichtszüge zu schattieren, gab Van Eyck Erläuterungen: »Stelle dich, wenn du zeichnest, stets in ein gemäßigtes Licht, die Sonne soll dabei von links einfallen. Das Ideal wäre eigentlich, dass man die Zeichnung für ein paar Tage stehen lässt und vergisst, um nachher mit einer neutralen Vorstellung von dem Bild zurückzukommen. Du retuschierst dann dort, wo es dir nötig erscheint, und betonst die Umrisslinien. Aber heute werden wir eine Ausnahme machen.«
Er nahm einen kleinen Napf und stellte zuerst eine ausgeklügelte Mischung von Gelbem Ocker, Schwarz und Veroneser Grün her, nahm dieses Farbmaterial mit der Pinselspitze auf und versah seine Zeichnung mit stufigen Grautönen, wobei er die hellen Partien allein mittels des durchscheinenden Untergrunds erzeugte. Er ging vom Bildhintergrund aus, ließ die Hand immer mehr der Bildmitte zustreben und tat dies alles mit phänomenaler Meisterschaft. Sobald die Skizze fertig war, trat er einen Schritt zurück, und seine Miene zeigte Zufriedenheit.
»Das ist ja bereits wundervoll!«, rief Jan entzückt.
»Das Modell oder das Bild?«, fragte Van Eyck scherzend. »Leider

können wir die Sache nicht vorantreiben. Dieser erste Entwurf muss vollkommen trocken sein, bevor man ein paar lebhafte Töne darauf setzen kann. Später, wenn dein Meisterwerk einmal fertig ist, musst du noch dafür sorgen, dass der Zahn der Zeit es nicht annagen kann. Komm jetzt mit.«

Er tat einen halben Schritt in Richtung Eichentür, hielt aber verstimmt inne. »Ich habe den Schlüssel in meinem Beuteltäschchen gelassen. Hast du zufällig den zweiten Schlüssel bei dir?«

»Natürlich. Ihr wisst doch, dass ich ihn niemals aus der Hand gebe.«

Jan kramte hastig in dem kleinen Beutel, der an seinem Gürtel hing, und zog einen im Licht schimmernden Schlüssel hervor. Er steckte ihn ins Schloss und stemmte sich gegen die Tür, woraufhin diese sich langsam in den Angeln drehte.

Es war Van Eycks Allerheiligstes. Seine »Kathedrale«, so hatte er den Raum genannt. Man fand hier allerlei unerwartete Gegenstände, unter anderem einen eine Elle hohen Schmelzofen aus drei Finger dickem Ton, der in der Mitte mit einem viereckigen Glasfensterchen versehen war. Auf einem Tisch aus Nussbaumholz standen Retorten, ein dicker Destillierkolben, ein Athanor, und in den Gefäßen ruhten merkwürdige grauweiße Flüssigkeiten, aschfarbene, mit gelben und schwärzlichen Flecken gesprenkelte Substanzen, die einen intensiven Moschusgeruch verströmten. Wäre ein Fremder an diesen Ort vorgedrungen, er hätte womöglich den Maler verdächtigt, mit irgendeinem teuflischen Nachtmahr Umgang zu pflegen.

Jan erinnerte sich an den Tag, als er das erste Mal die Ehre gehabt hatte, diesen Raum zu betreten, und an Van Eycks seltsame Antwort auf sein verwirrtes Staunen. Mit geheimnisvoller Miene und dem Zeigefinger vor den Lippen hatte der Maler geflüstert: »Kleiner, man muss zu schweigen wissen, vor allem, wenn man weiß.« Mit diesem sibyllinischen Satz hatte Jan sich zufrieden geben müssen.

Die gesamte Rückwand war mit Regalen zugestellt, worauf zahllose Folianten mit rätselhaften Titeln standen. Da gab es beispielsweise die *Tabula Smaragdina* oder das *Speculum Alchimiae* von einem gewissen Roger Bacon; dazwischen standen aber auch Traktate über die Malerei, die Jan gut kannte, sei es die *Schœdula Diversarum Artium* des Mönchs Theophilus, sei es *De pictura,* verfasst von dem Toskaner Leon Battista Alberti, oder sei es schließlich Cennino Cenninis *Libro dell'arte*, ein laut Van Eyck äußerst seltenes Exemplar. Man fand jedoch auch – beredte Zeugnisse für einen umfassend neugierigen Geist – Bücher über Goldschmiedekunst, Bildhauerei, Kunsttischlerei und sogar über Stickerei. Gleich würde die »Kathedrale« wieder verriegelt sein, dann, wenn die Besucher oder die Modelle des Malers eintreffen würden. Zugang würde niemand erhalten – unter keinem Vorwand.

Van Eyck ging zu dem Tisch und wies den Knaben zuerst auf ein Gefäß mit einer zähen, lauen Flüssigkeit hin und danach auf ein anderes Gefäß mit einer nach Moschus riechenden Essenz.

»Alles ist eine Frage des Gleichgewichts. Fügst du deinem Öl nicht das richtige Quantum bei, dann missrät dir der Firnis. Und ein missratener Firnis ist das Todesurteil für ein Gemälde. Erinnerst du dich an das Missgeschick, das mir vor einigen Jahren zugestoßen ist?«

»Wie könnte ich es vergessen? Euer Zorn war an jenem Tag so heftig, dass Katelina und ich geglaubt haben, Ihr würdet gleich alle Eure Gemälde ins Feuer werfen.«

Jan sah die Szene so genau vor sich, als hätte sie sich erst am Vortag abgespielt. Es war ein Tag im August gewesen. Die Sonne flammte wie selten über Brügge. Das hatte der Meister genutzt, um sein jüngstes Bild (ein Porträt von Margaret, seiner Frau) im Freien trocknen zu lassen. Am Ende des Tages hatte sich die Holztafel in der Mitte gespalten. Van Eyck hatte geschworen, dass ihm eine solche Katastrophe nie wieder passieren würde, müsste er auch Tag und Nacht nach einer Lösung suchen.

»Jan!«

Die Stimme des Malers holte ihn in die Wirklichkeit zurück.
»Schau zu, wie ein Firnis aufgetragen wird.«
Er nahm ein Gemälde und legte es flach auf den Tisch. Das Werk hatte Jan seit jeher verwirrt. Es zeigte ein dunkelhaariges Mädchen: siebzehn Jahre, kaum älter, ein makelloses Madonnengesicht, die Augen mit fast schwarzer Iris. Halb entblößt stand sie neben einer Truhe mit einem Messingbecken darauf, mit der hohlen rechten Hand schien sie ein wenig Wasser geschöpft zu haben. Ein weißes Tuch bedeckte teilweise ihre Nacktheit. An ihrer Seite hielt eine junge Frau in rotem Kleid und mit weißer Haube einen großen, birnenförmigen Glasflakon. Im Vordergrund lag ein schlafender Hund. Es handelte sich um ein Zimmer mit großem Fenster, davor war ein gewölbter Spiegel aufgehängt, worin die beiden Figuren zu erkennen waren. Gemäß jener Kunst der Künste, wie sie Van Eyck vor anderen auszeichnete, waren sämtliche hellen Partien auf bewundernswerte Weise in glatten und durchscheinenden Schichten ausgeführt.
»Dieses Bild ist etwa fünfzehn Jahre alt. Ich habe es stets für unvollkommen gehalten, was erklären mag, warum ich so lange gezögert habe, es mit dem Firnis zu versehen.«
Fasziniert sah der Junge zu, wie des Meisters Hand in kleinen, kreisenden Bewegungen die Komposition entlangwanderte, wie er sanft die Linien nachfuhr, äußerst behutsam und beinah zärtlich die Hüften, die kleinen, hohen Brüste, die Schenkel bestrich, als schmiegten die Finger sich den Rundungen an und als drängen sie ein in das Fleisch. Er hielt nicht inne, bis er der Meinung war, die Firnisschicht sei nun vollkommen glatt und gleichmäßig aufgetragen.
»So, das reicht ... Jetzt wird das Bild bis in alle Ewigkeit Bestand haben. Ich möchte ...«
Er verstummte. Katelina stand plötzlich in der Malerwerkstatt.
»Verzeiht mir, aber draußen wartet der Herr Petrus Christus und möchte Euch sprechen.«
»Petrus? Ich komme sofort.«

Er wandte sich zu dem Knaben. »Komm, gehen wir hinaus.« Jan verschloss sorgsam die Tür der »Kathedrale« und fragte: »Soll ich, bis Ihr zurückkommt, die Werkstatt aufräumen?«
»Nein. Übe dich lieber im Zeichnen.« Er wies auf das Porträt des Knaben. »Zeichne es nach. Ich erwarte, dass du dich des Modells würdig erweist!«

II

Jan ergriff das Bild und hielt es wie einen Spiegel vor sich. Wer verbarg sich hinter dieser Porträtskizze? Ein dreizehnjähriger Knabe von dunklem Hauttyp, mit einem eher runden, von pechschwarzen Haaren gerahmten Gesicht, mit großen, ebenfalls tiefdunklen Mandelaugen. All diese Züge unterschieden ihn von Van Eycks beiden Kindern, deren Haut so rosig war wie Weißdornblüten. Woher kam er? Van Eyck hatte ihn eines Morgens vor seiner Haustür entdeckt, wo er, kaum ein paar Stunden alt, quäkend in einem geflochtenen Körbchen lag. Sofort hatte der Maler sich bemüht, jemanden zu finden, der den Säugling hätte identifizieren können. Eine Mutter, einen Vater. Vergebens. Das Kind war, weiß der Kuckuck, vom Himmel oder vom Belfried gefallen. Der Meister – er war noch unverheiratet – hatte schließlich keinen Ausweg gesehen, als das Kind bei sich zu behalten. Er hatte es mit dem eigenen Vornamen ausstaffiert (wahrscheinlich aus Mangel an Fantasie), und Katelina, die im äußersten Norden geborene dralle Friesin, hatte es übernommen, den Jungen aufzuziehen.

Kaum war er in der Lage gewesen, der Sprache der Erwachsenen zu folgen, hatte man ihm vom Rätsel seiner Abkunft erzählt. Nur das Wort »Aussetzung« hatte er behalten, und dieses Wort grollte immer noch dumpf in seinem Kopf wie der Trommelwirbel bei der Heiligblutprozession. Um ihn zu trösten, hatte Van Eyck ihm oftmals die Geschichte von Moses erzählt, der in einer schwimmenden Wiege auf dem Nil ausgesetzt worden war und dem ein grandioses Schicksal bestimmt gewesen war. Aber Jan hatte nur sehr begrenzte Lust auf ein grandioses Schicksal, und der Zwin,

die weite Flussmündung, die Brügge mit dem Meer verband, war auch nicht der Nil.
Fortan hatte er Van Eyck mit »Minheer« oder »Meester« angeredet, und das Gefühl schmerzlicher Entbehrung sollte ihn nie mehr ganz verlassen. Später, als Jan ins fünfte Lebensjahr kam, nahm Van Eyck Fräulein Margaret Van Huitfange zur Ehefrau. Kaum hatte man ihn mit der jungen Frau (sie war zwanzig Jahre jünger als der Maler) bekannt gemacht, da wusste Jan, dass das Leben von nun an weniger glücklich sein würde. Womit er Recht behalten hatte. Sie mochte ihn von Anfang an nicht. Die Geburt des ersten Kindes, Philipp, verschlimmerte das ungute Verhältnis und zwang ihn, das Zimmer, das er die ganze Zeit bewohnt hatte, gegen die Mansarde einzutauschen. Inzwischen spürte er überall nur noch den Gegensatz zu der unberechenbaren Frau, die stürmischer und übellauniger sein konnte als die Nordsee.
Wohl hatte Jan in der ersten Zeit gelitten, sehr schnell aber hatte er sich innerlich hinter uneinnehmbaren Mauern verschanzt. Weder Kränkungen noch ungerechte Behandlung, noch schroffe Zurückweisung vermochten ihm jetzt etwas anzuhaben. Sein Panzer hielt, zumal Van Eyck ihn auf seine Weise unterstützte. Unaufhörlich bekundete er ihm seine Zuneigung. Manchmal – und das wollte einiges heißen – erweckte er sogar den Eindruck, dass er ihn seinen leiblichen Söhnen vorzog. Jan, nicht Philippe, arbeitete an der Seite des Meisters und durfte die Geheimnisse seiner Kunst mit ihm teilen. Van Eyck hatte sich dafür entschieden, ihm selbst das Lesen und Schreiben sowie Latein, die Sprache der Gelehrten, beizubringen, statt ihn auf die Salvatorschule oder auf die St.-Donatian-Schule zu schicken. Hundert Mal hätte er ihn loswerden können, indem er ihn einfach der Stadt überantwortete, was bedeutet hätte, dass er wie andere ausgesetzte Kinder auf einem Karren durch die Straßen gezogen worden wäre, auf dass sich eine mitleidige Seele seiner annehme. Aber nie und nimmer war der Meister, da war Jan sich ganz sicher, auf eine derartige Idee gekommen.

Er mochte es, wie der Meister sich bewegte, wie er ihm flüchtig über die Haare strich. Wenn er ihm etwas hätte vorwerfen wollen, dann allenfalls seine allzu große Zurückhaltung. Mehr als einmal hatte er spontan den Wunsch empfunden, sich an Van Eyck zu schmiegen, reglos in der Geborgenheit seiner Arme zu verharren. Aber irgendetwas, was er nicht näher bestimmen konnte, hinderte ihn daran. Eines Abends bei der Mahlzeit war der Maler auf die Menschen des Südens und die des Nordens zu sprechen gekommen und auf den großen Gegensatz in ihrer Art, Zuneigung auszudrücken. Erstere, so hatte er doziert, sind wie Ströme, deren Bett abwechselnd überläuft und austrocknet, während die Nordmenschen wie schmalere Flüsse sind, aber Flüsse, die dauerhaft fließen und dauerhaft Fruchtbarkeit bringen. Van Eyck war vermutlich ein solcher Fluss.

Wie jeder Lehrling verrichtete Jan die niedersten und bescheidensten Arbeiten: Fegen der Werkstatt, Putzen des Bodens, Überwachen des Firnis- und Leimkochens und vor allem das Herstellen der Pinsel – eine üble Plackerei. Als erstes musste er mit besonderer Sorgfalt die Borsten aussuchen, musste sich vergewissern, dass sie von einem Hausschwein stammten, wobei Van Eyck der hellen Rasse vor der schwarzen den Vorzug gab. Danach galt es, die Spitzen zuzuschneiden und schließlich mittels eines leimbestrichenen Bändchens das Bündeln zu besorgen.

Lieber befasste er sich, wenn er recht überlegte, mit den Eichhörnchenschwänzen, obwohl die Arbeit, die darin bestand, dass die Haare zu Büscheln verschiedener Dicke zusammengefasst wurden, welche alsdann in entsprechend vorgeschnittene Gänse- oder Taubenfederkiele einzufügen waren, kaum erfreulicher war.

Auch Farben mit Hilfe einer aus Porphyr gefertigten Drehrolle anzureiben war alles andere als ein Vergnügen. Das Pulverisieren, wobei Brunnenwasser oder gekochtes Öl zugegossen wurde, hielt einen stundenlang beschäftigt und erforderte Engelsgeduld. Jan erinnerte sich, einen ganzen Tag damit zugebracht zu

haben, zwei Pfund Krapplack in Farbpulver zu verwandeln! Darüber hinaus musste man erhebliche Vorsichtsmaßnahmen beachten. Zu viel Öl konnte das Pigment gelb verfärben, was besonders für das Anreiben von Bleiweiß zutraf. Verunreinigungen waren eine weitere Gefahr, zumal wenn zu viel Farbmasse der Luft ausgesetzt wurde. Flinke Arbeit und Augenmaß waren gefragt, und genügend flüssig musste die Zusammensetzung gehalten werden, damit sie nicht zäh auf dem Stein klebte. Wenn all das bewerkstelligt war, musste man die Farben nur noch in kleine Zinn- oder Glasgefäße abfüllen, die es in einer Kassette zu verwahren galt, sonst waren sie nicht staubgeschützt.
Aber bald schon, in ein paar Monaten, würde der Horizont sich lichten. Vom Lehrling würde Jan zum Gesellen aufsteigen. Dreizehn Jahre lang – denn so lange dauerte die allen jungen Malern auferlegte eigentliche Lehrzeit – würde Van Eyck ihm Sinn und Gesetz der Farbtöne nahe bringen und ihn in die Kunst der Künste, die dem gewöhnlichen Menschen ein Buch mit sieben Siegeln blieb, einweihen. Das war der Königsweg, wollte man eines Tages das »Meisterstück« zu Wege bringen, die unumgängliche Prüfung, wenn man nach dem höchsten Titel eines Meisters strebte. Danach, wer weiß, kam der Ruhm, die allgemeine Anerkennung. Aber wollte er das überhaupt? Das war die Frage.

»Petrus, mein Freund! Welche Freude, dich wieder zu sehen!«
Petrus Christus erhob sich von der Bank, auf der er Platz genommen hatte, und streckte dem Hausherrn herzlich die Hand entgegen. Die langgliedrige, fast ätherisch schlanke, aber muntere Gestalt in der Kurzjacke aus blauem Taft war der verkörperte Gegensatz zu dem vom Alter ein wenig gebeugten, eine gefältelte Kappe tragenden Van Eyck mit seiner Aura von Redlichkeit und Reife. Christus war nicht sein wirklicher Name, seine Umgebung hatte ihn so genannt, weil er als Heranwachsender erstaunliche Gewandtheit im Malen von *Christusbeeld* gezeigt hatte. Heute, mit sechsundzwanzig, stand er am Beginn seines Aufstiegs, und seine ersten Werke ließen auf echtes Talent schließen.

»Setz dich doch. Du trinkst sicher einen Becher Wein?«
»Nein, vielen Dank. Es wäre schnell um meine Verstandesklarheit geschehen, und das würde unser Wiedersehen trüben. Ich bin völlig erschöpft.«
»Ich nehme an, du kommst aus Baerle? Der Weg ist allerdings lang. Reisen in Flandern ist mir stets endlos vorgekommen, egal, wie groß die Entfernung war. Schlamm im Winter und Staub im Sommer, Nebel, peitschender Regen und wütender Wind, alles scheint sich verschworen zu haben, damit nur ja die Zeit nicht vergeht.«
Petrus nickte bedächtig.
»Dann bestehe ich aber darauf«, fuhr Van Eyck fort, »dass du zum Abendessen bleibst.«
»Dem Ansinnen komme ich gerne nach. Wie geht es Margaret? Und wie den Kindern?«
»Die Kleinen wachsen und gedeihen, und meine Frau wird immer besser. Allerdings müsste ich eine Sache gestehen ...« In halbernstem Flüsterton sagte er: »Philipp hin, Pieter her, am Ende ist doch mein Adoptivsohn Jan der in jeder Hinsicht Begabteste. Allerdings ist Pieter noch keine fünf Jahre alt. Reden wir nun lieber von dir. Wie kommt es, dass du in Brügge weilst?«
»Ein Bote des Herzogs von Burgund hat mich aufgefordert, mich im Prinsenhof vorzustellen. Ich denke, dass diese Ladung mit einem Gesuch zu tun hat, das ich vergangenen Herbst eingereicht hatte. Nun hoffe ich auf einen erfreulichen Fortgang der Sache.«
Eine gewisse Verlegenheit erschien auf seinen Zügen, dann fuhr er fort: »Es sind harte Zeiten für uns Maler. Besonders für die, zu denen ich gehöre, solche, die noch nicht aus dem Schatten hervorgetreten sind. Von der Malerei zu leben ist schon für einen allein stehenden Mann keine leichte Sache, aber es wird ein Albtraum daraus, wenn dieser Mann für eine Familie Verantwortung trägt. Ich will hoffen, dass der Herzog die Güte haben wird, mir Protektion zu gewähren.«
»Deine Lage verstehe ich nur allzu gut. Ich gebe es zu, ich habe das große Glück gehabt, dass sich die hohen Herren hier in Flan-

dern mir gewogen gezeigt haben. Früher am Binnenhof in Den Haag, als ich die Protektion Johanns von Bayern genoss, heute, wo ich seit nunmehr fast fünfzehn Jahren als Junker im Dienst des Herzogs Philipp stehe. Er wird dir seine Unterstützung nicht verweigern. Seine Großherzigkeit und vor allem seine echte Liebe zu allem, was mit der Kunst zu tun hat, sind allgemein bekannt. Trotzdem, du wirst sicher wissen, dass er nicht in Brügge weilt und erst in etwa zehn Tagen zurückerwartet wird.«

»Die Neuigkeit habe ich bei meiner Ankunft hier erfahren, leider. Aber ich werde warten. Mir bleibt kaum etwas anderes übrig.«

»Hast du denn eine Bleibe? Wenn nicht …«

»Keine Sorge, ich habe einen Freund in Brügge, der mich liebenswürdigerweise beherbergt. Vielleicht habt Ihr von ihm gehört. Er heißt Laurens Coster.«

»Der Name ist mir in der Tat nicht unbekannt. Kann es sein, dass er nicht Flame, sondern Holländer ist?«

»Ja. Er stammt aus Harlem und hat gerade ein Haus in Brügge gemietet.«

»Wenn ich es recht verstanden habe, dann interessiert er sich für das, was manche als ›Kunst des künstlichen Schreibens‹ bezeichnen.«

»Es ist mehr als nur Interesse, er ist besessen davon! Seit Jahren schon beschäftigt er sich mit der Vervielfältigung von Texten durch Drucken und mit der Verwendung von beweglichen Lettern. Er ist außerdem überzeugt, dass die Zukunft des Geschriebenen jenem neuen Material gehört, das ursprünglich aus dem fernen Cathay stammt und das, wie es heißt, von den Arabern weiter entwickelt wurde: ich spreche vom Papier.«

»Das ist ein hochinteressantes Thema. Ich war immer schon der Meinung, dass der Tafeldruck inzwischen überholt ist. Die Lösung für alle Probleme, die sich damit stellen, bleibt allerdings zu finden. Und an Problemen mangelt es nicht.«

»Gar keine Frage. Aber ich zweifle überhaupt nicht daran, dass Laurens Erfolg haben wird.«

»Und du? An welchen Vorhaben arbeitest du?«

Unentschlossenheit trübte einen Moment Petrus' Blick.
»Nichts, worüber sich bereits zu sprechen lohnte. Ich suche. Suche *mich*. Und dabei bin ich manchmal zutiefst niedergeschlagen und dann wieder himmelhoch jauchzend. Aber ist das nicht das Los eines jeden Malers, der noch am Anfang steht?«
»Egal, ob Anfänger oder anerkannter Vertreter seines Fachs! Ich kenne sie, die Stunden, in denen Ängste die Seele zernagen, in denen wir an allem und jedem zweifeln. Es ist eine undefinierbare Krankheit, die keiner verstehen kann, der nicht selbst ihr Opfer gewesen ist. Wenn ich daran denke, dass es neunmalkluge Geister gibt, die überzeugt sind, ein Künstler liefere nichts von sich selbst in seiner Schöpfung und sei völlig losgelöst davon. Und dieser Abstand verbiete es ihm geradezu, zu leiden! Der einzige Rat, den ich dir vielleicht geben könnte, lautet: Mache immer weiter, arbeite verbissen, kämpfe unermüdlich. Nur um diesen Preis wirst du das absolute Meisterwerk zu Stande bringen.«
Christus konnte die Richtigkeit des Gesagten nur anerkennen. Selbst wenn er die Versuchung gespürt hätte, darüber eine Debatte anzufangen, er hätte verzichtet, nicht nur wegen ihres Altersunterschieds, sondern vor allem, weil er Van Eyck verehrte. Er war unzweifelhaft der Größte, der »König der Maler«, wie der Graf von Flandern ihn genannt hatte. Dennoch hatte Petrus nie an seiner Seite gearbeitet. Alles, was er in der Malerei gelernt hatte, verdankte er seinem Vater Pieter. Es hatte erst dazu kommen müssen, dass er – vier Jahre war es her – bei einem Notar seiner Heimatstadt Baerle ein Gemälde von Van Eyck entdeckte. Und das war eine Offenbarung gewesen. Von da an hatte er ungeduldig auf eine Begegnung mit dem Maler gehofft. Endlich war es dazu gekommen, dank eines befreundeten Schöffen, der in Brügge lebte. Das war vor ungefähr einem Jahr gewesen. Welch grandioser Tag! Inzwischen versäumte er keine Gelegenheit, ihm seine Aufwartung zu machen und sich von seinem Genius inspirieren zu lassen. Es war Petrus klar, dass Van Eyck ihn mit seiner Malweise prägte wie keiner, und sein großes Problem

war, wie er Abstand gewinnen konnte, um das Schlimmste zu vermeiden, was einem Künstler passieren konnte: dass er zum Nachahmer wurde.
Er wechselte das Thema und fragte: »Ich muss wieder an den Herzog denken. Ihr steht ihm wirklich sehr nah, nicht wahr? Ihr seid nicht nur sein Junker, sondern auch sein Hofmaler. Sein Lieblingsmaler.«
»Das Privileg habe ich, in der Tat. Das ist auch der Grund, warum vor sieben Jahren, als Margaret unserem ersten Kind das Leben schenkte, der Herzog uns spontan die unerhörte Ehre der Patenschaft erwiesen hat. Daher der Name Philipp. Warum die Frage?«
Petrus stieß einen Seufzer aus. »Darf ich es gestehen? Ich fühle ein wenig Neid, dass Ihr einen solchen Gönner kennt.«
Van Eyck deutete ein nachsichtiges Lächeln an. »Kopf hoch, Petrus. Schluss mit der Melancholie. Auch du wirst dieses glückliche Schicksal kennen lernen. Ich werde etwas dafür tun. Ich rede mit dem Herzog und setze mich für dich ein. Bist du nun zufrieden?!«
Er ließ dem anderen keine Zeit für eine Antwort, sondern erhob sich.
»Ich habe Hunger. Dieser Duft aus der Küche bringt mein Denken grausam durcheinander. Komm mit, folge mir.«
Er rief laut: »Jan, Philipp, Pieter! Zu Tisch!«
Im Speisezimmer roch es nach Kerbelsuppe und geschmolzenem Wachs. Obwohl man schon weit im Juni war, brannte im Kamin ein Torffeuer und warf gelblichen Flackerschein auf das Mobiliar. In gemessenem Abstand zueinander erblickte man eine Anrichte mit säulengeschmückten Ecken und eine hochbeinige, geschnitzte Kastentruhe. Die beiden Kinder hatten bereits Platz genommen. Jan kam als Letzter, grüßte sie mit einer Handbewegung, wobei er wusste, dass keine Reaktion erfolgen würde, und setzte sich rechts von Philipp, dem Älteren, auf seinen Stuhl. Der Siebenjährige war ein Junge mit bleichen Zügen, zu denen hohle Wangen gehörten, und schien in ewiger Träumerei befangen.

Was Pieter betraf, so war er das Ebenbild seiner Mutter: längliches Gesicht, braunes Haar, zusammengekniffene Lippen und ein fliehendes Kinn.
»Wir haben Hunger, Liebste!«, rief der Maler und griff zu einer Zinnkaraffe. »Seit mehr als zwei Wochen knurrt mir der Magen. Lissabon ist keine ordentliche Stadt für einen Flamen.«
Margaret Van Eyck erschien auf der Schwelle, die Hörnerhaube halb hinter einem dampfenden Kochtopf verborgen.
»Schau nur«, sagte sie und stellte den Topf mitten auf den Tisch. »Du wirst sehen, wie gut das schmeckt. Eine bessere Suppe ist mir noch nie gelungen.«
»Davon bin ich überzeugt.«
Sich zu Jan hinüberbeugend, fuhr der Maler fort: »Wir begeben uns übermorgen nach Gent. Und …«
»Nach Gent?«, unterbrach ihn Margaret, während sie sich setzte. »Solltest du nicht gleich nach der Rückkehr aus Lissabon mit dem Herzog zusammentreffen?«
»Genau das habe ich gerade Petrus erklärt. Der Herzog ist verreist. Es wird noch etliche Tage dauern, bis er zurückkommt.«
»Glaubst du, dass er dir die versprochene Zuwendung auszahlen wird? Fünfzig Livres sind keine Kleinigkeit!«
Van Eyck wandte sich Petrus zu:
»Frauen sind wahrhaft seltsam. Der Herzog gewährt mir eine Besoldung von hundert Livres pro Jahr, er hat die Miete meines Hauses in Lille gezahlt, er übernimmt die der Behausung, die wir jetzt bewohnen, er hat mich für alle Missionen, in denen ich für ihn unterwegs war, mehr als reichlich entlohnt, und er hat mich erst recht mit seiner Gunst überschüttet, als ich ihm das Porträt der Isabella von Portugal, die heute seine Gemahlin ist, mitgebracht hatte.«
Er zeigte auf sechs Silberpokale, die in einer Reihe auf der Anrichte standen.
»Und neulich erst diese Sachen da … Meinst du wirklich, dass er mir etwas schuldet?«

Margaret verzichtete auf eine Antwort und wandte sich an Petrus: »Wo logiert Ihr? Im Gasthof?«
»Nein, bei einem Freund, Laurens Coster.«
Sie führte einen Löffel Suppe an den Mund ihres Jüngsten, blickte aber auf Jan: »Wo warst du heute Morgen? Ich hatte mich darauf verlassen, dass du auf Pieter und Philipp aufpasst, während ich außer Haus bin.«
»Ich bitte Euch um Verzeihung. Ich habe es vergessen. Aber Katelina ...«
»Katelina kann nicht überall zugleich sein! Ich nehme an, du warst in Sluys.«
Er nickte.
»Es wäre mir lieb, du würdest uns eines Tages verraten, was dich da hinzieht. Schließlich ist es nur ein Hafen.«
Er schwieg, als wüsste er nichts darauf zu sagen.
Margaret bedachte ihn mit einem ärgerlich-enttäuschten Blick, und ihre Stimme klang unvermittelt nervös, als sie weitersprach: »Petrus, wisst Ihr Näheres über die beiden Unglücklichen, die man in Antwerpen und in Tournai erstochen aufgefunden hat?«
»Gehört habe ich davon. Schrecklich. Zwei Morde innerhalb weniger Wochen. Und beide Male war ein junger Maler das Opfer.«
Er wandte sich an Van Eyck:
»Ich glaube, Ihr kanntet sie.«
»Ja, mit gutem Grund. Willemarck und Wauters waren meine Lehrlinge.«
»Sehr beunruhigend ist, dass bis jetzt weder die Amtmänner der betroffenen Städte noch die Polzeibeamten irgendeinen Hinweis entdeckt haben.«
»Merkwürdig«, warf Margaret ein, »ist auch die Art, wie dieser Mörder seine Opfer zurichtet. Nicht nur durchschneidet er ihnen die Kehle, er stopft ihnen noch einen Farbklumpen in den Mund ...«
Sie stockte – suchte nach der genauen Bezeichnung.
»Veroneser Erde«, kam ihr Petrus zu Hilfe.
»Warum nimmt er ein Pigment?«

Van Eyck schüttelte müde den Kopf. »Was soll ich dir antworten, meine Liebe? Es kann sich doch nur um einen kranken Geist, um einen vom Wahnsinn befallenen Vagabunden handeln. Wie soll man das Verhalten eines solchen Individuums erklären?«
Petrus Christus ließ ein leises Lachen hören. »Der Mörder ist bestimmt ein Türke.«
»Was meinst du damit?«
»Erinnert Euch, eines Tags stelltet Ihr Symbole und Farben in Beziehung zueinander. Ihr habt mir damals erklärt, das Christentum einerseits habe Hellblau zur Farbe des Himmlischen Königreichs erwählt und Grün der Gemeinschaft des Diesseits zugeordnet, und der Islam, auf der anderen Seite, behalte die Farbe Grün der Religion vor und Türkisblau der Gemeinschaft der Gläubigen. Nun, das Banner des Islam ist doch grün, oder? Und sind die Türken nicht Muselmanen?«
»Ich sehe den Zusammenhang mit dem Meuchelmörder nicht.«
»Er hat Recht«, mischte Jan sich ein. »Ist Veroneser Erde nicht grün?«
Van Eyck machte eine wegwerfende Handbewegung. »Die Türken, die Türken! Seit sie Adrianopel eingenommen haben und das Heilige Grab sich in ihrer Hand befindet, zittert ganz Europa wie eine alte Frau. Der wahre Grund, warum Sultan Murad den Menschenfresser in unseren Kindermärchen verdrängt hat, sind die phokäischen Alaunbergwerke, die er an sich gerissen hat, womit er unsere Ärzte und unsere Färber um eine sehr wertvolle Ware bringt. Manche sehen ihn schon vor den Toren von Konstantinopel, warum nicht gar vor denen von Brügge!«
»Ich gestehe, dass ich zu diesen Leuten gehöre«, versetzte Petrus erregt. »Ihr dürft es glauben, wäre ich zur Zeit der ersten Kreuzzüge geboren worden, ich hätte ganz gewiss an der Seite der tapferen Ritter das Schiff für die Reise nach Jerusalem bestiegen.«
»Mein lieber Petrus, in deinen Worten erkenne ich das Ungestüm der Jugend. Aber es gab damals nicht nur tapfere Ritter: Bettler, Landstreicher, Hungerleider haben sich abschlachten

lassen, ohne jemals die Mauern der Heiligen Stadt erblickt zu haben. Auf jeden Fall solltest du wissen, dass es noch nicht zu spät ist. Es vergeht kein Tag, ohne dass nicht dieser oder jener unter den Fürsten, die uns regieren, den Plan zu einem Kreuzzug kundtun lässt. Ich habe mir sagen lassen, sogar Herzog Philipp erwäge den Gedanken sehr ernsthaft. An deiner Stelle würde ich die persönliche Begegnung nutzen, um ihm meine Dienste anzubieten.«

»Ihr macht Euch lustig über mich, das sehe ich. Lasst Euch immerhin eines gesagt sein: An dem Tag, an dem Konstantinopel fällt, hat die Christenheit im Raum des Mittelmeers ausgespielt.«

Der Maler fand zu einem ernsten Ton zurück: »Ich bin mir völlig im Klaren darüber, dass es eine Tragödie wäre, beließe man das Heilige Grab in gottloser Hand, und dennoch bleibe ich überzeugt, dass für uns Flamen andere Aufgaben Vorrang haben: Wir müssen überleben in einer unbeständigen Welt, müssen wachsen und unsere Machtstellung wahren.«

Jan kam auf die Frage zurück, die ihn bewegte: »So glaubt Ihr das nicht, dass der Mörder ein Türke sein könnte? Ich für meinen Teil glaube es. Ich habe gehört, was man diesen Menschen nachsagt: Plünderung, Diebstahl, Brandschatzung, Morde. Es heißt, dass sie überall, wo sie durchziehen, Schrecken verbreiten und Gräueltaten verüben.«

Philipp, der Ältere, erkundigte sich ängstlich schaudernd: »Was für Gräueltaten?«

»Angeblich begnügen sie sich nicht mit dem Töten ihrer Opfer, sie schlitzen ihnen den Bauch auf, reißen ihnen die Gedärme heraus, zerhacken diese und werfen sie den Hunden zum Fraß vor.« Seine Fantasie riss ihn mit, in fiebrigem Eifer fuhr er fort: »Und wenn sie zu allem Unglück ein Kind in ihre Gewalt bekommen, dann reißen sie ihm die Zunge heraus, stopfen sie ihm in den Hals und –«

»Es reicht!«, donnerte Margaret.

Jan sah sie überrascht an. »Was habe ich denn getan?«

»Siehst du denn nicht, dass du meine Kinder völlig verschreckst! Geh auf dein Zimmer, sofort!«
»Ach was«, protestierte Van Eyck. »So schlimm war das doch nicht.«
»Ich verlange, dass er den Tisch verlässt!«
Der Maler setzte zu einer Entgegnung an, aber Jan stand schon mit vorgerecktem Kinn neben seinem Stuhl.
»Ich hatte sowieso keinen Hunger mehr. Gute Nacht, Minheeren. Bis morgen.«
Mühsam schluckend nickte er Petrus Christus zu und trat den Weg hinauf zu seiner Dachkammer an.

Durch das Fenster gewahrte man einen sternkargen Himmel und eine blasse Mondsichel. Jan kletterte auf das Bett und stellte sich auf die Zehenspitzen. Die dunklen Straßen unten waren eben noch zu erkennen. Die einzigen Lichter kamen von den Laternen, die an den Haustüren der begüterten Stadtbürger flackerten. Die große Tuchhalle, Brügges ganzer Stolz, erhob ihre imposante Fassade neben den Zunfthäusern der Färber, der Weber und der Kornmesser. Die Schnarre des Nachtwächters ertönte in der Stille. Pünktlich wie die Glocken des Belfrieds schlurfte er auf seiner Runde heran und wiederholte sein ewiges »Schlaft in Frieden, gute Leute«. Eine Hafenschute mit am Bug hängender Laterne glitt auf dem düsteren Kanal dahin. Jan stellte sich vor, wie sie wenig später in östlicher Richtung die Tore und Mauern hinter sich lassen, an den strohgelben Dünen und den Pappelreihen entlang fahren und Sluys erreichen würde, Sluys und die Freiheit.
Er sprang vom Bett und ging zu einer lederbezogenen und mit Beschlägen versehenen Truhe. Er hob den Deckel an, seine Hand tauchte in das Sammelsurium hinab und schloss sich um einen kleinen Stern aus Glas. Nicht aus irgendwelchem Glas. Der venezianische Matrose, der ihm den Stern zwei Tage zuvor geschenkt hatte, hatte betont, um was es sich handelte: um das schönste Glas der ganzen bekannten Welt, ein *mil-*

lefiori, geblasen auf der Insel Murano, dem Paradies der Glasmeister.
Mit fiebrigen Wangen setzte Jan sich auf die Bettkante, hob den Stern ein wenig hoch und lehnte ihn gegen die Kerze, die seine Mansarde erhellte. Augenblicklich tauchte ein Schwarm von Galeeren auf, welche bannerumweht die Lagune verließen. Mit dem Löwen von San Marco geschmückt, eilten sie gen Byzanz, Ägypten, Flandern. Goldverhängte Paläste wurden sichtbar, ihre gezackten Umrisse ragten ins Blau des Himmels. Kirchen mit klangvollen Namen, San Lorenzo, San Salvador, San Nicolo, boten ihm ihre Apsis dar, rund wie der Bauch der schwangeren Frauen, denen er im Gewirr der Brügger Gässchen begegnete. Zum Weinen schöne Mosaiken warfen ihren Widerschein auf sein dunkles Haar, und Jan fühlte sich ausgelaugt und voller Sehnsucht zugleich.
Matt ließ er sich auf den Rücken sinken, während ihm Margarets Worte wieder einfielen: »Es wäre mir lieb, du würdest uns eines Tages verraten, was dich da hinzieht. Schließlich ist Sluys nur ein Hafen.«
Wie hätte sie es auch verstehen können? Ein Hafen, gewiss, aber ein Hafen, der den Weg zur Freiheit öffnete, jenseits von Gischt und Regen, weit weg vom trostlos flachen, flandrischen Land, den Weg dorthin, wo eine sonnenüberflutete Meeresbucht wartete –, der Golf von Venedig.
Jan konnte sich selbst nur schwer erklären, warum er eine solche Leidenschaft für die ferne Stadt empfand. Van Eyck hatte es oft wiederholt: Venedig war nicht mehr als Brügges lateinische Schwester. Beide lebten sie im und am Wasser, beide schmückten sich mit zahllosen Brücken. Mochte Brügge mit seiner Einwohnerzahl von vierzigtausend hinter Venedig und Gent zurückstehen, es war doch genauso mächtig und genauso reich wie Florenz, London oder Köln. Und die Häfen Damme oder Sluys, inwiefern sollten sie weniger faszinierend sein als der Hafen von Venedig? Wenn im September die Galeeren eintrafen, füllte sich dann der flandrische Himmel nicht mit

den gleichen Wohlgerüchen wie die Luft über den Kais der Serenissima?
Sein leidenschaftliches Interesse musste wohl ein paar Monate zuvor erwacht sein. Van Eyck hatte soeben ein Brustbild des Herrn Giovanni Arnolfini, seines Zeichens Repräsentant der reichen Tuchhandelsfirma Guideccon in Lucca, vollendet. Er sah es noch vor sich, das seltsam geformte Gesicht mit der langen Nase und den Segelohren.
An jenem Morgen war Jan früher als sonst aufgewacht. Er war in die Werkstatt hinuntergegangen und hatte sich zum Zeitvertreib einer Bestandsaufnahme der fertigen Bilder gewidmet. Diese wurden sorgfältig in der »Kathedrale« verwahrt. Bis zum heutigen Tag hatte er noch nicht begriffen, aus welchem mysteriösen Grund Van Eyck seine Gemälde vor fremden Blicken verbarg, und dies lange, nachdem die Farben getrocknet waren. Er hatte den Meister gefragt, aber der hatte es bei einer vagen Antwort bewenden lassen und nur gesagt, man müsse eben mehrere Wochen, wenn nicht mehrere Monate warten, bevor man die Tafel endgültig mit Firnis überziehen könne.
Zwischen der »Madonna von Lucca« und dem Porträt des Jan de Leeuw hatte er die erstaunliche Komposition entdeckt: eine Miniatur, ausgeführt in *Tempera*-Technik auf einer Kiefernholzplatte. Nicht Van Eyck hätte man als den Urheber vermutet, eher einen Anfänger. Außerdem fehlte auf dem Rahmen der Wahlspruch, den der Meister dort manchmal anbrachte: *»Als ik kan«* – So gut ich es vermag –, während unten rechts in der Ecke eine fremde Signatur zu erkennen war: A. M. 1440. Jan hatte gedacht, es handle sich vielleicht um ein Jugendwerk von Hubert, dem Bruder des Meisters. Aber dazu passte das Datum auf dem Bild nicht: Hubert war fünfzehn Jahre zuvor gestorben. Und warum hätte er diese Signatur wählen sollen?
Die Miniatur zeigte eigenartige Schiffe mit erhöhten, gebogenen Enden, die an schwarze Seepferdchen erinnerten. Behängt mit Damast, Samt und Goldstoff, von Ruderern bewegt, in deren Seidengewand hellblaue, orange- und türkisfarbene Bahnen sich ab-

wechselten, fuhren sie auf einem Kanal von dunklem Jadegrün majestätisch dahin. Im Hintergrund waren herrschaftliche Häuser mit Loggien zu erkennen. Vor diesen erging sich eine eindrucksvolle Menge, während von den Balkonen herab anmutige Frauen die Wasserprozession winkend grüßten.
Jan stand noch immer in die Betrachtung versunken da, als der Meister die Werkstatt betrat.
»Woher stammt dieses Bild? Wer ist dieser A. M.?«
»Ich weiß es nicht. Ich habe es von einem italienischen Freund bei meinem letzten Besuch in Neapel geschenkt bekommen. Wie findest du es?«
Jan verzog das Gesicht. »Unvollkommen.«
»Du hast Unrecht. Einiges in diesem Bild weist auf einen talentierten Maler hin.«
Er kniete nieder und deutete auf die Mitte der Miniatur: »Wie ich es dir schon beigebracht habe, macht die Temperatechnik das Korrigieren und Modifizieren auf dem noch feuchten Farbuntergrund nahezu unmöglich. Du hast es etliche Male selbst nachprüfen können, wir können die Töne nach dem Trocknen kaum noch abändern. Dennoch finden wir hier fast die gesamte Palette der Ockertöne: gebrochener, dunkler dort, wo das Wasser ist, heller, wo die Gebäude anfangen. Das ist eine beeindruckende Leistung. Natürlich ist es als Ganzes uneinheitlich, es fehlt die vollkommene Beherrschung der Mittel, aber wenn der Künstler jung ist – und das glaube ich –, dann berechtigt er zu den größten Hoffnungen.«
»Und der dargestellte Ort? Lissabon?«
»Nein. La Serenissima.«
»La Serenissima?«
»So nennt man oft die Stadt Venedig.«
Von da an war das Bild nicht mehr vor seinem inneren Auge verschwunden. Wann immer die Gelegenheit sich bot, eilte Jan in die »Kathedrale« zu der Miniatur. Inzwischen kannte er jedes Detail, selbst das unscheinbarste. Und das Empfinden, das ihm erwachsen war, hatte er genährt und wach gehalten, indem er den Be-

richten der Seeleute lauschte, die aus dem Süden heraufkamen. Wann immer sie ihm in Sluys oder Damme über den Weg liefen, ließ er nicht locker, bis sie sich zum Erzählen bereit fanden. Inzwischen wusste er mehr über die Serenissima als die meisten Geographen.

Von Träumen gesättigt, führte Jan den *millefiori* liebkosend an seine Wange und ließ sich vom Schlaf überwältigen.

III

Florenz, einen Tag später

Lorenzo Ghiberti wischte sich zum dritten Mal den Schweiß von der Stirn. Mit kummervoller Miene richtete er das Wort an seinen Gesprächspartner, Pater Nikolaus von Kues:

»Ich begreife es nicht, ich begreife gar nichts. Wer kann meinen Tod wünschen? Habe ich denn eine Untat begangen, die ich nur vollständig verdrängt hätte?«

Der Priester stand am Fenster und wandte ihm den Rücken zu. Die Gewissenserforschung des Bildhauers ließ ihn gleichgültig, sinnend sah er den schwarz gekleideten Gestalten nach, die eilig dem Kloster zustrebten. Das Wasser des Arno, von der Mittagssonne mit Reflexen gesprenkelt, gab ihnen das Geleit. Schäumend, in disharmonischen Strudeln strömte der Fluss in diesem Monat Juni dahin, als wollte er ein sinnbildliches Zeugnis ablegen von dem Konzil, das soeben zum Abschluss gekommen war und auf dem lange Monate hindurch die Empfindlichkeit der Byzantiner und die Arroganz der Lateiner im Konflikt miteinander gestanden hatten.

»Pater!«, rief Ghiberti. »Habt ihr mir überhaupt zugehört?«

Beinahe unwillig wandte der Priester sich um.

»Natürlich, Lorenzo. Aber ich habe keine Antwort auf Eure Frage. Meiner Meinung nach muss es sich um einen Geistesschwachen gehandelt haben, der sich einbildete, er könnte berühmt werden, indem er einen der größten florentinischen Künstler tötet.«

»Das ist doch absurd!«

Der Priester kam herüber und setzte sich mit einem tiefen Seufzer dem Bildhauer gegenüber.
»Mein Freund, ist die Logik in dieser Welt zu Hause?«
Er deutete in Richtung Fenster.
»Das gerade zu Ende gegangene Konzil, spiegelt es nicht die ganze Absurdität, die den Menschen regiert? Seit zehn Jahren bemüht sich Seine Heiligkeit Eugen IV. verzweifelt, die verlorene Einheit der Christenheit wiederherzustellen, Byzantiner und römische Katholiken in der Heiligen Kirche zusammenzuführen. Diese Jahre waren nichts als – der Herr möge mir verzeihen – ein grandioses und betrübliches Possenspiel.«
Lorenzo Ghiberti tat sein Bestes, um sich aufmerksam zu geben, aber diese Konzils- und Prälatengeschichten ließen ihn innerlich kalt. Immer noch sah er im Geist den Unbekannten, der ihn um ein Haar getötet hätte.
Mehr aus Höflichkeit als aus Interesse steuerte er eine Bemerkung bei:
»Der Heilige Vater hätte anwesend sein sollen auf dem Konzil. Abwesende haben stets Unrecht.«
»Er konnte die Reise nicht unternehmen. In Rom herrschten Wirren, Unsicherheit hatte sich ausgebreitet. Zudem war der Heilige Vater krank. Auf jeden Fall vermag diese Abwesenheit die Haltung der Bischöfe nicht zu entschuldigen. Sie war schändlich. Das Vakuum nutzend, haben sie eiligst und mit tönenden Worten ihre Autorität über die des Stellvertreters Christi gesetzt, sie haben sich als Inhaber höchster Befugnisse gebärdet, indem sie eine Kurie instituierten, Legaten ernannten und Gesandte ausschickten.«
»Und die byzantinischen Schismatiker?«
»Sie lehnten ab, sich nach Basel, wo das Konzil tagte, auf den Weg zu machen. Ich musste mich nach Konstantinopel begeben und auf sie einreden, damit sie ihren Entschluss rückgängig machten. Keine leichte Aufgabe, wie Ihr Euch denken könnt. Schließlich haben sie meiner inständigen Aufforderung nachgegeben, daran aber eine Bedingung geknüpft: Sie seien zur Teilnahme am Kon-

zil bereit, nur dürfe dieses nicht allzu weit entfernt von Venedig stattfinden.«

»Ein letztlich legitimes Ersuchen, wenn man um die türkische Bedrohung weiß, die auf Konstantinopel lastete und weiterhin lastet. Die Bischöfe, so nehme ich an, wünschten im Falle eines Angriffs in der Lage zu sein, sich rasch für eine Rückkehr einzuschiffen.«

»Das liegt auf der Hand. Darum hat der Papst auch nachgegeben und die Stadt Ferrara vorgeschlagen. Leider, und deshalb sprach ich von einem betrüblichen Possenspiel, konnten zwar die meisten römisch-lateinischen Bischöfe diese Entscheidung nachvollziehen, eine Hand voll aber lehnten es mit Unterstützung von dreihundert weiteren Kirchenleuten kategorisch ab, sich zu beugen vor dem, was sie – Gott allein weiß, warum – für eine anmaßende Vorladung seitens der Byzantiner hielten. Diese aufrührerischen Bischöfe sind in ihrer Arroganz so weit gegangen, sich in der Person des Herzogs von Savoyen einen Gegenpapst zu wählen. Wir befanden uns in einem Tollhaus …«

»Und inzwischen?«

»Inzwischen gingen in Ferrara mit großem Pomp die Patriarchen und Delegationen der morgenländischen Kirchen an Land. Wir dachten, die Debatten könnten nun endlich anfangen, aber unglücklicherweise brach wenige Tage später in der Stadt die Pest aus und zwang uns, unsere Sachen zu packen und hier in Florenz zu tagen.«

Lorenzos Lippen umspielte ein verschmitztes Lächeln. »Ein Umstand, dem wir unsere Begegnung zu verdanken haben. Ihr seht, ein Unglück kann durchaus auch sein Gutes haben. Aber ich bitte Euch, fahrt fort. So viel mir zu Ohren gedrungen ist, hatte das Konzil schließlich sein Ziel erreicht und die Versöhnung der beiden Kirchen hatte stattgefunden.«

»Wenn man so will«, sagte Pater Nikolaus, wobei er skeptisch den Mund verzog. »Aber die Probleme sind nicht gelöst, und ich lasse mir auch nichts vormachen. Die Byzantiner sind theologischen Diskussionen bewusst ausgewichen, wohl in der heimlichen Hoffnung, seitens des Papsttums und insofern auch seitens der Staaten des Abendlands militärischen Beistand zu erlangen, sollten die Ottomanen angreifen. Wenn aber zu unser aller Unglück eines Tages Konstantinopel tatsächlich angegriffen werden sollte und wenn das Abendland sich als unfähig erwiese, die Stadt zu verteidigen oder nötigenfalls zurückzuerobern, dann würde die jetzt verabschiedete Einheit sehr schnell auseinander brechen.«

Lorenzo beugte sich leicht nach vorn, er wirkte konzentrierter: »Gestattet mir eine Frage, Pater Nikolaus. Warum engagiert Ihr Euch mit solcher Leidenschaft in dieser Sache?«

»Weil ich überzeugt bin, dass die beiden Kirchen, die des Ostens und die des Westens, nicht länger getrennt existieren können. Die Worte Christi sind eins und unteilbar. Es gibt nicht zwei Fassungen seiner Botschaft. Die beiden Brüder müssen zusammenfinden, nicht sich gegenseitig verwerfen. Und wenn wir jetzt schon dabei sind, meine Überlegungen zielen weit über ein Schisma-Problem hinaus. Ich denke an die beiden Zivilisationen, und ich bin angesichts der türkischen Bedrohung überzeugt, dass es wichtig ist, sich mit dem Koran zu befassen, will man die Philosophie der Söhne Mohammeds besser verstehen. Schließlich ist es dem Propheten gelungen, rauen Wüstenvölkern eine Wahrheit aufzuzwingen, die alles andere als leicht zugänglich ist. Sind nicht Dreifaltigkeit und Menschwerdung in der islamischen Offenbarung implizit enthaltene Forderungen?«

»Ich bin nicht Eurer Meinung. Islam und Christentum, östliche und westliche Welt stehen im Widerspruch zueinander. Die Kluft ist tief.«

»Da täuscht Ihr Euch, Lorenzo. Die Widersprüche sind nur Schein. Es ist eine Sache des Standpunktes.«

Er griff nach einem Blatt Papier und einem Federkiel und zeichnete unter dem skeptischen Blick des Florentiners eine geometrische Figur.

»Was seht Ihr?«

»Einen Kreis natürlich!«

»Sehr gut. Stellt Euch jetzt vor, Ihr seid dessen Mittelpunkt. Welche Form hat die Kreislinie?«
»Sie ist gekrümmt, so viel ist klar. Aber worauf wollt Ihr hinaus?«
Die Frage übergehend, zeichnete der Priester einen zweiten, größeren Kreis, einen dritten und schließlich einen letzten, der das gesamte Blatt einnahm.
»Ihr geht weiter davon aus, dass Ihr Euch im Mittelpunkt befindet, und sagt mir jetzt: Wie erscheint Euch die Kreislinie?«
Lorenzo zögerte einen Augenblick. »Ich würde sagen, sie ist weniger gekrümmt, eher geschwungen. Das ist alles.«
Nikolaus legte die Feder zurück. »Nehmt jetzt an, der Kreis habe die Ausmaße des Unendlichen. Er sei genauso riesig wie das Universum.«
»Ich …«
»Ihr würdet nicht mehr die Rundung sehen, sondern eine gerade Linie! Wir wissen inzwischen, dass die Erde rund ist. Dennoch erscheint der Horizont uns als unter dem Himmel ausgespannter, waagrechter Faden. Versteht Ihr, was ich meine?«
»Die Widersprüche sind nur Schein«, wiederholte er in leidenschaftlichem Ton. »Wenn wir weise genug wären, die Dinge aus einem gewissen Abstand zu betrachten, dann würden die Konflikte uns ganz anders erscheinen und der Mensch würde all den fruchtlosen Spaltungen ein Ende setzen. Diese bescheidene Zeichnung legt den Gedanken nahe, dass Gott, trotz der Gegensätze, aus denen das Universum besteht, existiert und dass auf den ersten Blick widersprüchliche Feststellungen zu einem Staubkorn zusammenschrumpfen, dass sie in Einklang gebracht werden können, sobald wir sie mit dem Maßstab des Unendlichen messen.«
Lorenzo ließ ein amüsiertes Lachen hören. »Ich darf Euch zitieren: Ist die Logik in dieser Welt zu Hause?«
Er erhob sich und legte dem Priester einen Arm um die Schultern.
»Erlaubt mir, dass ich mich zurückziehe. Ich bin mit unserem Fürsten Cosimo verabredet. Denn obwohl ich nach außen hin

kaltblütig zu erscheinen versuche, sitzt mir die Angst im Genick.«
»Was erwartet Ihr Euch von dem Medici?«
»Den Schutz seiner Polizeitruppe. Ich lege Wert darauf, die Tür des Baptisteriums mit innerer Ruhe zu vollenden. Danach ist es mir egal, wenn ich einem Meuchelmörder zum Opfer falle.«
»Ich kann Euch verstehen, mein Freund. Möge Gott Euch schützen.«
Als er allein war, wanderte der Priester zuerst eine Weile im Zimmer auf und ab, dann kehrte er an seinen Arbeitstisch zurück.
Er sah auf die Kreise, während er noch einmal die eigenen Worte überdachte. In Wirklichkeit ging seine Sicht der Welt noch über die Grenzen des Orients und des Okzidents hinaus. Die enorme Ausdehnung der Erde und die Verschiedenheit ihrer Völkerschaften waren Nikolaus bewusst, einer seiner Lieblingsträume war die harmonisierende Einebnung der Gegensätze dieser Völker, und vor allem dachte er an einen sich ständig erneuernden Austausch, der den Bruch bedeuten würde mit jenen lateinisch geprägten Denkern, für die es nur ein einziges Bezugsmodell gab, nämlich die Welt, in der sie selbst lebten. Der Verdacht, er, Nikolaus, mit wahrem Namen Nikolaus Krebs, könnte selbst levantinischer Abstammung sein, war völlig unbegründet, denn er war vor vierzig Jahren in Kues an der Mosel, einem ruhigen Dörfchen zwischen Trier und Koblenz, geboren worden.
Beim Gedanken an all diese Jahre sagte er sich immer wieder, dass das Schicksal es gut mit ihm gemeint hatte. Mit kaum sechzehn Jahren hatte er sich an der Universität von Padua eingeschrieben, um Rechtswissenschaften zu studieren. Aber Padua hatte ihm weit mehr gebracht als den Titel eines Doktors der Rechte. Die Atmosphäre der Universität war geprägt gewesen von den humanistischen Studien, und insbesondere in die griechische Welt war er eingetaucht. Hier hatte er sich mit Benzi angefreundet, der ihm die medizinischen Kenntnisse seiner Zeit zugänglich machte, hier hatte der florentinische Astronom Toscanelli ihm die Mathematik und die Beobachtung der Gestirne

nahe gebracht. Ein inspirierender Unterricht, der Nikolaus in der Folge veranlasst hatte, beunruhigende Hypothesen aufzustellen. Nach fortgesetzter, intensiver Beobachtung des Himmels war er zu der Gewissheit gelangt – beweisen konnte er allerdings noch nichts –, dass das Weltall in Bewegung und die Erde nicht dessen Mittelpunkt war. Wenn ihm eines Tages der Nachweis gelingen sollte, dann würde er, so viel war ihm klar, eine Revolution auslösen. Lehrte die Kirche nicht, dass die Erde der Kern sei, um den herum die Sonne und die anderen Gestirne kreisten? Stand es nicht so bei Ptolemäus in seinem *Almagest*? Und war nicht der *Almagest* seit mehr als tausend Jahren das maßgebliche, das nie in Frage gestellte Buch?

Ein Schauer lief ihm den Rücken hinunter. Eine solche neue Wahrheit aus dem Mund eines Priesters – Nikolaus verscheuchte die apokalyptische Vision. Er griff wieder zur Feder und schrieb: »Ich bin, weil du mich anschaust.« Wenn man aufhört, seinen Blick auf dem Anderen ruhen zu lassen, tötet man den Anderen. Den Rest der Welt ignorieren heißt, ihm das Lebensrecht zu entziehen. In einem seiner ersten Werke, *De concordantia catholica*, hatte Nikolaus versucht, seinen Theorien Ausdruck zu verleihen, aber das war erst der Anfang gewesen.

Plötzlich fiel ihm Lorenzo Ghiberti wieder ein. Der Florentiner hatte Recht. Jedes Unglück hat auch etwas Gutes. Ohne die Erschütterungen des Konzils, ohne den Ausbruch der Pest in Ferrara hätten sie beide wahrscheinlich keine Gelegenheit gehabt, Freundschaft zu schließen. Kaum in Florenz angekommen, war Nikolaus zu der Taufkapelle geeilt, um den Künstler kennen zu lernen, der seit siebzehn Jahren an der *Paradiestür* arbeitete und dessen Können in der ganzen Toskana gerühmt wurde. Es war keine Enttäuschung gewesen. Als er vor der Osttür stand und der Glanz der Bronzetafeln seine Augen traf, war sein erster Gedanke gewesen, dass Gott diesem Goldschmied die Hand führte, anders konnte es nicht sein. Wer nur konnte darauf aus sein, einen derart begabten Mann zu töten? Nur ein kranker Geist war zu so etwas fähig.

Erneut tauchte er die Feder in das Tintenfass, und diesmal wohl etwas hastig. Das kleine Gefäß kippte um und die Tinte floss über den Tisch. Sofort versuchte der Priester, seine Pergamente in Sicherheit zu bringen. Dann entdeckte er sie. Die Nachricht hatte unter einem der Blätter gelegen. Sie war in schneller, unschöner Schrift abgefasst worden und lautete:
Gib es auf! Lass ab von deinem Tun! Verbrenne deine Schriften, die eine Schmähung der Heiligen Kirche sind, und flehe Unseren Herrn auf den Knien um Vergebung an!
Andernfalls wirst du sterben …

Brügge

Die Glocken des Belfrieds läuteten mit vollem Schwung. Es war die Stunde, zu der sich die Weber, Walker, Tuchmacher und wer sonst immer im Gewerbe arbeitete, nach Hause begaben.
Van Eyck stieß einen Seufzer der Erleichterung aus. Endlich würde wieder Stille einkehren in dieser Stadt, in der den ganzen Tag über die vielfältigsten Geräusche dem Ohr zusetzten: kreischendes Hin und Her der Sägen, Zischen der Körner in den Mahltrichtern, Kläffen der Hunde – diejenigen ohne Halsband flohen vor dem Knüppel der offiziell zu ihrer Tötung bestellten *hondeslagers*, an die der Ritter dagegen hätte sich niemand herangewagt –, betäubendes Geschrei der Möwen, Surren und Sirren der Schleifsteine, rhythmisches Klappen der Webstühle, Geklapper der Holzschuhe auf den gepflasterten Straßen und schließlich das Rumpeln der Handkarren. Mitunter bedauerte er, ein Haus im Zentrum von Brügge gekauft zu haben. Zu spät.
Ein paar Körnchen Veroneser Erde rannen ihm langsam zwischen den Fingern hindurch. Warm, fast sinnlich fühlte sich der Pigmentstoff an, und auf einmal war die Erinnerung wieder da: Hügel am Rand einer weiten Ebene, die sonnengleißende Etsch und dazwischen Verona, die Stadt aus rosa Marmor. Es war

vor drei Jahren gewesen, im Eilauftrag war er vom Herzog zu Alfons V. von Aragon geschickt worden, der sich zu jener Zeit in Venetien aufhielt. In Verona hatte er Station gemacht und dabei Antonio Pisanello kennen gelernt. Obwohl ihre Malweise nicht gegensätzlicher hätte sein können, war zwischen dem Flamen und dem Pisaner eine spontane Freundschaft entstanden. Kaum hatte er Vertrauen gefasst, da führte Pisanello ihn in die Kirche der hl. Anastasia, um ihm sein jüngstes Fresko zu zeigen. Welch ein Meisterwerk, dieser *Heilige Georg und die Prinzessin*! Ein Mann, eine Frau, reglos, gesammelter Ernst eines bewegenden Abschieds, herzzerreißend, wobei der Riss auch durch diese seltsam verlassene, seltsam beängstigte Stadt mit den schimmernden Türmen ging. Soldaten in Rüstungen, am Galgen aufgehängte Tiere und diese Komparsen, die so unbeteiligt aussahen, als ginge sie die Tragödie nichts an.

Tod, Schmerz, Entsagung, Wahnsinn. Ewige Gefährten des Künstlers. Man näherte sich Gott nicht ungestraft und ohne einen Tribut zu zahlen, genauso wie es zu zahlen gilt, wenn das Schiff die Schleuse passieren soll.

Beinahe widerstrebend ließ Van Eyck die Farbkörnchen in den Napf rinnen, dann tat er einige Schritte zu dem Fenster hin, das auf den Garten hinausführte. Alles war nebelverhangen. Die große Linde, die der Maler so liebte, war kaum mehr zu erkennen. Es herrschte traurig-blasses, lebloses Licht. Dennoch musste er an das von Nicolas Rolin in Auftrag gegebene Gemälde letzte Hand anlegen. Dieser gehörte nicht nur zu den einflussreichsten Männern im ganzen burgundischen Reich, er war auch die Graue Eminenz, der wichtigste Mitarbeiter des Herzogs. Auf denn, sagte er zu sich selbst, reiße dich zusammen, die Lichtverhältnisse sollen dir einerlei sein!

Er machte einen Schritt auf die Staffelei zu, hielt aber inne und zog die Brauen hoch. Er presste das Gesicht ans Fenster. Eigenartig ... Eine Gestalt war die Mauer entlang gehuscht, die sein Haus von dem der Vermeylens, seiner Nachbarn, trennte. Er hätte es beschwören können – oder war es eine Sinnestäuschung gewesen? Er beschloss, sich Gewissheit zu verschaffen, und eilte nach draußen, spähte durch den Nebel. Nichts. Er lief bis zum Ende des Gärtchens. Niemand. Also musste ihn das Spiel der Schatten genarrt haben. Achselzuckend ging er zurück in die Werkstatt. Noch auf der Schwelle überkam ihn von neuem ein ungutes Gefühl. Er blickte zur »Kathedrale« hinüber und seufzte erleichtert auf: die Tür war geschlossen, alles schien normal. Beruhigt griff er nach dem Marderhaarpinsel und tauchte ihn in ein Farbnäpfchen. Die Hand vorgestreckt, zögerte er kurz, dann begann er mit bewundernswert präzisen Bewegungen auf Nicolas Rolins Zimarra, dem langen, aus braunem Brokat gefertigten Übergewand, Lichtreflexe anzubringen.

IV

Als er den Marktplatz und den Stadtkran erreichte, verlangsamte Jan seinen Schritt, um in Muße dieses außergewöhnliche Gerät zu betrachten. Die mächtige Balkenkonstruktion hatte ihn immer schon beeindruckt. Wenn die dicken Seile, vom Wind bewegt, zwischen Himmel und Erde hin und her schwangen, trat man unwillkürlich einen Schritt zurück. Konnte man doch niemals vorsichtig genug sein. Entlang dem Steildach erblickte man in akkurater Aufreihung ein Dutzend geschnitzte Tierfiguren: Es waren die Kraniche, denen das hochbeinige Holzbauwerk seinen Namen verdankte.

Jans Blick wandte sich den beiden gewaltigen, rundum verschalten Treträdern zu, die sich links und rechts an der Basis befanden. Sie standen still. Aber bei Ankunft des ersten Lastkahns würden sie sich auf ein Zeichen des Aufsehers hin in Bewegung setzen, angetrieben von purer Menschenkraft. Die *kranekinders,* die Männer in dem hölzernen Rundgefängnis, würden wie Automaten Stunden und Stunden auf der Stelle marschieren, während schräg über ihren Köpfen die Hanfseile sich auf das Schiffsdeck hinabsenkten, um die gestapelte Ware auf den Kai zu befördern.

Der große Kran war das Wahrzeichen von Brügge, so wie die Schleuse das Wahrzeichen von Damme war. Eine ähnlich imposante Ladevorrichtung fand man weder in Flandern noch sonst irgendwo. Außen herum herrschte ein für die Jahreszeit ungewöhnlich reges Treiben. Man eilte geschäftig hin und her, man schob und drängelte, man stellte Verkaufsstände und Wechslertische auf. Die Schenken putzten sich heraus, um bereit zu sein für

das große Ereignis: die Eröffnung der Messe. Ausnahmsweise begann sie in diesem Jahr mit zwei Monaten Verspätung.
Jan war unschlüssig, welche Richtung er einschlagen sollte. Die Glocke, welche die Abendstunde und damit das Ausgangsverbot verkündete, würde erst in zwei Stunden läuten. Zum Haus in die Nieuwe-St.Gillis-Straat zurückzukehren war kein sehr reizvoller Gedanke. Van Eyck war sicher mit seinem Rolin-Gemälde beschäftigt, so dass er sich allenfalls mit Philipp, Pieter oder Margaret würde unterhalten können. Letztere würde merken, dass er nichts zu tun hatte, und ihm prompt eine dieser lästigen Arbeiten auferlegen, in deren Erfindung sie unübertroffen war. Nein. Der Sinn stand ihm wirklich nicht nach so früher Heimkehr. Und dann war da diese scheußliche melancholische Stimmung, die er seit dem Morgen mit sich herumschleppte.
Um ihn herum warfen Holzfassaden und Stabwerkfenster einander die vielfältigen Stadtgeräusche zurück, bis sie auf der spiegelglatt schimmernden *Reie* verwehten und erstarben. Plötzlich entschied er sich. Er ging den Burgplatz entlang, folgte dem Rosenkranzkai, schlüpfte durch das Gewirr der Gässchen und erreichte verschwitzt und zerzaust die Waterhalle. Das über der Gracht errichtete Bauwerk war das pulsierende Herz der Hafenstadt. Hier luden die Hafenschuten, die kleineren Lastschiffe, die Waren ab, die sie von den Galeeren übernommen hatten, weil diese wegen zu großen Tiefgangs nicht weiter als bis in die Vorhäfen gelangen konnten. Hier nahmen sie, Dollbord an Dollbord, Tuche aus Ypern oder Poperinghe in sich auf, behauene Steine aus den Steinbrüchen von Tournai und tausend Dinge mehr.
Das Treiben im Hafen beobachtete Jan schon lange, und er hatte gelernt, wie die einzelnen Schiffstypen hießen, inzwischen wusste er sogar, welche Zollabgaben bei einem Hulk, einem Heckboot, einer Schute oder einem Segelleichter fällig wurden. Mochten sie auch alle nach Größe und nach Form des Steuerruders verschieden sein, gemeinsam hatten sie dafür die Fähigkeit, bis ins Zentrum von Brügge zu fahren, bis zum Marktplatz, was

den Galeeren verwehrt blieb. In der Waterhalle gab es auch kleinere Boote, die einen ganz nach Wunsch die *Reie* hinunter oder bis zur Mündung des Zwin brachten. Jan erblickte eines, das gerade am Ablegen war. Er sprang an Bord und wäre beinahe im Wasser gelandet. Der Schiffer beschimpfte ihn, bevor er ihm eine Sitzbank zuwies.

Die Luft war mild, und trotz des Hin und Her der Boote zeigten die trägen Windungen der *Reie* eine nahezu glatte Oberfläche. Die Walburga-Kirche und die Zivilkanzlei zogen vorbei. Bald schon ragte der Glockenturm von Sankt Salvator empor, neigten sich die strengen Mauern des Beginenklosters über den Liebessee und drängte sich die plumpe Maschine, die das Trinkwasser auf die öffentlichen Brunnen verteilte, dem Blick auf. Etwas weiter wartete die Schleuse. Kaum hatten sich die Doppeltüren der Kammer wieder geschlossen, strömte aus sieben Schieberöffnungen wild schäumend das Wasser. Unmerklich hob die von unten andrängende Flut das kleine Schiff dem Himmelsblau entgegen. Auf der einen Seite sah man den Belfried von Brügge, auf der anderen die dicken Türme von Termuyden, von Oostkerke und von Lisseweghe: Man hätte sie für entlang der Küste aufgereihte Leuchttürme halten können. Wenn man die Schleuse hinter sich hatte, dann fuhr man in die Lieve ein, den Kanal, der nach Sluys führte.

Sluys, Jans großer Traum ...

Wogende Dünen schlossen den Hafen ein, legten pastellfarbene Schatten über die Meeresfläche. In der Ferne, jenseits der breiten Flussmündung, flimmerte das offene Meer, und die Horizontlinie verschwamm wie von unsichtbaren Fingern ins Unendliche gezogen. Hier war es, hier spürte Jan, dass er wirklich existierte, hier ließ sein Körper sich von allem durchdringen – von den Salzgerüchen und von der nass liebkosenden Gischt, vom Klatschen der Segel und den Zurufen der Matrosen, vom dumpfen Anprall der Schiffsrümpfe an den Puffern und vom schwermütigen Plätschern der Wellen. Hier wurde ihm alles zum Wunder. Am Rand des hölzernen Pontons ließ er sich fallen, die Füße

baumelten ins Leere, und er trank sich satt am Leben, das ihn umgab.
Eines Tages hatte ein Seemann zu ihm einen Satz gesagt, der ihm im Gedächtnis geblieben war: »Die Schiffe haben alle, genau wie die Menschen, ihre Geschichte …« Diese Kogge da mit ihrem löffelartigen Bug und dem großen an der langen Rah vertäuten Vierecksegel hatte sicherlich eine Geschichte. Aus welcher Weltgegend sie kommen mochte? Wahrscheinlich von den Friesischen Inseln, womöglich aber auch von der Ostsee. Sicher war nur, dass sie die Überlebende einer fast verschwundenen Schiffsfamilie war, denn es kam immer seltener vor, dass man in Sluys einer Kogge ansichtig wurde. Anders war es mit jenen in Dänemark gebauten Schiffen, die auf Grund ihrer geklinkerten Bordwand unverwechselbar waren, wozu noch der türmchenförmige Hinteraufbau kam, Schiffe, die stolz das Wappen ihres Heimathafens flaggten: Yarmouth, Dover, Hastings, La Rochelle.
Er hatte sich oft und lange genug in diesem Hafen herumgetrieben, um jetzt auf den ersten Blick die Herkunft eines Schiffes zu erkennen. Bei den Unterscheidungsmerkmalen waren die Wanten besonders wichtig: Waren sie mit Blöcken und Taljen versehen, konnte es sich nur um ein Lateinerschiff handeln; besaßen sie Webeleinen, dann waren sie im Norden gebaut worden. Unter mancherlei verblüffenden Neuigkeiten hatte Jan sich vor allem jene gemerkt, die ihm eines Tages ein portugiesischer Matrose nahe gebracht hatte und welche die Erfindung des so genannten »Magnetsteins« betraf. Dieser »Stein« hatte die Fähigkeit, sich nach Norden auszurichten, so dass nun die damit ausgerüsteten Schiffe bei bedecktem Himmel oder bei Nacht nicht mehr vom Kurs abkamen. Vor allem die Seefahrer im Mittelmeer machten Gebrauch von der Erfindung, während nur sehr wenige im nördlichen Europa sich umgestellt hatten: ihnen gestattete die geringe Meerestiefe das Navigieren mittels des Lots.
Vorübergehend konzentrierte sich Jan auf den Landungssteg, bevor sein Blick zu den Schiffen zurückschweifte. Komischer Ge-

danke, dass diese ganze Welt in Gefahr war, eines Tages unterzugehen! Dann würde Sluys sterben und Brügge dazu. Das wussten die alten Seeleute, diejenigen, die den Schaum auf der Welle zu deuten verstanden. Sie wussten um das grausame Übel, um das, was schabend Tag um Tag, Woche um Woche am Meeresgrund zunahm, sie wussten um das erschreckende Ende, das auf die Flussmündung wartete: die Versandung. Letzthin hatte es geheißen, die Behörden dächten bereits daran, einen Kanal nach Blankenberghe zu graben. Aber würde der Plan jemals Wirklichkeit werden? Trotz des kontinuierlichen Ausbaggerns hatten etliche Steuerleute bereits ernste Bedenken, in den Zwin einzufahren. Manche prophezeiten, bei fortschreitender Versandung werde man sich gezwungen sehen, die Ladung auf Kahnleichtern zur Stadt zu transportieren, wenn nicht gar auf Lastkarren! Was würde aus Brügge ohne das Meer? Ein von Sand verschlungener Hafen trat ihm vor Augen, Friedhöfe für auf ewig gestrandete Galeeren. Der Weltuntergang.

Heute aber lebten sie noch beide, Brügge und Sluys. Gerade jetzt, zum Beispiel, dümpelten fast dreißig größere Schiffe im Hafen. Keine hohe Zahl allerdings. Zu anderen Zeiten hatte Jan mehr als vierhundert mit einer einzigen Flut herein gekommene Schiffe gezählt. Und das war immer noch keine große Sache, verglichen mit dem grandiosen Ereignis: der Rückkehr der venezianischen Galeeren. Anfang September war die Zeit, da sie vor Brügge eintrafen.

Sie sind wieder da … Entlang der Küste läuten die Glocken wie entfesselt. Die Galeeren erscheinen am Horizont. Im Meer verlorene Pünktchen, werden sie größer, wachsen zu schwimmenden Burgen an. Jetzt sind sie da! Nur noch ein paar Taulängen sind sie entfernt, und man sieht schon ganz deutlich die Männer, die sich an Deck zu schaffen machen, erkennt auf den Seidenbannern den aufgestickten, triumphierend aufgerichteten Löwen von San Marco. Stolz eröffnet das Flaggschiff den Zug, und Sluys verwandelt sich in eine fiebrig wartende Frau. Wie viele sind es? Zehn? Fünfzehn? Was bedeutet schon die Anzahl, weiß man doch be-

reits, was die Laderäume freigeben werden: Träume für den ganzen Rest des Jahres.
Nach der langen Fahrt, die sie die Küsten Spaniens, Portugals und des Atlantischen Meeres entlanggeführt hat, werden sie nun die Stadt mit Gold und Silber überfluten, mit Zypernwein, getrockneten Früchten, Stoffen aus Phönizien, Pelzwaren aus Ungarn, Rohbaumwolle und Baumwollgarn, Wachs, Gummiarabikum, magisch duftenden Gewürzen, Seidenstoffen und venezianischen Glaswaren, Honig aus Narbonne und Wein aus der Gascogne. Herbst und Winter werden vergehen, geduldig wird die Flotte die Wiederkehr der schönen Jahreszeit abwarten. Eines Tages dann wird sie sich auf den Rückweg nach der Serenissima machen. Und ein halbes Jahr später kommt sie dann zurück. Das ist so sicher wie das Amen in der Kirche. In weniger als zwei Monaten, um genau zu sein …
In plötzlicher Panik stand Jan auf. Verflixt! Er hatte völlig vergessen, bei Minheer Cornelis die von Van Eyck bestellten Pigmente abzuholen. Er rannte zum Pier und betete zum heiligen Bavo, ihm ein Boot nach Brügge zu schicken. Wo war er nur mit seinen Gedanken gewesen?!
Als der Junge in die Blinde-Ezel-Straat einbog, schmiegte sich die Abenddämmerung um die Spitze des Belfrieds und ein kaum merklicher Regen zersprühte auf dem Pflaster. Als wollte er sich vor einer unsichtbaren Gefahr schützen, presste Jan das bei Minheer Cornelis abgeholte Kästchen an sich und beschleunigte den Schritt; die Stunde, wenn der Himmel zögert, war ihm seit jeher unheimlich.
Er passierte einen Gewölbedurchgang zwischen zwei niedrigen Häusern und meinte plötzlich, eine Gestalt zu erblicken, die ihn hinter einem der Stabwerkfenster spöttisch anblickte. Ein Frösteln überkam ihn. Und in dieser Sekunde stieß sein Fuß gegen etwas, das im Weg lag. Er verlor das Gleichgewicht und fand sich halb betäubt mit der Stirn am Boden wieder. Fluchend und schimpfend rappelte er sich hoch, raffte dabei das kostbare Kästchen an sich und suchte nach dem, was ihn zu Fall gebracht

hatte. Es dauerte eine ganze Weile, bis seine Augen in der schon ziemlich dunklen Straße den Gegenstand erfassten. Es war ein Fuß. Ein Fuß in einem weichen Lederstiefel, und er ragte aus einer Mauervertiefung hervor.
Jan trat einen Schritt zurück, sein Blick wanderte den Schuh hinauf zur Taille, zum Oberkörper, erreichte das Gesicht. Der grauenvolle Anblick warf ihn buchstäblich zurück, so dass er beinahe ein weiteres Mal gestürzt wäre.
Es war ein erschreckendes, ein vom eigenen Tod erschrecktes Männergesicht. Verstörung lag auf den entstellten Zügen, weit schrecklicher aber war der Blick. Der Blick eines Skeletts. Leer. Die ausgestochenen, mit geronnenem Blut verkrusteten Augen fixierten Jan mit solcher Intensität, dass ihm war, als bohrten sie sich in seine Seele.
Die Kehle war am Halsansatz durchgeschnitten worden. Der Tote lehnte zusammengesunken gegen die Steinmauer, so wie ein erschöpfter Trunkenbold am Boden sitzt, kläglich hingen die Arme am Körper herab. Ein im Nebel auf dem Hafenkai von Sluys vergessener Warenballen mochte ähnlich aussehen. Ein merkwürdiges Detail vervollständigte das makabere Bild: der halb offene Mund war verschmiert mit einem grünlichen Pulver, das Jan unschwer als Veroneser Erde identifizierte.
Versteinert stand er da. Er konnte sich nicht mehr lösen von dem Anblick, prägte sich in morbider Faszination jede Einzelheit ein. Es war das erste Mal, dass er einen Toten sah. Zwar hatte er sich die Sache immer schon wenig erfreulich vorgestellt, dieser Tote da aber übertraf seine schlimmsten Befürchtungen. War es das Glockengeläute vom Belfried, das sich nähernde Holzschuhklappern in der Blinde-Ezel-Straat oder der allmählich zum Wolkenbruch ausartende Sprühregen, jedenfalls hatte er jäh seine Sinne wieder beieinander und die Kraft, loszustürmen, so weit weg wie möglich zu fliehen von dem Mann mit den ausgestochenen Augen.
Wahrscheinlich hatte er die Strecke bis zur Nieuwe-St.Gillis-Straat noch nie so schnell zurückgelegt. Vor der Haustür an-

gekommen, hämmerte er mehrmals wild gegen das Holz. Nach unendlichem Warten tat sich die Tür auf, und Margaret erschien, die Schürze umgebunden und die Fäuste in die Hüften gestemmt. Sie betrachtete ihn mit einer Mischung aus Verwunderung und Vorwurf. Er ließ ihr keine Zeit für irgendwelche Vorhaltungen, schlüpfte ins Hausinnere, stürmte durch den Vorraum und erreichte atemlos die Werkstatt. Er traf auf Van Eyck und Petrus Christus.

»Meester Van Eyck! Ich hab ihn gesehen! Den Toten! Mit ausgestochenen Augen … Er …«

Der Maler runzelte die Stirn

»Was erzählst du mir da? Normalerweise suchst du nicht nach Ausreden. Weißt du, wie spät es ist?«

»Ich schwöre Euch, es ist wahr! Ich habe ihn gesehen, wirklich gesehen!«

Von Eyck tauschte einen skeptischen Blick mit Petrus und nahm dem Jungen das Kästchen aus der Hand.

»Bringen wir erst einmal diesen Schatz in Sicherheit. So, nun kommst du wieder zu Atem, und dann erklärst du mir, worum es geht.«

Jan sprudelte los, er bemühte sich, nichts auszulassen. Als er geendet hatte, war der Gesichtsausdruck seines Meisters nicht mehr derselbe. Besorgter Ernst hatte die anfängliche Nonchalance abgelöst.

»Kein Zweifel … Er kommt näher. Antwerpen, Tournai, und heute also Brügge.«

Plötzlich wurde van Eyck die zunehmende Dunkelheit bewusst, und er befahl: »Petrus, mach Licht. Man sieht sich ja gar nicht mehr.«

Beflissen zündete der junge Mann eine Reihe von Kerzen an, die in Messingtöpfchen standen, dann sagte er:

»Und auch diesmal ein Mann aus unserer Zunft.«

Van Eyck protestierte: »Moment mal, mein Freund! Auch wenn es wahrscheinlich ist, sicher wissen wir es noch nicht!«

Er hatte mit gleichmütig klingender Stimme gesprochen, aber

diese Selbstbeherrschung verriet, wie angespannt er innerlich war.
Er fuhr fort: »Was kann ein Individuum dazu treiben, Maler umzubringen? Sofern es sich denn um einen Maler handelt. Warum nur?«
Petrus schien zu zögern. »Und … und wenn Ihr selbst die Antwort in Händen hieltet?«
»Wie das, was meinst du?«
»Wir sprachen gestern Abend davon. Die ersten beiden Opfer waren Euch nicht unbekannt. Ist es völlig unmöglich, dass irgendeine Verbindung zwischen ihnen und Euch vorlag?«
»Selbstverständlich existiert diese Verbindung: es ist die Malerei. Das ist alles.«
Petrus wollte etwas entgegnen, aber Van Eyck sprach schon weiter: »Übrigens, sollte im Kopf dieses Meuchelmörders eine gewisse Systematik walten, dann bräuchte ich gar nicht weiter zu überlegen: das nächste Ziel bin dann ich.«
»Aber nein …«, stammelte Petrus. »Das ist doch nicht –«
»Ohnehin bringt es gar nichts, über Dinge, die man nicht weiß, Mutmaßungen anzustellen. Außerdem habe ich es schon gesagt, noch beweist nichts, dass das dritte Opfer einer der Unseren ist.«
Der Tonfall, in dem er fortfuhr, war kaum entspannter: »Schauen wir uns lieber an, was Jan von Cornelis mitgebracht hat, und beten wir, dass er bei seinem Sturz nichts zerbrochen hat.«
Er stellte das Kästchen auf einen Werktisch und öffnete es vorsichtig. Ein Dutzend bunter Fläschchen kam zum Vorschein, die alle mit einem Korken verschlossen waren. Er ergriff eines davon und hielt es gegen das Licht einer Kerze. Die Flamme spiegelte sich in der Glaswandung und brachte eine fein geschichtete, kleine Welt aus Farbkörnchen zum Leuchten. Es war ein schönes dunkles Ocker.
»Bewundere mit mir die Qualität dieser gebrannten Siena-Erde, Petrus! Sie ist absolut außergewöhnlich. Ich muss zugeben, dass dieser Schurke von Cornelis nicht seinesgleichen hat im Ausfindigmachen der allerschönsten Pigmente.«

Er nahm einen anderen Flakon heraus, der in wunderbarem Azurblau schimmerte.
»Ich bin sicher, ihr wisst nicht, woher dieser herrliche Lapislazuli stammt. Er kommt vom Ende der uns bekannten Welt, aus einer so fernen Gegend, dass man wahrscheinlich Jahre für die Reise dahin bräuchte. Badaskan heißt das Land! Angeblich ist der Stein vor sehr langer Zeit von einem venezianischen Kaufmann namens Marco Polo in seine Heimatstadt mitgebracht worden. Dieses Pigment ist von unglaublicher Beständigkeit, und manchmal spiele ich mit dem Gedanken, dass es ein Stückchen Ewigkeit enthält.«
Dumpfes Schweigen herrschte, als Van Eyck die Fläschchen einzeln herausnahm und vor sich aufreihte: Schwarz aus verkohltem Weinrebholz, Türkischrot aus Sinope, Neapelgelb, Terra rosa, Schwefelauripigment …
»Für die gewöhnlichen Menschen ist eine Farbe nichts weiter als eine Farbe. Wir Maler aber wissen, dass jede einzelne eine verschlüsselte Sprache enthält, dass sie von unverwechselbarer Eigenart ist. Bleibt man dem äußeren Anschein verhaftet, dann bildet man sich ein, dass sämtliche Farbschattierungen auf unseren Gemälden unablöslich sind von den drei Grundfarben Blau, Rot und Gelb. Nun sehen wir doch sehr genau, dass die Mischungen aus zwei Grundfarben niemals mit den natürlich gefärbten Pigmentstoffen wetteifern können, welche die Natur uns in ihrer Großzügigkeit schenkt.«
Er schwieg, um sich des Eindrucks zu vergewissern, den seine Worte gemacht hatten. Aber ganz offensichtlich hörten weder Petrus noch Jan wirklich zu. Dem Jungen stand der gerade ausgestandene Schrecken noch im Gesicht geschrieben.
»Anscheinend hat euch mein Vortrag nicht sehr beeindruckt«, bemerkte Van Eyck.
»Ihr irrt Euch«, protestierte Petrus. »Aber gleich wird die Abendstunde eingeläutet. Und das Haus von Laurens liegt am anderen Ende der Stadt.«
»Ich verstehe …«

Er räumte die Pigmente wieder in das Kästchen und sagte: »Dann gehe unverzüglich los. Es ist nicht angenehm, wenn man von der Stadtwache aufgegriffen wird.«
Petrus verabschiedete sich mit hastigem Gruß und verließ die Werkstatt.
Van Eyck verstaute den letzten Flakon und murmelte, so als neigte er zu lautem Denken: »Eines ist sicher, im Moment lebt es sich in Brügge nicht angenehm …«
Er wandte sich an Jan: »Du hast nicht vergessen, dass wir morgen in aller Frühe nach Gent aufbrechen? Die Luft ist dort, so hoffe ich, besser zu atmen …«

V

Da waren die überschwemmten Marschen gewesen und die Gezeiten, hartnäckige Kundschafter eines feindlich gesonnenen Meeres, die ihre Kraft Tag für Tag darauf verwendeten, Rache an den siegreichen Poldern zu nehmen. Und die Reihen der vom Kampf gegen den Wind müde gewordenen Pappeln. Die unendlich eintönige Straße, die ihr Band einem hoffnungslos flachen Horizont entgegenrollte. Und zu allem Überfluss war da die Angst gewesen, hinter der nächsten Hecke könnten plötzlich die gefürchteten »Schinder« auftauchen. Angeführt vom berüchtigten Rodrigo de Villandrado, hatten diese räuberischen Söldnerbanden nicht nur Charlieu in ihre Gewalt gebracht und zu ihrem Schlupfwinkel ausgebaut, sondern sie erlegten so bedeutenden Städten wie Nuits oder Auxonne seit mehr als einem Jahr eine regelrechte Steuer auf. Es hieß, dass selbst die Bauern mit ihnen paktierten. Nach den letzten Nachrichten hatte der Herzog, der in seine diplomatischen Händel verstrickt war und die Zügel hatte schleifen lassen, angeblich die Absicht bekundet, nun seine Truppen gegen den gesetzlosen Haufen in Marsch zu setzen. Vorläufig jedenfalls war der Winter die sicherste Zeit auf den Landstraßen, denn dann waren sie so gut wie unbenutzbar.

Van Eyck und Jan erblickten denn auch mit ehrlicher Erleichterung den Belfried von Gent, der als graues Rechteck in den milchigen Himmel ragte.

Eingepfercht in ihren Befestigungsmauern, umspült von der ruhigen Lys, machte die Stadt den Eindruck von üppigem Wohlstand und freundlicher Gelassenheit, hinter dem sich jedoch eine unbotmäßige, ja aufrührerische Gesinnung verbarg. Der Herzog selbst hatte hier Lehrgeld zahlen müssen, als er verlangt hatte, das in Flandern zirkulierende Geld sei umzuschmelzen. Es sollten neue Gold- und Silbermünzen geprägt werden, wobei er ganz nebenbei ein Drittel des Metallwerts zu Gunsten des burgundischen Staatsschatzes abzuschöpfen gedachte. Die Reaktion der Genter hatte nicht auf sich warten lassen: Protestmärsche mit wütendem Geschrei, die Weber stürmten das Gefängnis, die Schöffen wurden erschlagen. Am Schluss war der Herzog gezwungen gewesen, seinen Appetit zu zügeln, und nur ein Siebtel des Metallgewichts der flämischen Münzen war in seinen Truhen hängen geblieben. So bestand das Leben von Gent aus Erschütterungen und Aufständen, zwischen die sich Zeiten der Besänftigung schoben.

Die Johanneskirche stand eingezwängt zwischen den Markthallen und der Burg eines längst verblichenen Adelsherrn, den die Leute der Gegend Gerard den Teufel genannt hatten, vermutlich wegen seiner eigenartig goldbraunen Hautfarbe. Van Eyck, der eine lederne Umhängetasche trug, stieg die Stufen des Vorplatzes empor, dann verharrte er reglos vor dem Portal. Es sah aus, als hätte er Bedenken, einzutreten.

»Was ist mit Euch?«, fragte Jan besorgt.

Wie von Schwindel ergriffen, legt der Maler die Hand an die Stirn.

»So viele Erinnerungen sind mit dieser Stätte verbunden. Was ich hier erlebt habe, hat alles Unwichtige aus meinem Gedächtnis gelöscht, und geblieben ist nur das Wesentliche: der Altar und Hubert, mein Bruder. Ich habe keine Ahnung, was die Geschichte der Malerei von mir überliefern wird, aber sollte sie etwas des Bewahrens für wert befinden, dann wäre das hier in der Johanneskirche, sagt mir mein Gefühl.«

Van Eyck atmete tief ein und ging durch das Portal. Vor dem Hauptaltar angelangt, entzündete er die verfügbaren Kerzen, und unvermittelt erglänzte alle Herrlichkeit des Universums.

»Schau!«

Zwölf Eichenholztafeln, zwölf Flügelteile von strahlender, wundersamer Großartigkeit.
Ob die Falten eines Tuches oder das Hervortreten einer Ader, ob der Bronzeglanz eines Brunnens oder die anrührende Zartheit eines Spitzenbesatzes, alles atmete erhabene Vollkommenheit, göttliche Beseelung. Niemals in seinem jungen Leben hatte Jan so viel Schönheit auf einmal gegenübergestanden. Gott, das Paradies, die Hölle, all das, womit Katelina ihm in den Ohren gelegen hatte, hier war es versammelt. Er brauchte nur die Hand auszustrecken, um es zu ergreifen.
»Das ist ... das ist großartig«, stammelte er.
Die Bewertung kam ihm schwächlich vor. Aber welche Worte hätten dieses Werk beschreiben können?
»Tritt näher heran. Ich werde dir eines der Geheimnisse dieses Retabels enthüllen. Schau dir sehr aufmerksam diesen Flügelteil an. Siehst du die beiden Reiter?«
Jan deutete auf den jüngeren der beiden. »Die geblähten Nasenflügel, der ausgeprägte Brauenbogen ... Aber das seid ja Ihr! Ein wenig stattlicher als in dem Selbstporträt, das Ihr vor einigen Monaten gemalt habt. Aber Ihr seid es tatsächlich!«
»Du bist ein guter Beobachter. Es stimmt, ich bin inzwischen ein wenig mager geworden. Schuld daran sind in erheblichem Maße die unablässigen Reisen im Dienst des Herzogs.«
»Und der ältere Mann, wer ist das?«
»Mein Bruder Hubert. Er war zwanzig Jahre älter als ich.«
Sein Zeigefinger wanderte von links nach rechts, während er fortfuhr: »Du sollst wissen, dieser Altar ist die Quintessenz all dessen, was unsere heiligen Evangelien enthalten. In der Mitte unten, unter dem Strahlenkranz des Heiligen Geistes, vergießt das Opferlamm sein Blut, das von einem Kelch aufgefangen wird. Die Flügel links versinnbildlichen die Gerechtigkeit, diejenigen rechts die Mäßigkeit. Wie du selbst feststellen kannst, hat die Landschaft des Hintergrunds absolut nichts flandrisch Flaches. Bäume und Pflanzen sind die der Mittelmeerländer, und inspiriert haben mich dabei meine Aufenthalte auf der Iberischen

Halbinsel. Und da oben in der Mitte, das ist Gottvater. Die Jungfrau und Johannes der Täufer umrahmen die Gestalt des Schöpfers. An den Seiten links und rechts siehst du in ihrer Nacktheit unsere Stammeltern Adam und Eva. Als die Arbeit beendet war, ist uns bewusst geworden, dass wir mehr als zweihundert Figuren gemalt hatten.«

»Wir?«, fragte Jan verwundert.

»Mein Bruder und ich.«

Van Eyck ließ sich auf die Knie nieder, öffnete die Ledertasche und entnahm ihr einen Marderhaarpinsel, ein versiegeltes Näpfchen und ein Fläschchen venezianischen Terpentins. Vor Jans verblüfften Augen machte er sich daran, das in dem Näpfchen enthaltene Schieferweiß zu verdünnen.

»Ich habe schon befürchtet, die Farbe könnte eingetrocknet sein. Gott sei Dank ist dem nicht so.«

Mit seiner Mischung zufrieden, streckte er Jan den Pinsel hin. »Da nimm. Befolge meine Anweisungen!«

Der Junge glaubte, sich verhört zu haben.

»Aber ich kann doch kaum zeichnen!«

»Es kommt hier nicht aufs Zeichnen an. Setze dich auf den Boden. Dann schreibst du hier unten auf die Leiste der Außentafeln den Text, den ich dir diktiere.«

Jan suchte nicht weiter nach einer Erklärung, sondern gehorchte.

»*Pictor Hubertus e Eyck major …*«, hob Van Eyck langsam mit seinem Diktat an.

Mit zittriger Hand, Buchstabe für Buchstabe, malte der Junge die Wörter auf das Holz. Seine Angst, sich zu verschreiben, war so groß, dass er für die wenigen Zeilen endlos lange brauchte.

»Fertig«, verkündete der Maler. »Du kannst wieder aufstehen.«

Mit schweißbedeckter Stirn und halblauter, stockender Stimme las Jan das Geschriebene vor:

»*Pictor Hubertus e Eyck major quo nemo repertus incepit. Pondus quod Johannes arte secundus frater perfecit Jodocus Vijd prece fretus. Versu sexta mai vos collocat acta tueri.*«

Er war wie vor den Kopf geschlagen. »Das kann ich nicht glauben!«, rief er aus.
Das Schreiben hatte ihn so sehr beansprucht, dass ihm die Bedeutung der Worte erst jetzt richtig bewusst wurde.
»Der Maler Hubert Van Eyck, dessen Ruf niemand übertrifft, hat das große Werk begonnen, und Jan, der ihm in der Kunst nachsteht, hat es zu Ende gebracht und ist von Jodocus Vijd entlohnt worden. Durch diese am 6. Mai geschriebenen Worte fordert er euch auf, herzukommen und das Werk zu betrachten.«
»Alles in allem bist du als Lateiner gar nicht so schlecht.«
»Wer ist dieser Jodocus Vijd?«
»Ein Genter Schöffe und Vorsteher der Johanneskirche. Er ist der Stifter des Altars.«
»Wenn ich richtig verstanden habe, betrachtet Ihr Euch als Eurem Bruder *unterlegen*?«
»Er war mein Lehrmeister. Unser aller Lehrmeister. Alles, was ich weiß, hat er mich gelehrt. Ohne ihn wäre ich nichts.«
Jan zeigte auf den Altar.
»Nichts?«
»Die Mehrzahl dieser Tafeln ist nicht von mir, sondern von Hubert. Die Sache ist nur, dass ich mich seiner Kunst so stark angenähert habe, dass niemand uns mehr auseinander halten kann. Seine Hand war meine Hand geworden, seine Meisterschaft auf mich übergegangen. Deswegen war es mir wichtig, ihm heute in dieser Weise zu huldigen. Ich will nicht, dass die Nachwelt mir ungebührlicherweise zuschreibt, was genauso einem anderen zukommt. Ich habe zu diesem Hauptwerk beigetragen, aber den entscheidenden Anteil hat Hubert geleistet. Übrigens geht es nicht ausschließlich um den Altar. Bei zahlreichen Gemälden meines Bruders besteht die Gefahr, dass sie eines Tages mir zugeschrieben werden.«
In leicht angespanntem Ton fuhr er fort: »Da ist noch ein anderes Kunstwerk, das zwar nicht die Bedeutung des Altars erreicht, das man aber möglicherweise ebenfalls mir zuschreiben wird.«
»Was für ein Kunstwerk?«

»Ein Stundenbuch, das Wilhelm IV. bei Hubert in Auftrag gegeben hatte. Die Miniaturen darin sind unvergleichlich.«
»Auf Euren Regalen habe ich es nie erblickt. Wo befindet es sich?«
Von Eyck setzte ein rätselhaftes Lächeln auf.
»An einem sicheren Ort.«
»Das heißt?«
»An einem sicheren Ort …«
Nachfragen wäre sinnlos gewesen. Jan hatte sich längst an derlei Geheimniskrämerei gewöhnt, für die der Maler eine Vorliebe zu haben schien.
Heftige Gefühle überwältigten den Jungen. Es war alles zugleich, Erschütterung über das, was Van Eyck ihm vertraulich offenbart hatte, Stolz, dass er Zeuge und Mitwisser seiner Bruderliebe sein durfte, Bewunderung für so viel Bescheidenheit.
»Was Ihr gerade getan habt, gereicht Euch zu großer Ehre. Trotzdem glaube ich, dass Ihr der König aller Maler seid. Euer Bruder war vielleicht ein Genie. Aber niemand vermag dem Genie nahe zu kommen, außer er ist selbst genial. Selbst wenn ich morgen anfangen sollte zu malen, unermüdlich zu arbeiten, selbst wenn ich mich mit Leib und Seele und bis zu meinem Tode der Kunst der Künste verschreiben sollte, ich würde Euch niemals gleichkommen. Ich bin ja noch sehr unerfahren, aber dadurch, dass ich an Eurer Seite gelebt habe, bin ich zu dem Schluss gekommen, dass es in der Welt der Kunst zwei Arten von Schöpfern gibt: die Menschen und die anderen. Ihr gehört zu den anderen, Meester Van Eyck. Das schwöre ich Euch!«
Ein wehmütiges Lächeln umspielte die Lippen des Malers. Er neigte sich zu Jan hinunter, nahm dessen Kopf zwischen seine Hände und betrachtete ihn lange. Seine Züge verrieten eine verhaltene Rührung, die den Jungen mehr als alle Worte überwältigte. Es war, als käme in diesem stummen Zwiegespräch plötzlich all das zum Ausdruck, was keiner von beiden in den vergangenen dreizehn Jahren mit Worten hatte sagen können. Van Eyck war die Schwermut anzusehen, die mit der Erinnerung

an Huberts Tod zurückgekommen war, und dass der Knabe diese Schwermut teilte, machte sie nur schmerzvoller. Und da waren die Selbstzweifel, die bangen Fragen des Künstlers am Abend seines Lebens. Jans bebende Lippen formten das Wort, das er so lange in seinem tiefsten Innern zurückgehalten hatte. In einem Hauch sprach er es aus:
»Vater ...«
Van Eycks Blick verschleierte sich. Er zog den Knaben an sich und hielt ihn lange und wortlos umarmt. Sie mussten es nicht bereden, beide wussten sie, dass von nun an weder die Zeit noch eine Trennung ihnen etwas würde anhaben können.
Van Eyck löste sich von dem Jungen, packte Näpfchen, Pinsel und Terpentin wieder ein.
»Komm, gehen wir.«
Sie brauchten nicht lange, dann hatten sie das Gasthaus »Zum Roten Kapaun« gefunden, wo der Meister Stammgast war. Er bestellte, dann lehnte er sich gegen die Wand zurück und überließ sich seinen Gedanken.
Es ging hoch her in der Gaststube, und es roch nach Bier und Bordeauxwein. Obwohl der Magistrat ein Verbot erlassen hatte, ließ das Klappern, das aus einem nur halb einsehbaren Winkel drang, vermuten, dass eine Partie Puffspiel im Gange war, falls nicht gar die Würfel rollten. Licht und Schatten spielten ineinander, undeutlich erfasste das Auge im Halbdunkel die geröteten Gesichter von Wandteppichwebern, die bleichen, ausgezehrten Gesichter von Walkern, die gelehrte Physiognomie von Notaren, dazu dickbäuchige Kaufleute und lombardische Bankiers. Stimmengewirr, Gelächter und von Zeit zu Zeit ein vager Uringeruch drangen heran; letzterer ging von den Schürzen aus, die einige Färber – ihre Finger zeigten scheußliche Waid- und Indigoflecken – in mangelnder Höflichkeit anbehalten hatten.
»Sag mal, Jan«, fragte unvermittelt der Maler, »bist du glücklich bei uns?«
Von der Frage überrumpelt, brauchte der Junge eine ganze Weile, bis er antwortete:

»Ja.«
Eilends fügte er hinzu:
»Weil Ihr da seid.«
»Du weißt, Margaret kann sich zuweilen etwas barsch zeigen, aber du darfst ihr das nicht nachtragen. Sie hat eben ihre Launen. Ich meine, dass sie dich eigentlich doch ganz gern mag.«
Jan deutete ein trauriges Lächeln an. Ihm wäre lieb gewesen, die Zuneigung, sollte sie denn echt sein, hätte sich gelegentlich etwas direkter geäußert. Van Eycks vorsichtige Formulierung war nicht geeignet, seine Zweifel zu beheben.
»Wenn ich ehrlich sein darf, sie hat mich nie wie eine Mutter geliebt. So wie sie Philipp und Pieter liebt.«
»Meiner Meinung nach verlangst du zu viel. Eine Mutter ist eine Mutter. Sie ist nicht austauschbar.«
»Ein Vater auch nicht. Dennoch …«
»Ja?«
Jan senkte den Blick, er wagte nicht, fortzufahren, dann aber fragte er in fast flehendem Ton:
»Ihr liebt mich, nicht wahr?«
Van Eyck ergriff die Hand des Jungen und umschloss sie fest.
»Ich liebe dich, Jan. Genauso so wie Philipp und Pieter.«
Er versuchte, sich der gefühlsgeladenen Stimmung zu entziehen und sagte mit leiser Selbstironie: »Aber ich, ich bin ein Künstler, mit allem, was diese Berufung an Maßlosigkeit bedeutet!«
Jan biss halbherzig in einen Kanten Weißbrot, dann machte er einen plötzlichen Vorstoß:
»Glaubt Ihr, dass meine Eltern am Leben sind?«
Van Eyck unterdrückte seine heftige Reaktion. »Was sagst du da?«
Jan wiederholte die Frage.
»Was soll ich dir antworten? Ich nehme an, ja.«
»Was meinen Vater angeht, so weiß ich es nicht. Aber meine Mutter lebt noch, davon bin ich überzeugt. Ich bin sogar sicher, dass sie in Brügge lebt.«
»Wie kannst du das so einfach behaupten?«

»Weil ich an bestimmten Tagen plötzlich spüre, dass sie ganz nah ist, so nah, dass ich sie berühren könnte.«
»Schau an! Diese Art von Gedanken hätte ich bei dir gar nicht vermutet.«
»Dennoch sind sie da. Und wenn sie mir zu lange durch den Kopf gehen und sich verknäueln, dann spüre ich, dass ich zornig werde.«
Er schwieg, als hätte er schon zu viel gesagt.
»Sprich weiter«, ermunterte ihn Van Eyck aufmerksam. »Warum Zorn?«
»Erinnert Ihr Euch an Lilia?«
»Hm, ja. Die Katze, die wir bei uns aufgenommen hatten. Ist das richtig?«
»Ja. Als sie ihre Jungen gekriegt hat, erinnert Ihr Euch, wie sie sie beschützt hat, wie sie die Krallen ausfuhr, als ich versuchte, sie ihr wegzunehmen? Seht ihr …« schloss der Junge bitter, »selbst die Tiere lassen ihre Kleinen nicht im Stich.«
Der Maler antwortete nicht sofort. Er hob den Bierkrug einige Zentimeter an, ließ die Lichtreflexe über den bauchigen Zinn wandern, tippte mit dem Finger kurz daran und stellte das Trinkgefäß wieder auf der Tischplatte ab.
»Du täuschst dich, Jan. Jeder Mensch, der trotz Nichtwissens urteilt, befindet sich im Irrtum. Was weißt du von dieser Frau? Nichts. Das ist ungefähr so, als würdest du eines meiner Gemälde verurteilen, von dem du gerüchteweise gehört hast, das dir aber nie vor Augen gekommen ist. Du sprichst in verächtlichem Ton vom Im-Stich-lassen. Du sollst wissen, Jan, dass Im-Stich-lassen zuweilen eine ganz besondere Liebestat sein kann.«
Seine Stimme war wieder fest geworden, und mit eindringlicher Kraft sagte er:
»Du sollst nicht verurteilen, Jan!«
Er nahm sich im Ton etwas zurück: »Nicht deine Mutter! Man verurteilt niemals eine Mutter. Wer kann wissen, in welcher Bedrängnis sie sich befunden hat?«
Der Blick des Jungen verdunkelte sich. Seine Züge hatten auf

einmal nichts Kindliches mehr. Etwas vom Ernst der Erwachsenen hatte sich darüber gelegt. Schweigend dachte er nach. Seine Gedanken schweiften zurück zu all den Nächten, in denen er sich ein Gesicht ausgedacht hatte, ein Gesicht mit dunkler Haut, umrahmt von Haaren, die pechschwarz glänzend waren wie die seinen, ein Gesicht, das an eine jener Frauen erinnern mochte, die er in der Werkstatt des Meisters auf der geheimnisvollen Miniatur aus Venedig erblickt hatte. Ganze Nächte hindurch war in seiner Fantasie eine Frauengestalt gewesen, die sich über ihn beugte, die ihm zart über die Stirn strich, bis der Schlaf kam, und die auch beim Erwachen noch da war.

»Ihr habt möglicherweise Recht«, gab er endlich zu. »Und eigentlich wäre ich auf solche Fragen auch gar nicht gekommen, wenn ...«

»... wenn?«

»Wenn Margaret wenigstens so getan hätte, als würde sie mich lieben.«

Darauf fiel Van Eyck keine Antwort ein. Er sah den Jungen starr an und vertraute darauf, dass sein Schweigen beredt genug war: Margaret kargte mit ihren Gefühlen, sie hatte wenig Liebe zu verschenken.

Die Mahlzeit ging wortlos zu Ende. Jan war so tief in seine Gedanken versunken, dass er nur ganz am Rande registrierte, wie Van Eycks verhangener Blick ihn von Zeit zu Zeit streifte. Als sie vom Tisch aufstanden und sich anschickten, ihre Kammer aufzusuchen, besann der Maler sich plötzlich anders.

»Sag mal, bist du schon sehr müde?«

»Nein, eigentlich nicht.«

»Um so besser.«

Er machte kehrt und ging dem Ausgang zu.

»Aber wo wollt Ihr hin?«

»Ein paar Schritte tun. Die Luft ist mild und der Sommer kurz. Nutzen wir ihn.«

Draußen war in der Tat der Abend zärtlich lau und wolkenlos, es war ein flandrischer Abend, der es gut meinte, der ausnahms-

weise davon absah, sich Kanälen und Kirchtürmen mit Nebeldunst aufzudrängen. Sie schlenderten ziellos durch die Gassen und befanden sich unvermutet vor der Johanneskirche. Van Eyck blieb stehen. Jan glaubte zuerst, der Altar rufe den Meister ein weiteres Mal, der aber betrachtete nur lange das Bauwerk, dann zeigte er hoch zum Firmament:
»Schau, Jan, was auch kommen mag, sage dir immer, dass da oben über jeden Einzelnen von uns ein Stern wacht. Man ist nie wirklich allein. Oder nur, weil man vergesslich ist.« Ohne Pause und mit ein wenig rauer Stimme fügte er an: »Morgen beginne ich mit deiner Lehre.«
Der Knabe erschauerte. »Glaubt Ihr, ich könnte wirklich Geselle werden, so wie Petrus und die anderen?«
»Mehr noch. Ich werde aus dir den Größten von allen machen.«
In der Fantasie hatte er schon lange auf diese Stunde gewartet. Jetzt, wo sie da war, fühlte Jan zugleich Stolz und Panik. Und auch die Frage, die er sich seit jeher gestellt hatte, tauchte ganz selbstverständlich wieder auf: Würde er Van Eycks Traum gewachsen sein?

Als sie sich bei Tagesanbruch auf den Heimweg machten, rollte die Kammlinie der Pappeln im Wind, der genauso früh aufgekommen war. Und als sie in der Nieuwe-St.Gillis-Straat anlangten, brauste ein regelrechter Sturm durch Brügge.
»Endlich!«, brummelte Van Eyck.
Sie hatten kaum die Haustür hinter sich zugemacht, da stürzte Margaret ihnen mit verstörtem Gesicht entgegen.
»Jan«, stieß sie nervös hervor, »ein Zivilbeamter ist da, der dich sprechen will.«
»An einem Sonntag? Und was will er?«
»Ich habe keine Ahnung. Er wollte mir nichts sagen.«
Van Eyck machte eine verdrießliche Gebärde. »Hatte ich nicht Recht, als ich sagte, dass es sich zur Zeit in Brügge nicht besonders gut lebt?«

VI

Der Mann mochte um die fünfzig Jahre alt sein. Er war von imposanter Statur, stiernackig und auch sonst äußerst kräftig gebaut. Seine Augen waren intensiv blau, und für einen Flamen hatte er einen erstaunlich dunklen Teint. Die schwarze Jacke reichte bis auf die Schenkel hinunter. Ein flacher Biberhut legte eine Schattenzone über seine Nase.

Jan war beeindruckt, er musterte den Besucher, als hätte er einen Riesen aus dem Märchen vor sich.

»Mein Name ist Idelsbad.«

Die Stimme klang sehr tief, leicht belegt.

»Der *Bailli* von Meunikenrede schickt mich. Wenn Ihr nichts dagegen habt, möchte ich mich gerne mit Euch unterhalten.«

»Der Amtmann von Meunikenrede? In welcher Angelegenheit denn?«

»Ihr dürftet wissen, dass es vorgestern Abend einen Mord gegeben hat.«

»Ja, leider. Ich glaube sogar, dass ich als Erster informiert war.« Van Eyck zauste Jans Haarschopf. »Mein Sohn hier hat die Leiche entdeckt. Weiß man, um wen es sich handelt?«

»Sluter. Nikolas Sluter.«

»Sluter? Das ist schrecklich. Aber fällt die Sache nicht in die Zuständigkeit der Behörden von Brügge?«

»Teilweise. Das Mordopfer war Bürger von Meunikenrede. In Brügge war er nur auf der Durchreise. Außerdem will die Familie, die zu Van Puyvelde, dem *Bailli*, sehr gute Beziehungen unterhält, begreifen, was sich da eigentlich zugetragen hat. Van Puyvelde hat mit Erfolg den Bürgermeister von Brügge um sein

Einverständnis gebeten, dass ich hier an Ort und Stelle die Ermittlungen aufnehmen darf.«

Er schickte sich an, seine Gürteltasche zu öffnen. »Ich besitze eine entsprechende Legitimation. Wenn Ihr …«

Van Eyck unterbrach ihn beinahe schroff. »Hört zu, Minheer, ich sehe nicht, inwiefern diese Angelegenheit mich betreffen sollte.«

Idelsbad blinzelte erstaunt.

»War Sluter nicht Euer Schüler?«

»Das wohl. Aber das war vor mehr als fünfzehn Jahren! Im Übrigen wohnte ich damals in Lille.«

»Trotzdem könntet Ihr mir von ihm erzählen. Außerdem geht es nicht allein um Sluter. Da sind auch die Mordopfer von Tournai und Antwerpen. Ihr seid sicherlich informiert …«

An den Fingern zählte er auf:

»Willebarck, Wunders. Allesamt waren sie Schüler in Eurer Malerwerkstatt. Da könnt Ihr Euch doch vorstellen, dass …«

»Ist schon gut, in Ordnung.« Van Eyck kapitulierte widerstrebend. »Erlaubt mir jedoch, etwas richtig zu stellen. Die beiden heißen nicht Willebarck und Wauders, sondern Wille*marck*, Wau*ters*. Aber was soll's. Folgt mir. Drinnen ist es bequemer. Ich möchte Euch aber warnen, ich habe wenig Zeit für Euch übrig.«

»Ich werde mich kurz fassen, das verspreche ich Euch.«

Er wandte sich zu Jan.

»Seine Aussage ist möglicherweise wertvoll, hättet Ihr etwas dagegen, wenn er mitkommt?«

Der Maler streckte die Hand nach dem Jungen aus. »Komm mit uns, sei so nett.«

Van Eyck wies dem Hünen einen Schemel an, während er selbst auf einer mit Armlehnen versehenen Bank Platz nahm.

»Nennt mir doch bitte nochmals Euren Namen.«

»Idelsbad. Till Idelsbad.«

Um ein Haar hätte Jan losgekichert. »Till? Wie der große Held Till Eulenspiegel?«

Resigniert breitete der Mann die Arme aus.

»Ich kann nichts dafür. Mein Vater verehrte diese Figur. Till Eulenspiegel verkörperte sämtliche Tugenden, die ihm teuer waren: Freiheit, Gerechtigkeit, Mut.«

»Trotzdem hätte er einen anderen Vornamen aussuchen können«, bemerkte Van Eyck mit unwillkürlichem Schmunzeln. »Kommen wir aber zur Sache.«

»Ganz recht. Wie lange hat Sluter in Eurer Werkstatt gearbeitet?«

»Fast fünf Jahre.«

»Aus welchem Grund ist er von Euch weggegangen?«

»So weit ich mich erinnere, war sein Vater krank und wollte ihn in seiner Nähe haben.«

»Meinen Sie, dass er sich unter Umständen Feinde gemacht hat? Oder dass er eine Tat begangen hat, die einen Rachewunsch ausgelöst haben könnte?«

»Als er seine Lehre angetreten hat, war er noch nicht einmal vierzehn Jahre alt. Ist es realistisch, zu glauben, dass man in diesem Alter schon so viel Hass hervorrufen kann? Eine so wilde Wut, dass jemand sich fünfzehn Jahre später getrieben fühlt, einen umzubringen?«

»Aber er ist zwischenzeitlich wieder in Brügge gewesen. Er hat gewiss versucht, Kontakt mit Euch aufzunehmen.«

»Nicht dass ich wüsste.«

»Das ist allerdings eigenartig. Er arbeitet mehr als fünf Jahre lang in Eurer Werkstatt mit, er hält sich in Brügge auf und bemüht sich nicht, Euch wieder zu sehen?«

»Vielleicht trug er sich mit der Absicht? Wie soll man das wissen?«

»Wann habt Ihr Nikolas Sluter zum letzten Mal gesehen?«

»Vor ein paar Monaten. Drei oder fünf, ich erinnere mich nicht mehr.«

»Es ist aber wichtig. Strengt Euer Gedächtnis an, tut mir den Gefallen.«

Der Maler bedachte ihn mit einem ungeduldigen Blick. »Minheer, wie wäre es, Ihr sagtet mir stattdessen, worauf Ihr hinauswollt?«

»Ich will den Mörder finden, was sonst?«

»Glaubt Ihr, dass er sich bei mir versteckt?«
Sein Gegenüber begnügte sich damit, in wesentlich festerem Ton zu wiederholen: »Wann habt Ihr Nikolas Sluter zum letzten Mal gesehen?«
»Was soll das? Ich habe die Frage schon beantwortet.«
»Verzeiht«, rief Jan dazwischen. »Ich kann mich erinnern. Wir sind ihm am Burgplatz begegnet. Es war am Tag der Heiligblut-Prozession. Er schien es sehr eilig zu haben, er hätte mich beinahe umgerannt.«
»Dein Gedächtnis ist offenkundig verlässlicher als das meine.« Die Bemerkung klang ein wenig säuerlich.
Er schenkte dem Hünen ein halbes Lächeln.
»Da seht Ihr, jetzt habt Ihr Eure Auskunft.«
»Und er hat Euch gegenüber auch wirklich nichts Besonderes erwähnt?«
»Nichts. Lediglich, dass er demnächst eine junge Florentinerin heiraten werde, der er auf einer Italienreise begegnet sei. Ich habe ihn geneckt wegen des ungestümen und unberechenbaren Temperaments der südländischen Frauen und habe die beruhigende, ausgeglichene Art der Frauen unserer Breiten gerühmt. Dann habe ich ihm viel Glück gewünscht, und wir sind auseinander gegangen.«
»Aha. Nun schön.«
Hereingeweht vom leichten Wind, war plötzlich ein Ekel erregender Geruch im Raum.
»Der Abfallkahn«, bemerkte Jan und verzog angewidert den Mund.
Ein großes Boot ohne Verdeck glitt auf der Gracht vorbei. Es transportierte seine tägliche Last von aufgeblähten, unter dem Pflanzenwerk halb verborgenen Schweinen und anderen Haustieren. Die Baggerschiffe hatten sie während der Nacht heraufgeholt.
Idelsbad ging zur nächsten Frage über: »Also du warst es, mein Junge, der Sluter gefunden hat?«
»Ja. In der Blinde-Ezel-Straat. Ich war auf dem Nachhauseweg.«

»Erinnerst du dich an irgendeine auffallende Einzelheit? An etwas Besonderes?«
»Seine Kehle war durchgeschnitten, und im Mund hatte er Veroneser Erde.«
»Veroneser Erde, so so«, wiederholte Idelsbad.
Er blieb eine Weile stumm, und seine blauen Augen ließen Jans Blick nicht los.
»Hattest du nicht ganz kurz vorher ein Kästchen mit Pigmenten erworben?«
Jan zwinkerte irritiert: »Ja, aber –«
»Sie waren für mich bestimmt«, stellte Van Eyck die Sache richtig. »Falls Ihr es vergessen haben solltet, ich bin Maler. Wenn man Euch gründlich unterrichtet hätte, dann hätte man Euch gesagt, dass sich unter den von mir bestellten Pigmenten keine Veroneser Erde befand.«
Idelsbad neigte den Kopf mit einer Ehrerbietung, der man nicht ohne weiteres ansah, ob sie geheuchelt oder aufrichtig war. »Ich weiß, wer Ihr seid, Minheer. Schließlich nennt man Euch den ›König der Maler‹, nicht wahr?«
»Da ist etwas, was ich nicht verstehe! Warum habt Ihr getan, als wüsstet Ihr nicht, dass Jan die Leiche Sluters entdeckt hatte? Ihr wusstet doch Bescheid, schließlich habt Ihr Cornelis vernommen.«
»Da täuscht Ihr Euch. Zwar habe ich Cornelis tatsächlich wegen der Pigmente befragt, aber weder er noch ich wussten, dass Euer Sohn mitbetroffen ist.«
»Ich kann Euch im Moment nicht folgen.«
»Habt nicht Ihr mich ins Bild gesetzt? ›Mein Sohn war es, der die Leiche entdeckt hat!‹ Das sind Eure eigenen Worte.«
»Das mag ja sein. Und bezüglich Sluter? Woher wusstet Ihr, dass er mein Lehrling gewesen war?«
»Von seiner Familie. Ich darf daran erinnern, dass ich in deren Auftrag komme. Und Brügge mag zwar eine große Stadt sein, es ist trotzdem auch ein Dorf.«
Er wechselte das Thema.

»Glaubt Ihr an schicksalhafte Zufälle? Drei Tote, alle drei Eure ehemaligen Lehrlinge. Gebt zu, dass man da nachdenklich werden muss.«
Van Eycks Finger umkrampften die Armlehnen. »Ihr habt gerade von schicksalhaften Zufällen gesprochen. Für mich die einzige Erklärung.«
»Habt Ihr Euch in jüngster Zeit nach Tournai oder Antwerpen begeben?«
Der Maler verfiel in einen ironischen Ton: »Welche Antwort erhofft Ihr Euch? Ist Willemarck nicht zufällig in Antwerpen umgebracht worden? Und Wauters in Tournai?« Und im Ton des gespielten Vorwurfs fügte er sofort hinzu: »Also bitteschön, Minheer, geht mit etwas mehr Ernst an die Sache heran. Nein, ich bin niemals in diesen Städten gewesen.«
»Dabei reist Ihr doch sehr viel.«
»Das ist in der Tat eine meiner Schwächen.«
»Und was ist der Grund?«
»Das ist wahrhaftig nicht Eure Angelegenheit, scheint mir.«
»Nach Portugal unter anderem ...«
»Es kann Euch unmöglich entgangen sein, dass ich von Herzog Philipp dorthin geschickt wurde. Ich sollte das Porträt der Infantin Isabel fertigen.«
»Eine sehr hübsche Frau, nebenbei gesagt. Diese Reise jedenfalls liegt schon mehrere Jahre zurück. Ich glaube zu wissen, dass Ihr gerade erst aus Lissabon zurückgekehrt seid.«
Der Maler hüllte sich in Schweigen.
»Ihr kommt doch aus Lissabon zurück, nicht wahr?«
Es kam noch immer keine Antwort.
Der Hüne ließ einen Moment verstreichen, dann fuhr er fort: »Wenn Ihr nichts dagegen habt, möchte ich mir gern Eure Werkstatt näher ansehen.«
Diesmal war es vorbei mit Van Eycks scheinbarer Gelassenheit. »Das kommt gar nicht in Frage! Niemand außer meinen nächsten Angehörigen ist befugt, die Werkstatt zu betreten. Ich habe vor nunmehr zehn Jahren das Bürgerrecht dieser Stadt erworben,

und ich möchte doch sehr bitten, nicht als Fremder behandelt zu werden!«
»Es ist amüsant, dass Ihr dieses Thema ansprecht. Ob Ihr es glaubt oder nicht, bevor ich Euch aufsuchte, habe ich die Register der Stadt durchgeblättert. Euer Name steht nicht darin.«
»Was sagt Ihr da?«
»Die Wahrheit. Ich habe nichts gefunden, außer unter dem Datum des 9. Septembers 1434 einen Vornamen und einen Geburtsort, ähnlich dem Eurigen: Jan. Aber Jan van Tegghe, geboren zu Maeseyck in der Nähe von Lüttich. Keine Spur eines Van Eyck.«
»Das ist abwegig! Auch ich bin in Maeseyck geboren, und ich habe die Gebühr entrichtet: zwölf Livres, um genau zu sein. Das ist alles einfach lächerlich! Wie dem auch sei, Ihr werdet keinen Fuß in meine Werkstatt setzen!«
»Seid vernünftig. Der Bailli hat Befugnisse.«
Der Maler richtete sich auf. »Von denen hat Jan Van Eyck ein ganzes Stück mehr! Niemand, habt Ihr verstanden, niemand wird hier in meinem Privatleben herumschnüffeln! Und noch viel weniger in der Stätte meines Schaffens!«
»Ihr begeht einen schweren Fehler. Der Bailli –«
»Der Bailli interessiert mich nicht! Richtet ihm aus, dass er, sollte er insistieren, es nicht mehr mit mir zu tun haben wird, sondern mit dem Herzog persönlich. Ist das klar?«
»Sehr klar. Ich weiß um Eure Verbundenheit mit dem Burgunder. Ihr pflegt vertrauten Umgang mit den Mächtigen, Minheer, das ist mit persönlicher Macht verbunden. Ihr mögt nichtsdestoweniger dulden, dass ich an Euer Gewissen appelliere.«
»In Fragen meines Gewissens habe ich allein zu entscheiden. Und jetzt wäre ich Euch zu Dank verbunden, wenn Ihr dieses Haus verließet.«
»Ihr seid in der Tat der Hausherr, Minheer.«
»Meester! Meester Van Eyck!«
Er zeigte zur Tür, und Jan bemerkte, dass die Hand zitterte.
Der Hüne sagte knapp und in eisigem Ton: »Seid gegrüßt. Aber

ich komme wieder, *Minheer.*« Das letzte Wort hatte er besonders betont.
Erst als er die Haustür ins Schloss fallen hörte, beruhigte sich Van Eyck einigermaßen.
»Entweder ist der Kerl verrückt«, murmelte er, »oder er weiß überhaupt nicht, was er sagt, was auf das Gleiche hinauskommt.« Er ballte die Faust und schloss in herrischem Ton: »Till Idelsbad … Ein Name, auf den der Herzog zurückkommen wird!«
Jan enthielt sich jeder Bemerkung. Ihm war ein Satz wieder eingefallen, den Petrus Christus am Vorabend gesagt hatte: »Und auch diesmal wieder ein Mann aus unserer Zunft …!«
Wie, zum Teufel, hatte er wissen können, dass es sich um einen Maler handelte? Bis zum Besuch des Zivilbeamten war dieser Umstand allen unbekannt gewesen. Schließlich hätte der Tote von der Blinde-Ezel-Straat irgendwer sein können. Wieso wusste Petrus Christus Bescheid?
Er war drauf und dran, dem Maler seine Überlegung mitzuteilen, aber Margaret, die der lautstarke Wortwechsel neugierig gemacht hatte, stand plötzlich im Raum.
»Was ist hier vorgegangen, mein Freund? Euren Zorn hat man ja bis zum Burgplatz gehört!«
»Schuld daran ist dieser ungehobelte Kerl! Er hat mich völlig aus der Fassung gebracht. Er hat eine Art, hinterhältige Fragen zu stellen, die man als beleidigend empfinden muss.«
Ihr bohrender Zeigefinger wies auf Jan. »Ich wage zu hoffen, dass es nicht seinetwegen ist.«
»Meinetwegen?«
»Wie kommst du denn auf die Idee, mein Liebling? Jan hat mit der ganzen Sache nichts zu schaffen.«
Der zweifelnde Ausdruck wich dennoch nicht aus ihrem Gesicht. »Von mir aus. Aber bei diesem Jungen muss man auf alles gefasst sein.« Sie machte auf dem Absatz kehrt, fügte aber noch hinzu: »Es ist Zeit für die heilige Messe. Wir werden zu spät kommen.«

Die Katastrophe erwartete sie, als sie von der St.-Klara-Kirche zurückkamen. Vor der Haustür angekommen, steckte der Maler den Schlüssel ins Schloss und merkte im selben Augenblick, dass dies überflüssig war: die Tür war angelehnt.

»Was ist ...«, brummelte er. »Hat Katelina am Ende nicht zugeschlossen?«

Von einer bösen Ahnung erfüllt, schritt er vor den anderen über die Schwelle. Etwas war anders als sonst, er spürte es.

»Katelina!«

Keine Antwort.

»Katelina!«

»Vielleicht ist sie auf dem Markt«, meinte Margaret zögernd.

Van Eyck schritt energischer voraus.

»Mein Gott ...«

Der Fußboden war mit Lampenscherben übersät, die Anrichte war aufgebrochen worden, und die vom Herzog geschenkten sechs Silberpokale waren verschwunden. Erschüttert stürzte er in die anderen Räume. Überall die gleiche haarsträubende Unordnung. Als hätte ein Orkan das Haus hochgehoben und sämtliche Schubladen und Schränke ausgeleert. Aus den aufgeschlitzten Matratzen quoll die Füllung, die Kleidung lag in wirren Haufen herum. Noch schlimmer aber sah es in der Werkstatt aus. Wahllos verschüttete Pigmente, umgestoßene Näpfe, zerbrochene Staffeleien, zerschmetterte Maltafeln. In einer Ecke hockte Katelina als zitterndes Bündel, Knöchel und Handgelenke zusammengeschnürt, die Lippen hässlich verformt durch ein Knäuel aus Baumwolle, das man ihr in den Mund gestopft hatte.

»Hilf Himmel!«, heulte Van Eyck auf. Der Magd zu Hilfe eilend, befahl er Margaret: »Bring die Kinder weg!«

In fiebriger Hast befreite er Katelina von dem Knebel, löste die Fesseln und half ihr, aufzustehen.

»Was ist hier vorgegangen?«

Unter heftigem Schluchzen versuchte sie, irgendwelche Worte hervorzubringen, unfähig, das Zittern ihres Körpers zu beherrschen.

»Beruhigt Euch. Es ist alles wieder gut.«
Reglos, beklommen stand Jan in der Tür und verfolgte die Szene. Sie erlebten einen Albtraum, davon war er überzeugt.
»Was ist hier vorgegangen?«
»Es ist kaum zu glauben. Drei Männer sind, ein paar Minuten nachdem Ihr weggegangen seid, ins Haus eingedrungen. Ich habe Schritte gehörte. Zuerst dachte ich, Frau Margaret hätte etwas vergessen. Kaum war ich aus der Küche draußen, da stand ich ihnen schon gegenüber. Ich habe gar nicht begriffen, was mir da passierte, denn einer der Männer, der jüngste, ist mit einem Pilgerstab auf mich losgegangen.«
»Ihr meint mit einem Stock?«
»Nein«, beharrte Katelina, »es war ein Pilgerstab. Ihr wisst doch, so eine Art langer Spazierstock mit einem runden Knauf, wie ihn die fremdländischen Pilger mitführen.«
»Berichtet weiter.«
»Ich habe versucht zu fliehen. Der Mann hat mir einen Schlag auf den Kopf versetzt. Alles um mich hat geschwankt, ich habe gemerkt, dass ich in ein schwarzes Loch rutschte. Als ich wieder zu mir kam, befand ich mich hier in der Werkstatt. Jemand brüllte mir in schlechtem Flämisch ins Ohr: ›Wo ist der Schlüssel?‹ Er meinte natürlich den Schlüssel zu ...«
»Lieve God!«, rief Van Eyck schreckerfüllt aus.
Er wandte sich der Tür zu, die seine »Kathedrale« verschloss. Sie war noch immer zu, aber das Schutzschildchen des Schlosses hing an einem kläglichen Ende zur Seite und im Holz steckte eine abgebrochene Dolchklinge.
»Ihr könnt beruhigt sein, sie haben sich keinen Zugang verschaffen können, und das hat sie in rasende Wut versetzt, vor allem denjenigen, der wohl der Anführer war. Immer und immer wieder hat er mich mit seinem fürchterlichen Akzent angeherrscht: ›Wo ist der Schlüssel?‹ Ich habe ihm bei allen Heiligen geschworen – und es ist ja auch die Wahrheit –, dass ich ihn nicht besitze, dass Ihr allein ihn verwahrt. Zwar hat er mir schließlich geglaubt, aber sein Zorn hat sich deswegen nicht gelegt. Er hat

seinem jungen Komplizen den Knüttel aus der Hand genommen und hat angefangen, alles um sich herum zu zertrümmern.«

»Aber was haben sie nur gesucht?«, rief Jan fragend. »Es gibt doch keinen Schatz hier!«

Van Eyck gebot ihm Schweigen. »Erzählt weiter, Katelina.«

»Das ist alles. Sie haben mich gefesselt und so liegen lassen, wie Ihr mich gefunden habt.«

Allmählich kam sie wieder zu Atem. Sie deutete auf einen Punkt hinter dem Werktisch. »Als sie schon fast wieder draußen waren, ist der Anführer nochmals zurückgekommen und hat das da hingekritzelt.«

Van Eyck drehte sich um und las an der Wand die folgenden Worte:

¡Tras las angustias de la muerte,
los horrores del infierno!
¡Volveremos!

Er blieb eine Weile stehen, dann erklärte er in einem Tonfall, den Jan an ihm nicht kannte: »Das musste so kommen ...«

Der Junge wollte fragen, was die Schriftzüge in einer fremden Sprache bedeuteten, schwieg dann aber doch lieber.

Mit einem gehetzten Ausdruck im Gesicht lief der Maler in seiner Werkstatt hin und her. Niemand hätte darauf kommen können, was in seinem Kopf vorging, welche heftige Auseinandersetzung in seinem Innern ablief. Schließlich entwand er sich dem angestrengten Sinnen und untersuchte die Eichenholztür. Er versuchte die Klinge aus dem Schloss herauszuziehen, gab es aber bald auf.

»Jan«, befahl er, »du gehst sofort Van Bloeck, den Schlosser, holen. Sag ihm, er möge umgehend hierher kommen. Hast du verstanden? Umgehend!«

»Falls er aber nicht kann oder anderswo beschäftigt ist?«

»Das ist mir herzlich egal! Ich zahle jeden Lohn, den er fordert! Los, mach schon!«

Als er dann allein war, versank er in langes, schmerzvolles Nachdenken.

»Nach den Schrecken des Sterbens das Grauen der Hölle! Wir werden wieder kommen!«

Die Spanier … wie das? Durch wen waren sie informiert worden? Es war Zeit für ihn, Herzog Philipp aufzusuchen. Vielleicht war er in der Lage, eine Erklärung zu finden. Bis dahin mussten dringend einige Vorsichtsmaßnahmen getroffen werden. Er zog eine Schublade auf, entnahm ihr ein Blatt Velinpergament, ein Tintenfass, eine Feder und fing an zu schreiben …

VII

Am hölzernen Geländer der Beginenbrücke lehnend, beugte Jan sich noch ein wenig mehr nach vorn, um das Treiben auf dem Wasser besser verfolgen zu können. Gedankenverloren war er die gesamte *Reie* bis hierher entlang gewandert; wenige Schritte weiter öffnete sich das Minnewater, worin der Fluss scheinbar aufging, bevor er in schnellerem Lauf den Weg hinaus durch das Genter Tor fand. Ein Schiff war gerade dabei, die Schleuse zu passieren, ein anderes näherte sich dem Kai, ein drittes glitt gemächlich im Schatten der beiden halbmondförmigen Türme dahin, die die Einfahrt zu dem schmalen See flankierten.

Es war keine leichte Sache gewesen, Van Bloeck zum Verlassen seiner kleinen Ladenwerkstatt zu bewegen. Der Mann hatte so lange nicht mit sich reden lassen, wie Jan nicht die magischen Wörter ausgesprochen hatte: Livres, Dukaten, Goldstücke … Nach Hause zurückgekehrt, hatte Jan den Maler am Stehpult angetroffen. Auch ohne Worte war ihm sofort klar, dass er im Moment unerwünscht war. Er hatte das Haus wieder verlassen und war ziellos durch die Straßen geschlendert. Aber war es wirklich der Zufall, der ihn unweigerlich dorthin führte, wo sich Schiffe bewegten, wo das Wasser der Schleusen sprudelte und schäumte?

Was ging nur vor in Van Eycks Leben? Wie konnte es kommen, dass ihr Dasein in den Strudel der Gewalt geriet?

Zerstreut musterte er die Umgebung. Und dann sah er sie.

Sie beobachtete ihn von einem der Fenster des Beginenklosters aus. Beinahe sofort war er sich sicher, sie schon irgendwo gesehen zu haben. Wie alt mochte sie sein? Höchstens dreißig Jahre. Er glaubte in der Art, wie sie ihn ansah, ein gewisses Interesse wahrzunehmen. War es möglich, dass sie ihrerseits das Gefühl hatte, ihn schon einmal gesehen zu haben? Er beobachtete sie weiter, von ihrer Schönheit fasziniert. Warum hatte eine so schöne Frau sich freiwillig aus der Welt zurückgezogen? Jedermann wusste schließlich, dass die Beginen ihr Leben dem Gebet und frommen Werken weihten.

Plötzlich winkte sie ihm zu. Er grüßte sie mit einer Neigung des Kopfes. Sie erwiderte die Geste, und die Beginenhaube, die ihre Haare bedeckte und die vielleicht unter dem Kinn nachlässig geknüpft war, löste sich. Langes dunkles Haar fiel ihr, in der Sonne glänzend, auf die Schultern herab und rief Jan im gleichen Moment ein anderes Gesicht vor Augen: das des dunkelhaarigen, halb entblößt neben einem Messingbecken stehenden Mädchens, das Van Eyck vor langer Zeit gemalt hatte, jenes Mädchen auf dem Bild, das er erst vor wenigen Tagen mit Firnis überzogen hatte. Natürlich war das Modell viel jünger gewesen.

Er sah wieder Van Eycks Hand vor sich, wie sie die Konturen entlangglitt, Hüften und Brüste zart berührend, sich den Wölbungen flüchtig anschmiegend. Aber nein, unmöglich. Es konnte nicht die gleiche Person sein. Niemals hätte eine Begine sich in so leichter Gewandung zur Schau gestellt. Unbekleidet Modell stehen, das war unvereinbar mit dem Streben einer Seele, die sich Gott geweiht hatte. Es war schlimm, all diese Mordgeschichten machten ihn ganz wirr. Es war besser, er ging jetzt nach Hause.

Erst jetzt bemerkte er die Anwesenheit des Hünen.

Idelsbad stand kaum eine Elle entfernt neben ihm. Er lehnte am Geländer und beobachtete scheinbar müßig die Schiffe. Zufall?

»Wie geht es dir, mein Junge?«

Der Mann hatte die Frage gestellt, ohne den Blick vom Wasser zu wenden.

»Aber was ... macht Ihr denn hier?«

»Nun, Schiffe sind meine Leidenschaft.«

Er zeigte auf ein relativ kleines Schiff.

»Ich frage mich, ob das ein Ewer oder eine Schute ist.«
»Ein Ewer natürlich.«
»Woran erkennst du das?«
»An der Größe der Ruder. Die der Schuten sind deutlich kürzer.«
»Bravo! Du scheinst ja ein Fachmann zu sein.«
»Sagen wir lieber, ich habe die gleiche Leidenschaft wie Ihr.«
»Ach nein! Ich dachte, für dich gebe es nur die Malerei.« Ohne Pause sprach er weiter: »Eure Reise nach Gent, ist sie gut verlaufen?«
»Ja, gut.«
»Dagegen war die Heimkehr unerfreulich.«
»Woher wisst Ihr das?«
»Wissen ist geradezu mein Beruf, nicht wahr? Ohnehin musste man nur das Geschrei von Frau Margaret vernehmen, dann war einem klar, dass bei Euch etwas sehr Ungewöhnliches vorging.«
»Sie haben alles verwüstet. Gemälde, Maltafeln, Schränke, alles! Sie haben sogar die sechs Silberpokale entwendet, die der Herzog Meester Van Eyck geschenkt hatte.«
»Merkwürdig.«
»Findet Ihr? Die Pokale waren ein Vermögen wert.«
»Nein, ich meinte nicht die Pokale, sondern die Art, wie du deinen Vater nennst: ›Meister‹. Das ist eher ungewöhnlich.«
Jan zuckte die Schultern. »So ist es nun einmal.« Er besann sich und fügte mit einem Anflug von Stolz hinzu: »Es kommt auch vor, dass ich ihn Vater nenne.«
»Haben sie noch etwas anderes mitgenommen?«
»Schwer zu sagen. Sie haben das ganze Haus auf den Kopf gestellt.«
»Ist der Raum neben der Werkstatt aufgebrochen worden?«
»Gott sei Dank, nein. Der Meister wäre sonst krank vor Ärger.«
»So dass man sich fragt, ob er nicht einen Schatz dort verwahrt. Ich nehme an, dass auch du nicht befugt bist, dorthin vorzudringen.«
»Ich bin sogar der Einzige, der einen zweiten Schlüssel besitzt.«
»Du solltest dich in Acht nehmen. Um uns herum gibt es genug

Leute mit bösen Absichten. Ich möchte hoffen, dass du diesen Schlüssel nicht mit dir herumträgst.«
Jan reagierte mit einem belustigten Blick. »Wer weiß ...«
Ein Paar ging laut lachend an ihnen vorüber. Ihre Kleidung war von jener demonstrativen Kostbarkeit und Eleganz, der man in Brügge nicht selten begegnete. Der Mann war in einen Florentiner Seidenbrokat gekleidet, seine Kopfbedeckung zeigte eine gerollte Krempe, dazu trug er Ringe an sämtlichen Fingern; die junge Frau trug ein sehr eng tailliertes, mit Marder und Hermelin besetztes Kleid, wie es am schottischen Hof Mode war. Ein komplizierter, von einem Wald goldener Nadeln durchsetzter Aufbau aus Schleiern schwankte und glitzerte auf ihrem Kopf. Jan fragte sich, wie das Gebilde den Launen des Windes standhalten konnte.
Er blickte zur Fassade des Beginenhofs hinauf. Die Unbekannte beobachtete ihn immer noch.
»Lebt wohl, Minheer. Es wird allmählich spät. Ich muss nach Hause.«
»Warte! Weißt du, ob Petrus Christus zu den Lehrlingen deines Vaters gehört hat?«
Jan verneinte.
»Und was erklärt seine Anwesenheit in Brügge?«
Der Knabe war kurz davor, ihm die Äußerung weiterzugeben, die der junge Maler zwei Tage zuvor getan hatte: »Und auch diesmal ein Mann aus unserer Zunft.« Aber er sagte sich, dass dies Van Eyck nicht gefallen würde.
»Darüber weiß nicht nichts.«
»Hat er die Absicht, lange in der Stadt zu bleiben?«
»Es tut mir Leid, Minheer. Ich muss nach Hause.«
Er drehte sich auf dem Absatz um, als kümmerte ihn die Reaktion des anderen nicht.
»Ich an deiner Stelle würde mich in Acht nehmen!«, rief der Hüne ihm nach.
»Mich in Acht nehmen? Vor wem denn?«
»Vor allem und vor jedem.«

Er schloss mit großem Nachdruck: »Der Tod schleicht durch Brügge. Er ist blind. Wir sehen uns wieder, Kleiner!«

Als er in die Nieuwe-St.Gillis-Straat zurückkehrte, traf er lediglich Katelina an. Sie war damit beschäftigt, ein Mechelner Hähnchen in geschmolzener Butter goldbraun zu braten. Jan schnappte sich einen Apfel und deutete auf das Geflügelgericht.
»Was verschafft uns diese Ehre? Heiratet jemand?«
»So lange koche ich schon für euch, da müsstest du eigentlich wissen, dass ich nicht auf die großen Feiertage warte, um meine Lieblingsgerichte zuzubereiten.«
»Da tust du recht daran. Ich hoffe, du hast viel Speck dazu getan.«
»Keine Sorge.Ich weiß, dass du das besonders magst. Es ist mehr als genug dran.«
»Wo sind die anderen?«
»Frau Margaret und die Kinder sind zu Besuch bei Friedlanders. Sie war mit den Nerven am Ende. Ich hoffe sehr, dass sie zum Abendessen zurück sind.«
»Und der Meister?«
»Wie soll ich das wissen? Nachdem Van Bloeck wieder weg war, hat er sich aufs Pferd geschwungen und ist davongeritten.«
Jan sah sie verwundert an. »Er ist ausgeritten? Um diese Zeit?«
»Das Recht dazu hat er doch wohl, oder? Nach der Aufregung von heute Nachmittag wird ihm so ein Ausritt sicher gut tun. Ich täte das Gleiche, wenn ich reiten könnte.«
»Es ist aber wirklich das erste Mal. Normalerweise geht er nicht aus dem Haus, wenn er schlechter Stimmung ist, sondern malt!«
»Jan, mein Herzchen«, seufzte Katelina, »wann hörst du endlich auf, dir tausend unnütze Fragen zu stellen?«

Mit unendlicher Vorsicht nahm Laurens Coster den letzten der aus Ton geschnittenen Buchstaben, ein S, zwischen zwei Finger. Nachdem er ihn mit Druckfarbe bestrichen hatte, setzte er ihn auf das Papier, rechts neben die sieben bereits in gerader Linie platzierten Schriftzeichen. Mit dem Daumen drückte er auf das

empfindliche Gebilde, während er sich zu William Caxton und Petrus Christus umdrehte, das Wort vor allem an Letzteren richtend:
»Verstehst du jetzt, warum die Methode in der praktischen Anwendung so mühselig ist? Solange es darum ging, meinen Kindern Unterhaltung zu bieten, fand ich den Vorgang amüsant. Aber eine ganze Handschrift in solche Druckbuchstaben umzusetzen, erfordert übermenschliche Geduld.«
Er nahm den Daumen vom Papier und rief: »Schau her. Du bist verewigt worden.«
Petrus nahm das Blatt in Augenschein. Es war sein Name, »Christus«, den der Holländer da gedruckt hatte.
»Die Wirkung ist verblüffend!«, rief Caxton voller Bewunderung aus. Mit seinen kaum zwanzig Jahren, dem schmächtigen Wuchs, den kurzsichtigen Augen, den von Sommersprossen übersäten Wangen und dem ewigen Staunen im Gesicht, erinnerte der Engländer mehr an einen unerfahrenen Jüngling als an einen gewieften Kaufmann.
Mit sechzehn hatte er das Glück gehabt, als Lehrling von einem reichen Tuchhändler aus der Grafschaft Kent angenommen zu werden, der zwei Jahre später zum Lord-Mayor von London ernannt wurde. Nachdem sein Lehrherr im vergangenen Jahr verstorben war, hatte Caxton, zu dessen Selbstvertrauen die geerbte Summe beitrug, sich in Brügge eingefunden. Er war fest entschlossen, im Tuchgewerbe ein Vermögen zu machen. Über diese ungewöhnlich frühe Neigung zum Handel hinaus hegte er jedoch eine heimliche Leidenschaft: die Literatur. Dazu kam eine Idee, von der er geradezu besessen war: die künstliche Schrift.
Petrus dämpfte die Begeisterung des anderen ein wenig:
»Sicherlich, aber es ist doch weniger gelungen als unsere Holzschnitte oder unser Stoffdruck. In diesem Zusammenhang hat mein Freund und Lehrmeister Van Eyck mich auf eine sehr interessante Schrift aufmerksam gemacht, das *Libro dell'arte*, verfasst von einem Maler aus Padua, einem gewissen Cennino Cennini.

Der Verfasser empfiehlt, eine Tafel aus Nuss- oder Birnbaumholz von den Ausmaßen eines Backsteins zu verwenden. Sobald das Muster eingeschnitten ist, soll man die Oberfläche mittels eines Handschuhs, den man in zerstoßene und verdünnte Weinrebkohle getaucht hat, einfärben. Anschließend muss man nur noch den Stoff schön gleichmäßig auf die Holzplatte spannen und den Abdruck vornehmen.«
Laurens reagierte mit einem Achselzucken. »Dein Italiener hat da nichts erfunden. Ein paar haarfeine Unterschiede gibt es, aber ansonsten haben die Zeugdrucker schon immer mit dieser Methode gearbeitet. Bei uns aber taucht das Problem der Druckfarbe auf. Sie muss schwerer, zähflüssiger sein, damit sie den metallenen Lettern gleichmäßig anhaftet, denn die Tintenflüssigkeit der Kopisten oder der Stecher und Schneider ist nicht verwendbar. Immerhin gebe ich die Hoffnung nicht auf, die Zusammensetzung entsprechend abzuändern, ohne damit die Trockenzeit nennenswert zu verlängern.«
In leidenschaftlichem Ton fuhr er fort:
»Da ist auch noch das heikle Problem der Lettern. Bisher schnitt ich meine Buchstaben aus Buchenrinde zu, und ich brachte sie auf den noch weichen Ton auf. Das Ergebnis« – er hielt ihnen das eben verwendete *S* vor die Augen – »ist alles andere als unbrauchbar, man könnte sogar sagen, es ist der näheren Beschäftigung wert. Nur leider ist es unmöglich, einen so eingelegten Buchstaben aus seinem inzwischen spröden Träger herauszulösen, ohne letzteren zu zerbrechen. Da ich gezwungen bin, meine Buchstaben einzeln von Hand zurechtzuschneiden, bevor ich sie in der Tonmasse festdrücke, erhalte ich außerdem trotz aller Bemühung keine exakt gleichen Formen. Das wäre anders, wenn meine Lettern von vornherein aus Metall wären, aus Zinn oder Blei. Nicht nur könnten wir sie dann nach Belieben wieder verwenden, sondern es würde genügen, die Seiten einer Handschrift ein einziges Mal aus solchen Buchstaben zusammenzusetzen, um sie nachher in der gewünschten Anzahl von Exemplaren zu vervielfältigen.«

»Und warum tut man das nicht?«, fragte Caxton verwundert.
Statt zu antworten, öffnete Laurens ein Kästchen, holte ein Schriftzeichen heraus und hielt es den beiden Männern hin.
»Seht her! So sieht die Zukunft aus.«
Der Maler und nach ihm der Engländer wendeten das Schriftzeichen prüfend hin und her, bevor sie es Laurens wieder zurückgaben.
»Ich verstehe das nicht«, sagte Petrus. »Es ist doch sehr wohl aus Zinn. Nun, sagtest du nicht gerade –«
»Das Formstechen dieses Buchstabens mit Hilfe eines stählernen Stichels hat stundenlange Arbeit gekostet. Wir haben die Werkzeuge durchaus zur Verfügung, die uns diese Art von Vervielfältigung ermöglichen würden: ich meine die verschiedenen Stichel und die Stockpresse. Obwohl Letztere bislang nur dazu dient, Trauben, Leinsamen oder Käse und schließlich Papier zu pressen. Was aber in Wirklichkeit zählt, ist nicht so sehr das Drucken, sondern die Schnelligkeit der Ausführung. Ideal wäre es, man könnte eine feste Druckplatte erfinden, die selbst schon aus Metall bestünde, weitgehend verstellbar wäre und sehr präzise funktionieren würde. Eine Art Matrize, die uns gestatten würde, identische Lettern in kürzester Zeit zu formen und vor allem deren Größe zu verändern, der Höhe wie der Breite nach. Dir ist selbstverständlich klar, dass die Breite eines *w* von der eines *i* abweicht und dass ein *i* nicht gleich hoch ist wie ein *a*.«
Er machte eine Pause, bevor er geradezu inbrünstig fortfuhr: »Wenn nicht ich, dann wird auf jeden Fall ein anderer die Schwierigkeiten überwinden. Man hat mir hinterbracht, ein Mann namens Gutenberg arbeite sich verbissen auf dem gleichen Weg voran. Des Weiteren scheint in Avignon ein Mann namens Waldvogel, der aus Prag geflohen ist, in der gleichen Richtung tätig zu sein.«
Er legte William Caxton freundschaftlich die Hand auf die Schulter. »Unser junger Freund hier liebäugelt mit dem Plan, eines Tages die englischen Autoren übersetzen zu lassen, und zwar ins Englische! Ein Wahnsinnsunterfangen, das nur dann Aussicht

auf Erfolg hat, wenn es gelingt, die betreffenden Werke in großer Stückzahl und schnell zu reproduzieren.«

»Ins Englische? Sind sie denn nicht schon in dieser Sprache verfasst?«

»Nicht wirklich«, antwortete Caxton. »Es gibt in England genauso viele Dialekte wie Grafschaften, und sie unterscheiden sich enorm voneinander, so dass jemand aus Sussex einen Bauern aus Kent überhaupt nicht versteht. Ich habe die Absicht, von der Sprache Londons auszugehen, die auch die Sprache des Hofes ist, und sie schrittweise auf der ganzen Insel durchzusetzen.«

»Hehre Absicht ...«

»Wie dem auch sei«, hob Laurens noch einmal an, »morgen oder in zehn Jahren, so viel ist gewiss, wird einer von uns dank göttlicher Gnade erleuchtet werden. Man braucht nur mit anzuschauen, wie sehr die Einführung des Papiers bereits die Welt des Schrifttums verändert hat.«

»Glaubst du wirklich«, unterbrach ihn Petrus, »dass es das Velinpergament verdrängen wird? Schließlich besitzen die Tierhäute genauso viele günstige Eigenschaften: Sie zerreißen nicht so leicht, brennen nicht ohne weiteres und sind nicht wasserempfindlich. Pergament ist glatt, auch wenn jede Tierhaut grundsätzlich eine rauere Seite hat. Außerdem verfließt auf Velin die Tinte nicht.«

»Du hast teilweise Recht. Velin bleibt ein wundervolles Material, um darauf zu schreiben. Aber das Wesentliche vergisst du: die Kosten. Ein Buch von circa einhundertfünfzig Blatt erfordert fast ein Dutzend Häute. Die Zahl erhöht sich auf zweitausendfünfhundert Häute, wenn du von zweihundert Exemplaren ausgehst. Das Werk *Vitae patrum* hat für sich allein bereits mehr als tausend erfordert! Das wird ab dem Tag nicht mehr so sein, an dem man in der Lage sein wird, die Werke technisch zu vervielfältigen. Je höher die Auflage, desto kostengünstiger wird sie sein.«

Er legte den Zinnbuchstaben in das Kästchen zurück und sprach weiter:

»Mein Freund, die Menschheit hat keine andere Wahl mehr, sie muss sich die *ars artificialiter scribendi* erschließen. Tausend Gründe zwingen sie in diese Umwälzung hinein. Ich möchte nur zwei davon nennen: Die Entlohnung für die Kopisten steigt immer weiter, und die Zahl der Studenten wächst an, sei es nun in Bologna, Paris, Cambridge, Salamanca, Padua oder Prag. Diese jugendfrischen Geister hungern nach Büchern, und nach immer mehr Büchern. Der Genius des Menschen, will er diesen Ansprüchen Genüge tun, ist gezwungen, Neues zu erfinden, Fantasie zu beweisen. Gibt es eine stärkere Kraft als die Fantasie? Sie macht die Revolutionen, sie macht Liebe erst fruchtbar, und sie ist es auch, die eines Morgens Türen einen Spalt aufstößt, die man verrammelt glaubte.«

»Und dann, wenn diese Türen aufgehen, was kommt dann?«

Caxton übernahm die Antwort. »Die Erkenntnis, das Wissen werden sich über die Welt verbreiten. Alle, auch die Niedriggeborenen, werden die Möglichkeit haben, ihren Geist zu bereichern. Eine neue Welt wird entstehen, eine glorreiche Welt!«

Petrus verzog skeptisch das Gesicht.

»Glaubt Ihr wirklich, der gemeine Mann wird in der Lage sein, zu begreifen,was er liest? Habt Ihr die Folgen bedacht, die eine wahllose Verbreitung des Wissens haben wird? Diese Umwälzung, die Ihr herbeisehnt, könnte so mancher schlechten Sache dienen. Die Kirche selbst würde in Gefahr geraten und mit ihr die Grundfesten unserer Zivilisation.«

»Mein lieber Petrus, es gibt keine Veränderung ohne Risiko. Darf man der Illusion verfallen, die gegenwärtigen Entdeckungsreisen unserer Seefahrer hätten keinerlei Auswirkungen? Wenn wir in unbekannten Weltgegenden an Land gehen, wenn wir fremden Völkerschaften begegnen, besteht da nicht die eindeutige Gefahr, dass wir deren Sitten, Traditionen, ihr Alltagsleben gewaltsam verändern? Hat man sich wirklich und gründlich mit der Frage auseinander gesetzt, was beim Aufeinanderstoßen zweier Welten herauskommt? Manche sehen darin eine Bedrohung, andere die Chance, etwas miteinander zu teilen. Auf jeden Fall bin ich überzeugt, dass der Reichtum an Wissen und die Freiheit, Wissen zu

verbreiten und es einer größtmöglichen Anzahl von Menschen zugänglich zu machen, dass dies Faktoren sind, die jedes Wagnis rechtfertigen.«
Ein kurzes Schweigen trat ein, dann erklärte der Maler in nachdenklichem Ton:
»Du hast wahrscheinlich Recht. Aber lasst uns wachsam bleiben. Wir sollten nicht erlauben, dass jene kommende Welt die jetzige Welt für immer zerstört.«

VIII

Juli 1441

Jan stand in der Mitte der Werkstatt und traute sich nicht, auch nur ein Wort zu sagen. Zuerst musste Van Eyck sich entschließen, sein Schweigen zu beenden. Zwei Tage waren seit der Verwüstung des Hauses vergangen, zwei Tage, in denen sich die Nervosität des Malers immer weiter gesteigert hatte, bis sie ihn auch physisch zu verwandeln begann. Die Züge schienen kantiger, herber. Alles verstärkte seine Reizbarkeit, beim geringsten Anlass fuhr er aus der Haut. Dann wieder zog er sich plötzlich und grundlos in Schweigen zurück, das Gesicht von schwerem Ernst gezeichnet, der Blick abwesend.

»Kommen wir zur Bereitung der Schattierungen zurück«, sagte er endlich. »Ich höre.«

Zaghaft machte Jan sich ans Aufsagen: »Wir müssen drei Näpfchen nehmen. In das eine geben wir beispielsweise reinen Rotocker, in den zweiten eine hellere Farbe, und im dritten, den für die Zwischentöne, werden wir eine Mischung aus den beiden ersten bereitstellen. Der Rotocker ist hauptsächlich für die Gesichtsfalten gedacht, für die hellsten Stellen im Gesicht …«

»Falsch! Umgekehrt ist es! Er ist dazu da, die dunkelsten Falten zu übermalen.«

Der Knabe verbesserte sich: »Ihr habt Recht. Die dunkelsten. Die hellste Farbe dagegen wird dort aufgetragen, wo das Licht hinfällt. Mit Hilfe von Weiß arbeitet man die markantesten Erhebungen heraus.«

»Das stimmt so ungefähr. Aber ich wage nicht, mich festzulegen,

ob dein Wissen auf die Beobachtung zurückgeht, wenn du mir bei der Arbeit zusiehst, oder auf jene Methode, die der geschätzte Cennini in seinem *Libro dell'arte* lehrt.«
In eindringlichem Ton fuhr er fort: »Auswendiglernen nützt gar nichts! Begreifen muss man! Sich die Dinge innerlich aneignen. Die Kunst der Künste hat mit Gedächtnis überhaupt nichts zu tun. So, und jetzt reden wir von den Maltafeln. Du musst stets ein Edelholz wählen, vergiss das nie. Ich selbst habe, wie du weißt, eine Vorliebe für Nussbaumholz. Die Tafel muss mit mindestens sechs Schichten Leim eingestrichen werden, und dieser Leim muss aus Pergamentschnitzeln hergestellt sein.«
Der Maler hielt ein Stück dünne Leinwand hoch. »Nachdem du diese Leinwand eingetaucht und gründlich ausgewrungen hast, spannst du sie auf das Holz auf, wobei du mit dem Handballen alle Luftblasen von innen nach außen wegstreichen musst. Der Stoff muss tadellos haften. Und zwei Tage mindestens sind nötig für ein restloses Trocknen. Ist das so weit klar?«
Jan, der jedes Wort in sich aufsaugte, nickte hastig. »Kann man auch die Schnittkanten der Tafel überziehen?«
»Dazu brauchst du nur die Leinwand großzügiger zuzuschneiden, damit du sie umschlagen kannst.«
»Und wenn die Tafel zu breit ist für eine einzige Stoffbahn, wie würdet Ihr dann vorgehen?«
Van Eycks Gesicht ließ Belustigung erkennen. »Sieh an, du fasst wohl schon ein grandioses Werk ins Auge! Etwas mehr Bescheidenheit, bitte. Aber deine Frage beantworte ich gerne. Es reicht, die beiden Bahnen so aneinander zu legen, dass sie sich kaum sichtbar überlagern. Dann, und zwar noch bevor der Leim erkaltet, schneidest du seiner ganzen Länge nach den kleinen Wulst ein, der durch die überlappenden Webkanten gebildet wird. Du löst das äußere schmale Band und das darunter liegende ab, und du drückst ganz stark, damit die Nahtstelle unsichtbar wird.«
Er verstummte unvermittelt. Sein Gesicht wurde ernster.
»Jan. Ich möchte dir etwas anvertrauen. Wenn mir eines Tages et-

was zustoßen sollte, wenn ich auf einmal nicht mehr da sein sollte, dann erinnere dich an das Stundenbuch! Hast du mich richtig verstanden?«
Der Knabe nickte, von der ebenso plötzlichen wie ungewöhnlichen Feierlichkeit des Meisters beeindruckt.
»Wiederhole bitte meine Worte.«
»Dann erinnere dich an das Stundenbuch.«
»Sehr gut. Und jetzt ...«
Der Satz blieb in der Luft hängen. Sein Körper erstarrte. Es war, als würden sämtliche Glocken von Brügge läuten. Erklärungen waren unnötig: Dieses unverwechselbar hämmernde Gebimmel war das der Sturmglocke. Sie verkündete die schlimmste aller Katastrophen: eine Feuersbrunst! Die in der großen Mehrzahl aus Holz gebauten Häuser, Brücken, Dächer machten die Stadt zur idealen Beute der Flammen. Noch jetzt, dreißig Jahre danach, erinnerte man sich mit Schrecken des Feuers, das in der Oliestraat ausgebrochen war, durch das Gewirr der Sträßchen rasend um sich gegriffen und mehr als eintausendfünfhundert Behausungen in Schutt und Asche gelegt hatte.
»Gott schütze uns!«, murmelte Van Eyck. »Schnell, mir nach!«
Sie liefen Margaret und Katelina über den Weg, die nach draußen stürzten, hin zu der Zisterne, die ein kluger Magistrat vor kurzem jedem Hausbesitzer zur Pflicht gemacht hatte. Sie war bis zum Rand gefüllt. Um sie herum herrschte Panik. Die Leute rannten in sämtliche Richtungen, füllten Eimer, zerrten Leitern aus den Ecken.
Der Maler hielt einen Mann an, der an ihm vorbeieilen wollte.
»Minheer! Wisst Ihr, wo der Brand ausgebrochen ist?«
»In der St. Donaas-Straat. Im Haus von Laurens Coster.«
Van Eyck entspannte sich. Die Straße lag im nördlichsten Viertel. Am anderen Ende der Stadt.
»Alles halb so schlimm«, erklärte er. »Für uns besteht keine Gefahr, zumindest vorläufig. Kommt, gehen wir wieder ins Haus zurück.«
»Wartet!«, rief Jan. »Coster. Sagt der Name Euch denn nichts?«

Der Maler stutzte den Bruchteil einer Sekunde.
»Herr im Himmel!«, rief er und schlug sich an die Stirn.
»Was ist los?«, fragte Margaret besorgt.
»Coster! Laurens Coster, das ist der Mann, der Petrus Unterkunft gewährt. Hoffentlich ist ihm nichts zugestoßen.« Er sagte mit Bestimmtheit: »Ich gehe zur Donaas-Straat.«
»Aber das ist am anderen Ende der Stadt!«, protestierte Margaret.
»Das macht nichts. Ich finde schon ein Boot, das mich hinbringt.«
»Ich komme mit!«, sagte Jan in entschlossenem Ton.
Bevor der Maler seinen Widerspruch formulieren konnte, hatte sich Jan ihm schon an die Fersen geheftet, Richtung Kanal.
Die Flammen schlugen bereits aus den Fenstern. Sie züngelten die rauchumhüllte Fassade entlang und warfen von Zeit zu Zeit einen roten Schein an den dunklen Abendhimmel.
Allen von den *tyndraghers* ausgegossenen Fässern Wasser zum Trotz weitete sich der Brand aus. Van Eyck, der völlig außer Atem war, musste zwei Anläufe nehmen, bevor der den Löscheinsatz leitende *Ecutet* ein Ohr für ihn hatte.
»Wo sind die Hausbewohner? Wo sind sie?«
»Weitergehen! Weitergehen! Macht Platz!«, herrschte der Beamte ihn an.
»Ich bin Jan Van Eyck! Ein Freund logierte hier.«
Der Mann wurde nicht unbedingt freundlicher, nachdem er den Namen gehört hatte. »Tut mir Leid, Meester. Ich kann Euch keine Auskunft geben. Noch haben wir niemand gefunden.«
»Aber das ist doch ganz unmöglich! Es waren mindestens zwei!«
Der *Ecutet* machte eine ungeduldige Handbewegung. »Messer, so versteht doch. Ich habe einen Brand zu bekämpfen! Ihr wisst doch, was passieren würde, wenn wir ihn nicht unter Kontrolle bekämen.«
»Ich verstehe …«, resignierte der Maler.
Er ließ den Beamten in Ruhe, ergriff Jan bei der Hand und schritt, die hinter Rauchschleiern auftauchenden Gesichter musternd, aufs Geratewohl durch die Menge der Gaffer.

»Das Feuer muss sehr schnell um sich gegriffen haben«, sagte jemand. »Coster lebte zwischen Stößen von Papier.«
»Da hat sicher ein wacklig hingestellter Kerzenleuchter oder der Funkenflug von Holzkohle genügt.«
»Ich habe es euch doch gesagt, der Bürgermeister hatte Recht, als er unbedingt Ziegel auf die Strohdächer haben wollte …«
»Da ist er!« Jan zeigte aufschreiend auf Petrus, der reglos an der Straßenecke stand und auf das brennende Haus starrte.
Van Eyck stürzte zu ihm hin.
»Petrus?«
Der junge Mann reagierte mit einem verzerrten Lächeln. Unter einer Maske von Ruß waren Brandwunden zu erkennen.
»Gott sei Lob und Dank! Ich dachte schon an das Schlimmste. Wo ist Laurens?«
»Ich habe alles versucht, um ihn zu retten. Er war halb unter einem schweren Balken begraben. Zehn Mann wären nötig gewesen, um den hochzustemmen.«
Mit einer Stimme, die nur noch ein Flüstern war, wiederholte er:
»Ich habe alles versucht.«
Van Eyck nickte. »Komm. Ich bringe dich zu mir nach Hause. Du brauchst Hilfe.«

Sehr früh am nächsten Morgen, während die beiden Männer noch die Ereignisse des Vorabends besprachen, erschien in der Nieuwe-St.Gillis-Straat der *Ecutet*.
»Meister, verzeiht, dass ich Euch zu so früher Stunde störe, aber ich dachte mir, die Neuigkeit könnte Euch erfreuen. Man hat Laurens Coster gefunden. Er ist noch einmal davongekommen.«
»Was sagt Ihr da?«
Petrus war so lebhaft aufgesprungen, dass er seinen Schemel umstürzte.
»Seid Ihr Euch sicher?«, fragte Van Eyck.
»Ja. Ein wirkliches Wunder. Der Holländer ist von dreien meiner Männer gerettet worden, die ins Hausinnere vorgedrungen sind.«

»Hast du das gehört?«, sagte Van Eyck zu Petrus gewandt. »Das ist wunderbar.«
Hastig fragte er den Stadtbeamten:
»Ich nehme an, er ist in einem ziemlich ernsten Zustand?«
»Ja. Er ist am Kopf verletzt worden, und er hat sehr schlimme Verbrennungen an mehreren Stellen seines Körpers. Der Hauptwundarzt ist nichtsdestoweniger zuversichtlich. Er dürfte es also schaffen.«
»Wohin habt Ihr ihn bringen lassen?«
»Ins Johannes-Hospital.«
Im gleichen Atemzug wandte sich der *Ecutet* an Petrus. »Könntet Ihr uns schildern, was geschehen ist?«
»Leider weiß ich so gut wie nichts. Ich war nicht bei Laurens, als das Feuer ausbrach. Wir hatten am Abend zuvor bis sehr spät miteinander diskutiert, und ich war in einem anderen Raum eingeschlummert. Brandgeruch hat mich geweckt. Innerhalb weniger Sekunden waren um mich herum Flammen. Ich bin in die Werkstatt geeilt. Laurens lag bewusstlos am Boden. Der Rauch wurde immer dichter, ich war bereits am Ersticken. Ich hatte keine Wahl mehr, ich musste fliehen.«
»Verstehe. Auf jeden Fall ist er gerettet. Das ist die Hauptsache. Ich muss mich nun verabschieden.«
Der Meister bekundete dem Besucher seine Dankbarkeit und begleitete ihn zur Haustür.
Als er zurückkam, gewahrte er einen Petrus, der den Nacken gegen die Wand gedrückt und mit verstörtem Gesichtsausdruck dasaß.
»Nun, mein Freund, ich finde dich reichlich trübsinnig für jemanden, der gerade die Auferstehung eines Freundes vernommen hat.«
Der junge Mann lächelte gezwungen. »Vielleicht war es einfach zu viel Aufregung für mich.«
»Ich verstehe. Sterben allein ist schon keine angenehme Sache, aber in der Hölle sterben ... Heute Abend wirst du gar nicht mehr daran denken. Ich habe eine Überraschung für dich, und keine

kleine. Ich nehme an, die Namen Rogier Van der Weyden und Robert Campin sind dir vertraut?«
»Selbstverständlich! Zwei Genies der Malerei. Die Größten!« Hastig korrigierte er sich: »Nach Euch natürlich.«
»Bitte keine Schmeicheleien. Sie werden gleich hier sein. Ich habe gestern Abend erfahren, dass sie kommen.«
Petrus' Gesicht hellte sich auf. »Ich habe immer wieder von ihnen gehört. Mein Vater war des Lobes voll, das galt vor allem für Campin. Aber ich hatte nie Gelegenheit, sie kennen zu lernen.«
»Das soll jetzt nachgeholt werden. Sie sind bestimmt gleich hier.«
»Wenn ich mich nicht täusche, hat Rogier in Brüssel das Amt eines Stadtmalers inne.«
»Genau. Und Campin ist immer noch Vorsteher der Sankt-Lukas-Gilde, in der die Maler und Goldschmiede von Tournai zusammengeschlossen sind.«
»Welch glücklicher Umstand führt sie nach Brügge? Die Messe vielleicht?«
»Ich weiß auch nichts Näheres«, versetzte Van Eyck achselzuckend. »Ich habe lediglich einen Brief erhalten, der ihr Kommen ankündigte.«

Robert Campin und Rogier Van der Weyden trafen mit dem Glockenschlag zwölf Uhr in der Nieuwe-St.Gillis-Straat ein. Jan war es, der ihnen die Tür öffnete und sie zu Van Eyck geleitete.
»Rogier! Robert! Welche Freude!«
Er blieb abrupt stehen und zeigte, Jan anblickend, auf die beiden Gestalten.
»Jan, hier stelle ich dir den vereinigten Genius von Flandern vor! Eines Tages, wenn du sehr alt bist, wirst du deinen Kindern sagen können: Ich habe sie gesehen. Ich habe Weyden und Campin gesehen!«
Er trat einen Schritt zurück. »Lasst mich euch zuerst bewundern. Du, Rogier, hast dich kaum verändert, immer noch die gleiche Eleganz und die gleiche Liebe zum Detail, die man übrigens auch in deinen Bildern wieder findet.«

Kennerisch nahm er den Ärmel seines Überrocks zwischen die Finger. »Französischer Schnitt, ganz offensichtlich.«
»Zum Schleuderpreis erstanden bei einem Händler in Tournai. Aber sei beruhigt, es ist der Einzige in dieser Qualität, den ich mein eigen nenne. Ich habe ihn dir zu Ehren angelegt.«
Van Eycks Zeigefinger wies auf den purpurfarbenen Stein, der die Kopfbedeckung schmückte. »Na so etwas. Ein Rubin. Ich stelle fest, Brüssel bekommt dir.«
»Es stünde mir nicht wohl an, mich zu beklagen ...«
»Gewiss. Auf einen Künstler, der vom Erfolg begünstigt wird, kommen zehn, die nur Entbehrung und Armut kennen. Gott erhalte uns unsere Gönner!«
Zu Robert gewandt, fuhr er fort: »Und bei dir stelle ich fest: zwar ein bisschen Bauch, aber kein graues Haar. Mir kommt es vor, als wären wir erst gestern voneinander geschieden.«
»Schmeichler. Ich habe die Sechzig überschritten. Der Schein trügt, denn innerlich, da werde ich grau und grauer.«
Plötzlich erinnerte sich Van Eyck daran, dass Petrus zugegen war, und rief aus: »Einer aus unserer Zunft: Petrus Christus. Er ist noch jung, aber ihr dürft mir ganz sicher glauben, er hat Talent.«
Sichtlich eingeschüchtert entbot Petrus den beiden Männern seinen Gruß, während Van Eyck mit lauter Stimme rief:
»Margaret! Komm und sieh, wer bei uns weilt!«
An Jan erging die Weisung:
»Lass uns jetzt allein. Geh und arbeite an dem Selbstbildnis, das du immer noch nicht zu Ende gebracht hast!«
Der Junge huschte in dem Augenblick davon, als Margaret im Türrahmen erschien.
»Welch große Freude, Euch wieder zu sehen!« Unverzüglich befragte sie Campin: »Wie geht es Frau Ysabel?«
»Gut. Obwohl ihr die Kinderlosigkeit manchmal zu schaffen macht.«
»Das glaube ich wohl. Aber im Vertrauen gesagt, ist es nicht besser so, bei dem bewegten Leben, das Ihr geführt habt?«

Der Mann aus Tournai hielt nicht viel von dem Argument, das sah man.
»Ich kann nicht erkennen, inwiefern mich eine politische Rolle auch daran hätte hindern sollen, ein aufmerksamer Vater zu sein.«
»Mit Verlaub«, sagte Van Eyck, »das siehst du wohl nicht ganz richtig. Gar nicht auszudenken, was aus deinen Sprösslingen geworden wäre, damals nach deiner Verurteilung wegen Teilnahme an dem Aufstand gegen die Adelsherrschaft. Die erzwungene Wallfahrt in die Provence, der Ausschluss von allen öffentlichen Ämtern, die einjährige Verbannung aus Tournai, denk doch daran.«
»Im letzten Punkt irrst du. Die Strafe wurde in eine Geldbuße umgewandelt.«
Van Eyck nickte skeptisch. Er wusste zu gut, dass nicht politisches Missgeschick allein das Leben seines Freundes in Unordnung gebracht hatte. Seine letzte Verurteilung verdankte er seinem außerehelichen Verhältnis mit einer jungen Französin, Laurence Polette.
»Und Ihr, Rogier«, erkundigte sich Margaret, »wohnt Ihr immer noch bei den *Kiekenfretters*, den Hühnchenfressern?«
»In Brüssel, ja. Seit fünf Jahren. Aber ich trage mich ernsthaft mit dem Gedanken, nach Italien zu gehen. Nach Rom vielleicht.«
»Großer Gott, aber warum denn das?«
»Weil ich gerade vierzig Jahre alt geworden bin und es Zeit ist, dass ich etwas von der Welt sehe.«
»Er hat völlig Recht«, stimmte Van Eyck zu. »Es geht nichts über Reisen, wenn man auf der Suche nach Inspiration ist. Wisst Ihr, dass die da drunten ganz wundervolle Sachen zu Stande bringen? Bei meinem letzten Aufenthalt traf ich …«
»Entschuldige«, unterbrach ihn Margaret, »Ihr bleibt doch selbstverständlich zum Abendessen?«
Sie nickten.
»Wir werden sogar über Gebühr von Eurer Gastfreundschaft Gebrauch machen müssen«, sagte Campin. »Bevor wir uns hierher

begaben, haben wir in sämtlichen Gasthöfen und Herbergen angeklopft, ohne auch nur ein einziges freies Zimmer zu finden.«
»Das ist nicht verwunderlich, heute beginnt die Messe, und aus ganz Europa sind die Kaufleute nach Brügge geströmt. Aber keine Sorge, wir finden schon ein Plätzchen für Euch. Ich muss Euch jetzt verlassen. Die Magd wartet auf meine Anweisungen.«
Kaum war Margaret gegangen, nahm Van Eyck den Faden wieder auf: »Wie gesagt, ich traf dort auf wirklich interessante Künstler. Natürlich beherrschen sie die Kunst der Künste noch nicht in dem Grade wie wir, aber was sie mit der *Tempera* zu Wege bringen, verdient großes Lob.«
Seltsamerweise schienen die rühmenden Worte des Malers keinerlei Widerhall zu finden. Die beiden Männer begnügten sich mit Zuhören. Ganz offensichtlich waren sie mit ihren Gedanken anderswo. Der Meister erklärte sich dies mit den Strapazen der Reise, wollte aber auch nicht ausschließen, dass die distanzierte Reaktion etwas mit der verhaltenen Rivalität zu tun hatte, die bei jedem flämischen Künstler aufbrach, kaum wurde die Malerei Italiens erwähnt. Eine Rivalität, die übrigens auf beiden Seiten empfunden wurde. Dabei saß er zwei grandiosen Malern gegenüber. Robert Campin führte eine sehr angesehene Werkstatt, aus der unbestreitbar fähige Künstler hervorgegangen waren, unter ihnen … Rogier. Campins Ruf war unaufhörlich weiter in alle Richtungen gedrungen, und auch wenn er inzwischen am Abend seines Lebens angelangt war, blieb er für zahlreiche junge Künstler der Mann, der Maßstäbe gesetzt hatte. Was Rogier anging, so war er trotz seiner relativ jungen Jahre bereits berühmt, vermögend und vom Erfolg verwöhnt, weit mehr als sein früherer Lehrmeister.
Van Eyck wechselte lieber das Thema.
»Sag, Rogier, stimmt das, was man mir erzählt hat? Dein ältester Sohn soll bei den Kartäusern von Hérines eingetreten sein?«
»Es stimmt. Er hat getan, was ich als junger Mensch hätte tun sollen.«

»Du hättest Flandern um einen großen Künstler gebracht, und niemals hätten wir deine überwältigende *Verkündigung* zu Gesicht bekommen.«
Van Eyck war drauf und dran, ihn mit zwei Details dieses Werkes zu necken, die er mehr oder weniger als »Entlehnungen« ansah. Der Bezug galt seinem eigenen Gemälde des Brautpaars Arnolfini, genauer gesagt, dem purpurfarbenen Bett und dem ziselierten Lüster. Aber er unterließ die Anspielung, war ihm doch klar, dass eine heftige Reaktion die Folge sein würde.
»Wie lange gedenkt ihr euch in Brügge aufzuhalten? Die Messe ...«
Er ließ den Satz unvollendet. Rogier Van der Weyden hatte sich erhoben und stand jetzt in lauernder Haltung am Fenster. Die Art, wie er sich bewegt hatte, bestätigte Van Eyck in seinem unguten Gefühl.
»Was hast du? Was ist los?«
Er wandte sich an Campin. »Ihr seid nicht aus Zufall hier, nicht wahr? Und auch nicht zum Vergnügen.«
Der Mann aus Tournai blinzelte, als komme er plötzlich zu sich. »Du hast Recht. Es ereignen sich sehr ernste Dinge. Du bist selbstverständlich auf dem Laufenden über die Vorfälle, die seit einigen Monaten Flandern erschüttern.«
»Du meinst den Tod unserer Zunftkollegen. Tragische Sache, das kann man wohl sagen. Wahrscheinlich ein Wahnsinniger.«
»Leider nein. Es handelt sich nicht um die Tat eines Wahnsinnigen, und noch weniger um eine Tat ohne Hintergrund. Die Sache ist von völlig anderer Tragweite. Einer meiner Schüler ist vor vier Tagen überfallen worden. Am selben Tag wie Nikolas Sluter und praktisch um dieselbe Stunde. Er schwebt immer noch zwischen Leben und Tod.«
Van Eyck starrte ihn verblüfft an. »Das ist einfach unglaublich ...«
»Und dennoch ist es wahr«, bestätigte Van der Weyden. Seine Stimme klang eisig, als er hinzufügte: »Ich denke, dass demnächst ich dran sein werde.«

Aus seinem Beuteltäschchen holte er ein zusammengefaltetes Blatt Papier hervor. »Da. Lies.«

»*Man reist nicht nach Barbarien. Nimm Abstand davon, oder befehle deine Seele in die Hand des Allmächtigen*. Was soll denn das bedeuten?«

»Ich habe viel darüber nachgedacht. Ich glaube, die Drohung hat mit meinem Plan einer Romreise zu tun.«

»Nach Barbarien? Rom?«

»Eine andere Erklärung sehe ich nicht.«

»Das ist ja gespenstisch! Warum nur? Was kann der Grund sein? Ein Mörder ...«

»Mehrere Mörder«, korrigierte ihn Campin. »Sofern nicht eine satanische Befähigung im Spiel ist, will mir nicht einleuchten, wie ein einzelnes Individuum am selben Tag, zur selben Stunde an zwei verschiedenen Orten zugegen sein sollte.«

»Gut, aber wo ist denn der Zusammenhang mit Rom oder mit Italien?«

Auf seine Frage erfolgte zunächst keine Antwort.

Petrus meldete sich mit einer Vermutung zu Wort. »Eine Rache?«

»Wenig wahrscheinlich«, erwiderte Rogier. »Es gibt – jedenfalls auf den ersten Blick – keine Verbindung zwischen den Opfern, höchstens die Malerei.«

Es wurde allmählich Abend, und die Gesichter waren bereits in Halbschatten getaucht.

Campin fragte: »Und du, Jan, hast du Drohungen erhalten?«

Nach unmerklichem Zögern antwortete der Meister: »Nein. Es sieht so aus, als hätten die Verbrechen etwas mit Italien zu tun. Du hast vor, dorthin zu reisen, ich nicht. Vielleicht ist das bereits ein Hinweis?«

»War Sluter mit einem ähnlichen Plan beschäftigt?«

»Dazu müssten wir allerdings seine Witwe befragen. Sie allein könnte uns Auskunft geben. Und« – er hielt inne – »da fällt mir etwas ein! Sluter hatte eine Florentinerin geheiratet ...«

»Also wieder Italien«, bemerkte Rogier. Unmittelbar danach fragte er Campin: »Und dein Schüler?«

»Er hat das Land niemals erwähnt. Außerdem kann ich mir schlecht vorstellen, dass jemand ins Ausland geht, der gerade das letzte Jahr seiner Gesellenzeit antritt.«
Van Eyck hob die Arme und ließ sie resigniert wieder sinken. »Sehr schön. Was schlagt ihr vor? Ich nehme an, wenn ihr schon den langen Weg auf euch genommen habt, dann deshalb, weil euch eine Lösung vorschwebt.«
»In der Tat«, sagte Rogier.
Er tat einen vernehmlichen Atemzug und verkündete:
»Der Herzog.«
Van Eyck riss die Augen auf.
»Doch, das ist es. Du bist doch immer noch sein Junker, oder? Seit fast fünfzehn Jahren erfreust du dich seiner Protektion. Er ist ein Freund der Künste. Er kann es nicht ablehnen, uns zu Hilfe zu kommen, vor allem wenn du, der Mann seines Vertrauens, dich für uns verwendest.«
»Verzeih mir, aber ich tue mich schwer, deinem Gedankengang zu folgen. In welcher Weise könnte er den oder die Mörder daran hindern, zuzuschlagen? Du bildest dir doch sicher nicht ein, dass er einem jeden von uns ein Regiment Bogenschützen zur Verfügung stellt? Oder dass er unsere Behausungen Tag und Nacht von einem Ring Wachsoldaten umstellen lässt?«
Diesmal ergriff Campin das Wort. »Der Prinsenhof. Wenn er bereit wäre, uns dort unterzubringen, wären wir in Sicherheit.«
»Das ist doch nicht Euer Ernst?«, entfuhr es Petrus. »Gesetzt den Fall, der Herzog ginge auf Euer Ersuchen ein, gefällt Euch die Vorstellung wirklich, den Rest Eures Daseins eingesperrt hinter den Mauern des Prinsenhofs zu verbringen? Mit Euren Kindern? Mit Euren Ehefrauen?«
»Er hat Recht«, pflichtete Van Eyck bei. »Das ist undenkbar.«
»Du möchtest dir lieber die Kehle durchschneiden lassen?«
»Der Tod macht mir keine Angst. Auf jeden Fall sterbe ich hundert Mal lieber in Freiheit als eingesperrt in einem Gefängnis, und wären die Gitterstäbe auch vergoldet.«

»Das ist dein gutes Recht, Jan. Uns bietet sich die Sache anders dar.«
»Herr im Himmel, überlegt doch einmal! Eure Lösung ist keine. Wie lange werdet ihr hinter geschlossenen Türen leben? Einen Monat, zehn Jahre? Was wird aus euren Werkstätten? Ganz abgesehen davon, dass ihr euch ja doch irgendwann einmal aus dem Prinsenhof herausbegeben müsst.«
»Du verstehst uns falsch. Wir müssen Zeit gewinnen. Früher oder später werden die Behörden diese Individuen festnehmen. Sie können nicht unbegrenzt weiter wüten. Ihren ersten taktischen Fehler haben sie begangen, indem sie meinen Schüler für tot liegen ließen. Wenn er überlebt, wird er uns den Mann, der ihm aufgelauert hat, beschreiben können. Das ist dann schon mal ein Anfang.«
Obwohl er mit der Antwort nicht zufrieden schien, nickte Van Eyck. »Sehr schön. Ich werde tun, was ihr wollt. Warum auch nicht, die Wohngemächer im Prinsenhof sind prächtig, die Mahlzeiten vorzüglich, und ihr werdet umgeben sein von Blumen, Früchten und Parfümdüften. Morgen um die Mittagsstunde treffe ich mit Herzog Philipp zusammen. Ich werde euch seine Entscheidung übermitteln.«
Seine Züge entspannten sich ein wenig, und er fügte maliziös hinzu: »Seid jedoch auf der Hut. Wenn es etwas gibt, was der Herzog noch weit höher schätzt als die Künste, dann sind es die Frauen. Wenn ich euch einen Rat geben soll, lasst eure Gemahlinnen nicht aus den Augen!«
Unmittelbar darauf erhob er sich. »Nun kommt, das Essen wird gleich aufgetragen. Ein kräftiger Schluck Bier wird uns gut tun.«

Jan, der mit seiner Porträtskizze hinter der Tür kauerte, war bleich geworden. Das belauschte Gespräch hämmerte in seinen Ohren nach.
»Und du, hast du Drohungen erhalten?«
»Nein. Es sieht so aus, als hätten die Verbrechen etwas mit Italien zu tun.«

Van Eyck hatte gelogen! Bewusst gelogen, da war kein Zweifel möglich. Aber warum?
Er schlich von der Tür weg und sein Blick verharrte auf der Wand, wo noch die schwache Spur jener seltsamen Worte zu erkennen war:

¡Tras las angustias de la muerte,
los horrores del infierno!
¡Volveremos!

IX

Seit Stunden wälzte er sich in seinem Bett hin und her, fand keinen Schlaf. Wütend schleuderte er sein Kopfkissen durch die Kammer. Sein Mund war trocken, der Magen wie zugeschnürt. Vielleicht hätte ein Schluck kühles Wasser besänftigende Wirkung. Er stand auf, zündete die Kerze an. Im flackernden Lichtschein wurde die Treppe, die ins Erdgeschoss hinabführte, zum unheimlichen Brunnenschacht. Barfuß tastete er sich die hölzernen Stufen hinab, ausgerechnet sein letzter Schritt, bevor er unten ankam, erzeugte ein vernehmbares Knarzen.
Darauf bedacht, nichts umzustoßen, schlich er in Richtung Küche. In diesem Augenblick ertönte in die Stille hinein ein dumpfes Geräusch. Er erstarrte, lauschte angestrengt. Das Haus lag in tiefem Schlaf. Aber das Geräusch? Er hätte geschworen, dass es von der Werkstatt her gekommen war. Was bedeutete, dass Van Eyck wieder einmal mit seinen Probiergläsern und Destillierkolben beschäftigt war. Jan zögerte. Und wenn er sich ein Herz fasste, hineinginge und ihm die Fragen stellte, die ihn quälten? Was riskierte er schon? Nichts, allenfalls ein paar schroffe Worte der Zurückweisung.
Er machte kehrt. Auf der Schwelle zur Werkstatt zögerte er erneut. In der Glasfüllung der kleinen Tür verschwamm die Linde, die die Mitte des Gärtchens einnahm, zum gespenstischen hellen Fleck.
Hinten rechts sickerte durch die angelehnte Tür der »Kathedrale« ein dünner Lichtstreifen, aber man hörte weder Hantieren mit gläsernen oder metallenen Gegenständen noch das Umwenden von Pergamentseiten.

Jan flüsterte: »Vater?«
Es erfolgte keine Antwort.
Angst überflutete ihn jäh.
»Meister Van Eyck?«
Immer noch Schweigen. Er schluckte einmal mühsam, stieß ein wenig die Tür auf und spähte ins Innere. Er sah nichts außer einem brennenden Kerzenleuchter dicht neben dem Athanor. Er trat ein.
Van Eyck lag ausgestreckt auf dem Fußboden, die eine Hand auf der Brust, die andere am Körper anliegend.
Zu Tode erschrocken stürzte Jan zu dem Maler hin, aber eine unsichtbare Hand stieß ihn so brutal nach vorn, dass er das Gleichgewicht verlor. Er suchte Halt und riss dabei den Glaskolben herunter, dass er in tausend Scherben zersprang. Ihm war, als würden ihm die Füße weggezogen, seine Stirn traf mit Wucht die Tischkante, und er hatte das klare Gefühl, dass sein Schädel explodierte.

Im ockerfarbenen Licht der Kerzenleuchter zerriss allmählich der Nebelvorhang. Jan blinzelte schwach.
»Es ist so weit, schaut her, er kommt wieder zu Bewusstsein.«
Die Stimmen drangen aus großer Ferne an sein Ohr. Im Helldunkel verfließende Gestalten umringten ihn, zuerst wusste er kaum, mit wem er es zu tun hatte.
Ganz allmählich verfestigten sich ihre Umrisse. Er erkannte Van Eycks Gäste und Katelina. Die Magd war dabei, ihm eine Salbe auf die Stirn aufzutragen.
»Er kommt wieder zu sich«, wiederholte Petrus seine Feststellung.
»Wie fühlst du dich?«, erkundigte sich die Magd mit flehendem Blick.
Er machte eine Anstrengung, sich aufzurichten. Stechender Schmerz durchschoss sein Hirn und er wurde von Übelkeit überwältigt.
»Nicht bewegen. Du musst dich ausruhen.«

»Was ist passiert?«
»Ruhig! Schön ruhig bleiben!«
Er versuchte seine Gedanken zu ordnen, und fast sofort sah er das Bild Van Eycks, wie er am Boden lag.
»Mein Vater! In der Werkstatt!«
»Sei ohne Sorge«, antwortete Rogier. »Wir haben ihn gefunden.«
»Er ist nicht verletzt?«
Der Maler zögerte kurz. »Doch.«
Er räusperte sich. »Es ist alles in Ordnung.«
Rogier log. Zu viel Traurigkeit lag in seiner Stimme.
»Wo ist er?«
»Er ruht sich in seinem Zimmer aus. Frau Margaret ist bei ihm.«
Den Schmerz nicht achtend, richtete Jan sich auf dem Sessel auf und warf das Tuch, das seine Stirn bedeckte, von sich.
»Wo willst du hin?«, rief Katelina angstvoll.
»Ich will ihn sehen!«
»Das geht nicht!«
Sie ergriff ihn energisch an den Schultern und wiederholte: »Das geht nicht! Später.«
Petrus' Arme schlossen sich um seine Taille. »Nein, Jan!«
»Lasst mich los!«
»Du störst ihn nur. Er schläft.«
Durch die Schlafzimmertür hörte man das Aufschluchzen eines Kindes.
»Ihr lügt!«
Erneut mühte er sich, dem Schraubstock der Arme zu entkommen.
»Lass ihn, Petrus!«, befahl Robert Campin. »Es hat keinen Zweck.«
»Aber …«
»Lass ihn!«
Der Vorsteher der Gilde von Tournai kniete sich mitleidvoll zu Jan nieder und sagte:
»Van Eyck ist tot.«
»Tot?«

»Wir kennen die Ursache seines Ablebens nicht. Wir haben den Arzt gerufen, er wird uns eine Erklärung geben.«
Van Eyck? Tot? Der Mann, der ihn aufgenommen, der ihn dreizehn Jahre hindurch geleitet hatte, würde nicht mehr zurückkommen? Nie mehr würde seine Hand über die aufgespannte Leinwand streichen? Nie mehr würde sie unbelebten Formen Leben einhauchen? Staffeleien, Bildtafeln, Pigmente, Pinsel, die Farben der Welt würden so wie er, Jan, endgültig verwaisen!
Der Junge suchte Katelina. Die Magd hatte den Blick gesenkt, als wollte sie ihre Ohnmacht bekennen. Um Jan herum geriet erneut alles ins Schwanken. Er bemühte sich nicht, der ungeheuren Müdigkeit, die ihn überkam, Widerstand zu leisten.

Der Lärm des Karrens, der die Straße entlang rumpelte, riss ihn aus seinem Dämmerzustand. Wie lange hatte er geschlafen? Die Sonne stand hoch am Himmel, und vom Marktplatz her drangen gedämpft die Geräusche der Messe.
Den Bruchteil einer Sekunde lang dachte Jan, seine Beklommenheit sei nur die Nachwirkung eines scheußlichen Albtraums. Er lauschte: Ein Stockwerk tiefer wurde gesprochen. Er fasste sich prüfend an die Stirn und stellte fest, dass dort ein Verband angebracht war. Katelina, wer sonst. Vorsichtig setzte er einen Fuß auf den Boden. Beruhigt, da weder Übelkeit noch Schwindel sich einstellten, stieg er aus dem Bett und ging ins Erdgeschoss hinunter. Die drei Maler waren immer noch da und hatten sich im Esszimmer versammelt, aber sie waren nicht mehr allein. Vier Männer saßen um sie herum. Zwei von ihnen hielten einen Zeremonienstab mit dem Wappen des Grafen von Flandern in der Hand, der dritte trug die Uniform der *Hooftmannen*. Ein wenig abseits saß der vierte Mann, und Jan erkannte ihn sofort. Auch wenn er ihn nie zuvor gesehen hätte, er hätte erraten – das Filzbarett hoch auf dem Schädel war zu auffällig –, dass es sich um einen Arzt handelte. Genau gesagt handelte es sich um Doktor De Smet, der gewöhnlich im Johannesspital praktizierte. Weder Margaret noch die Kinder waren anwesend.

»Komm nur näher«, ermunterte ihn Petrus. »Hab keine Angst.« Er wies auf die dicht beieinander Stehenden: »Dies hier sind die Büttel, und das ist Ser Meyer, Hauptmann der Polizei.«
»Wo sind die anderen?«, fragte Jan mit unsicherer Stimme.
»Frau Margaret ist im Schlafgemach, sie hält die Totenwache bei ihrem Mann. Katelina und die Kinder sind sicher bald zurück, wir haben es für besser gehalten, dass sie sich außerhalb des Hauses ein wenig ablenken.«
»Komm und setz dich zu uns«, sagte Petrus mit einem gewissen Nachdruck. »Ich glaube, dass der *Hooftman* dir einige Fragen stellen möchte.«
»Wie fühlst du dich?«, erkundigte sich Doktor De Smet.
»Besser.«
»Hast du Hunger? Willst du etwas essen?«
Er schob eine Schale mit Obst in Jans Richtung.
Jan lehnte höflich ab.
»Nimm Platz, mein Junge«, sagte der *Hooftman* freundlich. »Ich weiß, dass dein Kummer groß ist, aber wir brauchen unbedingt deine Hilfe, wenn wir verstehen wollen, was vorgefallen ist.«
In knappen Worten schilderte Jan die Ereignisse der Nacht, bis zu dem Moment, als ihm schwarz vor den Augen geworden war.
»Also hast du den großen Destillierkolben heruntergestoßen …«
Petrus hielt eine ergänzende Information für angebracht: »Es war übrigens das Geräusch von zerspringendem Glas, was mich aufgeweckt hat. Ich bin hingeeilt, aber zu spät. Der Raum war …«
»Minheer«, unterbrach der *Hooftman* ihn schroff. »Lasst doch bitte schön den Jungen ausreden.«
Er wandte sich erneut an Jan. »Du hast also keine Zeit gehabt, den Angreifer zu sehen?«
»Nein. Ich denke, dass er sich hinter der Tür versteckt hatte.«
»Nichts? Überhaupt nichts, was ihn beschreiben könnte?«
»Es ging alles so schnell.«
»Ich verstehe. Aber wie kommt es, dass du dich zu so später Stunde in der Werkstatt aufhieltest? Denn diese Herren hier ha-

ben mir versichert, dass sie weit über Mitternacht hinaus im Gespräch zusammengesessen haben.«

Jan ließ eine Pause verstreichen, als wäre er seines Gedächtnisses nicht sicher. Sollte er ihnen die quälenden Fragen kundtun, die ihn in der vergangenen Nacht überfallen und um den Schlaf gebracht hatten? Sollte er Petrus' widersprüchliche Aussagen erwähnen? Ein Satz, den Van Eyck einige Monate zuvor ausgesprochen hatte, fiel ihm wieder ein: »Man muss zu schweigen wissen, vor allem, wenn man weiß.«

»Ich hatte Durst.«

»Etwas ist merkwürdig«, fuhr Meyer fort, »es wurde keine Tür aufgebrochen.«

»Wenn das so ist, wie soll dann dieser gottlose Geselle hereingekommen sein?«, fragte Van der Weyden.

»Dafür habe ich keinerlei Erklärung. Fragen muss man sich aber, was Van Eyck mitten in der Nacht in diesem Raum zu tun hatte. So weit ich unterrichtet bin, braucht ein Maler Licht. Im Übrigen haben wir weder Staffelei noch Pinsel vorgefunden, erst recht kein angefangenes Bild.«

»Es kam häufig vor, dass er sich zurückzog«, erklärte Jan nach einigem Zögern. »Und er malte dann nicht um diese Nachtzeit, er las oder schrieb.«

»Das dachte ich mir schon. Auf einem der Regale ist mir ein Foliant mit dem Titel *Mappa mundi* aufgefallen. Auf dem Vorsatzblatt steht Van Eycks eigenhändiger Namenszug.«

»Ihr habt sein persönliches Zimmer durchsucht?«

»Natürlich.«

»Das hättet Ihr nicht tun dürfen! Niemals hätte mein Vater das hingenommen!«

»Ein Foliant?«, warf Petrus Christus verwundert ein. »Wisst Ihr, wovon er handelt?«

Meyers Gesichtsausdruck bekundete einen gewissen Verdruss.

»Leider bin ich des Lateinischen nicht kundig.«

Er wandte sich an Jan:

»Vielleicht könntest ja du uns aufklären?«

»Nein. Der Meister hat es nie für angebracht gehalten, diese Schrift in meine Hände zu geben.«
»Falls ihr es wünscht«, erbot sich Petrus, »kann ich sie mir einmal näher anschauen. Mit dem Latein hätte ich die geringsten Schwierigkeiten.«
Noch bevor der *Hooftman* antworten konnte, sprang Jan wütend auf.
»Dazu habt ihr kein Recht! Vater duldete keine Einmischung in seine Angelegenheiten. Das wäre respektlos!«
»Holla, Kleiner«, schimpfte Meyer, »ich finde dich reichlich vorlaut für jemanden, der das Wort Respekt im Munde führt! Ich möchte dich ganz dringend daran erinnern, dass ein Verbrechen vorliegt.«
Jan glaubte, den Boden unter den Füßen zu verlieren.
»Ihr wollt sagen, dass der Meister ermordet wurde?«
Die rasche Antwort kam von Doktor De Smet:
»Ich bedaure, unserem hoch geschätzten *Hooftman* widersprechen zu müssen, aber bislang ist kein Hinweis vorhanden, der diese Hypothese erhärten würde. Ich habe weder Blutergüsse noch Verletzungen noch sonstige Spuren äußerer Einwirkung von Gewalt feststellen können.«
»Fehlschluss!«, wandte Meyer mit Nachdruck ein. »Ihr vergesst eine Möglichkeit – Gift.«
»Auch das ist eine Hypothese. Aber es wird schwierig, wenn nicht unmöglich sein, sie zu beweisen.«
Jan machte große Augen.
»Gift? Wie das?«
Der Ermittlungsbeauftragte ging auf die Frage nicht ein und fragte: »Trank er gewohnheitsmäßig?«
»Ja. Aber er war nie betrunken.«
»Wein?«
»Hauptsächlich Bordeauxwein, wenn aus La Rochelle wieder eine Ladung eintraf. Aber wo ist der Zusammenhang mit dem Gift?«
»Wir haben auf dem Tisch einen Weinpokal gefunden. Leider war

er leer. Die Innenwände waren leicht rötlich gefärbt, aber es war keinerlei Bodensatz vorhanden.«

»Verzeiht«, mischte Rogier sich hier ein. »Aber selbst gesetzt den Fall, er wäre gefüllt gewesen, wie hättet Ihr herausfinden können, ob der Wein Gift enthielt oder nicht?«

Der *Hooftman* konnte ein leises Lachen nicht unterdrücken. »Wisst Ihr, wie viele streunende Hunde es in dieser Stadt gibt? Allein im laufenden Jahr hat der *Hondeslager* mehr als neunhundert erschlagen! Da kommt es wohl auf einen nicht an. An einem Glas Wein sterben ist weit weniger unangenehm, als wenn einem der Schädel mit einem Knüppel eingeschlagen wird. Oder was meint ihr?«

»Erlaubt mir eine Richtigstellung«, griff De Smet wieder in die Diskussion ein. »Es ist nicht gesagt, dass ein Gift, das bei einem Tier wirkt, beim Menschen die gleiche Wirkung hat. Bestimmte Pflanzen mit giftigen Eigenschaften sind für bestimmte Tiere harmlos, während sie beim Menschen tödlich wirken. Wir könnten zum Beispiel die Euphorbie zitieren, oder andere Pflanzen vom gleichen Typus. Ihr, Minheeren, wisst Ihr, dass Ihr täglich mit einem der gefährlichsten Gifte überhaupt hantiert?«

»Ja«, räumte Robert Campin ein. »Es findet sich im Auripigment, das uns die Farbe Goldgelb liefert.«

»Wie wäre es, Ihr erklärtet mir die Sache näher?«, sagte der *Hooftman* ungeduldig.

»*Arsenicum*!«, tat De Smet bereitwillig kund. »Besagtes Auripigment besteht aus Arsen. Die Griechen und Römer kannten es bereits, auch Aristoteles. Plinius hatte ihm den Beinamen *auri pigmentum* verliehen. Es kann einen Menschen binnen Sekunden dahinraffen.«

Ein Fingerschnalzen verlieh den letzten Worten Nachdruck. Er fuhr fort: »Ich darf hinzufügen, dass es für die Alchimisten ein Element von erheblicher Bedeutung darstellt, und zwar wegen des Bezugs zum edelsten der Metalle. Ich meine natürlich das Gold. Wenn man das *Arsenicum* zu Kupfer hinzugibt und im Ge-

fäß der Weisen erhitzt, so ergibt es ein weißes Metall, das manche dem Silber zuordnen.«
Er unterbrach sich und hob die Hände zum Himmel.
»Ausgemachter Unsinn, selbstverständlich! Nichtsdestoweniger meinen die Alchimisten, sie hätten mit diesem vermeintlichen Ergebnis einen ersten entscheidenden Schritt getan.«
»In welche Richtung?«, fragte Petrus interessiert.
»Hin zum Gold natürlich! Das heißt, sie sehen bereits den Übergang von einem unedlen zu einem edlen Metall. Mit einem Wort: die Transmutation, die Wesensverwandlung. Aber dieser Traum ...«
»Moment!«, rief Meyer dazwischen. »Ihr habt ein Gefäß der Weisen erwähnt. Worum handelt es sich dabei?«
»Das ist der Beiname, den die Alchimisten gebrauchen. In Wirklichkeit ist es eine Art Öfchen.«
»Wärt Ihr in der Lage, es zu beschreiben?«
»Gewiss doch. Ich hatte einmal Gelegenheit, eines zu sehen, als ich nach Ypern ans Bett einer Frau gerufen wurde, die man von der Fallsucht heimgesucht glaubte. Dem war aber nicht so. Es war nur eine Bluterhitzung. Durch die Gnade Gottes habe ich sie geheilt. Der Ehemann – er hielt sich einiges darauf zugute, Alchimist zu sein – meinte, mir seinen Dank in Form einer besonderen Gunst abstatten zu müssen: Ich durfte seine Alchimistenküche besichtigen. Dort habe ich das Gerät dann entdeckt. Es war ungefähr eine Elle hoch, die Wände bestanden aus einer Mischung von Ton und – ob Ihr's glaubt oder nicht – Pferdemist. In der Mitte war eine Art Metallscheibe eingelassen, die mehrere Lochöffnungen aufwies, und dicht darunter war ein kleines gläsernes Guckfenster, durch das man die Verwandlung der Materie verfolgen konnte.«
Das Gesicht des *Hooftmans* bekundete Verwunderung und gespanntes Interesse.
»Das ist eindeutig ein neuer Gesichtspunkt. Vorhin, als ich den Raum inspizierte, habe ich unter anderem auch den kleinen Ofen vorgefunden, den Ihr gerade beschrieben habt. Ich habe ihn zu-

nächst nicht beachtet und mir nur gesagt, dass so etwas eben zur Welt der Maler gehört. Aber nun …«

Er wandte sich den anderen zu.

»Ihr, die Ihr Maler seid, könntet Ihr mir erläutern, wozu dieser Ofen dient?«

Die drei Männer sahen einander abwartend an.

»Tut uns sehr Leid. Das können wir nicht, nein.«

Er sah Jan forschend an. »Und du? Könnte es sein, dass du die Antwort weißt?«

Der Junge verneinte.

Meyer trommelte mit den Fingern auf dem Tisch. »Das geht alles über meinen Verstand. Wenn ich nach dem gehe, was Ihr mir enthüllt habt, dann sieht die Sache so aus: Vier Morde sind bis jetzt in dieser Gegend verübt worden. Die ersten drei Opfer haben engen Umgang mit Van Eyck gehabt. Alle sind nach dem gleichen Ritual ermordet worden. Alle, bis auf den letzten: Van Eyck selbst. Und wir haben keine Ahnung …«

»Nein!«, rief Doktor De Smet dazwischen. »Verzeiht, dass ich auf meinem Standpunkt beharre. Wir haben keinerlei Beweis für einen Mord.«

Der andere überging den Protest scheinbar ungerührt und sprach einfach weiter: »Und wir haben keine Ahnung, auf welche Weise er getötet worden ist.«

»… und *ob* er getötet worden ist«, fügte De Smet in festem Ton hinzu.

»Und jetzt taucht zu allem Überfluss dieser Ofen auf – und die Alchimistengeschichte dazu.«

Von der Diele her drangen undeutliche Stimmen zu ihnen. Katelina und die Kinder waren zurück.

Der *Hooftman* legte Jan die Hand auf die Schulter.

»Herr Petrus hat mir zu verstehen gegeben, dass du als Einziger befugt warst, jenen Raum zu betreten. Stimmt das?«

Der Knabe nickte.

»Wärst du in der Lage, mir zu sagen, ob man dort etwas entwendet hat? Einen besonderen Gegenstand, ein Werk, irgendetwas.«

»Wenn das so wäre, dann würde es mir sofort auffallen.«
Meyer stand hastig auf.
»Nun gut, dann wollen wir es auf der Stelle überprüfen.« Und zu den Malern gewandt: »Ich nehme an, Ihr schlaft heute Abend noch einmal hier.«
»Wir haben kaum eine andere Wahl«, sagte Van der Weyden. »Es ist zu spät, als dass wir uns noch aus der Stadt hinausbegeben könnten, und das Begräbnis unseres Freundes ist für morgen Vormittag angesetzt.«
»Verstehe.«
Er zog Jan mit sich. »Kommst du, Kleiner?«
Sie wollten sich gerade zurückziehen, als Margaret das Esszimmer betrat. Ihre für gewöhnlich rosigen Wangen waren erschreckend bleich.
Sofort erhoben sich die drei Maler und boten ihr einen Stuhl an.
»Nehmt Platz«, sagte Campin, »ich bitte Euch.«
»Ihr braucht Ruhe«, fügte Rogier hinzu. »Wir werden abwechselnd bei unserem Freund Wache halten.«
Sie zeigte keine Reaktion und sah nur starr vor sich hin.
Nun kam auch Katelina mit den Kindern herein, Philipp und Pieter. Der Kummer verzerrte ihre Züge. Vielleicht zum ersten Mal empfand Jan Mitgefühl mit den beiden. Zum ersten Mal auch glaubte er bei der jungen Witwe eine ähnliche Regung ihn selbst betreffend zu entdecken. Aber eine unklare Eingebung sagte ihm, dass es zu spät war.
Die Stimme des *Hooftmans* rief ihn zur Ordnung:
»Mir nach, die Zeit drängt.«

Die Dunkelheit war vor langem schon hereingebrochen, und im ganzen Haus herrschte Ruhe. Jan lag ausgestreckt zwischen Katelina und den beiden Kindern. Rogier hatte Margaret bei der sterblichen Hülle Van Eycks abgelöst. Petrus und Campin hatten sich in der Küche niedergelassen, sie plauderten leise und warteten darauf, dass sie an der Reihe waren.
Campin stellte den Bierkrug auf den Kaminsims zurück und

sagte: »So müssen wir denn die Wahrheit wohl hinnehmen: Diebstahl ist nicht der Beweggrund. Jan hat dem *Hooftman* gegenüber unmissverständlich bestätigt, dass nichts fehlt. Nicht einmal ein Bild.«

»Das Rätsel bleibt ungelöst.«

Ein kurzes Schweigen trat ein, dann fuhr Campin fort:

»Abgesehen davon finde ich die Haltung des Herzogs ausgesprochen nobel. Dass er beschlossen hat, Margaret eine Summe zukommen zu lassen, die der Hälfte von Jans jährlichen Bezügen entspricht, das ist eine Geste, die Hochachtung und Respekt verdient.«

»Es ist nicht so sehr die Geste, die mich beeindruckt«, erwiderte Petrus, »der Herzog ist immer ein Schirmherr der Kunst und der Künstler gewesen. Es ist vielmehr die rasche Reaktion, die er hier gezeigt hat. Er hat nicht einmal die Beerdigung abgewartet, bevor er Margaret informieren ließ.«

»Was die hohe Wertschätzung beweist, die er unserem Freund entgegenbrachte.«

»Das ist unbestreitbar. Aber man kann sich, wenn man die Natur ihrer Beziehungen berücksichtigt, nur schwer ein anderes Handeln vorstellen.«

»Was seiner Großzügigkeit in keiner Weise Abbruch tut. Weißt du, wie viel er Jan für einen einzigen erwiesenen Dienst angeblich hat auszahlen lassen? Dreihundertsechzig Livres!«

»Das nenne ich eine hübsche Summe. Aber um was für eine Art von Dienst ging es denn?«

Campin zog die Augenbrauen hoch, um anzudeuten, dass er überfragt war. »Weiß ich auch nicht, irgendwelche Aufträge, Reisen, Verhandlungen … Offen gesagt, unser Freund war bei diesem Thema sehr zurückhaltend. Ich habe ihm da nie etwas entlocken können. Lediglich von der Reise mit vielen Stationen, die ihn vor etwa zehn Jahren durch Portugal geführt hatte, hat er mir ausführlich erzählt, von seinem Aufenthalt auf dem Burgschloss von Aviz und von dem Bildnis der Infantin, das er angefertigt hatte. Alles in allem nichts sonderlich Geheimes.«

»Dabei wisst Ihr gewiss mehr als die meisten von uns.«
Übergangslos sah sich Campin mit der Frage konfrontiert:
»Glaubt Ihr an diese Giftgeschichte?«
»Was soll ich da antworten? Der Arzt jedenfalls scheint nicht überzeugt.«
»Stellen wir uns einmal vor, es ist wahr ...«
»Was würde das ändern?«
»Wie? Aber das wäre dramatisch! Ungeheuerlich!«
»Mein junger Freund, du solltest wissen, dass die Tragödie des Sterbens sich selbst genug ist. Wie man das Zeitliche segnet, ist unerheblich.«
»Verzeiht, aber ich bin nicht der gleichen Auffassung. Der Gedanke, Van Eyck könnte ermordet worden sein, ist mir unerträglich.«
»Mir hingegen ist unerträglich, dass er dahingegangen ist! Dass seine Abwesenheit schon greifbar wird. Alles andere ...«
Petrus Christus löste sich von seinem Schemel und nahm Aufstellung am Fenster. Ganz offensichtlich hatten Campins Argumente ihn nicht besänftigt.
»Ist dir bei unserer Diskussion mit dem *Hooftman* nichts aufgefallen?«
Petrus drehte sich ruckartig um. »Nein. Wieso?«
»Er hat indirekt eine Frage aufgeworfen, die mir wesentlich vorkam. Er hat gesagt: ›Etwas ist merkwürdig, es ist keine Tür aufgebrochen worden!‹«
»Richtig. Was soll man daraus schließen?«
»Also hör einmal, mein lieber Petrus, begreifst du denn nicht, dass diese Anmerkung weit ungeheuerlicher ist als die Mutmaßung, er sei vergiftet worden?«
»Sprecht bitte weiter.«
»Wenn wir tatsächlich den Gedanken aufgeben, dass jemand von außen eingedrungen ist, dann lautet der zwingende Schluss: Nur eine der gestern Abend hier anwesenden Personen könnte den kleinen Jan überfallen und vielleicht auch Van Eyck ermordet haben.«

Jan schlief immer noch nicht. Zu stark war der Schmerz. Unerträglich. Er nahm ihm beinahe den Atem. Konnte man wirklich so sehr leiden? Wo war Van Eyck? Sein Leichnam ruhte im Zimmer nebenan, aber er war eine leere Hülle. Nur eine wesenlose, wächsern bleiche Gestalt auf einem Bett, eisig starr, auf das Nichts verweisend. Aber er, der wirkliche Van Eyck, wo war er? Wohin gehen die Menschen, die sterben? In den Himmel, sagte Katelina. Zu den Engeln. Zum lieben Gott. Ach nein, das konnte nicht wahr sein. Sie würden von da oben doch sehen, wie schrecklich wir sie vermissen, und sie würden zurückkommen, um uns zu beschwichtigen, uns zu beruhigen. Auch wenn sie dann wieder gehen müssten.

Vater ... Wenigstens hatte er noch Zeit gehabt, ihm dieses eine Wort zu sagen. *Vater* ...

Mit aller Kraft rief er sich den Augenblick in der Johanneskirche ins Gedächtnis zurück, als unter dem Altar der Meister zuerst sein Gesicht mit den Händen eingeschlossen und ihn dann fest umarmt hatte. So intensiv dachte er daran, dass der Geruch von Van Eycks Wams seine Sinne umnebelte. Und so an seinen Vater geschmiegt, fand er endlich in den Schlaf.

Am nächsten Tag war die Messe nach wie vor in vollem Gange, und Brügge wirkte festlich gestimmt. Wahrscheinlich war das der Grund, warum niemand den Leichenzug beachtete, der sich durch die Gässchen zur St.-Donatian-Kirche bewegte. Es gab allerdings auch wenig, was die Neugier der Passanten hätte fesseln können. Kein Leichenwagen, nur ein paar schwarz gekleidete Männer, die den mit einem blasslila Tuch bedeckten Sarg trugen, und in ihrem Gefolge die Angehörigen und Freunde. Die erste Reihe bildeten die Gattin des Verstorbenen, ihre beiden Kinder und Lambert, Van Eycks jüngerer Bruder, der von Lille hergekommen war. Mit geringem Abstand folgten Rogier, Jan und Katelina, eingerahmt von Robert und Petrus. Ein paar Stimmen immerhin hatten beim Vorbeizug geflüstert: Van Eyck, Van Eyck ... Aber das war alles.

Es war eine kurze Zeremonie. Der Pfarrer von Sankt Donatian hielt es für angezeigt, den Schwerpunkt auf die privilegierte Beziehung zu legen, in der der große Künstler zu dem Grafen von Flandern, Herzog von Burgund, Markgrafen des Heiligen Römischen Reiches, Großherzog des Atlantischen Meeres und des Abendlands gestanden hatte. Nach beendetem Gottesdienst schritt man zum Kreuzgang, wo die ausgehobene Grube wartete. Ein letzter Segen, dann wurde mit aller Ehrerbietung, die man Verstorbenen schuldet, der Sarg hinuntergelassen.
Die letzte Erinnerung an diesen Tag, die Jan verbleiben sollte, war das leise Prasseln der Erde auf dem Sargdeckel, als einer nach dem anderen die kleine Schaufel ergriff, die diskrete Gestalt von Till Idelsbad, der, lässig an einem Baum lehnend, die Szene aus prüfenden Augen beobachtete, und vor allem die Stimme des Meisters, die ihm zuraunte: »Ich werde aus dir den Größten von allen machen.«

X

Er würde niemals der Größte sein.
Mit hängenden Schultern ging Jan immer nur geradeaus, am Burgplatz entlang, auf dem es von Menschen wimmelte. Sie waren von überall her gekommen, aus Oosterlingen, aus Köln, aus Hamburg, aus Stockholm, aus Bremen, aus London, von Irland, Schottland, Italien und Spanien. Manche hatten die große Straße vom Osten her genommen, hatten die Strecke Lübeck–Hamburg auf dem Landweg zurückgelegt, bevor sie die Elbe hinuntergefahren und schließlich in der Zuidersee angelangt waren. Andere waren übers Meer gekommen, ihre Heimathäfen mochten Genua oder Venedig oder Danzig heißen.
Das Auge hatte Mühe, sich in dem Getümmel zurechtzufinden, das acht Tage lang Kais und Plätze erfüllte. In der großen Tuchhalle summte und dröhnte es tausendfach durcheinander, während im prachtvollen Stadthaus der Van der Beurzes, der »Börse«, die halbe Welt feilgeboten wurde.
Es waren die gleichen Kaufleute, die man dem Wechsel der Jahreszeiten folgend bei anderen Messen wieder treffen konnte, in der Champagne, in Ypern oder in Stanford. Sie waren nicht etwa auf sich gestellt und ohne Rückhalt, im Gegenteil, alle waren organisiert, gehörten der allmächtigen Brügger Hanse an oder der nicht weniger angesehenen Deutschen Hanse. Wehe demjenigen, der versucht hätte, eines von deren Mitgliedern übers Ohr zu hauen. Auf der Stelle hätten seine Genossen sich jegliches Handelsgeschäft mit dem Unglückseligen untersagt, gnadenloser und verlässlicher isoliert wäre er gewesen, als wenn er von diesem Planeten verbannt worden wäre.

Jan bahnte sich einen Weg durch die Menge, warf gleichgültige Blicke auf die Verkaufstände und Buden. Er sah hin und sah doch nichts. Dabei gab es genug, was die Neugier auch der Blasiertesten noch reizen konnte: Orangen, Granatäpfel, Oliven, Zitronen, Safran, Korinthen, Süßigkeiten aus Gummiharz, Rhabarber lagen in enger Nachbarschaft mit Goldstaub aus Guinea, Bernstein aus Preußen und Indigo zur Schau. Die wirre Fülle des Angebots konnte einen schwindlig machen, für Jan allerdings war sie uninteressant im Vergleich zu den Grimassen schneidenden Affen, den spöttisch-geschwätzigen Papageien, den täppischen Bären und all dem seltsamen wilden Getier, das Portugiesen oder Spanier aus Weltgegenden mitbrachten, die so fern waren, dass die Schiffe sich manchmal für immer verirrten. Ohnehin war heute sein Blick verstellt durch die Vision Van Eycks. Den Maler suchte er in der Menge, nichts und niemand sonst. Eine Woche bereits, eine Woche, die er in unerträglich selbstquälerischer Stimmung zugebracht hatte. Was blieb ihm, jetzt und für die Zukunft?
Am Tag nach dem Begräbnis hatte ihm Robert Campin in freundlicher Güte vorgeschlagen, er sollte doch nach Tournai mitkommen und dort seine Lehrzeit zu Ende bringen. Jan hatte die Einladung abgelehnt. Und die Frage, die er sich hundertfach gestellt hatte, war brennender denn je wieder da gewesen: Hatte er wirklich den Wunsch, Maler zu werden? Er bewunderte die Werke Van Eycks, er sah gerne zu, wie die Hand langsam auf der Leinwand ihren Weg nahm, wie Schattierungen und Farben gleichsam reiften, aber er erinnerte sich nicht, tief innen jemals einen gebieterischen Schaffensdrang gespürt zu haben. Er war ihm fremd, jener geheimnisvolle Anhauch, der den Künstler unwiderstehlich dazu trieb, über die eigenen Grenzen hinaus zu gehen, und den Van Eyck nach eigenem Bekunden von frühester Kindheit an verspürt hatte. Nein, da war nichts, was ihn zu erregen und begeistern vermochte, nichts außer die Schiffe und das Traumbild der Serenissima.
In grüblerischem Nachdenken befangen, war er in die Nähe des Johannesspitals gelangt. Zerstreut betrachtete er die nüchterne

Fassade und schickte sich an, zur *Reie* hin abzubiegen. Wenn er sich nicht irrte, hatte man Laurens Coster, den Freund von Petrus, der bei dem Brand beinahe umgekommen war, in dieses Hospital gebracht.
Aber da unten an den Treppenstufen, die langgliedrige Gestalt, das von blonden Haaren gerahmte Gesicht und daneben der Hüne mit der dunklen Gesichtsfarbe! Petrus Christus und Idelsbad! Vertieft in ein allem Anschein nach hochwichtiges Gespräch. Was tat der Maler noch hier in Brügge, er, der am Tag nach dem Begräbnis allen verkündet hatte, er kehre nun nach Baerle zurück?
»Und auch diesmal ein Mann aus unserer Zunft …« Der Satz des Malers fiel ihm wieder ein, dazu Van Eycks Momente des Schweigens, sein rätselhaftes Verhalten kurz vor seinem Tod.
»Hast du Drohungen erhalten?«
»Nein. Es sieht ganz so aus, als hätten diese Verbrechen etwas mit Italien zu tun.«
Und vor allem jene seltsame Empfehlung: *»Erinnere dich an das Stundenbuch.«* Was konnte damit gemeint sein?
Heute jedoch war er viel zu niedergedrückt, um all diesen Rätseln auf den Grund zu gehen. Er machte sich wieder auf in Richtung Fluss.
Eine halbe Stunde später erreichte er die Böschung des Minnewaters. Ein Schiff ohne Mastwerk befand sich in der Schleuse. Einer der Matrosen nickte ihm einen Gruß zu, und eilfertig grüßte Jan zurück. Der Mann lächelte breit, während ihm die Trosse immer schneller zwischen den rauen Fingern hindurchglitt. Heute war dieser Seemann in Brügge, morgen würde er den Regenfronten Schottlands oder der Sonne von Genua entgegenfahren. Und er, Jan, würde weiter an den Ort gefesselt dahinleben, des einzigen Menschen beraubt, der je für ihn gezählt hatte. In wirrer Folge zogen die Szenen an seinem inneren Auge vorbei. Worte. Eine Liebkosung. Van Eyck, wie er ihm geduldig das Mischen eines Farbtons, das Anreiben eines Pigments, das Aufleimen einer Leinwand beibrachte. Überall und immer nur Van Eyck.

Die dreizehn Jahre seines Lebens kräuselten einen grauen Wirbel in die Wasserfläche, bevor sie jäh versanken, als wollten sie das Schicksal jener Frau namens Minna, der Tochter eines reichen Brügger Kaufmanns, teilen, die vor Traurigkeit gestorben war und deren Leichnam – so wollte es die Legende – am Grunde des Minnewaters ruhte. Unter den Lidern fühlte er, wie Tränen hervordrängten, und schon schluchzte er, er, der sonst nie weinte.
Als der Gefühlssturm vorüber war, wischte er sich mit dem Handrücken die nassen Wangen ab. Unbewusst suchte sein Blick die Fassade des Beginenklosters. Die junge Frau stand nicht an ihrem Fenster, und das Fenster war geschlossen. Mit unsicheren Schritten machte er sich auf in Richtung Nieuwe-St.Gillis-Straat.

Die Pinsel schlummerten noch in ihrem Zinnbecher. Die Skizze zu Jans Porträt stand gegen eine Wand gelehnt. Die hochaufragende Staffelei beim Fenster erinnerte an einen jener Wachsoldaten, die bei Einbruch der Dunkelheit unter dem Belfried Aufstellung nahmen.
Van Eyck würde nicht zurückkommen.
Da war sie wieder, die quälende Frage, die ihn seit einer Woche verfolgte: Was war das eigentlich, Sterben? Es lag etwas zugleich Absurdes und Unbegreifliches in dem brutalen Stillstand, in dem erstarrten Atem, womit ein Dasein endgültig zum Schweigen gebracht wurde. Jan griff sich vorsichtig an die Herzgegend, tastend belauerte seine Handfläche die pochende Bewegung aus dem Innern. Da wohnte es also, das Leben? Die Träume, das Streben, die närrischen Hoffnungen, Van Eycks Genius, der eines Campin und der aller anderen? In diesem rhythmisch-eintönigen, ein wenig dumpfen Klopfen, das dem hohlen Geklapper der Webstühle nicht unähnlich war. Eines Tages dann nichts mehr.
Er ließ die Hand sinken, denn der Gedanke hatte ihn erschreckt, das bloße Abhören könnte den Herzschlag zum Verstummen bringen.
Die massive Tür, die die »Kathedrale« schützte, stand weit offen.

Jan trat in den Raum. Angesichts der krassen Unordnung wuchs sein Angstgefühl. Der *Hooftman* war bei der Durchsuchung nicht zimperlich vorgegangen. Fast wie ein Automat machte er sich daran, die Folianten auf den Regalen aufzuräumen. Es war ihm eine Ehrensache, die Anordnung des Meisters wieder herzustellen, aber schon bald gab er es auf. Wozu auch?
Die vollendeten Bilder lehnten immer noch gegeneinander versetzt an einer der Wände. Was würde aus ihnen werden? Sicher würde Margaret sie veräußern, es sei denn, Lambert, Van Eycks jüngerer Bruder, beschloss, sie zu behalten. Und die Miniatur, die ihm selbst so viel bedeutete? Er eilte zu den Bildtafeln, kippte eine nach der anderen zurück und stieß, als er die geheimnisvolle Signatur »A. M.« wieder fand, einen erleichterten Seufzer aus.
Er hob das Bild hoch, um es näher in Augenschein zu nehmen, und stellte beglückt fest, dass den Nebeln zum Trotz, in denen er sich herumquälte, die Sonne dieser Miniatur nichts von ihrer wärmenden Kraft eingebüßt hatte. Dann, während er spielerisch den Lichteinfall auf den Farben veränderte, berührten seine Finger hinter dem Keilrahmen eine Aufwölbung. Überrascht drehte er das Gemälde um. Ein Beutelchen war mit einer seiner Schlaufen an der Querstrebe befestigt. Dass sich an dieser Stelle ein solcher Gegenstand befand, war bereits ungewöhnlich. Weit ungewöhnlicher noch war allerdings das Vorhandensein der Stabilisierungsstrebe. Man musste kein Fachmann sein, um sich klar zu machen, dass sie bei einem so kleinen Bild völlig überflüssig war. Sogar am Beginn des ersten Lehrjahres wusste man, dass solche Streben erst ab einer Tafelgröße von einer halben Elle angezeigt waren. Darüber hinaus war diese hier sichtlich erst vor kurzem angebracht worden. In fiebriger Hast nestelte Jan den Schließring auf, steckte die Hand in den kleinen Beutel und förderte eine Hand voll Florins zu Tage. Ein kleines Vermögen! Warum hatte Van Eyck – nur er konnte es gewesen sein – diesen Ort als Versteck für seine Goldmünzen gewählt? Warum hinter dieser Miniatur?

Der Junge setzte sich auf den Boden, verstaute die Münzen wieder in der Börse und fing an zu überlegen. Eine innere Stimme flüsterte ihm zu, hinter der befremdlichen Geste müsse sich eine Botschaft des Meisters verbergen. Er versuchte, sich eine Bemerkung, einen Satz ins Gedächtnis zu rufen, welche ihn auf die Spur bringen könnten.
»Was tust du da?«
Jan fuhr heftig zusammen. Wie aus dem Nichts hatte Margaret die Werkstatt betreten. Verstohlen umschloss er mit der Faust seinen Schatz und verbarg ihn zwischen seinen Schenkeln.
»Ja, also?«, fragte Margaret mit Nachdruck.
Er räusperte sich und antwortete so unbefangen wie möglich: »Ich wollte nur überprüfen, ob auch kein Bild fehlt.«
Die Frau schüttelte den Kopf. Sie schien nicht bei der Sache. In dieser einen Woche war sie unglaublich gealtert. Sie ging zu den Regalen, strich versonnen über die Buchrücken. Ihre Aufmerksamkeit wandte sich dem großen Tisch zu, auf dem noch die Dinge verstreut standen und lagen, die Van Eyck teuer gewesen waren.
»Ich habe gehört, wie der *Hooftman* und die anderen von diesem Ofen sprachen. Denn um einen Ofen handelt es sich doch, nicht wahr?«
Sie hatte die Frage in einem unbeteiligten, fast melancholischen Ton gestellt, und fuhr fort:
»Weißt du, wozu er diente?«
»Nein, Vater hat darüber nie mit mir gesprochen.«
Sie lächelte müde. »Mit mir auch nicht. Allmählich wird mir jetzt bewusst, dass ich des Öfteren ganz woanders gewesen sein muss mit meinen Interessen und Gedanken. Ich habe die Kunst der Künste nie zu verstehen gesucht, genauso wenig die Art und Weise, wie mein Mann seine Bilder schuf. Es reichte mir, dass ich sie mochte.«
»Muss man verstehen, um zu lieben?«
Schnell und mehr oder weniger unbewusst hatte er die Frage ausgesprochen.

Margaret brauchte eine Weile, bevor sie antwortete. »Nein, aber vielleicht ist es dann eine bessere Liebe …«
Ihr Körper straffte sich, und sichtlich unangenehm berührt von der eigenen Offenheit verschloss sie sich wieder.
»Bis gleich«, verabschiedete sie sich mit neutraler Stimme.
Kaum war sie gegangen, griff Jan zu dem Ledertäschchen und warf es in der hohlen Hand hin und her, als wollte er das Gewicht feststellen.

Katelina war im Garten, sie hatte die Hände in einen Bottich voller Wäschestücke getaucht.
Jan ließ sich neben ihr nieder und sagte sehr leise: »Könntest du ein Geheimnis bewahren?«
»Hängt ganz vom Geheimnis ab.«
»Ich mache keinen Scherz, es geht um etwas sehr Wichtiges. Versprich mir, dass du zu niemandem darüber redest.«
Die Magd hielt in ihrer geschäftigen Bewegung inne. »Ich verspreche es dir.«
Nachdem er sich vergewissert hatte, dass niemand ihn sehen konnte, löste er den Rundverschluss und hielt ihr das offene Lederbeutelchen hin.
Etwas verblüfft griff die Friesin danach und leerte den Inhalt ins Gras.
»Na so etwas! Wo hast du so viel Geld gefunden?«
»In der Werkstatt, hinter einem Gemälde versteckt. Aber nicht hinter irgendeinem.«
Ausführlich erklärte er ihr, wie der Zufall ihm zur Entdeckung der Börse verholfen hatte, und er betonte vor allem den für ihn wichtigsten Punkt: Van Eyck hatte gewusst, wie innig er diese Miniatur liebte.
Die Magd rückte sich nervös die Samthaube zurecht, die ihr spitz bis auf die Stirn reichte.
»Für mich ist die Erklärung eindeutig. Meester Van Eyck hat diese Summe für dich hinterlassen.«
»Genau das dachte ich mir auch. Aber ich frage mich etwas ande-

res: Dass er mir diese Schenkung gemacht hat, mag ja sein, aber die Art, wie er sie gemacht hat, aus der werde ich nicht klug. Zu welchem Zweck hat er die Börse hinter einem Bild versteckt, während er sie mir doch genauso gut hätte direkt übergeben können?«

»Ich weiß es nicht.«

»Hast du dich je gefragt, ob Van Eyck ahnte, dass er bald sterben würde?«

»Nehmen wir es einmal als Möglichkeit an. Und?«

Er stieß einen mutlosen Seufzer aus. »Und? Nichts und ...«

Er sammelte die Goldmünzen ein, bereit, ins Haus zurückzugehen.

»Geh jetzt noch nicht weg!«, rief die Friesin aus. »Ich frage mich, ob ...«

Sie suchte nach dem passenden Wort.

»Rede schon!«, drängte Jan.

»Wenn dein Vater die Börse hinter dieser Miniatur versteckt hat, dann deshalb, weil er damit rechnete, dass du sie früher oder später finden würdest. Natürlich hättest du zu seinen Lebzeiten darauf stoßen können. Dann hätte er irgendeine Erklärung vorgeschützt und hätte dir wahrscheinlich das Gold geschenkt. Aber nach seinem Tod bekommt die Sache einen anderen Sinn.«

Katelina hielt inne, dann fuhr sie, jedes einzelne Wort betonend, fort:

»Verstecktes Gold, bei dem man hofft, dass es auch nach dem eigenen Tod gefunden wird, das ist kein Geschenk mehr, das ist ein Vermächtnis. Van Eyck hat gewünscht, dass du diese Summe besitzen sollst, er wollte verhindern, dass du nach seinem Tod – und vielleicht fürchtete er einen baldigen Tod – abhängig wirst, abhängig von wem auch immer ...«

»Vor allem von Margaret«, schloss sie mit leiser Stimme.

Jan nickte schweigend.

»Sag mal, Jan, bist du glücklich bei uns?«

»Ja ... weil Ihr da seid.«

»Was auch kommen mag, sage dir, dass dort droben ein Stern über

einem jeden von uns wacht. Man ist niemals wirklich alleine. Oder man ist es, weil man vergesslich ist.«
Und wenn ihm Van Eyck tatsächlich den Preis, den die Freiheit kostete, geschenkt hatte?
Sein Herz fing nervös und heftig an zu schlagen, und gleichzeitig überkam ihn ein Gefühl, gemischt aus Furcht und Triumph.
Weggehen … *Und am Ende der Reise die Serenissima …*

XI

Florenz

Ein Dutzend Kandelaber erleuchteten den schmucklosen Speisesaal. Cosimo Medici feierte an diesem Abend seinen zweiundfünfzigsten Geburtstag. Sichtlich gut gelaunt hob er das Glas und sprach in die Runde seiner Gäste:
»Es lebe die Kunst! Möge sie erblühen zum höheren Ruhme des Menschen! Und der Stadt Florenz!«
Er trank einen Schluck, bevor er mit einem Hauch von Wehmut fortfuhr:
»Gestattet, dass ich mir die herrlichen Verse des geliebten Dichters zu Eigen mache: ›Wohin ich auch gehe, ich werde auf Heimaterde wandeln, so dass kein Boden je mir Exil oder Fremde sein kann, denn es ist der Mensch, nicht der Ort, der über das Wohlergehen entscheidet.‹«
Trinkspruch und Zitat ernteten beifälliges Murmeln. Jedem hier am Tisch war bewusst, wie treffend die Verse Brunetto Latinis das bewegte Schicksal des Gastgebers zum Ausdruck brachten. Sieben Jahre waren vergangen, seit Cosimo aus dem Exil zurückgekehrt war, aber das eine Jahr, das er in Venedig, fern von seiner toskanischen Heimat, verbracht hatte, würde in seiner Erinnerung niemals verblassen. Seit der Rückkehr leitete er die Geschicke der Stadt am Arno mit subtiler Intelligenz. Dabei hatte er, weiß Gott, Schwierigkeiten aller Art zu überwinden gehabt, angefangen bei den Albizzi, der Sippe der alten Erbfeinde, die ihn unermüdlich zu Fall zu bringen versucht hatten; nicht zufällig war es Rinaldo, der jüngste Spross des Geschlechts, dem

Cosimo seinerzeit die Vertreibung aus der Stadt zu verdanken hatte.
Heute war Florenz, obwohl in unverändert gefährdeter Position und trotz von Tag zu Tag deutlicher erkennbarer, doppelter Bedrohung – Venedig suchte sich in Italien für seine Misserfolge im Orient schadlos zu halten, und der König von Aragon warf begehrliche Blicke auf die Toskana –, eine der blühendsten Städte Europas. Und der würdige Nachfahre der ersten Medici war an diesem Wohlstand maßgeblich beteiligt. Er hatte es verstanden, die Empfindlichkeit der Florentiner Handelsherren zu schonen: Er, der überall als Fürst behandelt wurde, war bemüht, in seiner Stadt nicht als Adelsherr, sondern bestenfalls als Erster unter Gleichen in einer Bürgerrepublik aufzutreten. Des Weiteren hatte er das von seinem Vater Giovanni di Bicci ererbte und nach dessen Tod auf zweihunderttausend Florin geschätzte Vermögen mit großer Umsicht vermehrt. Hinzu kamen Ländereien im Mugello, Häuser in der Stadt, Staatsanleihen und eine Mehrheitsbeteiligung an einem Bank- und Handelsunternehmen. Doch auch nachdem sich sein Vermögen innerhalb von zwanzig Jahren verdoppelt hatte, waren seine persönlichen Ansprüche bescheiden geblieben. Äußere Ehren und hohe Ämter wies er zurück, den Titel eines Gonfaloniere, eines Bannerherrn der Justiz und nominellen Stadtoberhaupts, hatte er geradezu widerwillig akzeptiert, und auch nur für eine Amtszeit von zwei Monaten. Ohnehin war seine natürliche Autorität so groß, dass auch der bedeutendste offizielle Rang kaum etwas hinzugefügt hätte. Als Freund der Künste und bewundernswert umsichtiger Mäzen vereinte er Geschäftssinn und Gespür für echtes Talent. Man musste nur hinsehen, wer heute Abend an seinem Tisch versammelt war: Lorenzo Ghiberti, Donatello, Brunelleschi, Guidolino di Pietro, von allen nur Fra Angelico genannt, der »Engelsfromme«, weil er angeblich niemals zu malen begann, bevor er nicht ein Gebet gesprochen hatte, außerdem Michelozzo di Bartolomeo, Leon Battista Alberti und Pater Nikolaus von Kues.
Seinen Feinden gegenüber konnte er sich allerdings als äußerst

unnachsichtig erweisen. In den sieben Jahren, die er jetzt ohne Rang und Titel, als einfacher Bürger gewissermaßen, die Stadt Florenz regierte, hatte er peinlich darauf geachtet, jeden beiseite zu räumen, der sich ihm in den Weg stellen wollte, wobei er sich zweier gefürchteter Verfahren bediente: der Verbannung und der Steuerschraube. Letzteres bedeutete, dass die von einer Kommission, bestehend aus ihm ergebenen Männern, festgelegten Steuern heraufgesetzt wurden. Und zwar so konsequent, dass der Betroffene sich in den Ruin getrieben sah. Mit gleichem Zynismus begünstigte Cosimo seine Freunde, er versorgte sie mit der Habschaft des verbannten Gegners, denn mit der Verbannung ging die Einziehung der Güter einher. Was die Opposition anging, so wurde sie von einer regelrechten politischen Miliz überwacht und war zur Ohnmacht verurteilt. Als virtuoser Verhandlungsführer schließlich gehörte er zu jenen Menschen, die meinen, ein Konflikt werde besser hinter den verschlossenen Türen eines Amtszimmers als auf einem Schlachtfeld beigelegt. Dank dieser Einstellung hatte er vor gerade einem Jahr der Koalition Neapel–Mailand eine Niederlage zugefügt, indem er Florenz die Ehre sicherte, das ökumenische Konzil zu beherbergen, jenes Konzil, das die Kirchen des Ostens und des Abendlandes – mehr schlecht als recht – miteinander ausgesöhnt hatte.
Die Worte, die er jetzt hinzufügte, galten denn auch Pater Nikolaus von Kues: »Und möge Gott seine Gnade Euren Brüdern und dem Heiligen Vater gewähren. Möge er Euch in diesen für die Kirche schwierigen Zeiten Erleuchtung schenken.«
Und in ernstem Ton schloss er: »Möge er Euch auch beschützen vor allen Narren und Wahnsinnigen.«
»Gnädiger Herr«, dankte ihm der Priester, »sämtliche Gebete der Welt werden niemals zu viel sein. Ihr wisst um die Neigung der Menschen, der Nacht vor dem Tag den Vorzug zu geben.«
Der Geistliche lächelte Lorenzo Ghiberti zu und sprach weiter: »Wir beide sind inzwischen in der gleichen zweifelhaften Lage. Mit dem einen Unterschied, dass sich mein künftiger Mörder noch nicht gezeigt hat. Und wenn er es nicht getan hat, dann

wahrscheinlich deswegen, weil ich nicht Eure Kühnheit aufgebracht habe, den Mut, die alten Traditionen umzustoßen und meine Meinung freimütig und entschieden kund zu tun.«

Der Goldschmied nickte, wenngleich ohne Begeisterung.

»Ihr habt Recht, Pater, aber Ihr müsst auch sehen, wohin mich diese Kühnheit gebracht hat. Seit mehr als einer Woche lebe ich praktisch hinter Gefängnismauern und muss mich ständig von Polizeibeamten begleiten lassen. Die Arbeitsstätte an der Taufkapelle sieht aus wie ein befestigtes Lager. Lasst Euch in dieser Hinsicht von mir noch einmal sagen, dass mir Eure Einstellung ganz wie die eines Selbstmörders vorkommt. Warum lehnt Ihr so hartnäckig jeden Schutz ab?«

»Weil mein Leben nicht mir gehört. Es ist Eigentum unseres Herrn da droben. Wenn er die Stunde für gekommen hält, sein Gut zurückzunehmen, dann vermögen auch die gewaltigsten Heerscharen nichts gegen seinen Willen auszurichten.«

»Ihr seid im Irrtum. Stünde mir nicht unser illustrer Gastgeber bei, ich wäre vermutlich schon nicht mehr von dieser Welt.«

Lorenzo nutzte die Gelegenheit, Cosimo seinen Gruß zu entbieten: »Ich weiß Euch Dank dafür, gnädiger Herr. Ihr wart in keiner Weise dazu verpflichtet. Schließlich bin ich nur ein Künstler.«

»Den Fürsten lässt man strengen Schutz angedeihen, mein Freund. Nun, ein Mächtiger, der stirbt, ist ersetzbar, ein Künstler nicht.«

Sich seinem Tischnachbarn zur Rechten zuneigend, schloss der Medici die Frage an: »Meint Ihr nicht, Signor Alberti?«

Sämtliche Blicke richteten sich auf den Angesprochenen. Dass dieser erhebliche Achtung und Wertschätzung genoss, war an den Gesichtern abzulesen. Als Schützling des Papstes und Mitglied seines Gefolges hatte er das Konzil in Florenz genutzt, um nach mehrjähriger Verbannung zurückzukommen. Er war gelehrter Literat, Verteidiger der Volkssprache, also des Italienischen, Moralphilosoph, aber auch Mathematiker und Architekt. Vor siebenunddreißig Jahren in Genua geboren, aber toskanischen Geblüts, verkörperte er das Wissen seiner Zeit. Der illegitime Spross eines Florentiner Patriziers hatte in Venedig, Padua, Bologna studiert und hatte Frankreich und die Länder deutscher Sprache bereist. Er hatte mit zwanzig Jahren eine Komödie in lateinischer Sprache verfasst, dazu eine Abhandlung über Literatur, ebenso eine über Malerei, *De pictura*, worin er die neuen künstlerischen Prinzipien theoretisch untermauerte. Unlängst hatte er letzte Hand an eine Schriftenreihe gelegt, die nach allgemeiner Überzeugung Geschichte machen würde: *De familia*. Vier Bände von großer Kühnheit, die von der Kindererziehung, der Liebe und der Freundschaft handelten. Der Mensch und sein Schicksal, die Macht der Tugend, der Glaube an die Schöpferkraft des menschlichen Geistes, das waren die Leitideen seines geschriebenen Werkes.

Auf die Frage seines Gastgebers reagierte er prompt mit einer Gegenfrage:

»Dürfte ich es wagen, gnädiger Herr?«

»Solltet Ihr fürchten, mich zu kränken, so hättet Ihr Unrecht«, ermunterte ihn Cosimo. »Ich habe mich nie als Staatsmann betrachtet, sondern als Mann und Menschen, nichts weiter.«

»Dann möchte ich mir erlauben, ganz und gar einverstanden zu sein. Ein großer Künstler verdient, dass man sein Leben genauso schützt wie das des Herrschers über ein Königreich. Wäre der göttliche Dante gemeuchelt worden, dann hätte die Welt einen gewaltigen Verlust erlitten. Ein Sonett aus der *Vita nuova*, eine Seite aus der *Göttlichen Komödie*, und der Mensch fühlt sich weniger allein im All.«

»Genau deswegen«, bestätigte Donatello«, müssen wir sehr aufpassen, dass unserem Freund Lorenzo nichts zustößt.«

»Meiner Meinung nach«, sagte der Goldschmied scherzend, »stand derjenige, der versucht hat, mich umzubringen, im Sold meines geschätzten Kollegen Brunelleschi. Der hat es nie wirklich eingesehen, davon bin ich überzeugt, dass ich ihm damals bei dem Wettbewerb vor zwanzig Jahren um eine Nasenlänge voraus war. Stimmt's, Filipo?«

Brunelleschi antwortete mit einem Knurren. Der ganz in Schwarz gekleidete, fast siebzigjährige Mann wirkte schweigsam und abgeklärt.
»Täusche dich nicht, mein Freund. Mein Misserfolg hat mir die Augen für meine wahre Bestimmung geöffnet. Ich hielt mich für einen Goldschmied und einen Bildhauer, doch in Wirklichkeit war ich zum Baumeister geboren.«
»Und zu was für einem Baumeister!«, rief Cosimo bestätigend. »Die Kuppel von Santa Maria del Fiore ist gewiss das wagemutigste, revolutionärste Bauwerk unseres Jahrhunderts. Die geniale Idee des beweglichen Gerüsts und der Doppelschalenkonstruktion werden die Menschen nie vergessen.«
Sich an Nikolaus von Kues wendend, fragte er: »Was meint Ihr dazu, Pater?«
»Ich besitze nicht genügend Kenntnis in der Baukunst, um hier ein Werturteil abzugeben, und leider habe ich auch noch keine Gelegenheit gehabt, die Kuppel von innen zu bewundern. Nach außen hin kann sie jedenfalls nur Bewunderung erregen.«
»Daran soll es nicht liegen. Ich bin sicher, dass es für unseren Freund Brunelleschi eine Freude sein wird, Euch sein Meisterwerk an Ort und Stelle zu erläutern.«
»Aber gewiss«, stimmte der Baumeister höflich zu. »Sagt mir nur den Tag, an dem es Euch genehm ist, Pater.«
»Die Konzeption der Kuppel an sich stellt eine Neuerung dar«, bekräftigte nun Alberti das allgemeine Lob. »Nie hätte man solche Vollkommenheit erreichen können, ohne mit den überlieferten Regeln zu brechen und ohne aus den Quellen des Altertums neue künstlerische Kraft zu schöpfen. Wer derart geometrisch an das Raumproblem herangeht, der schafft eine Hymne auf unsere griechischen und römischen Vorfahren. Sie ist erhaben, diese Kuppel, und sie wird allen Völkern der Toskana zu ewigem Schatten gereichen!«
Brunelleschi quittierte das Kompliment mit einem kurzen Zwinkern. »Ob nun Neuerung oder nicht, eines ist sicher: Meine Kuppel kränkt die Geister anscheinend weniger, als es die Türen der

Taufkapelle tun. Jedenfalls hat mir noch niemand gedroht, und erst recht hat niemand versucht, mich zu ermorden.«
»Das gilt auch für mich«, ließ sich ein lächelnder Fra Angelico vernehmen. »Dabei bin ich Künstler, und wie Pater Nikolaus bin ich auch Geistlicher.«
»Gewiss«, entgegnete Cosimo, »aber Ihr, Ihr habt nicht versucht, Orient und Okzident auszusöhnen. Ihr verkündet nicht, dass man sich mit dem Koran befassen soll, um den Islam besser zu begreifen und eine Annäherung zu suchen. Ihr tretet nicht mit unbequemen Hypothesen zur Bewegung der Gestirne hervor. Vielleicht ist es Eure Großmut, die Euch vor den Dämonen schützt.«
Der Gesichtsausdruck des Malers verriet Bescheidenheit, ja Demut. Dabei hatte sein Gastgeber durchaus Recht. Seit er sein Noviziat beendet hatte, ließ er sämtliche Einkünfte aus seinen Bildern der Gemeinschaft der Dominikaner zufließen.
»Glaubst du wirklich, dass meine Arbeit mir den Überfall eingebracht hat?«, fragte ihn Lorenzo, der sich immer mehr zu beunruhigen schien.
»Chi lo sa?«, versetzte Fra Angelico. »Vielleicht ist der Tod eifersüchtig auf dein Talent.«
»Nicht der Tod, o nein«, rief Brunelleschi ironisch dazwischen, »sondern unsere flämischen Künstlerkollegen. Man braucht sich nur anzuschauen, mit welch verkniffener Miene sie bei uns auftauchen. Die ersticken ja vor Neid.«
»Unsinn!«, entgegnete Alberti. »Sie schätzen, was wir schaffen, und teilen unsere neue Kunstauffassung. Mir ist zu Ohren gekommen, einer ihrer Maler, der berühmteste sogar, schätze meine Abhandlung über die Malerei sehr, sehr hoch. Er besitze ein Exemplar, so hat man mir versichert.«
»Um wen geht es denn?«, erkundigte sich Cosimo.
»Um Van Eyck. Jan Van Eyck.«
»Van Eyck?«, rief Donatello aus. »Was für ein Zufall! Hat man mir doch gerade seinen Tod gemeldet.«
In Albertis Blick zeigte sich Betroffenheit.
»Das ist jammerschade. Ich hätte ihn gerne kennen gelernt.«

»Zumal es interessant gewesen wäre, dabei etwas über seine Arbeitsmethode zu erfahren. Bei einer Reise nach Neapel hatte ich Gelegenheit, eines seiner Gemälde zu bewundern. Ich darf euch versichern, dass es sich um ein in jeder Hinsicht überraschendes Werk handelte. Das Motiv an sich – es war ein Porträt des Herzogs von Burgund – hatte nichts Außergewöhnliches. Einzigartig waren die lebensvollen Farbtöne, die durchsichtigen Lasuren, der Reichtum an Schattierungen. Ich möchte in aller Bescheidenheit einräumen, dass ich so viel Neuerung nie vorher erblickt hatte. Dazu kam die Kühnheit der gesamten Bildgestaltung. Es sprang einfach ins Auge, dass der Flame die sinnlosen Detailhäufungen und das unerträglich Schwerfällige des gotischen Stils hinter sich gelassen hatte, dass er jene Wirklichkeitstreue, jene Echtheit vorzog, die wir selbst zu erreichen versuchen.«
»Wenn das so ist«, rief Cosimo, »schlage ich vor, dass wir unser Glas auf das dahingegangene Genie erheben. Auf Jan Van Eyck!«
»Auf Jan Van Eyck!«

Brügge, in derselben Nacht

Jan verstaute vorsichtig den gläsernen Stern aus Venedig in seinem Bündel und zog die Schlaufe fest. Nachdem er sich vergewissert hatte, dass der Beutel mit den Goldgulden verlässlich an seinem Gürtel befestigt war, widmete er der Mansarde, in der er mehr als sechs Jahre gewohnt hatte, einen Abschiedsblick und wandte sich zur Tür. Die Würfel waren gefallen. Noch wusste er nicht, welchen Weg er einschlagen würde, aber er würde seinen Traum verwirklichen und sich nach Venedig begeben. Nicht zwischen diesen Mauern, in dieser Familie, ohne Van Eyck würde er die Zeit verbringen, bis er erwachsen war. Dort drunten, und sei es um den Preis der Einsamkeit, würde er glücklich sein, denn dort würde die Sonne scheinen.
Er drehte sich um und betrachtete ein letztes Mal das Haus, in

dem er gelebt hatte. Einen Moment schien es ihm, als hätte er auf der Schwelle die rundliche Gestalt Katelinas erblickt. Bei Gott, sie würde ihm fehlen. Sie fehlte ihm schon jetzt! Er hatte Van Eyck verloren, und nun verlor er Katelina. Wohl hatte er zuerst daran gedacht, sie von seinem Entschluss in Kenntnis zu setzen, aber sehr schnell hatte er sich anders besonnen. Niemals hätte sie seinen Plan gebilligt. Wer weiß, vielleicht hätte sie, um ihn am Fortgehen zu hindern, es für angezeigt gehalten, Margaret davon zu unterrichten.

Bangen Herzens und mit hastigen Schritten eilte er die finstere Nieuwe-St.Gillis-Straat entlang. Irgendwo aus der Richtung des Belfrieds ertönte die Schnarre des Nachtwächters, und der klamme Himmel begann, erste rosige Fäden zu ziehen: die Dämmerung kündigte sich an. Drei Möglichkeiten boten sich an: Er konnte die Septemberrückfahrt der Galeeren – mehr als zwei Monate waren es bis dahin – abwarten und sich direkt Richtung Serenissima einschiffen, oder er konnte sich nach Sluys begeben, in der Hoffnung, ein für Italien bestimmtes Schiff anzutreffen, oder – der Gedanke war alles andere als reizvoll – er konnte den Weg über das Festland nehmen. Aber wie viele Meilen würden zurückzulegen sein? Er hatte keine Ahnung. Welche unbekannten Länder hätte er zu durchqueren? Ein solches Unternehmen ging über seine Kräfte, das spürte er. Aber wenn er in Brügge blieb, dann war die Wahrscheinlichkeit groß, dass Margaret ihn polizeilich suchen ließ. Man würde es leicht haben, ihn aufzugreifen, und dann würde man ihn notfalls mit Gewalt nach Hause zurückschaffen. Nein. Am besten, er ging zum Hafen, wobei der Himmel ihm helfen musste, ein Schiff zu finden, das ihn dem ersehnten Ziel entgegenführen würde. Ohne weiteres Zögern warf er sich das Bündel über die Schulter und schritt in Richtung Genter Tor aus.

Als er in Sluys anlangte, stieg hinter ihm langsam die Sonne auf. Auf den Decks machten sich bereits die Matrosen zu schaffen, und entlang der Landungsbrücke herrschte reges Treiben. Sorgfältig musterte Jan die Wimpel, die hoch an den Masten flatter-

ten: Winchelsea, Yarmouth, Faversham, Stralsund. Nirgends gewahrte er den einen, unverwechselbaren, auf den er hoffte: den Löwen von San Marco. Aber es musste doch unter all diesen Schiffen eines geben, das nach Süden in See stechen würde. Egal, mit welchem Bestimmungshafen, nur im Süden musste er liegen. Er setzte sein Bündel ab und wartete. Mehr als eine Stunde verging, ehe sich die Vorsehung meldete, und sie tat es in wenig wohlwollender Weise. Der mit der Eintreibung der Schiffszölle beauftragte Mann, der vorbeikam, beantwortete zunächst bereitwillig seine Fragen. Nein, keines der derzeit vor Anker liegenden Schiffe würde Kurs nach Süden nehmen, geschweige denn Richtung Venedig. Doch, man erwarte eine Karake, die von Schottland kommend nach Pisa weitersegeln würde, allerdings nicht vor Ablauf von acht Tagen. Es könnten auch zehn werden. Die Winde zu dieser Jahreszeit seien launisch. Und dann hatte der Zolleinnehmer mit strenger Miene geschlossen: »Du hast hier nichts zu suchen, du würdest gut daran tun, zu deinen Eltern zu gehen.«
Enttäuscht und vor allem verärgert, dass man ihn als jugendlichen Luftikus abtat, griff Jan nach seinem Bündel und beschloss, sich mit Geduld zu wappnen. War ihm doch die Geduld schon zur zweiten Natur geworden. Er hatte sie erlernt während der langen Jahre, in denen er das Kochen des Firnis überwacht, die Pinsel gereinigt und die feinen Borsten zusammengebunden hatte.
Er machte kehrt und ging los Richtung Damme. Dort, in dem Vorhafen, wo Till Uylenspiegel zur Welt gekommen war, würde er gewiss eine Zuflucht finden, vielleicht würde sogar jemand seine Dienste gebrauchen können und sie mit ein paar Münzen entlohnen. Denn es kam nicht in Frage, dass er die Summe, die Van Eyck ihm überantwortet hatte, vergeudete. Acht Tage, so hatte der Zolleinnehmer gesagt, dann würde er weitersehen. Acht Tage gingen schnell vorbei, und sein Vorrat an Geduld würde sogar länger reichen.

»Das Bürschchen ist geflohen ...«
»Seid Ihr sicher?«

»Absolut sicher. Vor etwa einer Stunde habe ich unter dem Vorwand, ich wolle mich nach Margarets Gesundheit erkundigen, dem Haus Van Eycks einen kurzen Besuch abgestattet. Sie selbst hat mir die Neuigkeit verkündet. Es schien sie übrigens weniger zu betrüben als ihre Magd.«

Die beiden Gestalten, die so miteinander redeten, konnten einander kaum wahrnehmen in dem abgedunkelten Raum, in dem der Fensterladen nur einen fadendünnen Lichtstrahl einließ. Der eine hatte einen starken italienischen Akzent, der andere sprach ein tadelloses Flämisch. Davon abgesehen ließ die Dunkelheit, die ihre Gesichtszüge unkenntlich machte, auch keinerlei Vermutung über ihr Alter zu. Sie hätten zwanzig, aber genauso gut sechzig Jahre alt sein können. Allenfalls ließ der äußerst bestimmte Ton, dessen sich der Mann mit dem italienischen Akzent befleißigte, die Mutmaßung zu, dass der andere ihm zu gehorchen hatte.

»Ihr wisst natürlich, was diese Flucht bedeutet.«

»Ich fürchte, ja, Messer.«

Ein langes Schweigen trat ein, in dem nur der raue und stoßweise Atem des Ausländers zu hören war.

»Wir müssen schnellstens handeln. Wenn dieser Junge uns entkäme, dann hätte das unendlich viel ernstere Folgen als im Falle von Coster und den anderen. Coster! Ein Misserfolg. Ein kläglicher Misserfolg. Einer mehr.« Mit energischer Betonung wiederholte er:

»Wir müssen schnellstens handeln!«

»Darüber sind wir uns im Klaren. Aber was tun? Wir haben keine Ahnung, wo er sich aufhält.«

»Wo soll er denn schon sein? Ein Kind in diesem Alter, ohne Geld, ohne Freunde, ohne Eltern, das kommt nicht weit. Wenn er nicht in Brügge ist, dann muss er in der Umgebung sein, irgendwo in Termuyden, Oostkerke oder Damme. Das ist Eure Sache. Spürt ihn gefälligst auf!«

»Und wenn wir ihn gefunden haben? Was machen wir dann mit ihm?«

»Das fragt Ihr mich? Bei dem, was er alles weiß, muss man da noch fragen?«
»Sicherlich, aber ...«
»Bringt ihn um! Sorgt dafür, dass es nach einem Unfall aussieht. Er kann ja ertrunken sein. Lasst Euch etwas einfallen. Aber bringt ihn um!«
Ein sekundenlanges Zögern war zu spüren.
»Er ... er ist doch noch ein Kind. Und wir sind nicht sicher, dass er herumplaudern wird.«
»Eben! Wir sind nicht sicher! Und nichts, hört Ihr, nichts ist so hochgefährlich wie die Ungewissheit! Sie hat nichts zu suchen im großen Plan der Menschheit. Habe ich mich klar ausgedrückt?«
Mit schneidender Bestimmtheit schloss der Fremde:
»Bringt ihn um!«

In der Sakristei der Hieronymus-Kirche saß Jan in einer Ecke und biss herzhaft in einen Apfel, den er sich auf dem Markt von Damme gekauft hatte. Das Asyl in einer Kirche war etwas Heiliges. Weder Margaret noch sonst jemand würde sich zu einer gotteslästerlichen Tat versteigen. Immer wieder hatte er gehört, dass die Gotteshäuser auch noch dem schlimmsten Verbrecher Unterkunft und Schutz gewährten. Einem Kind doch sicher erst recht.

XII

»Was machst du hier?«

Jan setzte sich auf, seine Haare waren zerzaust.

»Was machst du hier?«, fragte die Stimme mit noch mehr Nachdruck.

»Ich … ich habe geschlafen.«

Stammelnd musterte er den Mann, der ihn so rücksichtslos aus seinen Träumen riss. Kurzer Wuchs, schwarze Soutane. Ein Priester. Die kleinen, grüngrauen Augen in dem unglaublich faltigen Gesicht erfassten einen mit erstaunlicher Schärfe.

»Wie heißt du?«

»Jan.«

»Jan ist nur ein Vorname. Wie noch?«

Er sprach den ersten Namen aus, der ihm einfiel: »Jan … Coster.«

»Warum bist du hier? Du hast doch gewiss Eltern und wohnst irgendwo.«

»Nein, ich habe keine Eltern mehr, ich wohne nirgends.«

»Demnach wärst du ein Waisenkind? Und was ist mit sonstigen Angehörigen?«

Der Junge verneinte.

»Aber du musst doch irgendwo aufgewachsen sein!«

»Natürlich. Aber mein Vater und meine Mutter sind bei einem Brand umgekommen, der unser Haus zerstört hat.«

»Ein Brand? Wo? Wann?«

»Vor ungefähr einem Monat. Gleich danach haben die Leute von der Behörde beschlossen, mich bei einer Familie unterzubringen. Schreckliche Leute, die mich den ganzen Tag verdroschen haben. Darum bin ich dann geflohen.«

»Steh auf!«
Während er gehorchte, fühlte Jan den prüfenden Blick des Priesters.
»Mir ist in letzter Zeit nichts zu Ohren gekommen von einem Feuer hier in Damme. Seit mehr als zehn Jahren versehe ich mein Amt in dieser Pfarrei, und ich habe dich noch nie gesehen. Aus welcher Stadt kommst du denn?«
»Aus Baerle.«
»Baerle? Aber das ist ja über hundert Meilen weit weg! Wie kommst du dann ausgerechnet hierher?«
»Ich bin auf dem Weg nach Sluys. Ein Schiff soll dort in etwa zehn Tagen anlegen, bevor es nach Venedig weiterfährt. Ich werde dort an Bord gehen.«
Der Geistliche bekreuzigte sich.
»Venedig … Warum Venedig?«
Jan nahm sich einige Augenblicke Zeit, bevor er antwortete: »Meine Eltern sprachen oft von dieser Stadt, wo sich der Bruder meines Vaters vor langer Zeit niedergelassen hat. Da ich in Flandern keine Verwandten mehr habe, habe ich mir gedacht, ich könnte bei einem Onkel ein Unterkommen finden.«
»Herr im Himmel! Das ist Wahnsinn! In deinem Alter geht man nicht einfach auf eine derartige Schiffsreise. Abgesehen davon müsste erst einmal ein Kapitän bereit sein, dich an Bord zu nehmen.«
»Ich besitze Geld. Ich kann die Überfahrt bezahlen.«
»Welch himmlische Gunst hat dich denn mit Geldmitteln versorgt?«
»Mein Vater hat es mir anvertraut, bevor er starb.«
Der Geistliche zog die Brauen hoch und betrachtete den Jungen. Er war sichtlich ratlos.
»Was du da erzählst, klingt zumindest merkwürdig«, erklärte er nach einigem Nachdenken. »Nichtsdestoweniger will ich dir Glauben schenken. Was gedenkst du bis zur Ankunft jenes Schiffes zu tun?«
»Ich weiß es nicht. Hier bleiben, falls Ihr es mir erlaubt?«

Der Priester überlegte, die Unschlüssigkeit war ihm weiter anzumerken.
»Weißt du, welcher Wochentag heute ist?«
Jan zögerte. »Sonntag?«
»Genau. Warst du schon einmal Messdiener?«
»Nein.«
»Ja, dann würde es eigentlich Zeit. Bist du wenigstens getauft?«
»O ja!«
»Folge mir!«
Während er auf einen schön bemalten, mehrtürigen Eichenholzschrank zuschritt, fragte er Jan weiter aus:
»Was vermagst du mit deinen Händen anzufangen? Hat man dir ein Handwerk beigebracht?«
»Ich kann fegen, aufräumen …«
Um ein Haar hätte er hinzugefügt: »… Pigmente anreiben, Leinwand auf Holztafeln aufziehen …«
»Das ist nicht ganz uninteressant für mich. Du musst einen sehr eifrigen Schutzengel haben. Meine Dienstmagd hat mich nämlich gerade verlassen. Wer weiß? Vielleicht kannst du dich hier ein wenig nützlich machen.«
Er öffnete eine der Schranktüren und holte ein Chorhemd, ein Messgewand und dann noch eine Stola und ein Achseltuch heraus.
»Als erstes wirst du mir jetzt helfen, das Gewand anzulegen. Danach bringe ich dir die wichtigsten zeremoniellen Gesten bei. Ich hoffe, du hast eine gute Auffassungsgabe. Meine Pfarrkinder sind bald da.«
»Habt keine Sorge. Ich habe ein ausgezeichnetes Gedächtnis.«
Eilfertig streckte Jan dem Gottesmann die Hände entgegen. Alles in allem hatte er sich ganz gut aus der Affäre gezogen. Niemals hätte er sich fähig geglaubt, mit so viel Selbstsicherheit zu lügen. Wo hatte er eigentlich die Geschichte mit dem venezianischen Onkel her? Der Geistliche hatte Recht: Das Glück war ihm hold, er konnte sich bei seinem Schutzengel bedanken. Unbehelligt konnte er hier die Ankunft der Karake abwarten. Das Nachtlager

und etwas zum Essen waren ihm sicher, und so war es hier das richtige Versteck.
»Ach übrigens«, sagte der Priester, »ich heiße Hugo Littenburg. Und jetzt reiche mir die Albe …«
»Die Albe?«
Der Priester zeigte auf ein weißes Kleidungsstück.
»Und das mit dem Kreuz bestickte lange, schmale Tuch ist die Stola. Ihre Farbe muss dieselbe sein wie die der anderen Messgewänder. Das Kreuz muss in der Halsgegend aufliegen, und das Messgewand kommt dann über Albe und Stola. Hast du das verstanden?«
All das hatte wahrhaftig nichts mehr mit Eichhörnchenschwänzen und Schweineborsten zu tun. Es war gewiss weniger faszinierend, aber, weiß Gott, auch weniger mühselig.

Im großen Saal des Johannesspitals lag ein widerlicher Geruch nach Verwesung in der Luft. Man hatte die Fensterläden geschlossen, vermutlich, damit kein grelles Licht die Patienten belästigte. Die Schritte des Mannes auf den weißen Fliesen waren kaum zu hören. Ohne die Kranken, die rechts und links aufgereiht auf Strohsäcken lagen, auch nur eines Blickes zu würdigen, ging er zielsicher bis zu der Lagerstätte, auf der Laurens Coster vor sich hin dämmerte.
Der Holländer sah kaum noch menschlich aus. Sein Körper verschwand völlig unter Tuchstreifen, die mit Pflanzenextrakten durchtränkt waren. Das Atmen war kaum wahrzunehmen.
Von einer Art sechstem Sinn alarmiert, öffnete Coster halb die Augen, als der Mann neben ihm auftauchte. Sofort weiteten sich seine Pupillen, seine Lippen bewegten sich und er versuchte, Worte zu formen, doch vergeblich. Die Silben erstarben ihm in der Kehle, so würgend war die Angst und so unendlich die Schwäche seines Körpers. Schreckensstarre erfasste ihn, als er die Hanfschnur bemerkte, die der Mann in der Hand hielt. Diesmal würde er nicht davonkommen. Das Feuer hatte sein Leben nicht zu vernichten gewusst, das würde nun die Schnur be-

sorgen. Ein eisiger Schauer durchfuhr seine Glieder. War es das, dieser Sturz in einen Winter ohne Ende, was man Sterben nannte?

Als die Schnur seinen Nacken streifte, versuchte er, sich zu wehren, obwohl ihm klar war, dass er nicht die geringste Chance hatte. Schon engte ihm das Band aus Hanf die Kehle ein. Ein brutales Zerren verdreifachte den Würgedruck. Laurens bekam einen Schluckauf. Er öffnete den Mund, rang nach Luft, die nicht kam. Wie hinter Nebelschleiern fragte er sich, warum ringsum niemand reagierte, und er empfand Traurigkeit, dass er so völlig unbeachtet erlöschen sollte. Für Sekundenbruchteile glaubte er, an der Decke Zinnlettern und tintengesprenkelte Pergamentblätter zu erblicken, seinen Lebenstraum, dazu in hauchdünner Schrift eine Frage: Warum? Welche Tat hatte er sich zu Schulden kommen lassen, um solche Verfolgungswut zu entfachen?

War er noch bei Sinnen, als eine zweite, sehr große Gestalt, fast ein Riese, in den Krankensaal stürmte?

Wenige Schritte, und er befand sich hinter Costers Mörder. Mit unerbittlicher Entschlossenheit schob er blitzschnell seinen linken Unterarm unter das Kinn des Mannes und zog ihn nach hinten, während gleichzeitig die rechte, gegen das Genick gekeilte Hand wuchtig nach vorn drückte. Es gab ein dumpfes Knacken, so wie wenn ein Ast entzwei bricht. Alles war so schnell gegangen, dass der Mann mit der Schnur wohl nur noch halb begriff, was ihm zustieß. In den Armen des Riesen sackte er zusammen, die Augen vor Staunen geweitet.

In gesitteter Haltung saß Jan zur Rechten des Altars und lauschte scheinbar andächtig der Predigt. Gleichzeitig aber beobachtete er verstohlen die Zuhörerschaft: Dorfbewohner, Bauern, Bürger, Handwerksleute, was Damme an Gläubigen zählen mochte, hatten sich im Kirchenschiff eingefunden. Sie waren nicht besonders zahlreich gekommen, kaum mehr als zwanzig Personen, dreimal weniger, als er sonntags in der Brügger Kirche der heiligen Klara antraf. Der Ausdruck, den sie zur Schau trugen, zwi-

schen gemessenem Ernst und Bußfertigkeit, war allerdings genau der gleiche.
Warum nur unterhielten die Menschen zu Gott Beziehungen, die auf Furcht und Zerknirschung gründeten? Von der Bibel, aus der Van Eyck ihm oft vorlas, war Jan vor allem im Gedächtnis geblieben, dass Gott den Menschen nach seinem Bilde geschaffen hatte. Daraus hatte er abgeleitet, dass der Schöpfer genauso schwach und anfällig sein musste wie seine Geschöpfe. Dabei hatte man ihm doch unermüdlich eine ganz andere Sicht nahe gebracht, nämlich die eines rächenden Gottes. Wo lag die Wahrheit? Die Religion war ein Rätsel, das sich dem Verstand eines Kindes entzog. Aber vielleicht war es ja der Teufel, der ihm solch frevelhafte Überlegungen einflüsterte. Er bekreuzigte sich unauffällig und bat den Herrn um Vergebung für seine unreinen Gedanken.
Die Hände auf die samtgepolsterte Brüstung der Kanzel gestützt, setzte der Priester seine Predigt fort.
Jans Blick schweifte die steinernen Wände des Kirchenschiffs entlang zur geschnitzten Eichentüre und erfasste die beiden Männer, die gerade eintraten. Nachdem sie diskret die Finger im Weihwasserbecken benetzt hatten, machten sie das Kreuzzeichen, verharrten dann aber, statt in einer Bankreihe Platz zu nehmen, merkwürdigerweise im Schatten einer Säule. In ihrer Kleidung und Haltung war etwas, was sie von der übrigen Versammlung unterschied. Schlitzärmel, Lederwams und die mehrfach beringten Finger ließen keinen Zweifel daran, dass sie zu den Vornehmen der Stadt Damme zählten. Jan richtete seine Aufmerksamkeit auf Hochwürden Littenburg. Ein glücklicher Einfall, denn dieser hatte gerade die Kanzel verlassen und strebte dem Altar zu, wobei er Jan mit erzürnter Miene ansah. Jan stand hastig von seinem Schemel auf. Fast gleichzeitig setzte eine heisere Frauenstimme mit einem Respons ein, der von der Gemeinde sogleich aufgenommen wurde. Die Messe nahm ihren Fortgang und kam ohne jeglichen Zwischenfall zu ihrem Ende.
Jan blickte verstohlen ins Kirchenschiff. Die beiden Männer wa-

ren nicht mehr da. Sie mussten irgendwann während der Lesung des Prologs zum Johannes-Evangelium gegangen sein.

Nachdem er seine priesterlichen Kleidungsstücke sorgfältig im Fach aufgeräumt hatte, schloss Hochwürden Littenburg die Schranktür und wandte sich Jan zu.
»Wichtigste Eigenschaft eines Messdieners ist, dass er beim Opfer unseres Herrn innerlich und äußerlich ganz dabei ist. Ich hatte das Gefühl, dass du eher woanders warst. Wo warst du mit deinen Gedanken?«
Jan hatte keine Zeit zu antworten, der Priester sprach bereits weiter:
»Gerade habe ich bemerkt, dass mir demnächst die Hostien ausgehen werden. Ich möchte, dass du unverzüglich zu Bäcker Claes gehst. Ein Fladen ist sicher fertig. Den brauchst du nur zu nehmen und mir zu bringen.«
»Gern. Aber wo liegt der Laden?«
»Du kannst nicht fehl gehen. Er liegt ein paar Schritte vom Johannesspital entfernt beim Wachtturm, und der ist der höchste Turm der Stadt.«

Der Weinmarkt bot den Anblick einer wimmelnden Menge, womit er einmal mehr seinen Ruf als bedeutendster flämischer Markt seiner Art rechtfertigte. Es gab Bettler, und genauso sah man *poorters*, wohlhabende Bürger von Damme, in hitzigen Verhandlungen um den Preis des Fasses begriffen, obwohl sie doch auf allen Märkten Flanders Abgabenbefreiung genossen. Im Hintergrund hob sich das Gebäude ab, worin die Ware gelagert war, die – nach dem Weinhandel – den Reichtum der Stadt ausmachte: Heringe. Auf dem Dach flatterte eine Fahne mit dem aufgestickten Wappen der Stadt. Ein kurioses Detail dieser Fahne war der zwischen anderen heraldischen Figuren wahrnehmbare Hund. Jan war darüber nicht sonderlich überrascht. Er kannte die Sage. Sie besagte, dass die ersten Bewohner des Ortes die meiste Zeit damit verbrachten, in dem von ihnen errichteten *Reie*-Deich eine

Bresche – immer dieselbe – zu schließen. Schuld daran, so hieß es, war ein ewig jaulender Hund. Der Kampf zog sich lange Monate hin, bis zu dem Tag, an dem es den Einwohnern schließlich gelang, das Tier in den Deich selbst einzumauern. Von Stund an gehörte es zum Wappen von Damme.
Der Geistliche hatte Recht. Schon bevor er anlangte, bekam der Junge dank der intensiven, warmen Brotdüfte Kunde von Claes' Bäckerei. Der Mann selbst, kugelrund und offenbar eine leutselige Frohnatur, bat Jan, sich ein wenig zu gedulden. Der Weizenfladen war fertig. Die Bäckersfrau war gerade dabei, ihn mit dem Messer aufzuteilen. Claes reichte ihm ein kleines Zuckerbrot und wies auf einen Schemel. Jan setzte sich und fing an zu reden:
»Es ist lustig, Ihr habt den gleichen Vornamen wie Uylenspiegels Vater. Der hieß doch auch Claes, nicht wahr?«
»Das stimmt. Und ich bin stolz darauf! Ich bin Flame, ein echter, unverfälschter Flame. Wenn's nach mir ginge, würde ich den Adligen, dem Klerus und vor allem den Burgundern einen bösen Streich spielen!«
»Dem Klerus?«
»Ganz genau, dem Klerus. Was glaubst du denn, ich halte mich doch nicht für den heiligen Bavo, nur weil ich für diesen Raben namens Littenburg Hostien backe. Und wenn ich dir einen Rat geben soll, Kleiner, hüte dich vor sämtlichen Schwarzröcken. Zwischen ihre gefalteten Hände passt viel Heuchelei hinein.«
Um Jans Mund spielte ein belustigtes Lächeln. »Und die Burgunder?«
»Was für eine Frage! Was ergibt das für einen Sinn, dass wir von einem burgundischen Herzog regiert werden, der Flämisch spricht wie ein Franzose und der einen Engländer zum Schwager hat? Ein Mann, der nichts Besseres zu tun hatte, als dem Feind dieses unglückselige Mädchen, die Jungfrau Johanna, für den Scheiterhaufen auszuliefern! Und wenn ich erst an all das Blut unserer Kinder denke, das diese Leute in den letzten Jahrzehnten vergossen haben ...«

Wütend fuhr die Faust des Bäckers auf den Teig nieder, so dass weißer Staub sich in dünnen Wölkchen kräuselte.
»Sie wird wieder kommen, die Zeit der goldenen Sporen und der Brügger Mette!«
»Der goldenen Sporen?«
»Was? Ein flandrisches Kind, das den ruhmreichsten Tag unserer Geschichte nicht kennt? Schande über dich!«
Er verließ seinen Backtrog und pflanzte sich vor Jan auf, die Fäuste in die Hüften gestemmt.
»Jetzt werde ich mal für deine Bildung sorgen, mein Kleiner. Hör gut zu! Das Ereignis hat sich vor fast einhundertfünfzig Jahren zugetragen, aber für uns ist es, als wäre es gestern gewesen. Müde, erschöpft, ja erdrückt von der Tyrannei der Franzosen, die Philipp der Schöne, der damals König von Frankreich war, gebracht hatte, strömten die Brügger Handwerksleute eines schönen Morgens auf den Straßen zusammen, und dann ging es los gegen die Franzosen. Das reinste Unwetter! Die einen wurden im Bett abgestochen, auf die anderen machte man in den Gassen Hatz. Es dauerte knapp eine Stunde, dann hatten sich die *klauwaerts* der Tore und der ganzen Stadt bemächtigt. Außer sich vor Wut, schickte der König die Blüte seiner Ritterschaft zum Einsatz. Er war wild entschlossen, die Rebellion niederzuschlagen. Aber er hatte nicht mit der Tapferkeit unserer Männer gerechnet. Der Zusammenstoß fand vor den Mauern von Contrai statt, unweit der Abtei von Groeningen. Du musst dir das Bild vorstellen! Auf der einen Seite unsere schlecht ausgerüsteten Bauern, auf der anderen eine kampferprobte Ritterschaft. Ein ungleicher Kampf, um das Mindeste zu sagen. Der Anführer der französischen Reiterei, ein gewisser Robert d'Artois, ließ mit dem Ruf ›Montjoie!‹ die Pferde im gestreckten Galopp lospreschen. Was glaubst du, was dann passierte?«
Jan lauschte gebannt. Er antwortete nicht.
»Ein Desaster! Die Ritter prallten auf die Mauer aus Piken, hinter der sich unsere Bauern verschanzten, während unsere Bogenschützen schon die Bögen spannten. Ein Regen von Pfeilen, so

dicht, dass er den Himmel verdunkelte, ging auf den Feind nieder. Und als die Köcher leer waren, rissen unsere beherzten Krieger die Schnur von den Bögen und schleuderten sie um die Gelenke der Pferde. Auf den Grabenböschungen kamen die Pferde ins Straucheln, und unsere Milizen nutzten dies, um die Reiter aus dem Sattel zu zerren. Ein fürchterliches Massaker war die Folge. Ein unbeschreibliches Blutopfer mussten sie entrichten, die Franzosen. Das Königliche Heer war in wilder Auflösung, fast alle seine Anführer gingen zu Grunde, die übrigen flohen, vom Schrecken gejagt, und mussten für ein Stück Brot ihre Rüstung verkaufen. Siebenhundert Goldsporen lagen auf dem Schlachtfeld verstreut. Die Sieger sammelten sie ein und hängten sie im Schiff der Liebfrauenkirche von Contrai auf. Als Dank an den Himmel.«

Stolz schloss der Bäcker:

»Das war sie, die Brügger Mette! Erde und Kanäle bewahren ihr Andenken.«

Wie betäubt von wüstem Waffengeklirr bog Jan den Kopf in den Nacken.

Claes kehrte zu seinem Backtrog zurück. Ein verschmitztes Lächeln erschien auf seinen Lippen, und er flüsterte:

»Eines Tages werde ich es machen wie Till, ich werde diesen Burgundern einen Streich nach meiner Art spielen. Einen Streich, den sie nicht so bald vergessen werden. Weißt du, was ich tun werde?«

Seine Stimme wurde noch leiser, sie war kaum mehr hörbar:

»Mutterkorn ...«

»Wie bitte?«

»Mutterkorn ... Das ist ein kleiner, länglicher, harmlos aussehender Auswuchs, ein bösartiger Pilz, der am Weizenkorn schmarotzt. Man müsste nur ein wenig davon in das Mehl tun, woraus sie das Brot für den Prinsenhof backen.«

Jan machte große Augen.

»Und dann?«

Claes brach in ein bösartiges Gelächter aus:

»Aus ist's mit den Burgundern, aus mit Herzog Philipp, aus mit allen! Ein schreckliches Feuer wird die Eingeweide der edlen Herrschaften verzehren, sie werden von Zittern ergriffen und von fürchterlichen Schmerzen, und nach und nach werden ihre Gliedmaßen sich ablösen und zerbröckeln, bis nichts mehr übrig ist von ihrem Körper. Nichts! Allenfalls ein Häufchen Asche ...«

Verstört sprang der Knabe von seinem Hocker auf. Dieser Mann war verrückt!

»Ich ... den Fladen«, stammelte er. »Ich muss heim.«

Der Bäcker starrte ihn schweigend an. Er sah aus wie ein Menschenfresser.

»Ich hab' dir Angst gemacht, stimmt's? Du hast wirklich geglaubt, ich rede die Wahrheit. Gib es zu!«

»Ja ...«, brachte Jan mühsam hervor.

Der Mann versetzte ihm einen Stoß in die Seite.

»Ach was, ich habe nur Spaß gemacht. Ich bin kein Mörder. Ich bin Bäcker. Von mir gibt's Leben, nicht Tod. Ich habe alles nur erfunden. Das Mutterkorn existiert genauso wenig wie Butter am Spieß. Bist du jetzt beruhigt?«

Jan war nicht im Mindesten beruhigt, aber er nickte. Dann bat er noch einmal: »Kann ich die Hostien haben?«

»Da sind sie, Kleiner!«, ließ sich eine Frauenstimme vernehmen. Ein Vorhang wurde beiseite geschoben, und eine kleine Frau mit freundlichem Gesicht erschien. Der Junge nahm beflissen die Schachtel, die sie ihm entgegenhielt, an sich, murmelte den beiden einen Dank zu und eilte zur Tür. Aber er gelangte nicht über die Schwelle des Bäckerladens hinaus. Zwei Männer versperrten ihm den Weg, und er erkannte sie augenblicklich wieder. Es waren die beiden, die er flüchtig in der Kirche erblickt hatte. Er stammelte ein Wort der Entschuldigung, versuchte, sich zwischen den Männern hinauszuschlängeln, aber statt zur Seite zu treten, packte der eine den Jungen am Arm und erkundigte sich in einem italienisch durchsetzten Flämisch:

»Du bist Van Eycks Sohn, nicht wahr?«

Eine Antwort war gar nicht mehr nötig, der Ausdruck von Panik hatte den Jungen schon verraten.
»Komm mit!«
Jan hatte die Fassung bereits wieder gewonnen.
»Wer seid Ihr?«
Die einzige Antwort war, dass der Mann seinen Arm noch fester umschloss und Jan auf die Gasse hinauszuziehen suchte.
»Lasst mich los!«
»Sei folgsam, oder du wirst es bereuen!«
»Lasst mich los!«
War es die Panik oder die Verzweiflung, jedenfalls gelang es dem Jungen, sich dem Griff zu entwinden und rückwärts strebend suchte er Schutz bei dem Bäcker. Der hatte seine Teigrolle gepackt und fuchtelte damit herum, als hätte er einen Morgenstern in der Hand.
»Jetzt einmal ganz ruhig, Minheeren.« Es lag keine Aggressivität in seiner Stimme, lediglich Unverständnis. »Was hat er getan? Was wollt ihr von ihm?«
»Du, werter Freund, wenn du keinen Ärger willst, dann rate ich dir, misch dich nicht ein!«
Derjenige, der – in perfektem Flämisch – die Antwort übernommen hatte, trat auf Jan zu, sichtlich entschlossen, sich seiner zu bemächtigen.
»Nein!«, heulte der Knabe auf und drückte sich noch verzweifelter hinter den Bäcker.
»Aufhören! Verdammt noch mal!«, mischte sich nun auch die Frau ein. »Seht ihr denn nicht, dass Ihr dieses Kind zu Tode erschreckt?«
Ihr Satz endete in einem spitzen Schrei. Der hinten stehende Mann hatte einen Dolch gezogen. Er trat einen Schritt vor und setzte dem Bäcker die Klingenspitze an den Hals.
»Und jetzt machst du Platz, mein Guter.«
»Nicht, bevor ich begriffen habe, was Ihr von ihm wollt.«
»Auch gut. Dann werde ich es dir erklären.«
In brüsker, unheimlich entschlossener Bewegung zeichnete die

Hand einen kurzen Halbkreis um die Kehle des Bäckers. Ein Blutstrom brach hervor, setzte sich als kleine, pulsierende Fontäne fort. Der Unglückliche hatte gerade noch die Zeit, sich an die Wunde zu fassen, dann sackte er schwer auf dem Fußboden zusammen. Nun war Jan seinen Häschern ausgeliefert. Der Nächststehende hob ihn einfach hoch und schleppte ihn zum Ausgang. Sein Scherge wischte die Dolchklinge sorgfältig am Kleid der Frau ab. Vor Schreck erstarrt, wagte diese nicht einmal mehr zu atmen. Der Mann ließ ein leises, zynisches Lachen hören und eilte seinerseits nach draußen.

Auf der Schulter seines Häschers wusste Jan nicht mehr, was der schwankende Himmel über ihm und was das Pflaster unter ihm war. Ihm war übel. Der Mann hielt ihn so eisern fest, dass er Mühe hatte zu atmen. Wo brachte man ihn hin? Wer waren diese Männer? Polizeibeamte oder Wachsoldaten konnten es nicht sein, Hüter des Gesetzes bringen nicht Menschen auf diese Weise um!

Jan brüllte:

»Hilfe! Helft mir doch!«

Erstaunte Passanten drehten sich nach den dreien um, aber niemand wagte es, einzugreifen.

An der Ecke eines Gässchens warteten ruhig zwei weißgescheckte Pferde. Der Mann warf Jan wie ein Paket über den Hals des einen Pferdes, während sein Komplize sich in den Sattel schwang. Minuten später passierten sie im Galopp das Stadttor und schlugen die Richtung des Kanals ein, der Damme mit Sluys und Brügge verband.

Bäuchlings über den Pferdehals gekrümmt, hundert Mal gegen die Mähne geschleudert, sah Jan den Boden unter den Hufen in entfesselter Geschwindigkeit dahineilen. Angst, scheußliche Angst lähmte seine Glieder und verwirrte seine Gedanken.

Sie waren nicht mehr weit entfernt vom Kanal. Ab und an sah man bereits die im Sonnenlicht zitternde Wasserfläche. Erst unmittelbar vor dem Ufer nahm der teuflische Ritt ein Ende. Vage drang eine Stimme an Jans Ohr:

»Hier geht es.«
Dann:
»Kein Mensch in der Gegend. Wir haben keine Zeit mehr zu verlieren.«
Er spürte, wie Hände ihn packten. Flüchtig erschien wieder der Himmel, der Boden, eine in Ockertönen gesprenkelte Erde, die ihn – Gott weiß, warum – an Van Eycks Brauntöne erinnerten. Während man ihn zur Böschung schleppte, fand er die Kraft, ein Wort hervorzustoßen:
»Erbarmen!«
Eine Hand umspannte seinen Nacken. Kurz gewahrte er die schillernde Wasseroberfläche. Also das ist es, sagte ihm sein rasendes Herzklopfen, du wirst jetzt ertränkt. Wahnsinnig vor Entsetzen strampelte er, aber die beiden waren viel zu stark.
Als er das eiskalte Wasser berührte, zog sein Körper sich jäh zusammen. Er riss den Mund auf, schnappte nach Luft. Ein nasser Schwall drang in seine Lunge. Um ihn herum sprudelten Luftblasen, er hatte das eigenartige Gefühl, dass mit ihm zugleich die Sonne in der Finsternis versank.

XIII

Wann spürte er, dass der eiserne Griff sich lockerte, dann kraftloser wurde, ihn gänzlich freigab? Vielleicht war es ein Traum, oder aber sein Körper löste sich jetzt von ihm ab? Wie ein Fisch aus der Tiefe fand er nach oben, sein Kopf schoss aus dem Wasser. Er hustete wild und drehte sich unwillkürlich auf den Rücken, verblüfft darüber, dass das Licht wieder da war. Um ihn war hektische Bewegung schemenhafter Gestalten zu erkennen. Ein Schrei ertönte. Der matte Aufprall eines plötzlich erschlafften Körpers. Kampfgeräusche. Sekundenlang Stille, dann der Nachhall davongaloppierender Hufe. Erst jetzt richtete er sich auf.

»Wie geht's?«

Der Schatten eines Riesen verdeckte den Himmel. Jan stammelte:

»Ser Idelsbad?«

»Du erkennst mich. Dann geht es dir einigermaßen gut.«

Benommen blickte Jan umher. Einer seiner beiden Häscher lag am Boden, in seiner Brust steckte eine lange Klinge. Der andere war verschwunden.

Der Junge zeigte auf die Leiche: »Wart … wart das Ihr?«

»Richtig, ich war es.«

Idelsbad half dem Jungen auf und deutete zu einem Pferd hinüber, das unter einer Pappel stand. »Wir müssen hier weg.«

»Wie habt Ihr mich gefunden?«

»Du hast ein kurzes Gedächtnis. Habe ich dir nicht eines Tages gesagt, es sei meines Amtes, Dinge zu wissen?«

»Ihr seid mir gefolgt?«

»Mach schon, komm jetzt.«

»Wohin nehmt Ihr mich mit?«
»Dorthin, wo du hättest bleiben sollen: zu dir nach Hause.«
Jan wich einen Schritt zurück. »Das kommt gar nicht in Frage!«
»Wie bitte? Sag das noch einmal!«
»Es ist völlig ausgeschlossen, dass ich zu Margaret zurückgehe!«
Idelsbad ergriff den Knaben an der Hand und zwang ihn eher unsanft zum Mitgehen.
»Du gehst dahin, wo ich es dir sage. Fertig, Amen!«
Jan stemmte die Füße in den Boden, ließ sich dann hinfallen. »Nein!«
Der Hüne zeigte auf die Leiche. »Diese Lektion hat dir also nicht gereicht? Beim nächsten Mal werde ich nicht zur Stelle sein, um dir aus der Klemme zu helfen. Du kehrst jetzt brav nach Hause zurück.«
»Ja, aber ...«
»Was aber?«
»Ihr habt mir das Leben gerettet. Ihr müsst mich nun auch weiter beschützen!«
Idelsbad ließ ein gezwungenes Lachen hören. »Nicht zu glauben, diese Anmaßung!«
Jan sprach bereits weiter: »Außerdem habt Ihr mir nicht gesagt, wieso.«
»Wieso was?«
»Warum haben diese beiden Männer versucht, mich umzubringen? Ihr müsst es doch wissen, oder etwa nicht? Ihr wisst alles, *wo das doch Eures Amtes ist.«*
Für einen Moment trübte ratloser Missmut Idelsbads Züge.
»Stell dir vor, ich habe keine Ahnung.«
»Man hat meinen Vater umgebracht, und jetzt sollte ich drankommen?«
Die Antwort kam nach einem kaum merklichen Zögern. »Niemand hat deinen Vater umgebracht. Van Eyck ist eines natürlichen Todes gestorben.«
Der Junge starrte ihn ungläubig an. »Seid Ihr Euch sicher?«
Der Hüne nickte.

»Aber wie denn? Habt Ihr denn den Beweis?«
»Ich weiß es. Das ist alles. Und jetzt Schluss mit dem Palaver, ich bringe dich nach Brügge zurück.«
»Ich will es aber wissen.«
»Jetzt reicht es!«, machte Idelsbad seiner Verärgerung Luft. »Tu doch, was dir gut scheint! Wenn du unbedingt dein Leben aufs Spiel setzen willst, es ist dein Leben, nicht meines! Du bist jedenfalls gewarnt. Gehab dich wohl.«
Wütend ließ er die Hand des Jungen los, dann, nachdem er den Dolch wieder an sich genommen hatte, ging er mit schnellen Schritten zu seinem Pferd. Er wollte gerade aufsteigen, da hörte er hinter sich den Jungen:
»Wartet!«
Er tat, als hätte er nicht gehört, und schwang sich in den Sattel.
»Wartet auf mich!«
Jan klammerte sich am Steigbügel fest. »Ihr könnt mich nicht einfach so im Stich lassen!«
Idelsbad betrachtete ihn finster. »Ich bringe dich nach Brügge. Nach Hause.«
Der Junge machte eine zustimmende Handbewegung.
»Steig auf!«
Auf der gesamten Strecke wechselten sie kein einziges Wort mehr. Erst als sie durch das Genter Tor ritten, sagte Jan zaghaft:
»Ich habe Hunger.«
»Nach dem, was du gerade erlebt hast? Ich kenne mehr als einen, dem der Appetit für Tage vergangen wäre.«
»Seit zwei Tagen und Nächten ernähre ich mich nur von Äpfeln.«
»Schön, du wirst zu Hause essen. Wir sind im Übrigen gleich da.«
In der Tat sahen sie bereits die Klara-Kirche. Die Nieuwe-St.Gillis-Straat war nicht mehr weit.
Jan erblickte im Gegenlicht die Umrisse von Van Eycks Haus.
Ein flaues, mit Verzweiflung durchmischtes Gefühl überkam ihn. Er sah Margaret vor sich, wie sie ihrem Zorn freien Lauf ließ. Gott sei Dank gab es noch Katelina ... Sie würde sein Schutzschild sein. Er würde sie wieder sehen. Er würde ihr alles erklä-

ren können, so dass sein unseliges Abenteuer doch noch glimpflich ausgehen würde. Danach würde er weitersehen. Einer Sache war er sich bereits sicher, nämlich dass er bei der ersten günstigen Gelegenheit erneut aufbrechen würde. Nach Sluys, wohin sonst.

Und diesmal würde niemand ihn einfangen.

In seinen Gedanken verloren, hatte er nicht gemerkt, dass Idelsbad das Pferd angehalten hatte.

»Was ist los?«

Da er keine Antwort erhielt, folgte er dem starren Blick des Riesen und gewahrte die drei Männer, die offensichtlich das Haus belauerten.

»Was tun …?«

Er brachte die Frage nicht zu Ende, denn Idelsbad hatte die Zügel herumgerissen und galoppierte in der Gegenrichtung davon. Erst vor dem Eingang zur Burg brachte er das Pferd zum Stehen.

»Die Pest soll diese Flamen holen!«

Über die Schulter keuchte er: »Aber was hast du nur angestellt? Was für eine Missetat hast du begangen?«

»Missetat? Von einem Ort entfliehen, wo man unglücklich ist, soll ein Verbrechen sein?«

»Das reicht nicht als Erklärung. Du verheimlichst mir etwas.«

»Nichts. Ich schwöre es Euch!«

»Ich glaube dir kein Wort. Es ist Zeit, dass wir mal wirklich miteinander reden. Du wirst so nett sein, gründlich auszupacken!«

Ingrimmig gab Idelsbad seinem Pferd die Sporen, diesmal aber in Richtung Stadtmauern.

Eine Stunde später ritten sie in den Weiler Hoeke ein. Ein paar winzige, strohgedeckte Häuser. Eine ungepflasterte Straße. Eine kleine Kapelle. Vor einer Hütte, die in keiner Weise ansehnlicher war als die Umgebung, stieg Idelsbad aus dem Sattel.

Drinnen roch es nach altem Holz. Die Möblierung bestand aus einem wackligen Tisch, einer Bank ohne Armlehne, zwei Schemeln, einer Nussbaumtruhe rechts neben einer Feuerstelle ohne

Kaminböcke, in der ein paar Torfklumpen lagen. Durch eine halb offene Tür sah man eine winzige Küche.

»Setz dich. Und dann schieß los.«

Eine Gebärde der Niedergeschlagenheit war die Antwort. »Was soll ich Euch erzählen? Ich weiß nichts.« Und er fügte hinzu: »Ich habe Hunger.«

»Essen! Essen! Du hast Mörder auf den Fersen, und du denkst nur daran, dir den Wanst voll zu schlagen!«

»Sterben, sei's drum, aber dann lieber mit vollem Bauch.«

Idelsbad ließ ein verdrießliches Knurren hören. »Wir sind hier nicht in einem Gasthaus! Ich werde sehen, was ich für dich zusammenkratzen kann.«

Er ging in die Küche und kam mit einem Kanten Brot, ein paar Scheiben Speck und einem halben Bündel Lauch zurück, alles nachlässig in einem Suppenteller zusammengeworfen.

»Das ist alles, was ich habe. Damit musst du dich zufrieden geben.«

»Ist doch wunderbar. Speck esse ich besonders gern.«

Der Hüne stellte Jan den Teller hin und nahm ihm gegenüber Platz.

»Und jetzt wirst du mir alles erzählen. Alles, angefangen beim Tod von Van Eyck.«

Eifrig kauend bemühte sich der Junge, nichts auszulassen. Zumindest nichts Wesentliches. Als er fertig war, blickte Idelsbad sorgenvoller denn je. Er vergewisserte sich:

»Und du hast nichts vergessen?«

»Ich glaube nicht …«

Der Junge schob den Teller zurück und fragte nun seinerseits:

»Darf auch ich Fragen stellen?«

»Wenn du meinst. Ich behalte mir vor, darauf zu antworten oder auch nicht.«

»Vorhin habt Ihr gesagt: ›Niemand hat deinen Vater umgebracht, er ist eines natürlichen Todes gestorben.‹ Warum? Wie könnt Ihr Euch dessen so sicher sein?«

»Weil ich an jenem Abend bei ihm war.«

Jan starrte ihn mit offenem Mund an.
»Doch, ja«, sprach Idelsbad weiter, »und ich möchte dich gleich informieren, dass ich mit seinem Tod nichts zu schaffen habe. Wir waren in lebhaftem Gespräch begriffen, als er sich plötzlich an die Brust fasste. Im selben Moment wurde er ganz grau im Gesicht. Er brach zusammen, bevor ich noch begreifen konnte, was vor sich ging. Ich habe mich über ihn gebeugt. Er hat noch ein paar Augenblicke keuchend geatmet, dann ... dann nichts mehr.«
»Und der Wein? Man hat doch einen leeren Pokal gefunden. Der *Hooftman* hatte die Vermutung geäußert, da sei Gift drin gewesen.«
»Den Wein habe ich höchstpersönlich getrunken, jedenfalls den Rest davon. Nachdem Van Eyck schon tot war. Ich brauchte unbedingt eine Stärkung.«
»Der Mann, der mich niedergeschlagen hat, wart das auch Ihr?«
»Ich hatte keine Wahl. Und ich wusste nicht, dass du es warst. Zuerst habe ich zugeschlagen. Überlegt habe ich danach.«
»Das Wissen, dass ich es war«, sagte Jan achselzuckend, »hätte ohnehin nichts geändert.«
»Genauso ist es. Ich konnte nicht das Risiko eingehen, dass du spitze Schreie ausstößt und das Haus rebellisch machst.«
»Aber was tatet Ihr da? Der *Hooftman* hat versichert, es habe keinen Einbruch gegeben. Wie seid Ihr hineingekommen?«
»Ganz einfach, durch die Tür des Gärtchens. Van Eyck hat mir aufgemacht.«
Jan krümmte den Rücken.
»Ich begreife nichts, gar nichts.«
Er hob das Kinn und sagte aggressiv:
»Jetzt sagt endlich: Wer seid Ihr?« Er deutete in dem ärmlichen Raum herum:
»Jedenfalls seid Ihr weder ein Wachsoldat noch ein Polizeibeamter. Sonst würdet Ihr nicht hier wohnen, an einem solchen Ort!«
»Du hast Recht. Und ich bin nicht einmal Flame. Mein Name ist nicht Till Idelsbad, sondern Francisco Duarte.«

»Ihr seid Italiener?«
»Nein, Portugiese. Das ist nicht ganz dasselbe!«
»Dabei sprecht Ihr unsere Sprache hervorragend.«
»Meine Mutter stammte aus Gent. Und ich bin begabt. Ich spreche genauso Spanisch, Englisch, Italienisch und Toskanisch.«
Der Junge erhob sich aufgeregt und begann, die Hände auf dem Rücken verschränkt, das Zimmer zu durchmessen.
»Ihr habt uns ganz schön drangekriegt!«, rief er und spürte, wie der Zorn in ihm aufstieg. »Ihr habt meinen Vater hereingelegt, Ihr habt ihm weisgemacht …«
»Deinem Vater? Reden wir ruhig mal von deinem Vater! Ein gewöhnlicher Spion im Sold des Herzogs von Burgund! Genau das war in Wirklichkeit der große Van Eyck. Also erspare mir bitte moralische Belehrungen!«
Jan war abrupt stehen geblieben.
»Was sagt Ihr da?«
»Die reine Wahrheit.«
»Mein Vater ein Spion? Ihr lügt!«
»Setz dich. Ich werde dir alles erklären. Aber unter einer Bedingung …«
»Und die wäre?«
»Ich hasse es, wenn man mich unterbricht. Und es kann sein, dass ich ausführlich werden muss.«
Mit geballten Fäusten begab sich der Junge zu seinem Schemel zurück und harrte der ersten Worte.
»Am Tag, als ich dich vor der Waterhalle überrascht habe«, begann Idelsbad, »hatte ich intuitiv den Eindruck, dass du dich leidenschaftlich für Schiffe und das Meer interessierst.«
»O ja! Manchmal träume ich sogar, ich wäre Seefahrer.«
»Wenn das so ist, dann dürfte mein Bericht für dich interessant sein, er handelt nämlich von Schiffen und vom Meer.«
Er legte eine Pause ein und fuhr fort:
»Sehr lange Zeit haben die Menschen geglaubt, alles Land um das Mittelmeer sei lediglich eine Scheibe, die wiederum umgeben sei von einem Ozean, der bis an jene Mauern heranreiche,

die den Himmel tragen. Manche waren der Auffassung, dass dieser Ozean einerseits im Norden zu Eis erstarre und dass er andererseits im Süden vor lauter Hitze zu kochen beginne. Aber ganz allmählich veränderten sich diese Vorstellungen, vor allem nach den ersten Kreuzzügen, nicht nur dank der Araber, die uns die Arbeiten der Geographen aus dem späten griechischen Altertum überliefert haben, sondern auch dank der Berichte eines venezianischen Reisenden namens Marco Polo ...«

»Ist das der, der aus Badaskan den Lapislazuli mitgebracht hat? Mein Vater hat uns von ihm erzählt.«

Idelsbad runzelte die Stirn. »Ich meine, doch klar gesagt zu haben, dass ich es nicht ausstehen kann, wenn man mich unterbricht. Ich sagte also ... dank der Berichte dieses venezianischen Reisenden namens Marco Polo, der uns enthüllt hat, dass es ein Cipangu und ein Cathay gibt. So konnten wir zu der Vorstellung gelangen, dass Afrika und Asien vom gleichen Ozean umschlossen sind und dass man dank dieses Ozeans bis nach Cathay segeln kann, indem man die Westrichtung einschlägt.«

Er fragte: »Wer ist der größte Feind der Christenheit? Wer ist es, der möglicherweise über unsere Länder hereinbricht und alles verwüstet?«

»Die Türken?«, antwortete der Junge spontan.

»Die Türken, aber auch die Araber. Mit einem Wort: der Islam. Und wie der Bedrohung Herr werden? Wie diese Mächte zerschlagen, oder doch schwächen? Von den Reisenden haben wir erfahren, dass jenseits des Türkenreichs ein großes, starkes und prächtiges Königreich existiert, dessen Fürst dem christlichen Glauben anhängt: der Priester Johannes. Sein Reich soll bis zur Westküste Afrikas reichen, und vermutlich wäre es möglich, es vom Atlantik her zu erreichen. Wenn man nun mit diesem König ein Bündnis schließen würde, dann könnte man die Türken im Rücken fassen und vernichten. Das wäre nicht nur von militärischem Interesse, aus einem solchen Unternehmen könnte man auch gewaltige materielle Vorteile ziehen. Das Land, dem es gelingt, neue Seewege zu erschließen, würde direkten Zugang fin-

den zu jenen Regionen, die reich an Gold, Gewürzen und Sklaven sind, und dann hätten die Zwischenhändler endlich ausgespielt, die jetzt bei jeglicher Transaktion ihren Zehnten abschöpfen. Beispielsweise sollst du wissen, dass die Nelke, für die in Java zwei Dukaten gezahlt wird, in Malakka zehn bis vierzehn Dukaten wert ist, fünfzig bis sechzig dann in Calicut. Du kannst dir ausmalen, welche Preise auf den Märkten von Lissabon oder Antwerpen erzielt werden. Für Portugal und Spanien würden die neuen Seewege auch die Möglichkeit bedeuten, das Monopol von Venedig und Genua zu brechen. Und genau diese Herausforderung hat ein ganz außergewöhnlicher Mann angenommen. Ein großer Fürst. Mein Herr, mein Freund.«
»Ihr seid Freund eines Fürsten?«
»Des edelsten von allen: Henrique, Sohn des dahingegangenen Königs João I. Von frühester Kindheit an hat er nur eine Leidenschaft gekannt: das Meer. Sein Bruder, der Infant Pedro, hatte ihm bei seiner Heimkehr aus Venedig das Buch des Marco Polo geschenkt und dazu eine Karte sämtlicher bekannten Erdteile, die nach den Berichten der Gewürzkaufleute erstellt worden war. Henrique hat daraufhin in Sagres auf einem gischtumsprühten Vorgebirge Wohnung genommen. Dort lebt er ohne Protokoll oder Prunk zwischen einer Werft für Kriegsschiffe und einer Bibliothek, wo er alle möglichen Reiseberichte angehäuft hat. Er ist so wissbegierig, dass er geheime Agenten nach Böhmen, nach Wien ausgesandt hat und auf diese Weise Traktate, äußerst wertvolle Dokumente, erworben hat, die bis dahin in Archiven von Klöstern oder Stiftskirchen vergraben lagen. Aus den italienischen Städten, von den Inseln des Mittelmeers und sogar von der Levante, aus Indien, hat er Kartografen, Magier, Astrologen herbeigerufen, ebenso Kapitäne, Steuerleute, Kielbaumeister und Segelmeister. Fernab vom Hof lebt er ganz seiner entsagungsvollen und fesselnden Aufgabe, versucht er, Klarheit zu schaffen im Durcheinander von Kenntnissen und Aberglauben, versucht er, das Machbare vom Hirngespinst zu scheiden.«
»Ist er selbst Seefahrer?«, fragte Jan dazwischen.

»So widersprüchlich es erscheinen mag, er ist so gut wie nie aufs Meer hinausgefahren, außer in militärischer Mission. Dafür schickt er seit mehr als zwanzig Jahren unsere Schiffe zur afrikanischen Küste aus. Du weißt, die Seefahrt ist immer noch eine hochgefährliche Sache. Gewiss, es hat Fortschritte gegeben. Das antike Steuerruder wurde abgelöst von einem unter dem Achtersteven angebrachten Steuer, das sich in Angeln dreht und mittels einer Stange ausgerichtet wird. Der Magnetstein – anfangs noch sehr primitiv – sitzt inzwischen in einem Buchsbaumholzgehäuse auf einer Pinne und wird nachts beleuchtet. Wir verwenden Astrolabien und Rechentafeln, wie die Alfonsinischen Sterntafeln, und können so unsere Position bestimmen, zwar sicherlich nur annähernd, aber besser als früher ist das allemal. All diesen Verbesserungen zum Trotz besteht weiterhin die Gefahr, dass man die Orientierung verliert. Als unsere Seeleute zu den Küsten Guineas aufbrachen, segelten sie ins Unbekannte.«

»Großartig!«, rief der gebannt lauschende Jan. »Und so viel Mut!«

»Vor etwa zwanzig Jahren gelangte die Kunde von weiter westwärts gelegenen, glücklichen Inseln zu Henrique, und er beschloss, dass zwei kleinere Barken, Einsegelschiffe, die Suche nach ihnen aufnehmen sollten. Drei Männer aus seinem Gefolge schickte er mit: João Gonçalves, genannt Zarco, Tristan Vaz und mich.«

»Euch? Ihr seid also Seefahrer?«

Idelsbad nickte.

Bewunderung flammte in den Augen des Jungen auf, und mit neu angefachter Begeisterung wartete er auf die Fortsetzung des Berichts.

»Es war eine strapaziöse Reise. Nachdem uns die Strömungen übel mitgespielt hatten und wir etliche Male völlig vom Kurs abgekommen waren, langten wir endlich bei einer Insel an. Eilends tauften wir sie Porto Santo, so sehr empfanden wir sie als unsere Rettung. Sie war sandig, flach und leider unfruchtbar. Dafür haben wir dort in großen Mengen den Baum angetroffen, der das Drachenblut liefert, jenen Zauberbalsam, der die Wunden heilt.«

»Sein Harz wird auch in der Malerei verwendet. Damit kann man am allerbesten die Farbe des Blutes nachbilden. Mein Vater hat manchmal davon Gebrauch gemacht. Aber verzeiht mir, fahrt fort.«

»Wir sind dann wieder nach Portugal zurückgesegelt und haben den Infanten von unserer Entdeckung in Kenntnis gesetzt. Nachdem er uns beglückwünscht und reichlich belohnt hatte, hat er uns mit Saatgut, mit Werkzeugen und mit Knechten zurück nach Porto Santo geschickt. Zu unserem Unglück schloss sich uns ein Genueser an, ein gewisser Signor Perestrello. An dem Tag, als wir in See stachen, hat ihm irgendein übel beratener Mensch ein trächtiges Kaninchen mitgegeben, und dieses hat er bei der Ankunft auf der Insel ausgesetzt. Dessen Nachwuchs hat sich dann so unaufhaltsam vermehrt, dass unsere ersten Anbauversuche zunichte gemacht wurden.«

Jan konnte ein Kichern nicht unterdrücken.

»Glaub mir«, knurrte Idelsbad, »an unserer Stelle wäre dir weniger heiter zu Mute gewesen. Aber kommen wir zurück zum Wesentlichen. Enttäuscht, wie wir waren, beschlossen wir, uns weiter hinaus zu wagen, einer undeutlichen Silhouette entgegen, die wir zuweilen abends aus dem Dunst hervortreten sahen. Ich werde niemals vergessen, wie aufgeregt wir waren, als wir auf der großen Insel an Land gingen. Sie war von dichten Wäldern mit üppigem Laubwerk bedeckt, überall sprudelten Bäche, und es gab viele Eidechsen und Vögel. Wir gaben ihr den Namen Madeira.«

»Warum diesen Namen?«

»Wegen der zahllosen Wälder. *Madeira* ist das portugiesische Wort für Holz. In der Folgezeit haben wir dort Weinstöcke aus Zypern und Zuckerrohr aus Sizilien mit viel Mühe heimisch gemacht, dazu natürlich Vieh. So bemühten wir uns, die Grundprinzipien von Henriques großem Plan umzusetzen. Ihm genügte es nicht, dass etwas entdeckt wurde. Man musste die Entdeckung

mit Leben erfüllen. Wahrscheinlich hatten andere vor uns den Fuß auf Madeira gesetzt. Wir aber haben, und zwar diesmal ohne langes Suchen, den Weg dorthin wieder gefunden, wir haben dort das erste Haus gebaut, die ersten Reben gepflanzt, die ersten Haustiere eingewöhnt.«
Der Junge nickte bewundernd, konnte sich aber dennoch nicht die Frage verkneifen:
»Aber inwiefern haben alle diese Abenteuer mit meinem Vater zu tun?«
»Sie haben mit ihm zu tun. Nur Geduld. Diese Erkundungsfahrten fanden in rastloser Folge statt, und sie finden auch weiterhin statt. Vor neun Jahren hat ein Mönchsritter aus dem Hause des Infanten, Gonçalves Velho Cabral, nach mehreren Versuchen einen weiteren Archipel erreicht, von dem des öfteren Seeleute gesprochen hatten, deren Schiffe vom Wind weit abgetrieben worden, die aber heil davongekommen waren. Über diese Inseln fliegen große Raubvögel hinweg, und so hat man sie mit dem portugieschen Wort *Açores* benannt, welches ›Sperber‹ bedeutet. Auch dort hat man das Land urbar gemacht, Felsen abgetragen, Feldfrüchte anzubauen versucht, die das feuchte Klima vertragen. Nacheinander wurden neun Inseln erfasst und registriert. Zwei Jahre später, 1434, hat einer unserer ruhmreichsten Kapitäne, Gil Eanes, das Kap Bajador umsegelt, womit er bewies, dass gegen die schrecklichen Strömungen und gegen die Winde anzukommen war, die bis dahin kein seefahrendes Volk bezwungen hatte. Und erst vor ein paar Monaten hat eine unserer Schiffsbesatzungen das Kap Blanco hinter sich gelassen. Ein Unternehmen, das seinen Erfolg vor allem einem völlig neuen Schiff verdankt, der Caravelle. Es wurde von unseren Kielbaumeistern und Segelmeistern entworfen und ist das beste Schiff, das je ausgelaufen ist. Im Hafen von Sluys müsstest du diesen Schiffstyp gesehen haben.«
»O ja!«, bestätigte Jan eilfertig. »An ihrem Hochbord und ihrem Lateinersegel erkennt man sie unter Tausenden heraus. Ich habe gehört, diese Schiffe hätten einen so geringen Tiefgang, dass sie

nah an die Küste heran- und in Flussmündungen einfahren können und dass sie in der Lage sind, gegen den Wind zu segeln.«
»Das ist richtig. All diese Einzelheiten habe ich dir erzählt, damit du die Opfer und Mühen würdigst, die meine Landsleute seit Jahrzehnten unablässig auf sich nehmen. Dank Männern, die so sind wie Prinz Henrique, aber auch dank namenloser Seeleute, und zum höheren Ruhme Portugals verrücken wir die Grenzen der bekannten Welt. Weil wir Geduld und Mut aufbringen, lüften wir nach und nach den großen Schleier des Unbekannten.«
Idelsbad schwieg. Und Jan begriff, dass nun endlich das Thema kam, das ihm am wichtigsten war.
»Es war vor dreizehn Jahren, 1428. Zum dritten Mal verwitwet, hatte Philipp, Herzog von Burgund, seinen bevorzugten Maler und treuen Diener Jan Van Eyck im Eilauftrag nach Sintra geschickt. Er wurde mit großem Pomp empfangen und fertigte von der Infantin Isabel, der einzigen Tochter des Königs, ein Porträt, das er seinem Herrn übersandte. Beigefügt war ein so günstiger Bericht über Ruf und Sitten der Prinzessin, dass Philipp prompt um ihre Hand anhielt. Die weiteren Ereignisse kennst du. Am 1. Januar 1430 erkor sich der Burgunder zu Isabels Ehren einen neuen Wahlspruch, *Autre n'aurai* (Keine andere werde ich je nehmen), und stiftete für sie den Orden vom Goldenen Vlies, um – erstens – den Wollhandel, den Reichtum der Niederlande, zu würdigen und um – zweitens – an die Argonauten zu erinnern, was wiederum als Huldigung an die seefahrerischen Taten der Portugiesen gedacht war …«
Idelsbad verzog verächtlich den Mund. »Eine Heuchelei der schändlichsten Art … Vor allem, wenn man weiß, dass Treue niemals die herausragende Eigenschaft des guten Herzogs gewesen ist. Wie du dir denken kannst, gehörten und gehören die Pläne des Infanten Henrique zu den bestgehüteten Geheimnissen der Welt. Unsere Seekarten stellen einen unschätzbaren Wert dar. Sie sind der ganze Reichtum unseres Landes. Um die ausländischen Spione aufzuspüren, die sich in erschreckender Anzahl unter dem Wams des Höflings wie unter dem Wettermantel des fah-

renden Händlers verbergen, verschleiern wir mit Sorgfalt gewisse Erfolge und bejammern lauthals gewisse Misserfolge. Wir sind so weit gegangen, dass wir, nur um Spuren zu verwischen, Schiffe versenkt haben. Die Legende sollte glaubhafter werden, die besagt, dass jede Rückkehr unmöglich ist, sobald man über bestimmte Punkte hinaus gesegelt ist.«

Der Hüne seufzte.

»Leider ... leider war der Wurm schon in der Frucht. Bei seinem Aufenthalt in Portugal hat Van Eyck Wind von unseren geglückten Expeditionen bekommen. Nach Brügge zurückgekehrt, hat er dem Herzog davon erzählt. In der Folge hat der Maler mehrere Aufträge übernommen, bei denen Spionage im Spiel war, und zwar sowohl in Kastilien als auch in Portugal. Auf einer dieser Reisen hat er erfahren – Gott allein weiß, wie –, dass wir die Erkundung der Guinea-Küste fast zu Ende gebracht, Kap Bajador und Kap Blanco umsegelt und Landstriche entdeckt hatten, wo man Gold und Sklaven im Überfluss finden konnte. Diesmal zögerte der Herzog nicht lange. Er beauftragte Van Eyck, erneut nach Portugal zu reisen und unsere kostbaren Karten in seine Hand zu bringen. Das war vor zwei Monaten.«

»Meinen Vater hat er ...?«

»Ja, deinen Vater ... Der Titel eines Gesandten öffnete ihm alle Türen. Aber obendrein gelang es ihm, kollegiale Bande zu einem Hofmaler namens Nuno Gonçalves zu knüpfen. Der hatte das Werk Van Eycks studiert, er bewunderte es zutiefst und ließ sich sogar davon inspirieren, als er den heiligen Vincente, den Schutzpatron Lissabons, malte, der einst an der maurischen Küste den Märtyrertod gestorben war. Nun, der Bruder von Nuno Gonçalves, ein gewisser Miguel, war mit der Überwachung der Königlichen Bibliothek und speziell des Kartensaals betraut. Von seinem Bruder beeinflusst, hat dieser Mann den unglaublichen Leichtsinn begangen, Van Eyck die Besichtigung des geheimen Orts zu gestatten, wo die Karten aufbewahrt wurden. Van Eyck hat sofort herausgefunden, welche Karte die wertvollste war und seinen Herrn am meisten interessierte.«

»Und es ist ihm gelungen, sie zu entwenden?«
»Nein. Er war viel raffinierter. Er hat einen Moment, den er allein war, genutzt, um die Karte auf Velinpergament abzuzeichnen.«
»Dazu soll die Zeit gereicht haben?«
»Genau diese Frage haben wir uns gestellt. Dein Vater war ein großer Künstler und als solcher mit einem außergewöhnlichen Bildgedächtnis begabt. Das war im Übrigen der Grund, warum der Herzog gerade ihn mit der Mission betraut hatte. Nur ein Maler vom Talent eines Van Eyck konnte sie erfolgreich ausführen. Einzelheiten und Namen, die er wegen der knappen Zeit nicht abzeichnen konnte, hat er ganz einfach im Gedächtnis gespeichert.«
»Dank welcher Hexerei habt ihr seine Tat bemerkt, nachdem doch nichts gestohlen worden war?«
»Weil Miguel wieder zurückkam. Er begriff, was da im Gange war, und versuchte sofort, Van Eyck zur Herausgabe seiner Kopie zu bewegen. Der Maler hat das natürlich abgelehnt und vorgegeben, sein Motiv sei rein künstlerisch, dass er das Pergament in Brügge sofort vernichten werde, dass es niemand zu Gesicht bekommen werde. Niemals hätten solche Argumente verfangen, hätte nicht Van Eyck den Titel eines Gesandten geführt, wäre er nicht vom König protegiert, von der Infantin Isabel geschätzt worden und hätte ihn nicht eine Aura des Prestiges umgeben. Außerdem hat er Miguel äußerst geschickt behandelt, er war liebenswürdig und kühl zugleich, er ließ anklingen, der König werde, sollte er von seiner Pflichtvergessenheit erfahren, unweigerlich mit schwerster Bestrafung reagieren. Und auf Vergehen dieser Art steht nun mal der Tod. Vor einigen Jahren waren ein Steuermann und zwei Matrosen mit der Absicht aus Portugal nach Kastilien geflohen, König Alfonso ihre Dienste anzubieten. Sie wurden verfolgt, eingeholt und festgenommen. Die Leiche des Steuermanns wurde nach Lissabon zurückgebracht und dort gevierteilt, die Stücke an den vier Stadttoren zur Schau gestellt.«
»Aber wie seid ihr benachrichtigt worden?«

»Am Tag von Van Eycks Abreise schlug Miguel das Gewissen, und er hat sich den Behörden offenbart.«

Mit leiser Furcht in der Stimme fragte Jan: »Ihr habt ihn zum Tode verurteilt?«

»Nein. Aber er wurde in den Kerker geworfen und in Eisen gelegt. Was kaum erstrebenswerter ist.«

»Und Ihr seid dann beauftragt worden, die Karte zurückzuholen?«

»Ja. Der Prinz bat mich darum. Wie schon gesagt, er ist nicht nur mein Herr, er ist auch mein Freund. Aber meine Mission schien von vornherein zum Scheitern verurteilt, denn ich musste die Kopie an mich bringen, bevor Van Eyck Zeit fand, sie dem Herzog zu übergeben. War es ein Wunder, war es pures Glück, egal, letzterer war von Brügge abwesend. Ein einmaliger Zufall. Aber jetzt zählte jede Stunde.«

»Daher dann die Kriegslist, dass Ihr Euch für einen Polizeibeamten ausgabt …«

»Jene Mordgeschichten kamen wie gerufen«, fuhr Idelsbad mit einem gewissen Sarkasmus fort. »Dank einem unserer Männer, der an der richtigen Stelle in der Zivilkanzlei saß, kam ich an sämtliche Informationen über Sluter und die anderen heran, außerdem erhielt ich ein falsches Legitimationspapier. Ich war überzeugt, dass sich die Karte noch im Hause befand. Um jeden Preis musste ich mir Zugang verschaffen.«

»Das habt Ihr nicht geschafft, und deshalb habt Ihr versucht, mit brachialer Gewalt einzudringen. Zusammen mit Komplizen. Die arme Katelina wäre Euretwegen vor Angst beinahe gestorben. Ihr …«

»Von wegen!«, unterbrach der Portugiese ihn schroff. »Ich bin in keiner Weise verantwortlich für diesen Überfall. Erstens habe ich keine Komplizen, und zweitens hätte ich niemals die Unvorsichtigkeit begangen, mich am helllichten Tag einzufinden. Aber ich weiß, wer die Männer waren.«

In gespannter Erwartung zog Jan die Brauen hoch.

»Es handelt sich um Spanier. Ganz offenkundig werden Geheimnisse nicht so gut bewahrt, wie man gemeinhin glaubt. Das Königreich Kastilien muss wohl von Van Eycks Diebestat erfahren haben. Aus den bereits genannten Gründen ist Spanien an jenen Seekarten genauso interessiert wie der Herzog von Burgund. Spanien hat Agenten in Flandern wie überall anderswo auch. Und diese haben euer Haus verwüstet. Ich habe damit nichts zu tun. Zum Pech dieser gesinnungslosen Schufte und zu meinem Glück muss Van Eyck vorsichtig genug gewesen sein, die Karte in dem Raum zu verstecken, der an die Werkstatt anschließt. Wie du selbst festgestellt hast, haben sie die Türe nicht aufbrechen können.«

»Das ist doch völlig verrückt!«, seufzte der Knabe. »Wegen einer Karte!«

Von Zweifel ergriffen, sprach er weiter: »In der Nacht, als Van Eyck gestorben ist, was tatet Ihr dort? Gerade habt Ihr versichert, dass Ihr nicht die Unvorsichtigkeit begangen hättet, Euch offen zu zeigen.«

»Ich hatte keine andere Wahl mehr. Der Herzog von Burgund war zurück. Van Eyck sollte am nächsten Tag mit ihm zusammentreffen. Als letzten Ausweg habe ich versucht, deinen Vater zur Vernunft zu bringen. Ich habe ihm all die Folgen vor Augen gestellt, die der Diebstahl haben konnte. Den Abbruch unserer Beziehungen zu Flandern. Möglicherweise Krieg. Blutvergießen. Ich habe an sein Ehrgefühl appelliert, habe das Wort Verrat gebraucht. Kurz, ich habe alles versucht.«

»Wie hat er reagiert?«

»Ich sage meinen Eindruck ganz offen. Ich glaubte Anzeichen einer Gesinnungsänderung wahrzunehmen. Leider ...«

»Ist er gestorben ...«

Idelsbad nickte mit jetzt plötzlich sehr müdem Gesichtsausdruck.

Die Dämmerung war hereingebrochen, und man sah fast nichts mehr in dem kleinen Raum. Das Schweigen hielt an. Unheimlich schnell zog die jüngste Vergangenheit vorbei. Van Eycks mysteriöses Verhalten. Seine Beklommenheit, seine Anspan-

nung. Seine Weigerung, Campin und den anderen zu offenbaren, dass man auch gegen ihn persönlich vorging.
»An dieser ganzen Geschichte ist etwas, was ich nicht begreife«, wandte Jan ein. »Diese Morde, diese Leute, die mich zu töten versucht haben, wo ist da der Zusammenhang mit der Karte?«
»Genau da liegt das Problem. Ich habe nicht die geringste Ahnung.«
Plötzlich fragte Idelsbad mit fast fiebriger Neugier: »Diese Kerle, die dich verschleppt haben, haben sie die Karte erwähnt? Haben sie dich dazu ausgefragt?«
Der Junge verneinte. »Sie wollten mich einfach nur ertränken. Ich habe mir nur gemerkt, dass einer sich in einer fremden Sprache ausdrückte, wie mir schien auf Italienisch.«
»Ein Rätsel, das über meinen Verstand geht …« Unvermittelt erhob sich Idelsbad. »Ich muss nachdenken.«
»Und ich? Was wird jetzt aus mir?«
»Zunächst einmal wirst du schlafen. Morgen sehen wir weiter.«
Widerstrebend löste Jan sich von seinem Schemel. Er fühlte sich nicht wohl, ihm war schwindlig. Er sah nach draußen. Die Landschaft lag im Dunkeln. Es schien, als kauerte ein Heer von Gespenstern hinter dem Gesträuch, bereit, aufzuspringen und anzugreifen.

XIV

Auf dem Oberdeck stand Jan und wehrte sich hilflos nach allen Seiten. Der Kreis verzerrter Gesichter wurde enger. Der Tote von der Blinde-Ezel-Straat kam mit klaffender Kehle auf ihn zu. Seine Hände glichen Heugabeln, sie waren bereit, ihn zu durchbohren. Der Wind pfiff durch die Takelage, und riesige Wellen donnerten gegen den Schiffsrumpf. Jan stürzte vorwärts, versuchte zu entkommen, aber vergeblich.

»Du wirst sterben, Jan!«, höhnten die Stimmen. »Gleich gesellst du dich zu Van Eyck und den anderen.«

Alle waren sie zugegen: Petrus Christus, Idelsbad, Doktor De Smet, der *Hooftman*, Margaret, und frohlockend verfolgten sie die Szene und skandierten wild den Namen des Meisters.

»Van Eyck, Van Eyck, Van Eyck!«

Der Tote von der Blinde-Ezel-Straat war auf Atemnähe herangekommen. Aus seiner Kehle strömte entsetzlicher Gestank.

»Jetzt bist du dran, mein Junge. Es nützt gar nichts, dass du dich wehrst.«

Für Sekundenbruchteile glaubte Jan den Meister zu erblicken, wie er an die Reling gelehnt aufs Meer hinaussah.

Er schrie: »Vater! Hilfe! Vater, hilf mir!«

Aber Van Eyck begnügte sich mit einem fernen Lächeln und gab sich wieder der Betrachtung hin.

Nun war auch Petrus Christus vorgerückt. Er hielt einen Dolch und reichte ihn dem Toten von der Blinde-Ezel-Straat.

»Schneide ihm die Kehle durch!«, befahl er. »Ich will sein Blut fließen sehen. Und das werden wir dann Van Eyck zu trinken geben.«

»Nein!«, heulte Jan auf. »Habt Mitleid. Ich will nicht sterben. Ich weiß nicht, wohin die Leute kommen, die sterben! Habt Mitleid!«
»Holla! Ruhig! Wach auf!«
Der Junge schlug die Augen auf. Idelsbad stand über ihn gebeugt und tätschelte ihm die Wange. Jan brauchte einige Zeit, um aus seinem Albtraum emporzutauchen.
»Alles in Ordnung?«, fragte der Portugiese.
Der Junge richtete sich im Bett auf. Seine Stirn war schweißbedeckt. Die Dämmerung hatte begonnen, und erste Lichtstrahlen sickerten ins Zimmer. Fetzen seines Traums jagten ihm durch den Kopf. Fiebrig wandte er sich an Idelsbad:
»Ich muss Euch von etwas erzählen. Oder besser von jemandem.«
»Ja? Ich höre.«
»Ihr kennt ihn. Ich habe gesehen, wie Ihr Euch mit ihm unterhalten habt, ein paar Tage nach dem Tod meines Vaters. Ihr standet vor dem Johannesspital. Es handelt sich um …«
Der Portugiese kam ihm zuvor. »Petrus Christus.«
»Ja.«
»Was weißt du über ihn?«
»An dem Tag, als ich Nikolas Sluter fand, bin ich nach Hause gerannt und habe meinem Vater die schlimme Neuigkeit verkündet. Petrus war anwesend. Wisst Ihr, wie sein Kommentar lautete? Er hat wortwörtlich gesagt: ›Und auch diesmal wieder ein Mann aus unserer Zunft …‹ Wie konnte er das wissen? Wir haben die Bestätigung doch erst später erhalten, durch Euch übrigens.«
Idelsbad stand vom Bett auf und ging, ohne zu antworten, zum Fenster.
Jan ließ nicht locker: »Findet Ihr nicht, dass das seltsam ist?«
»Das ist noch gelinde gesagt«, erwiderte der Hüne. »Aber wundern tut es mich nicht. Der Mann ist ein Mörder.«
Mit zwei Schritten war der Junge bei ihm. »Ein Mörder?«
»Es sieht ganz danach aus, jedenfalls seit dem Drama um Laurens Coster.«
»Das Feuer: hat er das gelegt?«

»Ja. Ich stand an jenem Tag in der Menge. Ich habe nämlich nie aufgehört, Van Eyck zu überwachen. Als ihr euch zur Donaas-Straat aufgemacht habt, bin ich euch gefolgt. Ich habe mitgehört, wie Petrus mit einem Schluchzen in der Stimme zu euch sagte: ›Ich habe alles versucht, um ihn zu retten. Er lag zur Hälfte unter einem Balken begraben.‹ Ihr seid zurückgegangen, ich aber habe auf dem Platz gewartet. Ich sah, dass die Retter Coster den Flammen entrissen. Und ich habe sie befragt. Es hatte keinen Balken gegeben. Der Unglückliche lag einfach so am Boden, er hätte wegkriechen können, aber er war bewusstlos.«

»Folglich ...«

»... hat Petrus gelogen. Das ist nicht alles. Am folgenden Tag habe ich ihn, während ich in einer Schenke zu Mittag aß, in Begleitung zweier Unbekannter wieder gesehen. Sie saßen etwa auf Armeslänge von meinem Tisch entfernt. An ihrem Akzent habe ich gleich erkannt, dass sie Italiener waren. Ich habe angestrengt gelauscht, aber leider sprachen sie leise, und im allgemeinen Stimmengewirr habe ich nur ein paar Gesprächsfetzen aufschnappen können. Ein Name kehrte mehrmals wieder: Medici. Und ein eigenartiges Wort: *Spada.*«

»Spada?«

»Das italienische Wort für Degen. Ich wollte mehr herausbringen und eilte ans Krankenbett von Laurens Coster. Leider war er auch da ohne Bewusstsein und ich konnte nichts von ihm erfahren. Als ich das Spital verließ, begegnete ich Petrus, der seinerseits einen Krankenbesuch machen wollte. Ich habe ihn zu dem Feuer befragt. Er hat alles pauschal geleugnet. Dabei war offensichtlich, dass ich ihn aus der Fassung gebracht hatte. Später bin ich nochmals zu Laurens gegangen. Vorgestern, um genau zu sein, und zu seinem ausgesprochenen Glück. Als ich den Saal erreichte, wo er lag, war ein Mann gerade dabei, ihn zu erdrosseln.«

»Petrus auch diesmal?«

»Nein, einer der beiden Italiener, die ich in der Schenke gesehen hatte.«

»Was habt Ihr getan?«

Der Portugiese drehte sich um und sagte in gleichmütigem Tonfall: »Ich habe getan, was jeder Mensch an meiner Stelle getan hätte.«
Jan schüttelte ernst den Kopf und erkundigte sich: »Könnte es sein, dass Petrus und die anderen ebenfalls hinter der berüchtigten Seekarte her sind?«
»Nein. Und genau das begreife ich nicht. Es handelt sich offenkundig um eine völlig andere Affäre. Die ermordeten Maler, Laurens Coster ... Wir haben es mit zwei parallelen Geschichten zu tun, zwischen denen keinerlei Bezug existiert.«
Er wechselte das Thema: »So, jetzt mach dich fertig. Ich bringe dich nach Brügge zurück.«
»Ihr bringt mich zurück? Aber ich dachte, Ihr hättet Eure Meinung geändert. Das kann doch nicht Euer Ernst sein.«
»Du bildest dir doch nicht ein, dass du auf ewig hier bleiben wirst? Im übrigen reise ich ab. Ich kehre nach Portugal zurück.«
»Und die Karte? Die Karte, die Ihr für so kostbar erklärt habt?«
»Ach, ich habe keine Wahl«, sagte er. Er machte eine resignierte Bewegung. »Nach Van Eycks Tod habe ich den Raum, den du ›Kathedrale‹ nennst, gründlichst durchsucht. Ich habe nichts gefunden. Später hast du mir dann gesagt, der *Hooftman* habe in deiner Anwesenheit ein Gleiches unternommen und kein besseres Ergebnis erzielt. Sie kann überall und nirgends sein, diese Karte! Ich habe mir sogar eingebildet, sie wäre eventuell in deinem Besitz und Van Eyck hätte dich beauftragt, sie dem Herzog zu übermitteln, sollte ihm selbst etwas zustoßen. Aus diesem Grund habe ich dich weiter beschattet. Wenn du mich nicht belogen hast« – er blieb stehen, und sein Blick wurde bohrend – »du hast mich doch nicht belogen, will ich hoffen?«
»Nein. Ihr müsst mir glauben.«
»Wenn es so ist, dann hat Van Eyck sein Geheimnis mit ins Grab genommen. Mich hält hier nichts mehr. Ich gehe nach Lissabon zurück.«
Jan fuhr empört auf. »Ihr lasst mich im Stich? Wo man mich doch ermorden will?!«

»An Wachsoldaten mangelt es wahrlich nicht«, erwiderte Idelsbad in beinahe ungezwungenem Ton. »Rede mit deiner Mutter. Sie wird den *Hooftman* benachrichtigen.«
»Margaret ist nicht meine Mutter!«
»Was erzählst du da?«
»Genauso wenig wie Van Eyck mein Vater war. Er hat mich bei sich aufgenommen, gleich nach meiner Geburt. Er hat mich allerdings sehr gemocht. Genauso wie ich ihn sehr gern gehabt habe. Margaret aber will nichts von mir wissen. Sie hat ihre eigenen Kinder, Philipp und Pieter. Warum meint Ihr wohl, dass ich gegangen bin?«
Der Portugiese schien aus der Fassung geraten zu sein, fing sich aber sogleich wieder: »All das betrifft mich nicht. Du wirst in die Nieuwe-St.Gillis-Straat zurückkehren, und ich werde so bald wie möglich nach Portugal zurückreisen.«
»Es gibt keine Schiffe nach Lissabon. Das einzige, das erwartet wird, ist angeblich für Pisa bestimmt.«
»Woher weißt du das?«
»Ich habe mich erkundigt. Auch ich hatte die Absicht, auf ein Schiff zu gehen.«
»Mit welchem Ziel?«
»Venedig.«
Idelsbad zeigte ein spöttisches Lächeln. »Nach Venedig?«
»Ich muss nach Venedig segeln!«
»Du *musst*? Und aus welchem Grund?«
»Weil ich weiß, dass das der einzige Ort auf der Welt ist, wo ich glücklich sein werde.«
Der Portugiese sah ihn verdutzt an. »Das ist deine Sache, Kleiner. Komm jetzt, wir brechen auf.«
»Und Ihr? Wohin geht Ihr in der Zwischenzeit?«
»Das ist *meine* Sache.«
»Wenn ich morgen durch Euer Verschulden ermordet würde, hättet Ihr dann kein schlechtes Gewissen?«
»Mitnichten. Ich bin nicht nach Brügge gekommen, um den Kinderbeschützer zu spielen.«

Ungeduldig befahl er: »Komm mit!«
Jan bewegte sich nicht, sein Gesicht verriet Entschlossenheit. Es war, als würden ihm tausend Gedanken durch den Kopf schießen. Idelsbad machte Anstalten, ihn am Arm hochzuziehen, als Jan mit fester Stimme erklärte:
»Ich weiß, wo sich die Karte befindet.«
»Sag das noch einmal.«
»Ich weiß, wo sich die Karte befindet. Ich werde sie Euch aushändigen, aber unter einer Bedingung: Beschützt mich bis zum Tag meiner Abreise nach Venedig.«
Die Lippen des Portugiesen kräuselten sich ironisch. »Erpressung? In deinem Alter?«
»Nein, ein Tauschgeschäft. Das ist nicht dasselbe.«
»Pass auf, Kleiner!« Idelsbad hielt dem Jungen drohend den Zeigefinger vors Gesicht. »Falls du gerade dabei sein solltest, mich anzulügen …«
»Ich lüge Euch nicht an. Es ist wahr. Ich weiß, wo sich die Karte befindet.«
»Dabei habe ich dir vorhin erzählt, dass ich genau diese Möglichkeit flüchtig erwogen hatte. Du hast bestritten, dass Van Eyck dir die Karte anvertraut hat.«
»Er hat sie mir nicht anvertraut. Aber ich weiß, wo er sie versteckt hat.«
Idelsbad holte tief Luft. Es war zu spüren, dass er verunsichert war.
»Sehr schön«, sagte er schließlich, »das Geschäft gilt. Und jetzt komm!«
»Wo reiten wir hin?«
»Das gemeine Lumpenpack aufspüren. Angefangen beim wohlgeborenen Herrn Petrus Christus.«
»Aber das ist Wahnsinn. Da gehen wir schnurstracks in die Höhle des Löwen!«
Diesmal beherrschte sich Idelsbad nicht mehr. Er brüllte: »Wirst du wohl aufhören, mir zu widersprechen! Du hast mich gebeten, dich zu beschützen. Ich habe mich verpflichtet, es zu tun. Aber es

wird auf meine Art geschehen. Von jetzt an wirst du mir auf dem Fuße folgen und mir aufs Wort gehorchen. Ich habe nicht die Absicht, hier tatenlos zu warten und tugendhaft darum zu beten, dass Gott uns beschützen möge. Ist das klar?«

Von Ton und Entschlossenheit des Hünen gleichermaßen beeindruckt, begnügte sich Jan mit einem wortlosen Nicken. Was hätte er auch anderes tun sollen? Er war ein verrücktes Risiko eingegangen, als er behauptete, den Verwahrungsort der berüchtigten und begehrten Karte zu kennen. Wohl hatte er eine Idee, aber eben nur eine Idee, eine vage Vermutung. Sei's drum. Seine Lüge brachte ihm immerhin einen Zeitgewinn.

Einen Augenblick später ritten beide in Richtung Brügge.

Die Messe war immer noch in vollem Gange, die Menge dichter denn je. Idelsbad vergewisserte sich, dass der Langdolch griffbereit in der Scheide steckte, und stieg vom Pferd.

»Komm herunter«, sagte er und streckte Jan beide Arme entgegen.

Um sie herum schienen jetzt vor allem die lombardischen Geldwechsler Konjunktur zu haben; die gefürchteten Pfandleiher saßen an ihren Tischen hinter der Waterhalle und lauerten wie Raubvögel auf in Bedrängnis geratene Kaufleute. Die Brügger Messe, das war auch der Triumph des flandrischen Tuchs. Ein so nachhaltiger Triumph, dass die Schafherden zwischen der Maas und dem Meer nicht mehr ausgereicht hatten und man sich gezwungen gesehen hatte, englische Wolle einzuführen. Ein sehr wechselhaftes Importgeschäft, das stark in Mitleidenschaft gezogen wurde durch die ständig neu aufflammenden Kriege zwischen Frankreich und England, Kriege, in denen Flandern unweigerlich zwischen die Fronten geriet.

Konjunktur hatten auch die Alaunlieferanten, in erster Linie Italiener. Jan zeigte mit dem Finger zu ihnen hinüber und flüsterte:

»Meint Ihr, meine Entführer könnten eine Verbindung haben zu diesen Leuten da?«

»Das glaube ich nicht. Das sind Kaufleute, sonst nichts.«

»Ich habe mich oft gefragt, warum man ihnen diese Fässer mit weißem Pulver aus den Händen reißt und dafür Wucherpreise zahlt.«
»Du meinst das Alaun?«
Jan nickte.
»Weil es von größerem Wert ist als die seltensten Edelsteine. Die Färber verwenden es, um die Farben ihrer Stoffe dauerhaft zu machen, die Ärzte nutzen es für das Stillen von Blutungen, es macht Häute und Felle geschmeidig, sorgt für die längere Haltbarkeit von Pergament, verbessert die Qualität von Glas, und man gewinnt sogar Liebestränke daraus.«
»Eines Tages hat mein Vater erwähnt, dass die Türken das Monopol darauf besitzen.«
»Das ist teilweise richtig. Das reinste Alaun kam seit jeher vom Ostrand des Mittelmeers, genau gesagt aus Phokaia im Golf von Smyrna. Dann brachten die Türken die Region in ihre Gewalt. Heute verbleiben nur noch die Vorkommen auf der Insel Chios und die in den letzten Kirchenstaatsgebieten unter der Kontrolle der Christenheit.«
Sie hatten soeben den Burgplatz überquert und bogen jetzt in die Hoogstraat ein.
»Wo gehen wir hin?«
Idelsbad deutete lediglich auf einen Punkt zur Linken, hinter der Braemberger Metzgerei.
Der Junge fuhr zusammen.
»Zum Johannesspital?«
»Lass uns beten, dass Coster sich noch dort befinden möge. Und zwar lebend.«
Als sie den großen Krankensaal betraten, umhüllte sie der gleiche widerliche Geruch – es war, als strömte er von den Wänden aus –, den der Portugiese wenige Tage zuvor eingeatmet hatte. Er ging geradewegs zu der Stelle, wo er den Bataver vorgefunden hatte: ein anderer Patient hatte seinen Platz eingenommen.
»Sieh an, welche Überraschung! Ist das nicht der kleine Van Eyck?«

Ein Mann kam auf sie zu, das Gesicht von einem breiten Lächeln erhellt. Der Junge erkannte ihn sofort und sagte im Flüsterton zu Idelsbad:
»Das ist Doktor De Smet.«
Der Arzt zauste ihm liebevoll das Haar. »Wie geht's dir, mein Junge? Du siehst besser aus als an jenem finsteren Morgen.«
»Es geht mir gut, ich danke Euch.«
»Aber was tust du dann hier? Das ist eigentlich kein Ort für Gesunde.«
Im gleichen Redeschwung stellte er sich Idelsbad vor:
»Guten Tag … ich bin Doktor De Smet.«
»Till Idelsbad. Ich bin Stadtpolizist.«
Sein Gegenüber unterdrückte ein Stirnrunzeln. »Aha? Und was verschafft uns die Ehre Eures Besuchs? Gibt es etwa ein Problem?«
»Ich komme, um einen Eurer Patienten zu befragen. Herrn Laurens Coster.«
Er zeigte auf das Bett. »Offenkundig ist er nicht mehr da. Sollte er …?«
»Verstorben sein? Nein, Gott sei Dank. Allerdings hätte nicht viel gefehlt.«
»Wo kann ich ihn finden?«
Der Arzt trat zu einem der Stabfenster und deutete schräg nach unten.
»Dort ist er. Im Garten. Sein erster Tag außerhalb des Krankensaals. Ein wenig frische Luft kann ihm nur gut tun. Er … Ach, merkwürdig. Er ist nicht allein. Ein Angehöriger wahrscheinlich. Ich –«
Er konnte seinen Satz nicht zu Ende bringen. Idelsbad hatte Jan beim Arm gepackt, und beide rannten zum Saalausgang. De Smet sah ihnen verblüfft nach, bis sie draußen waren.
»Schneller!«, rief der Portugiese. »Schneller!«
Sie ignorierten die Unruhe, die sie um sich herum hervorriefen, stürmten weiter zur großen Steintreppe und hasteten die Stufen hinunter.

Die Tür zum Garten zeichnete sich am Ende eines Ganges ab. Eines Ganges, der kein Ende zu nehmen schien. Sie hetzten ihn entlang, rempelten durch eine Besuchergruppe und hätten beinahe eine junge Frau mit ihrem Säugling zu Fall gebracht. Idelsbad stieß die Tür auf und verharrte sekundenlang auf der Freitreppe. Coster war immer noch da, er saß unter einem Baum auf einer Bank. Ein junger Mann neigte sich zu ihm hinab.

Mit ein paar großen Schritten erreichte der Portugiese die Stelle. Es gab nicht den Hauch eines Zögerns. Er stürzte sich auf den Unbekannten, riss ihn zu Boden und presste seine Schultern auf das Gras.

Costers völlig verstörte Stimme wurde hörbar: »Aber … um Himmels willen, was tut Ihr da?«

Jan war inzwischen bei ihnen. Er war es, der antwortete: »Habt keine Angst, Minheer. Wir kommen, um Euch zu retten.«

»Mich retten? Aber vor wem denn?« Er deutete auf den am Boden Liegenden, der unter dem Gewicht des Portugiesen nach Atem rang. »Das ist ein Freund!«, rief er protestierend. »William Caxton.«

Idelsbad wandte den Kopf, ließ aber den Druck unvermindert fortbestehen.

»Was sagt Ihr?«

»Ich wiederhole, er ist ein Freund. Lasst ihn los, ich bitte Euch!«

Widerstrebend fand der Hüne sich bereit, den jungen Mann freizugeben. Dieser erhob sich und brachte hektisch seine Kleidung und sein zerzaustes Haar in Ordnung. Er sah so empört und so verärgert aus, und seine ganze Gestalt kontrastierte so stark mit der Idelsbads, dass in einer anderen Situation die Szene zum Lachen gereizt hätte.

»Ihr könntet Euch wenigstens entschuldigen, Minheer!«

Idelsbad begnügte sich mit einer vagen Geste und trat zu Laurens Coster. »Es tut mir Leid.«

»Aber wer seid Ihr?«

Der Holländer war kaum zu erkennen. Dünne Fetzen verbrannten Fleisches hingen ihm ums Gesicht. Er hatte keine Brauen,

keine Wimpern mehr, und seine Lippen glichen zwei Strichfalten, die sich kaum mehr vom Rest der Physiognomie abhoben.
»Das ist der Mann, der Euch das Leben gerettet hat!«, beeilte sich Jan zu erklären. »Vor ein paar Tagen. Als man versucht hat, Euch zu strangulieren.«
Laurens' Gesichtsausdruck verwandelte sich. Er ergriff die Hand des Riesen und erklärte ungläubig: »Ihr? Ihr also wart das?«
Idelsbad nickte.
»Minheer ... Wie kann ich Euch danken?«
»Indem Ihr mir von Petrus Christus erzählt«, lautete die prompte Antwort.
Dem Unglauben folgte Fassungslosigkeit. »Ihr kennt ihn? Ihr kennt diesen Spitzbuben?«
»Vom Hörensagen. Und das Wenige, das ich weiß, spricht nicht für ihn. Das Feuer ... das hat doch wohl er gelegt?«
»Ganz gewiss!«
»Wie ist es dazu gekommen?«
»Leider habe ich kaum mehr eine Erinnerung, höchstens dass ich gerade bei der Arbeit saß. Ich saß mit dem Rücken zur Tür, als ich plötzlich einen fürchterlichen Schmerz oben im Genick gespürt habe. Ich war sofort bewusstlos.«
»Ihr seid sicher, dass Petrus dahinter steckte? Denn wenn ich recht verstanden habe, dann habt Ihr den Angreifer nicht gesehen.«
»Aber wir waren doch zu zweit!«, rief Laurens protestierend. »Es war sonst niemand da.« Er zeigte auf den Engländer. »Mein Freund Caxton hatte sich kurz vorher verabschiedet.«
Idelsbad wandte sich dem jungen Mann zu. »Darf ich fragen, was Ihr in Brügge tut, Minheer?«
»Ich versuche mein Glück im Wollhandel.«
»William ist auch ein belesener Mann«, hielt Coster es für angebracht, zu ergänzen. »Er interessiert sich leidenschaftlich für die künstliche Schrift.«
Idelsbad sprach weiter: »Wenn ich recht verstanden habe, hattet Ihr Gelegenheit, mit Petrus Christus zusammenzutreffen.«

»Ja. Bei Laurens. Er gab sich als Maler aus.«
»Sagen wir lieber, er versucht, es zu werden«, korrigierte ihn der Holländer in geringschätzigem Ton.
Seufzend merkte er an: »Wenn ich dran denke, dass ich ihm meine Freundschaft entgegengebracht, ihm mein Haus geöffnet habe!«
»Übrigens«, fragte Idelsbad, »bei welchem Anlass habt Ihr seine Bekanntschaft gemacht?«
»Das war in Baerle, bei seinem Vater. Einem Mann von großem Talent. Einem Edelmann. Wir waren einander sehr verbunden. Deswegen habe ich mich ja auch erboten, Petrus bei mir einzuquartieren, als dieser mir seine Absicht mitteilte, nach Brügge zu kommen.«
Idelsbad nahm sich einen Augenblick Zeit zum Überlegen, bevor er weiter fragte: »Habt Ihr eine Idee, wo er sich aufhalten könnte? Ich kann mir vorstellen, dass er nach seinem missglückten Anschlag in aller Eile die Stadt verlassen hat.«
»Vielleicht ist er schlicht nach Hause zurückgekehrt, also nach Baerle?«
»Ja, das kann sein. Aber ich habe meine Zweifel. Er muss wissen, dass ihn dort die Polizisten zu allererst suchen würden. Und Ihr wisst nicht doch noch Näheres über ihn?«, fragte er insistierend. »Ihr erinnert Euch an keinen Hinweis, keine Bemerkung, die uns auf eine Spur führen könnte?«
Der Holländer schüttelte nur bekümmert den Kopf.
»Ganz sicher?«
»Mir fällt nichts ein. Ehrlich.«
»Das ist allerdings sehr bedauerlich.«
»Und der Mann von der Blinde-Ezel-Straat«, fragte Jan schüchtern dazwischen, »meint Ihr, Petrus hat ihn ermordet?«
»Unmöglich. Du hast mir doch gesagt, er habe bei Van Eyck gesessen, als du zu Hause ankamst. Folglich kann er sich nicht an zwei Orten zugleich aufgehalten haben. Was mich zu der Annahme bringt, dass er nicht allein ist bei seinem Tun.«
»Ihr habt sicher Recht. Das haben übrigens auch die Freunde

meines Vaters angedeutet, Robert Campin und Rogier Van der Weyden. Letzterer hat ihm sogar eröffnet, dass er Todesdrohungen erhalten habe.«

»Was?«, rief Idelsbad bestürzt aus. »Aber davon hast du mir gar nichts erzählt!«

Die Miene des Knaben verriet Verlegenheit. »Ich … ich habe nicht mehr daran gedacht.«

»Wie lauteten diese Drohungen? Erinnerst du dich daran?«

»O ja.«

Er zitierte: »›Man reist nicht nach Barbarien. Nimm Abstand davon oder empfehle deine Seele Gott dem Allmächtigen.‹ Und Rogier hat erklärt, die Warnung beziehe sich wahrscheinlich auf seine geplante Abreise nach Rom.«

»Welch sonderbare Geschichte!«, merkte Caxton an.

»Das ist das Mindeste, was man sagen kann«, pflichtete Laurens ihm bei. »Man ermordet Maler, man spricht Drohungen aus und man versucht, mich aus dem Weg zu räumen, mich, der ich mich nie für die Malerei und genauso wenig für Italien interessiert habe. Warum?«

Ein langes Schweigen trat ein. Schließlich antwortete der Hüne: »Ich muss die Frage leider offen lassen. Was ich nicht begreife, ist der Bezug, der zwischen den Morden bestehen könnte. Hat Petrus jemals vor Euch den Namen Medici oder das Wort *Spada* ausgesprochen?«

»Medici?«, wiederholte Caxton.

Er überlegte, bevor er zu Laurens gewandt sagte: »Erinnert Ihr Euch? Es war an dem Tag, an dem er Euch gebeten hat, ihm Geldmittel vorzuschießen, an einem Sonntag. Er musste einen Wechsel einlösen. Und die Bank war geschlossen: die Medici-Bank.«

Laurens stimmte eilends zu: »So ist es! Meinen Glückwunsch. Ihr habt ein ausgezeichnetes Gedächtnis.«

»Die Medici-Bank?«, echote Jan. »Die, die sich hinter dem Prinsenhof befindet?«

»Genau die«, antwortete Caxton. »Ihr Netz überzieht ganz Europa, aber in Brügge gibt es nur eine Filiale. Ich habe selbst

schon ihre Dienste in Anspruch genommen und muss gestehen, dass sie höchst effizient arbeiten.« Zu Idelsbad gewandt fügte er hinzu: »Dagegen sagt mir das Wort *Spada* leider nichts.«
Der Portugiese dankte mit einem Kopfnicken. »Ich denke, wir haben die Frage durchgesprochen. Erlaubt, dass wir uns zurückziehen.«
»Wartet!«, rief der Engländer. »Wenn Ihr Auskünfte braucht, dann schlage ich vor, dass Ihr mit Herrn John Sheldon in Beziehung tretet. Ihr könnt Euch auf mich berufen. Er ist ein Verwandter und Landsmann. Er hat in der Bank einen wichtigen Posten inne.«
»Ich danke Euch, Minheer.«
Während er Jan an der Hand nahm, sagte Idelsbad noch: »Was Euch angeht, Ser Coster, so kann ich Euch gar nicht dringend genug raten, die Stadt für einige Zeit zu verlassen. Solange Ihr in Brügge seid, ist Euer Leben in Gefahr.«
»Ich weiß. Fragt sich nur, wohin ich gehen kann. Hier hält mich sowieso nichts mehr. Ich habe kein Haus, keine Werkstatt mehr. Ich werde weggehen.«
»Nehmt Euch in Acht«, schloss Idelsbad, »sogar vor Eurem eigenen Schatten.«

XV

»Und jetzt?«, fragte Jan. »Was gedenkt Ihr zu tun?«
Sie waren vor dem Prinsenhof angelangt, der stolzen Residenz des Fürsten mit ihren massiven Wachttürmen. Ein erstaunlich lauer Wind riffelte das Wasser der Kanäle und fuhr spielerisch unter die Filzkappen und gestärkten Hauben.
Der Hüne sprang vom Pferd und half zuerst dem Jungen auf den Boden herunter, bevor er antwortete:
»Wir werden versuchen, diesen John Sheldon zu treffen und etwas über den Wechsel, den Petrus erwartete, in Erfahrung zu bringen.«
»Wer sind diese Medici? Mister Caxton wollte wohl andeuten, dass sie mächtige Leute sind.«
»Und unendlich reich dazu. Im Unterschied zu anderen haben sie nie zum Schwert gegriffen, um ihr Vermögen zu mehren oder zu verteidigen. Was ungemein selten ist. Sie waren vor allem Kaufleute, haben mit den Waffen des Kaufmanns gekämpft, und das Glück hat den Rest besorgt. Drei Männer waren es, die vor fast einem Jahrhundert den Ruhm der Familie begründet haben: der eine, indem er sich politisch auszeichnete, die beiden anderen durch den Erwerb gewaltigen Reichtums. So haben sie ihren Nachkommen den Weg zum Erfolg geebnet.«
»Und jenes Netz von Banken, das der Engländer erwähnt hat?«
»Ich weiß nicht viel darüber, außer dass der Ausgangspunkt Florenz war, wo einer der drei Genannten, Vieri di Cambio, eine erste Bank gegründet hat, und dass heute Cosimo de Medici, der Sohn des Giovanni di Bicci, über dieses Imperium herrscht. Cosimo ist ein Mann mit vielen Gesichtern. Den Gerüchten zufolge,

die in Portugal wie anderswo über ihn im Umlauf sind, ist er zu allem fähig, und zwar im Guten wie im Bösen.«
Idelsbad unterbrach seine Darlegung, um zu einem Gebäude hinüberzudeuten, hinter dem einer der Türme des Prinsenhofs aufragte.
»Du wartest hier auf mich. Ich denke nicht, dass ich lang brauchen werde.«
Der Junge fügte sich und blickte ihm nach, bis er unter dem Torbogen der Bank verschwunden war.
Die Decke des Hauptsaals zeigte Stuckverzierungen, die Wände waren mit Holztäfelungen versehen, deren einzelne Paneele von goldenen Blattranken gerahmt waren. Das Ganze atmete Wohlstand und eine gewisse Strenge.
Hinter einem massiven Nussbaumschalter waren zwei vornehm gekleidete Männer emsig beschäftigt. Einige Kunden standen zwanglos plaudernd im Raum, andere saßen an Pulten und erstellten mit gravitätischer Miene irgendwelche Schriftstücke. Flämisch war kaum zu vernehmen, es dominierten das Englische, das Deutsche und das Italienische.
Idelsbad trat an den Schalter und wandte sich an einen der Angestellten:
»Guten Tag, Minheer. Ich suche John Sheldon.«
»Wen darf ich melden?«
»Mein Name dürfte ihm nichts sagen. Richtet ihm aus, ich sei ein Freund von William Caxton.«
»Bitte geduldet Euch einen Augenblick.«
Der Angestellte verschwand hinter einem karminroten Samtvorhang.
Idelsbad nutzte die Zeit, um sich die Räumlichkeit zu besehen. Niemals, so viel war sicher, würde er für diese nüchternprosaischen Orte etwas übrig haben. Und niemals würde er den Zahlen und der Macht des Geldes anhängen. Er stammte aus einer vermögenden Familie, und ziemlich wahrscheinlich hätte er im Handumdrehen sein Erbe verschwendet. Aber Gott sei Dank hatte sein Vater, der edle Alfonso – wahrhaftig ein Edelmann,

aber ein ziemlicher Geizkragen – die Weisheit besessen, ihn zu Gunsten des jüngeren Sohnes Pedro zu enterben, weil er, Francisco, seine ganze Jugend hindurch seine Verachtung der materiellen Güter lauthals kundgetan und unverblümt die nicht immer anständigen Methoden kritisiert hatte, die sein Vater einsetzte, um mehr und immer mehr zusammenzuraffen, mehr und immer mehr zu horten.
Welche Entlastung, nichts zu besitzen! Weder Edelsitz noch Macht, weder Ländereien noch Bedienstete. Arm, aber frei! Ist man reich, wird man geachtet für das, was man nicht ist; ist man arm, wird man verachtet, obwohl man der Achtung wert wäre. Vielleicht war das der Grund, warum sich Francisco dem Infanten Henrique so nahe gefühlt hatte. Er liebte diesen Mann, empfand für ihn jene der Liebe so eng verschwisterte Freundschaft, und er empfand Hochachtung, weil er große Dinge fast heimlich und in strenger Bescheidenheit vollbrachte. Im Gegensatz zu anderen, die hektischen Aufwand treiben, aber nie etwas zu Stande bringen. Er liebte ihn auch dafür, dass der Prinz ihm die helfende Hand hinzustrecken gewusst hatte, der Kritik trotzend, die unvermeidlich laut geworden war, als er beschloss, ihn in seinen Dienst zu nehmen. Dank des Prinzen hatte er sich aus den familiären Zwängen befreien und sich endlich seiner einzigen Leidenschaft hingeben können, dem Meer. Seefahrer zu sein, davon hatte er geträumt, Seefahrer war er geworden.
Seinem Vater verdankte er es, dass er eines Tages in den Gärten des Sommerpalasts von Sintra die Bekanntschaft des Infanten gemacht hatte. Henrique und er waren noch im Jugendalter gewesen. Eine spontane Beziehung hatte sich zwischen ihnen geknüpft, deren Fäden aus der gleichen besessenen Sehnsucht nach dem weiten Meer und großer Fahrt sich spannen, wozu noch eine anrührende Reihe von Zufällen hinzutrat: Sie waren am selben Tag, einem 5. März, im selben Jahr 1394 und in derselben Stadt Porto zur Welt gekommen. Sein Vater, der Geizhals, konnte in Frieden sterben. Er hatte geglaubt, Francisco den Schlüssel zum materiellen Wohlergehen wegzunehmen, und ge-

schenkt hatte er ihm, ohne es zu wollen, den Schlüssel zum Glück.

»Minheer? Ihr wünscht mich zu sprechen?«

Der Hüne fuhr unwillkürlich zusammen. Vor ihm stand Sheldon. Der Bankier war das genaue Gegenteil seines Landsmannes Caxton. Er mochte fünfzehn Jahre älter sein, war eine stattliche Erscheinung und dazu gut aussehend. Seine verfeinerten Manieren grenzten ans Affektierte.

»Ja. Ich bin ein Freund von William Caxton. Ich würde Euch gerne einige Fragen bezüglich eines Eurer Kunden stellen.«

»Das ist ein wenig problematisch. Im Prinzip erteilen wir keine Auskünfte über die Leute, die uns ihr Vertrauen schenken. Ihr versteht? Es ist eine Sache der Berufsethik.«

»Gewiss doch. Aber es ist leider so, dass ich Polizeibeamter bin und dass dieser Mann ein gefährlicher Verbrecher ist. Außerdem hat mir William Caxton versichert ...«

Der Engländer legte die Stirn in Falten. »Ein gefährlicher Verbrecher?«

»Ganz recht. Ihr dürft mir glauben.«

»In diesem Fall ... Um wen geht es?«

»Sein Name ist Petrus Christus.«

Sheldon nahm sich Zeit zum Überlegen, bevor er antwortete: »Der Name sagt mir eigentlich nichts. Was genau möchtet Ihr erfahren?«

»Vor ein paar Tagen hat er angeblich einen auf Eure Bank gezogenen Wechsel eingelöst. Ich würde gerne die Identität des Ausstellers erfahren.«

»Das ist möglich. Wir bewahren von sämtlichen im laufenden Monat abgewickelten Zahlungsvorgängen Abschriften auf. Wartet hier, ich bin gleich zurück.«

Der Mann entfernte sich diskret, und plötzlich überkam Idelsbad ein vages Gefühl des Zweifels. Auf was nur hatte er sich eingelassen? Wozu? Ging es ihm um den Knaben oder um die Seekarte? Gab es wirklich einen Zusammenhang zwischen den Mordtaten, der über Jan schwebenden Drohung und Petrus

Christus? Er musste sich wohl oder übel eingestehen, dass er nirgends Gewissheit hatte, dass er sich blind und ohne erkennbares Ziel vorantastete.

Sheldon war zurück.

»Ich glaube, ich habe, was Ihr wissen möchtet. In der Tat hat besagter Christus einen Wechsel über dreitausend Florin eingelöst.«

»Dreitausend? Die Summe klingt beeindruckend.«

»Ach, wisst Ihr«, antwortete der Engländer in leicht blasiertem Ton, »das ist nichts Besonderes verglichen mit den Vermögen, die zwischen Hamburg, Brügge und Florenz zirkulieren. Anders gesagt, es sind Sandkörner.«

»Und der Name des Ausstellers? Habt Ihr den?«

»Nein. Nur seine Initialen. Seht nur selbst.«

Sheldon reichte Idelsbad das Schriftstück.

An die Medici-Bank in Brügge, im Namen Gottes, am 10. Juni 1444 zu Florenz, zahlt gegen diesen Wechsel an Herrn Petrus Christus oder an seinen Vertreter Messer Anselm De Veere 3000 Florin aus und verrechnet die Summe zu Lasten meines Kontos. Christus schütze Euch vor allem Übel. Gezeichnet N. C. Florenz.

»N. C.? Aber wie kann das sein? Ihr braucht doch einen vollständigen Namen, um den Aussteller zu identifizieren?«

»Die Antwort muss ich Euch schuldig bleiben. Es handelt sich mit ziemlicher Sicherheit um eine sehr bedeutende Person, deren wahre Identität nur unserem Gouverneur bekannt ist. Aber ich möchte Euch gleich warnen, von ihm werdet Ihr keinerlei Auskunft erhalten, auch nicht, wenn Ihr ihm drohen solltet. Er würde hundert Mal eher sein Leben drangeben als Verrat begehen. Ich rate Euch, es gar nicht erst zu versuchen.«

»Und dieser Anselm De Veere?«

»Auch da habe ich keine Ahnung. Vielleicht jemand aus Brügge, in jedem Fall ein Flame.«

»Kann man irgendwie den Grund für diese Überweisung erfahren? Steht etwas davon in dem Wechselpapier?«

Der Engländer wartete mit einem leisen Lächeln auf. »Nein. Aber wäre es der Fall, dann wäre ich nicht in der Lage gewesen, die Worte zu entschlüsseln.«

»Entschlüsseln?

»Ganz recht. Der weitaus größte Teil der Korrespondenz zwischen unseren *banchi grossi* beziehungsweise *compagnie*, vor allem wenn die Briefe vom Mutterhaus kommen, ist verschlüsselt. Das ist bei den Medici eine Tradition, die auf die Gründung der Bank zurückgeht. Was inzwischen mehr als ein Jahrhundert her ist.«

»Aber was ist der Grund?«

Sein Gesprächspartner setzte eine bekümmerte Miene auf. Idelsbads Fragen mussten ihm reichlich naiv vorkommen.

»Minheer, wie kann ein Polizeibeamter solcherart Fragen stellen? Wir sind weder die einzigen Bankiers dieses Erdteils noch die ältesten. Vor uns gab es die Acciaiuoli, die Alberti, die Bardi, die Gianfigliazzi, die Peruzzi und andere große Herren, und sie waren alle äußerst mächtig. Zu jener Zeit waren wir lediglich bescheidene Geldwechsler. Auch wenn wir heute die Vermögendsten sind, so gebietet die Vorsicht, dass wir bestimmte Maßnahmen treffen. Seht her, die Medici gewähren ihre Darlehen den fürstlichen Herrschaften dieser Welt« – bei diesen Worten huschte ein rätselvolles Lächeln über sein Gesicht –, »sogar gewissen Herzögen. Des Weiteren sorgen die Medici dafür, dass das Geld hoch gestellter Persönlichkeiten, seien sie nun der Kirche zugehörig oder weltlichen Standes, Italiener oder Ausländer, dass dieses Geld Früchte trägt. Niemand darf über den Inhalt der betreffenden Vereinbarungen Bescheid wissen.«

»Und wie viele *compagnie* gibt es?«

»Zur Zeit ein gutes Dutzend. Die Spitze des Gesamtgebäudes stellt das Zentralkontor in Florenz dar, das von Cosimo persönlich geleitet wird, wobei ihm sein Sohn Giovanni zur Seite steht. Eine Ebene tiefer habt Ihr die Lagerhäuser für Seidenwaren, die *tavola* von Florenz, und zwei Tuchmanufakturen, auch in Florenz. Noch weiter unten dann kommen unter der Verantwortung der Gouverneure die *compagnie* von London, die von Brügge – in der Ihr

Euch gerade aufhaltet –, die von Avignon, von Mailand, von Venedig, von Rom und von Genf.«
»Ihr mögt mich einfältig finden, aber rechtfertigt dieser Aufbau die Verschlüsselung?«
»Lasst mich noch ein wenig fortfahren, und Euch wird klarer werden, mit welchen Einsätzen hier gespielt wird. Alle drei Jahre sehen sich die Gouverneure aufgefordert, nach Florenz zu kommen und Cosimo sowie ihre unmittelbaren Vorgesetzten, die *maggiori*, über den Geschäftsgang ihrer Filiale zu unterrichten. Wenn sie wieder abreisen, haben sie genaue Instruktionen, auch was die Route und die Informationen betrifft, die sie unterwegs bei anderen Niederlassungen einholen sollen. Weil diese direkten Kontakte so selten sind und die Reise so lange dauert, ist darüber hinaus ein lebhafter Schriftverkehr zwischen Hauptsitz und Filialen notwendig. Zu den *lettere di compagnia*, den Geschäftsbriefen, kommen noch *lettere private* hinzu, die direkt an das Oberhaupt oder an die wichtigsten Mitglieder der Familie Medici gesandt werden. Diese Briefe erwähnen nicht etwa nur Familienereignisse, sie befassen sich mit Handelsfragen, aber auch mit Politik. Mit jener Politik, die hinter den Kulissen, im Schatten der Alkoven, fernab der öffentlichen Welt betrieben wird. So gut wie jeder Staat würde teures Geld bezahlen, um an diese Geheimnachrichten heranzukommen. Versteht Ihr jetzt besser, warum die Briefe kodiert sind?«
Und Sheldon schloss in respektvollem Ton: »Außerdem wechselt das Mutterhaus den Code jeden Monat. Womit das System noch undurchdringlicher wird.«
»Aber es gibt ja wohl eine Person, die in der Lage ist, die Schreiben zu entschlüsseln?«
»Natürlich. Der Gouverneur der Niederlassung. Er allein. Und dieser Mann untersteht der direkten Kontrolle durch Cosimo de Medici, wenn er nicht gleich zur Familie gehört.«
Was für ein Labyrinth, dachte Idelsbad. Sein Verdacht war jedenfalls bestätigt worden. Ganz offensichtlich unterhielt Petrus Christus geheime Beziehungen zu Florenz und Italien. Zu Italien,

wo sämtliche Spuren zusammenzulaufen schienen. Jan hatte von Rogier Van der Weyden gesprochen und von der seltsamen Warnung, weil dieser mit einer Romreise liebäugelte. Nikolas Sluter, der Tote von der Blinde-Ezel-Straat, war mit einer Florentinerin verheiratet gewesen. Jans Entführer sprachen Italienisch. Und jetzt dieser von einem Florentiner ausgestellte Wechsel ... Doch leider endete die zu Petrus führende Spur in einer Sackgasse, und jene, die zu dessen florentinischem Auftraggeber hätte führen können, entzog sich der Nachforschung.
Entmutigt verabschiedete er sich von dem Engländer. Ihm blieb nicht mehr viel anderes übrig, als den Jungen zur Heimkehr zu bewegen. Er selbst würde mit Margaret reden. Dem Ernst der Angelegenheit würde sie sich nicht verschließen können. Wenn es sein musste, würde er bis zum Bürgermeister gehen.
Er trat durch die Tür der Bank und wandte sich in Richtung der Stelle, wo der Junge ungeduldig nach ihm Ausschau halten musste.
Jan war nicht mehr da.
Weit konnte er allerdings nicht sein.
Reflexartig legte Idelsbad die Hand auf den Dolchgriff, während er in die Menge ringsum spähte, aber er sah nur Kaufleute und anonyme Passanten. Zorn und Schuldgefühle überkamen ihn, Zorn vor allem auf sich selbst. Wie hatte er den Knaben nur allein lassen können, wo er doch um die Bedrohung wusste? Mein Gott, er hatte unbedacht, ja unverantwortlich gehandelt. Von Panik ergriffen, eilte er die Gasse zurück, die am Prinsenhof entlang führte, und hoffte ... Da hörte er den Schrei.
Einen Verzweiflungsschrei, der den Lärm der Menge übertönte. Er machte kehrt und rannte in Richtung Marktplatz. Die Menge war dicht. Nur mühsam bahnte er sich einen Weg. Endlich, weit voraus, sah er Jan. Ein Mann zerrte ihn rücksichtslos vorwärts, während ein zweiter seine beiden Knöchel zu packen versuchte. Der Vorgang schien auf allgemeine Gleichgültigkeit zu stoßen. Das bizarre Trio war nicht mehr weit von der Waterhalle entfernt. Wenige Klafter blieben noch bis zum Steg zu überwinden. Idels-

bad beschleunigte sein Tempo, wohl wissend, dass er es auf keinen Fall schaffen würde.
In der Tat hatte er das Innere der Waterhalle kaum erreicht, da warfen die beiden Männer Jan bereits an Bord eines Kahns, worin ein dritter Komplize wartete. Ein paar Ruderschläge, und das Fahrzeug hatte vom Steg abgelegt. Sehr schnell war es außer Reichweite.
Wütend fluchte Idelsbad vor sich hin. Es galt zu überlegen, schnell! Der Kanal zog sich zum Genter Tor hin. Danach kam die Minnewater-Schleuse. Wenn es noch eine Chance gab, sie abzufangen, dann dort und nirgendwo anders. Ohne weiteres Zögern hastete er in Richtung des Platzes, wo er sein Pferd zurückgelassen hatte.

Unter dem Sporn des Hünen flog das Tier über den holprigen Weg. Zur Rechten zogen die Pappeln in Windeseile vorüber, zur Linken entrollte die *Reie* ihr endloses Band.
Schnell, schneller, schien Idelsbad zu flehen. Ein Kind darf nicht sterben. Nicht durch meine Schuld.

XVI

Idelsbad war bei der Schleuse angelangt. Etwa eine Meile entfernt war ein Boot auszumachen. *Das* Boot, kein Zweifel. Er stieß einen Seufzer der Erleichterung aus.

Ein anderes, aus der Gegenrichtung kommendes Schiff ohne Masten war in die Schleusenkammer eingefahren, und schon strömte in regelmäßigem Schwall das Wasser ein. Der nahe Beginenhof legte seinen strengen Schatten über die Wasserfläche.

Der Schleusenwärter, ein kleiner, rotgesichtiger Mann, beobachtete das Ganze gelangweilt. Mit einem Becher Bier in der Hand stand er an ein hölzernes Geländer gelehnt. Idelsbad sprang vom Pferd und eilte auf ihn zu.

»Verzeiht, Minheer. Ich brauche Eure Hilfe.«

»Was ist los?«

»Ihr seht das Boot dort kanalaufwärts? Es muss unbedingt daran gehindert werden, die Schleuse zu passieren.«

Der kleine Mann sah Idelsbad ironisch grinsend an: »Sonst noch etwas?«

»Ich meine es ernst. Es geht um Leben und Tod. Ein Kind, mein Neffe, ist von drei Unbekannten entführt worden. Sie sind auf diesem Boot.«

»Und was soll ich tun? Die Alarmglocken läuten? Das Schiff entern?«

»Es würde reichen, wenn Ihr es in die Schleusenkammer einlasst und dann die Tore geschlossen haltet. Dann lassen wir sie durch die Bürgerwache verhaften.«

»Ihr seid leider nicht bei Trost, guter Freund. Die Schleuse ist Ei-

gentum des Herzogs. Wollt Ihr, dass ich mit durchschnittener Kehle aufwache? Da, schaut!«
Er zeigte auf das herzogliche Banner, das unmittelbar neben dem goldenen und roten Wappenwimpel der Stadt Brügge flatterte. In geringer Entfernung standen zwei Soldaten Wache.
»Etwas so schwer Wiegendes könnte ich nur dann tun, wenn mir ein Schöffe oder der Bürgermeister persönlich den Befehl gäbe. Und nun lasst mich in Frieden, Ihr seht, dass ich zu tun habe!«
Um jede weitere Diskussion auszuschließen, betätigte der Wärter die Schleusentore und ermöglichte so dem mastlosen Schiff die Weiterfahrt. Gemächlich setzte es sich in Bewegung und befand sich gleich darauf in dem neuen Kanalabschnitt.
Idelsbad spähte nach dem Schiff aus, worin sich Jan befand; es war inzwischen ganz nah herangekommen ... Aber ... erlag er einer Sinnestäuschung? Vor einer halben Stunde hatte er eindeutig drei Männer ausgemacht, jetzt waren es nur noch zwei. War das möglich? Er konnte ihre Gesichtszüge bereits klar erkennen. Sie waren einander seltsam ähnlich. Der gleiche, sehr dunkle Hautton, der gleiche spitz zugeschnittene Bart und die kohlschwarzen Augen ließen vermuten, dass sie aus einem südlichen Land stammten. Dafür mochte auch die Kleidung sprechen, denn sie war alles andere als flämisch. Der eine der beiden war in eine *manta*, einen schwarzen Schultermantel, gehüllt, der entfernt an die antike Toga erinnerte. Seine Hand umfasste einen groben Pilgerstab. Der andere trug lange Gamaschen und war mit einem Degen bewaffnet. Sein Gesicht wirkte ausgezehrt, er stand in hochmütiger Haltung am Bug, wobei er einen Fuß auf die Bordkante gesetzt hatte. Aber nicht nur der dritte Mann fehlte, auch der Junge war nicht zu sehen. Wahrscheinlich hatte man ihn gezwungen, sich am Kielboden flach auszustrecken.
Der Hüne ergriff den Schleusenwärter am Arm. »Ich beschwöre Euch, hört auf mich! Es geht um das Leben eines Kindes!«
»Wollt Ihr mich wohl loslassen!«
Noch während er sich losmachte, schrie der Mann aus Leibeskräften:

»Wachen! Hierher!«
»Nein! Hört zu!«
Schon waren die Soldaten bei ihm. Der eine erkundigte sich: »Was ist los, Julius? Gibt es ein Problem?«
»Schafft mir diesen Kerl hier vom Hals! Er ist völlig von Sinnen. Er verlangt, dass ich die Schleuse zumache und den ganzen Kanal lahm lege.«
»Ist das wahr?«, fragte der Soldat.
Der Hüne deutete auf das kleine Schiff, das, kaum über die Böschung ragend, auf wenige Klafter herangekommen war.
»Hört zu! Die Männer da sind gemeingefährliche Übeltäter. Sie haben meinen Neffen entführt. Seht nur selbst!«
Der Soldat schlenderte zum überhöhten Ufer des Kanals und nahm die Besatzung des Bootes in Augenschein. Sogleich ließ er ein leises Lachen hören.
»Ein Kind, hast du gesagt? Das muss davongeflogen sein.«
Idelsbad eilte heran und sah seinerseits zu dem Boot hinab. Der Soldat hatte Recht. Jan lag nicht auf dem Schiffsboden, wie er geglaubt hatte. Dafür gab es nur eine Erklärung: Man hatte ihn irgendwo unterwegs zwischen Waterhalle und Schleuse an Land geschafft und dem dritten Mann die Bewachung übertragen.
»Wo ist das Kind?«, schrie er. »Was habt Ihr mit ihm gemacht?«
Der Mann mit dem ausgezehrten Gesicht heuchelte Erstaunen: »Ein Kind? Was für ein Kind?«
»Elender Schuft! Sollte ihm auch nur das Geringste zugestoßen sein, dann –«
»Es reicht!«, unterbrach ihn schneidend der Soldat. »Genug des Unfugs für heute! Geh und schlafe deinen Rausch anderswo aus!«
Er gab dem Schleusenwärter Weisung: »Tu deine Arbeit!«
»Ihr begeht einen schwerwiegenden Fehler!«, protestierte Idelsbad.
»Zum zweiten Mal rate ich dir, dich zu entfernen.«
Der Portugiese tat, als würde er gehorchen, trat aber nur näher an die Kanalböschung heran.

»Ihr vergeudet Eure Zeit!«, brüllte er. »Der Junge hat die Karte nicht! Bei mir ist sie, ich habe sie an mich gebracht!«
Verblüfft starrte der Mann am Bug ihn an.
»Wer bist du?«
»Francisco Duarte, im Dienst meines Herrn Henrique. Ich schlage Euch ein Tauschgeschäft vor: Das Kind gegen die Karte.«
Nach kurzem Überlegen fragte der Mann mit dem ausgezehrten Gesicht: »Und was beweist mir, dass du die Wahrheit sagst?«
»Madeira, die Azoren, Kap Blanco, die Guinea-Küste, Bajador ... Alles ist genau eingezeichnet. Wo ist Jan?«
Erneut trat ein kurzes Schweigen ein. Widerwillig brachte der Mann schließlich hervor: »In Sicherheit.«
»Morgen bei Sonnenaufgang, vor der Wassermühle. Aber ich warne Euch: Wenn Ihr das Kind nicht dabei habt, bekommt Ihr gar nichts!«
Er ließ die Soldaten und den fassungslosen Schleusenwärter stehen und ging zu seinem Pferd.
Als er sich in den Sattel schwang, klopfte sein Herz noch immer zum Zerspringen. Welcher Wahnsinn war nur in ihn gefahren?! Was ging ihn letztlich das Schicksal dieses Knaben an, wo doch seine eigene Mission gescheitert war? In welchen Hinterhalt hatte er sich da unwissentlich gebracht?
Es blieben ihm ein paar Stunden, um eine Seekarte zu zeichnen, ihm, der in seinem ganzen Leben noch keinen Zeichenstift angerührt hatte.

Die Zivilkanzlei warf den Schatten ihrer Fassade aus schamottierten Backsteinen über den kleinen Morasplein. Überall suchten sich rötliche Rinnsale ihren Weg zwischen den Pflastersteinen. Wieder einmal hatten die Barbiere ausgiebig zur Ader gelassen. Auf seine Schuhe achtend, überquerte der Portugiese den Platz und betrat das Amtsgebäude. Nachdem er die große Treppe zum ersten Stock erstiegen hatte, strebte er auf einen am Ende des Flurs gelegenen Raum zu. Die Mühe des Anklopfens ersparte er sich. Ein junger Mann mit Wangengrübchen und sehr kurz geschnittenen Haaren saß bei einem Wärmeöfchen hinter einem Tisch, auf dem sich die Register stapelten. Seine Finger umschlossen einen apfelrunden Handwärmer. Beinahe hätte er diesen fallen lassen, als der Portugiese so unvermutet ins Zimmer trat.

»Dom Francisco? Was tut Ihr hier?«, flüsterte er aufgeregt. »Ich hatte Euch doch erklärt, wie gefährlich es ist, wenn man uns zusammen sieht!«

»Kannst du zeichnen?«, war alles, was Idelsbad antwortete.

»Zeichnen? Keinen Strich! Warum?«

»Stell keine Fragen. Schnell! Ich brauche Pinsel, Velinpergament, Tusche, Farben.«

»Aber … aber«, stotterte der junge Mann, »Velinpergament und Tusche habe ich zwar, aber wo soll ich das andere auftreiben?«

»Lass dir etwas einfallen! Ich brauche das Zeug.«

Der Zeigefinger wies auf den Handwärmer. »Und lass das dümmliche Ding los! Du musst ja krank sein, wenn du so etwas im Monat Juli benutzt.«

»Was kann ich dafür?«, seufzte der junge Mann. »Seit ich Lissabon verlassen habe und hier bin, schlottere ich nur noch.«

Der Riese zeigte ohne Umschweife zur Tür. »Los jetzt! Vorher aber gib mir noch eine gut zugeschnittene Gänsefeder, ein Blatt Velin und ein Tuschefässchen.«

Der andere gehorchte und legte umgehend die verlangten Gegenstände auf den Tisch.

»Jetzt mach dich auf und zeig, dass du schnell sein kannst. Ich habe nämlich keine Zeit zu verschwenden.«

Kaum war er allein, nahm Idelsbad den Platz des jungen Mannes ein, wobei er innerlich das Schicksal verfluchte, das ihm einen derart trägen Gehilfen über den Weg geschickt hatte. Leider war der unglückselige Rodrigues der momentan einzige im Sold Portugals stehende Agent, der in Brügge stationiert war. Drei Monate zuvor war sein Vorgänger – ein brillanter, aber leider allzu geldgieriger Mensch – zum Verräter geworden und in den Dienst

des Herzogs von Burgund übergelaufen. Immerhin war es ein Glück, dass Rodrigues ihm trotz aller Unfähigkeit innerhalb kürzester Zeit genaue Informationen verschafft hatte, was die Morde im Umfeld Van Eycks betraf.
Über den Velinbogen gebeugt, tauchte Idelsbad die Feder in das Tuschefass, ließ sie aber dann in der Luft stehen, während er sich angestrengt zu erinnern versuchte, wie die Kartografen von Sagres ihre Seekarten erstellten. Als er sich endlich zum ersten Linienzug entschloss, war die Tinte getrocknet. Eine halbe Stunde später war der junge Mann zurück, und Idelsbad hatte es nicht weiter als bis zu ein paar reichlich vagen Umrissen gebracht, welche die portugiesische Küste darstellen sollten.
»Ich habe gefunden, worum Ihr mich gebeten habt, Dom Francisco.«
Ohne den Kopf zu heben, antwortete er:
»Komm näher. Sage mir, was du davon hältst.«
Der junge Mann ging um den Tisch herum und musterte die Zeichnung über die Schulter des Hünen hinweg.
»Sag schon«, ließ dieser ungeduldig verlauten.
»Was wollt Ihr wissen?«
»Deine Meinung, eine Stellungnahme, was weiß denn ich.«
»Das ist ein … ein Fisch?«
»Ein Fisch!«
»Ich weiß nicht, ich … eine umgestülpte Vase?«
Idelsbad schleuderte die Gänsefeder durch die Amtsstube. Wütend und größer denn je richtete er sich auf.
»Ein Fisch? Eine Vase?« Er schlug mit der Faust auf den Tisch, wobei er das Tintenfass umstieß. »Bist du nicht einmal fähig, die portugiesische Küste zu erkennen? Dein eigenes Land!«
»Doch, doch«, stotterte der erstarrte Rodrigues, »es stimmt, die portugiesische Küste …«
Sein Zeigefinger wies auf eine tuschegetränkte Ecke des Velinpergaments. »Und da? Das ist Lissabon. Natürlich! Natürlich …«
Idelsbads Kommentar bestand darin, dass er sich mit zusammengebissenen Zähnen gegen die Stuhllehne stemmte. Mit aller

Macht versuchte er den aufsteigenden Verdruss zurückzudrängen. Der junge Mann hatte Recht. Es war aussichtslos, er hatte einfach nicht das Talent eines Van Eyck, um diese Karte nachzubilden. Weder eine Nacht noch hundert Tage würden dazu genügen. Das Kind war verloren.

Die Hände auf den Rücken gefesselt, starrte Jan angstvoll auf die kleine Spinne, die einen Winkel der schrägen Decke ebenso eifrig wie mühsam mit ihrem Netz überspann. Bald schon würde die erste Beute hineingeraten und, rettungslos in den Fäden verklebt, dem Gefressenwerden entgegensehen. Ihm, Jan, erging es nicht viel anders. Letztlich war alles, was ihm zustieß, seine eigene Schuld. Es war doch so, dass Gott ihn jetzt für die lästerlichen Gedanken bestrafte, denen er während der Messe nachgegeben hatte, es sei denn, der Grund war der Kummer, den er Katelina bereitet hatte. Wo mochte sie jetzt sein? Sicher stellte sie sich die gleiche Frage über ihn. Ach, wenn er doch an dem Tag, als er den Entschluss zum Fortgehen gefasst hatte, gewusst hätte, was ihn erwartete! Diese Spanier, diese Italiener, diese Rivalität um eine Seekarte, diese geheimnisvollen Individuen, die – Gott allein weiß, warum – ihn umzubringen suchten, und dann das, was dem Fass den Boden ausschlug, jene unglaublichen Enthüllungen: Van Eyck ein Spion im Sold des Herzogs von Burgund, und Idelsbad alias Francisco ein portugiesischer Geheimagent! Waren die Erwachsenen denn alle verrückt? Kamen sie schon so zur Welt, völlig maßlos in ihrem unheilvollen Tun, wie zum Spiel darauf aus, Tod zu säen, Verwüstung anzurichten, oder war es die Zeit, die sie verwandelte? Van Eyck war vielleicht ein Spion gewesen, aber niemals hätte er irgendjemandem das Leben geraubt.
Jan wusste nicht, warum ihm plötzlich das Bild der Begine wieder einfiel, wie sie an ihrem Fenster stand. Er sah das lange dunkle Haar im Licht aufglänzen. In ihrer Art, ihn anzusehen, war so ungeheuer viel Zärtlichkeit gewesen. Mochte die Aufwallung unvernünftig sein, er überließ sich der Fantasie, sie wäre bei ihm, er

schmiegte sich in ihre Arme und sie nähme ihn mit sich, weit weg von all diesen unbegreiflichen Umtrieben.
Und Idelsbad, wo mochte der sein? Für den Bruchteil einer Sekunde hatte er ihn erblickt, als er in die Waterhalle gestürmt kam, und das bewies, dass er versucht hatte, ihn den Klauen seiner Entführer zu entreißen. Aber danach? Bestimmt hatte Idelsbad seine Spur verloren, als die finsteren Kerle ihn gezwungen hatten, bei Hoeke das Boot zu verlassen.
Durch die wurmstichige Tür drangen undeutlich Stimmen. Jäh war die Erinnerung an das eiskalte Wasser, war das Gefühl namenlosen Schreckens und Erstickens wieder da. Den Handfesseln zum Trotz versuchte er auf seinem Stroh, die Glieder an sich zu ziehen wie ein Kind im Mutterleib, erstarrte aber sogleich. Die Tür wurde geöffnet.
»Schau her, Kleiner, da ist was zu essen.«
Jemand mit einem Napf in der Hand ließ sich neben ihm auf die Knie nieder. Brutal drehte er Jan auf den Bauch, dann machte er die Handfesseln los.
»Und jetzt«, sagte er und erhob sich, »muss ich dir ein paar Fragen stellen.«
Der Knabe suchte mit dem Rücken Halt an der Wand. »Ich habe keinen Hunger.«
»Auch recht.«
Der, der ihn verhören wollte, hatte extrem hagere Züge und eine Stirn wie gelbliches Leder. Ein Gesicht von jenseits des Grabes.
»Weißt du eigentlich, warum du hier bist?«
Jan schluckte mühsam den Speichel hinunter und machte eine verneinende Bewegung.
»Dein Vater hat einen äußerst wertvollen Gegenstand entwendet. Eine Karte. Gestohlen hat er sie dem Königreich Kastilien. Sie gehört uns, und wir müssen sie zurückholen. Sage uns, wo im Haus er sie versteckt hat, und wir geben dir die Freiheit zurück.«
»Ich weiß nichts. Glaubt mir. Ich habe diese Karte nie gesehen.«
Beinahe hätte er hinzugefügt: »Im Übrigen seid Ihr ein Lügner,

nicht Kastilien, sondern Portugal ist sie entwendet worden«, aber er traute sich das dann doch nicht.
»Nimm dich bloß in Acht!«, sagte der Mann drohend. »Verstellung hilft dir überhaupt nicht. Wir behalten dich so lange hier, wie es nötig ist. Und früher oder später gibst du es dann zu.«
Jan verschanzte sich hinter seinem Schweigen. Was hätte er auch zugeben können?
»Hast du keine Lust, deine Familie wieder zu sehen? Deine Brüder, zum Beispiel?«
»Nein. Ich will nur eines, Ihr sollt mich ziehen lassen.«
»Ziehen lassen? Wohin denn?«
»Nach der Serenissima.«
»Nach der Serenissima!« Unter dröhnendem Gelächter schlug der Mann sich auf die Schenkel. »Hör mir einer das Kerlchen an, nicht zu glauben! Die Serenissima ...« Ohne Pause und in wieder ernstem Ton sprach er weiter: »Schluss mit den Späßen. Willst du nach Hause oder nicht?«
Der Junge wiederholte seine Weigerung. »Ich habe keine Familie.«
»Niemand?«
»Niemand, höchstens ...«
»Wen?«
»Nein. Niemand«, sagte Jan.
Wenn der Mann überrascht war, dann ließ er es sich jedenfalls nicht anmerken. Er fasste Jan scharf ins Auge, als versuchte er, seine Gedanken zu lesen, dann ging er langsam im Zimmer auf und ab.
»Das ist aber traurig«, fing er in einem Ton an, der mitleidig klingen sollte. »Ganz allein auf der Welt, niemanden haben, dem man sich anvertrauen kann, wenn man unglücklich ist. Eine Lage, die wirklich betrüben kann. Aber wenn du mich fragst, bist du gewiss selbst daran schuld.«
»Ich daran schuld?«
»Aber natürlich. Nach deiner Forschheit zu urteilen hast du bestimmt so viele hässliche Dinge getan, dass auf der ganzen Welt

niemand mehr etwas mit dir zu tun haben will. Wenn dich keiner mag, dann, weil du es verdient hast.«
Zutiefst getroffen, begehrte Jan auf:
»Das stimmt nicht! Nie habe ich etwas Schlimmes getan, und Katelina mag mich. Sie mag mich, da bin ich sicher!«
»Katelina?« Der Mann war abrupt stehen geblieben.
»Meine Amme!«
»Die dralle Friesin, die wie Espenlaub gezittert hat, als wir bei euch reingekommen sind? Du möchtest doch bestimmt nicht, dass ihr etwas zustößt, nicht wahr?«
Jan fuhr wild hoch: »Warum sollte ihr etwas zustoßen?«
»Ach, da gibt es tausenderlei Gründe«, erwiderte der Mann leichthin. »Zum Beispiel, wenn du uns hartnäckig vorenthalten solltest, wo die Karte versteckt ist …«
Ein eisiger Schauer lief Jan den Rücken hinab. Er hatte sich übertölpeln lassen. Er öffnete die Lippen, um seine Empörung hinauszuschreien, aber er war außer Stande, auch nur einen Laut hervorzubringen. Übelkeit würgte ihn. Wie durch einen Nebel vernahm er das Knistern des Strohs, während der Mann weiterhin auf und ab ging, und seine leise, süßliche Stimme:
»Wir möchten wirklich nicht, dass die arme Katelina für dein Schweigen bezahlt. Ich komme wieder. Bis dann.«

XVII

Idelsbad saß im Gasthof zum Bären und genehmigte sich mittlerweile den zweiten randvollen Becher Wein. Er hatte sich den Rest des Nachmittags über verzweifelt bemüht, die Seekarte zu erstellen. Ohne Erfolg. Kein der Bezeichnung würdiger Kartograf hätte je ein ähnliches Gekritzel zu Papier gebracht, geschweige denn ein Künstler vom Format eines Van Eyck. Jeder Laie hätte feststellen können, dass es sich um eine Fälschung handelte. Seine Gedanken wanderten zu dem halbwüchsigen Jungen. Was würden sie mit ihm machen, sollte er, Idelsbad, nicht am verabredeten Treffpunkt erscheinen? Ihn töten? Das war ziemlich unwahrscheinlich. Aber sicher sein konnte man nicht. Schließlich wusste er nichts über jene Männer, außer dass sie das gleiche Ziel im Auge hatten wie er selbst. Standen sie im Sold des Königs von Kastilien, oder waren sie gewöhnliche Strauchdiebe und Glücksritter, die auf eigene Rechnung handelten? Im letzteren Fall war es denkbar, dass sie aus purem Verdruss den nicht wiedergutzumachenden Schritt vollzogen.
Wenn er zurückschaute, so war nichts nach seinen Vorstellungen abgelaufen. Van Eycks Tod hatte seine sämtlichen Pläne über den Haufen geworfen, dann waren da plötzlich die Spanier auf den Plan getreten, und hinzugekommen war vor allem auch Jans Flucht von zu Hause. Warum, zum Teufel, trachtete man dem Jungen nach dem Leben? Wo war der Zusammenhang zu den ermordeten Malerlehrlingen, zu Sluter und den anderen? Warum Florenz? Die Medici? Was konnte *Spada* bedeuten? Wer verbarg sich hinter den Initialen N. C.?
Schlussendlich hatte er keinerlei Grund, weiter in diesem Treib-

sand voranzutappen, nur um womöglich darin zu versinken. Es genügte doch, wenn er still und unauffällig auf eine Caravelle nach Lissabon wartete, mit ihr nach Sagres zurückkehrte und sich alsdann nicht mehr um das Schicksal dieses Jungen kümmerte, der allerdings, das gab er zu, ein charmantes Bürschchen sein konnte und dem es auch an keckem Mut nicht mangelte. Letzteres war eher selten bei Jungen seines Alters zu finden. Nur leider hatte Idelsbad Kinder nie ertragen können, für ihn waren sie ungezogene Schreihälse, die einem jede Ruhe raubten, und außerdem ungeheuer egoistische Wesen. Vermutlich war das einer der zwei Gründe, warum er nie geheiratet hatte; der andere, oder vielmehr doch der erste Grund, waren die Frauen als solche. Mit ihrer Denkweise hatte er nie das Geringste anfangen können. So wie sein alter Freund Zarco es auszudrücken pflegte, waren sie zwar immer wieder, das heißt in Abständen, zu Aufrichtigkeit fähig, unfähig aber zu dauerhaft echter Wesensäußerung. Genau wie Kinder waren sie ruheraubend, ständig unzufrieden, anspruchsvoll, und was noch schwerwiegender war, sie hatten nicht ihresgleichen darin – wie die Wellen waren sie, die Tag um Tag, unermüdlich dem Felsen zusetzen –, Stück für Stück von dem wegzunagen, was die Stärke des Mannes ausmacht: seine Freiheit. Wenn aber für Idelsbad ein geheiligter Schatz existierte, dann war es dieser. Das offene Meer, der unendliche, vom Horizont nur scheinbar begrenzte Raum, die verschworene Gemeinschaft derer, die Wind und Wellen bezwingen, die Nächte unter zahllosen Sternen, das war es, das wahre Glück. Nein, er war nicht der Mann, der sich fesseln ließ. Lieber draußen auf dem Ozean sterben.

»Willkommen, Messer De Veere. Ihr erweist uns eine große Ehre!« Der Wirt hatte so laut und so liebedienerisch gesprochen, dass Idelsbad sich unwillkürlich umdrehte.

Der neue Gast war ein ziemlich hoch gewachsener Mann von etwa fünfzig Jahren. Er hatte ein auffällig langes und außerordentlich hochmütiges Gesicht. Unter der Hakennase zeichneten sich dünne Lippen ab, die ein bestenfalls herablassendes

Lächeln kundtaten. Am merkwürdigsten war die Farbe seines Haars, ein hartes, im Kerzenlicht metallisch aufschimmerndes Bronzebraun.
Er war nicht allein. Eine zweite Gestalt befand sich neben ihm, ein Mann, dessen Alter schwer einzuschätzen war. Vermutlich hatte er die Sechzig überschritten: Er war kugelbäuchig und von öligem Teint, man hätte auch sagen können, dass das gesamte Fett aus den Wollbottichen der Brügger Färber sich auf seiner Haut abgelagert hatte. So ähnlich mussten Steuereinnehmer aussehen.
Rückwärts gehend und unter zahllosen Verbeugungen führte der Wirt sie an den seiner Meinung nach besten Tisch der Schenke und nahm die Bestellung entgegen. Er quittierte sie mit einem »Ganz recht, Messer De Veere. Ganz wie es Euch beliebt, Messer Anselm«.
Idelsbad konnte sich der Einsicht nicht erwehren, wie spontan doch bestimmte Menschen zur Unterwürfigkeit neigen, sobald ihnen Macht und Reichtum entgegentreten. Und dieser Mann war ganz offensichtlich mit beidem gesegnet. Merkwürdigerweise vermochte er selbst nicht, seine Aufmerksamkeit von dem Mann abzuwenden. Der Grund jedoch war ein anderer: Diesen Namen, De Veere, hatte er irgendwo schon gehört, davon war er überzeugt. Aber wo? Bei welcher Gelegenheit? Nun, es war wohl doch eine Illusion.
Er fühlte sich abgespannt und traf Anstalten, die Rechnung zu begleichen, da durchzuckte ihn die Erinnerung an Sheldons Worte: »Zahlt gegen diesen Wechsel an Herrn Petrus Christus oder an seinen Vertreter Messer Anselm De Veere …« War es möglich? Handelte es sich um ein und dieselbe Person? Wenn ja, dann war der Zufall zumindest frappierend.
Er trank erneut einen ausgiebigen Schluck Wein und versuchte, seine Gedanken zu ordnen. Sollte er es tatsächlich mit dem im Wechsel erwähnten Mann zu tun haben, dann war höchste Vorsicht geboten. Vielleicht winkte ihm hier eine winzige Chance, gewisse Fäden des Knäuels zu entwirren und, wer weiß, die

Spur von Petrus wieder zu finden. Beim geringsten Fehler würde er ausgespielt haben. Aber im Grunde hatte er keine Wahl. Er musste alles auf eine Karte setzen.
Er atmete einmal tief durch, trat auf den Tisch zu, an dem die beiden Männer saßen, und flüsterte halb verstört, halb verschwörerisch:
»Verzeiht, Messer, aber Ihr seid doch Anselm De Veere?«
Der Angesprochene musterte ihn mit ärgerlicher Neugier. »Was kann ich für Euch tun?«
»Ich bin ein Freund von Petrus.«
Der andere zuckte mit keiner Wimper.
»Petrus Christus«, wiederholte Idelsbad fiebrig. »Ich muss ihn unbedingt sehen. Sagt mir, wo er zu finden ist!«
De Veere verzog geringschätzig die Lippen. »Bedaure, ich weiß nicht, von wem Ihr redet. Ich kenne niemanden mit dem Namen Petrus Christus.«
Die Stimme des Hünen klang jetzt beinahe flehend: »Ich bitte Euch recht sehr. Es geht um das Kind. Ich habe es wieder gefunden.«
»Das Kind?«
Für Sekundenbruchteile glaubte Idelsbad, im hochmütigen Blick des Mannes ein Aufglimmen wahrzunehmen.
»Ja. Den Van-Eyck-Sohn. Ich flehe Euch an! Sagt mir, wie ich zu Petrus gelange.«
»Angenommen, ich könnte zu der genannten Person in Kontakt treten, welche Nachricht sollte ich ihr übermitteln?«
»Er hatte mir eine bestimmte Summe versprochen, falls ich den Kleinen wieder fände. Genau gesagt, die Hälfte von dem, was die Florentiner ihm überwiesen haben. Eintausendfünfhundert Florin. So hat er es mir versprochen.«
»Hat er seine Schuld nicht eingelöst?«
»Nein. Und das hat seinen Grund: Er weiß nicht, dass es mir gelungen ist, das Kind in meinen Gewahrsam zu bringen. Das aber war die Bedingung.«
»Aha, ich verstehe. Aber wieso kennt Ihr meinen Namen?«

»Petrus hat mir von Euch erzählt. Wir standen einander sehr nah, er und ich. Nach der Sache mit Coster hat er Angst bekommen. Er war überzeugt, dass man ihn bald verhaften würde. Ich habe versucht, ihm das auszureden, aber ohne Erfolg. Er führte nur noch ein Wort im Mund: fliehen! In seiner Verzweiflung dachte er aber immerhin noch an den Auftrag, mit dem man ihn betraut hatte: um jeden Preis den Jungen finden. Er hat mich inständig gebeten, die Sache zu übernehmen.«
Er schwieg und hob dann erneut an, wobei sein Gesicht Verlegenheit ausdrückte: »Es ist nur so, dass ich jetzt selbst nicht weiter weiß. Bevor wir auseinander gingen, hat er noch kurz von Euch gesprochen und mir empfohlen, mich mit Euch in Verbindung zu setzen, falls ich den Knaben in meine Gewalt bringen würde. Das ist mir gelungen. Allerdings sieht die Sache inzwischen nicht mehr so gut aus. Die Mutter hat die Wachsergeanten und den *Hooftman* informiert. Die kommen mir sicher bald auf die Spur. Helft mir, ich beschwöre Euch!«
Die nervöse Anspannung, von der sein Schlusssatz bebte, war nicht nur gespielt.
»Wie war noch Euer Name?«, unterbrach ihn De Veere in schneidendem Ton.
»Till Idelsbad.«
»Nehmt Platz«, gab er Weisung und fuhr fort: »Seit wann kennt Ihr diesen … Petrus?«
»Seit jeher. Wir waren Nachbarn in Baerle und beide von der Malkunst begeistert.«
»So seid Ihr Künstler?«
»Nein, leider. Mir ist sehr schnell klar geworden, dass ich keinerlei Talent besaß. Mein verstorbener Vater pflegte zu sagen: ›Talent ohne Genie ist wenig, aber Genie ohne Talent ist nichts!‹«
»Meinen Glückwunsch, Minheer. Es kommt sehr selten vor in diesen dunklen Zeiten, dass man derart rechtschaffene Worte hört.«
Nicht Anselm De Veere, sondern der Ölige, der neben ihm saß, hatte diesen Kommentar gesprochen.

»Mit wem habe ich die Ehre?«, erkundigte sich der Portugiese mit verdoppelter Unterwürfigkeit.
»Lukas Moser. Maler und Goldschmied. Aber Ihr dürftet niemals von mir gehört haben.«
»Da irrt Ihr Euch«, log Idelsbad, »Euer Name ist mir nicht unbekannt. Petrus Christus schien eine sehr hohe Meinung von Euch zu haben.«
Wider Erwarten zeigte das Kompliment nicht die erhoffte Wirkung. Das Gesicht des Malers verzog sich in ärgerlicher Betrübnis.
»Mag sein, aber unser Freund gehört zu den Auserwählten. Und wir wissen nur zu gut, dass die Auserwählten rar sind!«
Mit kraftloser Stimme wiederholte er: »Die Auserwählten sind rar …«
Idelsbad ließ sich trotzdem nicht beirren. »Ihr müsst unvergleichliche Werke geschaffen haben, davon bin ich überzeugt.«
Ein nervöses, leises Lachen schüttelte den Maler. »Sagen wir, mein *Magdalenen-Altar* darf sich neben den Werken der Großen sehen lassen.«
»Ich glaube auch, dass mein Freund Petrus von diesem Altar gesprochen hat. Wo befindet er sich?«
»Oh, an sehr bescheidenem Ort. In einem Kirchlein des Weilers Tiefenbronn, mitten im Schwarzwald.«
»Erlaubt, dass ich auf das Thema zurückkomme, das Euch belastet«, ließ sich jetzt De Veere vernehmen. »Dieses Kind … Was wisst Ihr von ihm?«
Idelsbad deutete auf die Weinkaraffe. »Darf ich?«
Obwohl die Antwort ausblieb, schenkte er sich kräftig ein und leerte das Glas in einem Zug.
»Ich stelle erneut meine Frage«, sagte De Veere. »Was wisst Ihr über Van Eycks Sohn?«
»Kaum mehr als das, was mir Petrus an Informationen hat zukommen lassen.«
»Ja, und die wären?«
»Ich sollte den Kleinen in meine Gewalt bekommen und anschlie-

ßend beseitigen. Aber ich bin kein Mörder. Und selbst wenn ich es wäre, ein Kind heimtückisch umzubringen, dazu wäre ich unfähig. Ich hatte Petrus entsprechend gewarnt. Mein Auftrag bestand darin, den Jungen einzufangen. Nicht darin, ihn zu töten.«

»Wir müssen alle eines Tages sterben.« Die Bemerkung hatte etwas von einem eisigen Peitschenschlag. »Was wisst Ihr sonst noch?«

»Nichts. Und das ist auch gut so. Nichts wissen, nichts reden. Wie schon mein seliger Vater empfahl: ›Über das nicht ausgesprochene Wort bist du Herr, Sklave jedoch des ausgesprochenen Wortes!‹«

De Veere reagierte ironisch: »Ein sehr weiser Mann, Euer Vater. Und dennoch, Petrus muss Euch ein paar Erklärungen gegeben haben. Wie Ihr selbst es ja gerade zugegeben habt: Einem Kind das Leben nehmen ist weder eine geläufige Sache noch einfach. Es muss einen dringenden Grund gegeben haben. Meint Ihr nicht auch?«

Idelsbad betrachtete schweigend den bernsteinfarbenen Bodensatz in seinem Glas, bevor er antwortete. »Um ganz offen zu sein, Messer – und nehmt mir das nicht übel –, ich sehe kein einziges Motiv, welches den Tod eines Kindes rechtfertigen würde.«

»Ihr habt Unrecht!« Erneut war es der Ölige, der gesprochen hatte. Sein Ton war eindringlich gewesen und blieb es, als er fortfuhr:

»Ja, doch, Ihr habt Unrecht. Wenn es nichts taugt, dann verdient ein Kind genauso wenig wie ein Erwachsener, dass es am Leben bleibt. Es ist sogar eine Pflicht, seinem Tod Vorschub zu leisten, ihn beschleunigt herbeizuführen. Was ist denn sonst sein Schicksal? Das Nichts, das Vakuum! Das Vakuum auch für seine menschliche Umgebung. Denkt nur an all die Energie, die man wird aufwenden müssen, um seinem Hirn ein paar Anzeichen von Verstand zu entreißen. Erzählt mir bloß nicht, Minheer, Ihr wüsstet nicht, dass es zwischen den Wesen, die die uns bekannte Welt bevölkern, Unterschiede gibt! Glaubt Ihr etwa, jene Monstren mit menschlichem Gesicht, welche die portugiesischen See-

fahrer uns aus Guinea zurückbringen, hätten eine Seele? Glaubt Ihr, unsere heilige Kirche könnte sie in ihren Schoß aufnehmen, ohne das Angesicht des Schöpfers zu beleidigen?«
Idelsbad wagte einen zaghaften Einwand: »Sicherlich, aber sind nicht auch jene Monstren das Werk des Schöpfers?«
»Genau das ist der grundlegende Irrtum! Der Irrtum, der wütet und sich ausbreitet, mörderischer als die Pest! Ihr sollt wissen, dass jeder Künstler eine Skizze, einen Entwurf erstellt, bevor er das eigentliche Werk in Angriff nimmt. Jene Wesen, von denen ich gerade spreche, sind Gottes Entwürfe, seine verworfenen Skizzen. Ich erinnere Euch an Eure eigenen Worte: ›Talent ohne Genie ist wenig, aber Genie ohne Talent ist nichts.‹ Was soll man Eurer Meinung nach mit jenen tun, die weder das eine noch das andere ihr Eigen nennen? Stellt Euch nur vor, sie stehen vor dem geschaffenen Werk eines wahren Genies? Was sehen sie? Was nehmen sie wahr? Ich kann Euch versichern: Nichts begreifen sie, nichts. Und wisst Ihr, warum? Weil ihr sinnliches Wahrnehmungsvermögen sich beschränkt auf Essen, Trinken und Defäkieren.«
Schweißtriefend und außer Atem machte er eine Pause.
»Ich verstehe, Ser Moser«, erklärte Idelsbad, »aber wo ist der Bezug zwischen den von Euch angeführten Wilden und einem Kind in unserem Land? Inwiefern ist Van Eycks Sohn derart monströs?«
De Veeres Stimme rief ihn zur Ordnung. »Minheer, hört zu, ich habe Euch einen Vorschlag zu machen.«
Idelsbad ging das Risiko ein, noch einmal nachzufragen: »Er ist also zum Tode verurteilt wegen … Mittelmäßigkeit?«
»Das Problem des Kindes ist ein anderes«, erklärte der Flame mit einer wegwerfenden Handbewegung, »obwohl es auch einen direkten Zusammenhang gibt zu den Äußerungen meines Freundes Lukas Moser.«
Dieser hielt eine gewichtige Nachbemerkung für angebracht:
»Sterben muss er für das, was er verkörpert.«
»Aber was verkörpert er, das den Tod verdienen könnte?«

De Veere machte seiner Ungeduld Luft: »Wir schweifen ab, Minheer. Ich unterbreite Euch folgenden Vorschlag: Ihr bringt mir diesen Jungen, und im Gegenzug verpflichte ich mich, Euch die von Petrus versprochene Summe auszuzahlen.«
»Das ist Euer Ernst?«
»Wenn Petrus Euch von mir erzählt hätte, dann würdet Ihr diese Frage nicht stellen.«
»Wann?«, fragte Idelsbad in gespielt heiserem Ton. »Wo?«
»Hier. Ich bin im Gasthof abgestiegen. Aber übermorgen reise ich weiter.«
»Und Petrus?«
De Veere überging die Frage. »Ich erwarte Euch hier, morgen um zwölf Uhr mittags.«
Idelsbad erhob sich, sein Gesicht zeigte überströmende Dankbarkeit. »Seid gesegnet, Messer. Seid meines tiefsten Dankes gewiss, Ihr …«
»Geht. Die Nacht ist kurz, und bald ist Sperrstunde.«
»Ihr werdet die eintausendfünfhundert Florin auch ganz sicher dabei haben?«
»Adieu, Minheer!«
Der Portugiese deutete eine Verbeugung an und wandte sich dem Ausgang zu.

Kaum war er auf die Gasse hinausgetreten, wurde er von Schwindel ergriffen. Was er vernommen hatte, rüttelte an seinem Verstand. Er konnte und wollte es nicht glauben. Unmöglich war es. Wie konnten menschliche Wesen derartige Gedankengänge verkünden? Waren es überhaupt Menschen? Nein. Er musste das Ganze falsch aufgefasst haben. Diese Art von Menschen gab es gar nicht. Konnte es nicht geben. »Die Entwürfe, die verworfenen Skizzen Gottes.« Niemals, in seinem ganzen Leben nicht, war Idelsbad mit so verstiegenen, haarsträubenden Äußerungen konfrontiert gewesen. Die Stürme und Orkane, der Durst, die Angst, sich unter den Sternen zu verirren, die Angst, über unsichtbaren Abgründen zu kentern, all das war nichts im Vergleich zu dem

Grauen, das diese beiden Männer ihm einflößten. Aber welches Ziel verfolgten sie? Moser hatte mehrmals die Mittelmäßigkeit hervorgehoben, hatte seinen Ekel vor den *Anderen* deutlich gemacht, jenen, die ihm nicht ähnlich waren, die nicht zu seiner geistigen und ästhetischen Welt gehörten. Aber Laurens Coster? Und Sluter? Und die anderen Schüler? Warum Jan? »Sterben muss er für das, was er verkörpert«, hatte Moser behauptet. Was verkörperte ein Kind, wenn nicht Hoffnung und Unschuld? Wie dem auch sei, ein Gutes hatte die Unterhaltung gehabt: Sie hatte bei Idelsbad eine bis dahin schwankende Entschlossenheit gefestigt und dazu eine geradezu wütende Wissbegier entfacht. Seine Intuition sagte ihm, dass es nicht mehr nur um Jans Schicksal ging, sondern um etwas anderes, viel Tieferes, weiter Reichendes, etwas, das erschreckender war als der Tod selbst.

Er schritt energischer aus, dann plötzlich trat er in den Schatten einer Toreinfahrt. Von hier aus konnte er sehen, ohne gesehen zu werden. Es war eine vage Ahnung, die ihn zum Warten drängte. De Veere war nicht der Mann, der irgendwelche Dinge auf sich beruhen ließ, zumal er – davon war Idelsbad überzeugt – kein Wort seiner Geschichte geglaubt hatte.

»Minheer ...«

Das Flüstern in seinem Rücken war so tonlos, so nah und fern zugleich gewesen, dass er glaubte, geträumt zu haben. Er drehte sich um, spähte ins Dunkel. Da stand, in eine Ecke gedrückt, eine Frau und zitterte wie ein todgeweihtes Reh.

»Wer seid Ihr?«

»Mein Name tut nichts zur Sache. Ich komme wegen Jan. Wo ist er? Habt Ihr ihn wieder gefunden?«

In verblüffter Verneinung schüttelte der Hüne den Kopf.

»Aber er ist noch am Leben?« Der Ton war beinahe flehend.

»Ich denke, ja.«

Nachdrücklich wiederholte er seine Frage: »Wer seid Ihr?«

»Maude ...«

Und noch leiser fügte sie hinzu: »Jans Mutter.«

Dem Hünen war, als würde ihm der Boden unter den Füßen weg-

gezogen. Wie um sich von der Wirklichkeit der Szene zu überzeugen, wiederholte er:
»Jans Mutter?«
»Ja. Ich lebe im Beginenhof. Das ist eine lange Geschichte.«
»Aber wie habt denn nun Ihr erfahren, dass Jan entführt worden war?«
»Mein Fenster geht auf die Gracht hinaus. Da stehe ich gerne und sehe dem Kommen und Gehen der Schiffe zu. Jeden Tag. Es ist fast ein Ritual. Gestern stand ich wieder so da und schaute hinunter, da habe ich den Lastkahn gesehen mit meinem Kind darauf. Er wehrte sich heftig gegen mehrere Männer, die seiner nicht sofort Herr wurden. Schließlich haben sie ihn niedergeschlagen und sind hastig an die Uferböschung gefahren. Einer hat Jan um den Leib gefasst, hochgehoben und so an Land geschafft. Der Lastkahn hat dann seine Fahrt Richtung Schleuse fortgesetzt. Und dann habe ich Euch gesehen. Ich bin Zeuge der Auseinandersetzung geworden und habe begriffen, dass Ihr Jan zu retten versuchtet.«
»Ihr seid mir demnach vom Minnewater aus gefolgt?«
»Ich habe Euch aus den Augen verloren, dann wieder gefunden, als Ihr das Gebäude der Zivilkanzlei verließt. Ich habe nicht gewagt, Euch etwas zuzurufen. Ihr müsst mich verstehen, ich wusste nicht aus noch ein. Ich bin Euch erneut nachgegangen. Als ich mich endlich entschloss, Euch anzusprechen, seid Ihr gerade in den Gasthof hineingegangen.«
Sie tat einen hastigen Atemzug, bevor sie fragte: »Ich bitte Euch, sagt mir, was da vorgeht! Warum hat man es auf meinen Sohn abgesehen? Was hat er getan?«
Sie hatte ihren Standort leicht verändert, war im Dämmerschein der Gasse teilweise sichtbar geworden. Der breite runde Hut brachte das Gesicht zur Geltung. Sie war dunkelhaarig, hatte mandelförmige, fast schwarze Augen, eine leichte Stupsnase, die Lippen waren wunderschön gezeichnet: das Antlitz einer Madonna.
Idelsbad kam nicht mehr dazu, zu antworten. De Veere und Lu-

kas Moser verließen die Schenke und wandten sich in ihre Richtung.
»Zurück!«, befahl der Hüne. »Man darf uns nicht sehen.«
Die zwei Männer kamen die Gasse herauf. Im nächsten Moment passierten sie die Toreinfahrt und setzten ihren Weg geradeaus fort.
»Ich gehe ihnen nach«, sagte Idelsbad. »Kehrt zurück zum Beginenhof. Wir sehen uns wieder.«
»Das kommt nicht in Frage.«
»Was sagt Ihr?«
»Ich will wissen, was aus Jan geworden ist. Ich komme mit.«
»Das ist zu gefährlich.«
»Ich beschwöre Euch. Es geht um meinen Sohn!«
Idelsbad hätte beinahe geantwortet: »Woher kommt Euch dieses plötzliche Interesse für jemanden, den Ihr im Stich gelassen habt?«
Aber so gereizt er auch sein mochte, die Bemerkung erschien ihm denn doch zu grausam.
»Auch gut, ich habe Euch jedenfalls gewarnt.«
Er ließ einige Augenblicke verstreichen, dann trat er in die Gasse hinaus und eilte los.
De Veere und Moser hatten den Marktplatz erreicht. Eine Gruppe von Bürgern stand plaudernd im Flackerschein von Reisigbündeln, ganze Reihen von Bediensteten schwenkten an langen Stangen harzgetränkten Werg, um das Feuer zu unterhalten.
Ein paar Mitglieder der Gruppe tauschten einen kurzen Gruß mit den beiden Männern. Idelsbad sah sie unter dem Kran mit seinen still stehenden, großen Rädern entlanggehen und dann in einem dem Kanal zugewandten Haus verschwinden, dem bescheidensten der Umgebung.«Wer sind diese Leute?«, fragte die junge Frau.
»Frau Maude, so lautet doch Euer Vorname, nicht wahr?«
Sie nickte.
»Frau Maude, tut mir den großen Gefallen und lasst die Fragen beiseite. Vorläufig jedenfalls. Denn ich könnte der Versuchung er-

liegen, Euch meinerseits ebenso viele, wenn nicht mehr zu stellen, und das könnte leicht die ganze Nacht dauern.«
Er legte eine Pause ein.
»Ihr wollt wirklich nicht zum Beginenhof zurückkehren?«
»Selbst wenn ich es wollte, es wäre unmöglich. Um diese Stunde ist die Pforte verschlossen. Sie wird erst morgen in aller Frühe wieder geöffnet.«
»Dann bitte ich Euch mit Nachdruck: Wartet hier auf mich! Beim Kran. Glaubt mir, es ist ein Gebot der Vorsicht.«
Nach einem unmerklichen Zögern sagte sie: »Ihr kommt doch zurück?«
»Ich komme zurück. Ihr habt mein Wort. Ich komme zurück. Und wäre es nur, um mehr zu begreifen.«
Ohne weiteren Aufschub überquerte er mit langen Schritten den Platz und befand sich gleich darauf vor dem Hauseingang.
Ein Stabwerkfenster ließ in Mannshöhe gelblich-trübes Licht nach außen dringen. Dicht an der Hauswand entlang, alle Sinne angespannt, trat er langsam näher. Kaum hörbare Stimmfetzen erreichten sein Ohr. Hinter ihm hatten die Bürger sich zusammen mit ihren Bediensteten zurückgezogen, und nur noch die schlanken Umrisse der Frau, die sich unter dem Kran niedergesetzt hatte, waren auf dem Platz wahrzunehmen.
Der Portugiese hielt den Atem an und wagte einen Blick durch das Fenster. Moser und De Veere waren in der Tat zugegen. Letzterer ging unter wütendem Gestikulieren in der Mitte des Zimmers hin und her. Er sprach zu einem unsichtbaren Dritten, der sich abseits rechts befinden musste. Ein paar erste Schweißtropfen perlten über Idelsbads Stirn. De Veere wanderte immer noch auf und ab. In wildem Zorn ergriff er plötzlich einen Pokal und schleuderte ihn gegen die Wand, während Moser unbewegt und mit vor dem Wanst gefalteten Händen zusah.
Wie lange dauerte der Wortwechsel? So lange jedenfalls, dass inzwischen die Nacht auf die Dämmerung gefolgt war und Kanäle und Kais bedeckte. Endlich wurde De Veeres Stimme leiser, verwandelte sich in ein Flüstern. Er gab ein Zeichen, und Lukas Mo-

ser setzte sich zur Tür hin in Bewegung. Die beiden machten sich zum Gehen bereit. Idelsbad sprang zurück und suchte Deckung hinter einem Mauervorsprung. Die Haustür wurde heftig zugeschlagen. Die Schritte der beiden knallten auf dem Pflaster, wurden langsam schwächer und erstarben schließlich ganz.
Der Hüne hielt Ausschau nach der jungen Frau. Sie saß immer noch regungslos an derselben Stelle. Beruhigt kehrte er zu dem Haus zurück. Vor der Tür angekommen, legte er die Hand auf den Knauf, drehte ihn behutsam, drückte ebenso sacht gegen die Tür, die problemlos nachgab. Ein schlecht erleuchteter Vorraum. Ein kleiner Gang. An seinem Ende stand unbeweglich, als würde er auf ihn warten, ein Mann: Petrus Christus.

XVIII

Ein Gespenst. Ein Greis. Er schien wie vernichtet, in Apathie erstarrt. Nicht einmal Überraschung über Idelsbads Eindringen war ihm anzumerken.
»Wir müssen miteinander reden«, sagte Idelsbad in festem, aber nicht aggressivem Ton.
Statt zu antworten, ging der Maler in das Zimmer voraus.
Dort herrschte eine grauenhafte Unordnung. Eine Staffelei lag am Boden, drumherum wahllos verstreute Pinsel. Farben. Essensreste. Eine Strohmatratze. Wachs war einen dreiarmigen Leuchter hinunter auf die Platte des einzigen Tisches geflossen, bildete erstarrte Rinnsale und schneeig weiße Pfützen. In den Grabkammern einer geplünderten Totenstadt mochte es ähnlich aussehen.
»Setzt Euch«, sagte Petrus, auf einen Schemel weisend.
Der Portugiese gab die Aufforderung zurück: »Nein, setzt Ihr Euch. Ihr könnt Euch ja nicht mehr auf den Beinen halten.«
Mit verwirrender Fügsamkeit nahm der andere Mann Platz.
»Wie wäre es, Ihr würdet mir jetzt die ganze Wahrheit anvertrauen? Bevor es zu spät ist.«
»Was soll ich Euch erzählen? Ich war ahnungslos. Ich war das Schaf unter den Wölfen. Und ich habe mich rettungslos in die Sache verstrickt.« Seine Stimme war nur noch ein Ächzen.
»Warum die Morde?«
Petrus schrie auf: »Nein! Ich nicht! Ich habe niemanden getötet. Niemals, bei Gott!«
»Coster?«
Seine Panik war spürbar: »Er ist nicht tot, nicht wahr?«

»Nein. Aber das verdankt er nicht Euch! Ich will alles wissen!«
»Ich kann Euch nichts sagen. So begreift doch. Sie werden mich umbringen.«
»Sie werden Euch in jedem Fall nach dem Leben trachten. Also verderbt Euch lieber nicht die Chance, doch noch davonzukommen.«
»Ihr wart es, Ihr seid in dem Gasthof an sie herangetreten.« Es war keine Frage, sondern eine Feststellung.
»Ja.«
»Schrecklich. Ihr macht Euch die Folgen nicht klar. Verloren bin ich jetzt. Durch Eure Schuld.«
»Alles, was recht ist! Vertauschen wir doch nicht die Rollen. Gebt mir lieber Antwort.« Mit hämmernder Betonung wiederholte er: »Redet, Petrus!«
Der Maler verbarg das Gesicht in den Händen. »Also gut. Es ist ohnehin alles zu Ende. Mein Leben ist zu Ende.«
Mit tonloser Stimme begann er:
»Es war vor ungefähr fünf Jahren. In Baerle. Ich hatte gerade geheiratet. Ich war erst einundzwanzig und hatte einen Traum: die Malerei. Und wie ich träumte! Voll ungeduldiger Begier nach Reichtum und Ruhm. Nach jenem schnellen, gleißenden Ruhm, der einen zum Firmament emporhebt, ohne dass man durch ein Fegefeuer gehen müsste. Mein erstes Kind wurde geboren, ein Töchterchen. Mathilde. Das zweite Kind kam schon ein Jahr später. Christopher. Dann ging es sehr schnell, es kam nicht das Fegefeuer, sondern die Hölle. Mein Vater war geschäftlich ruiniert und außer Stande, uns zu helfen. Wohl versuchte ich, Aufträge zu ergattern, aber überall kam die gleiche Antwort: Van Eyck. Selbst die Christusporträts, die ich malte, waren in den Augen der Leute nur ein Abklatsch. Angeblich malte ich in Van Eyckscher Manier. Angeblich war ich ein bloßer Nachahmer.«
Petrus hielt kurz inne, ein trauriges Lächeln andeutend.
»Der Gipfel der Ironie war, dass ich zu jener Zeit noch kein einziges Bild des Meisters zu Gesicht bekommen hatte. Nicht die kleinste Buchmalerei, nicht die Andeutung einer Miniatur. Ich

glaube, dass der Zorn damals in mir wach wurde. Der Zorn, aber auch die nagende Enttäuschung. Und so spürte ich ein unwiderstehliches Verlangen nach Rache. Ein unfruchtbares Gefühl, ich weiß. Aber so ist es nun einmal, in jungen Jahren hat man oft solche vollkommen unvernünftigen Wallungen. Ich beschloss, die Begegnung mit demjenigen zu suchen, der Ursache meines misslichen Schicksals war. Ich musste ihm unbedingt gegenübertreten, diesem Zwillingsbruder in der Kunst, mit dem alle mich ungerechterweise verglichen. Ich wollte den Mann mit dem Finger berühren, der mich in die undankbare Rolle des Plagiators verwies. Das war dann vor einem Jahr. Ein Freund meines Vaters vermittelte unser Zusammentreffen. Ein Schöffe. Und was glaubt Ihr, was sich ereignete? Bezauberung. Ungläubiges, grenzenloses Staunen. Was? Diese törichten Menschen wagten mich der Fälschung zu beschuldigen? Als könnte man Genialität fälschen! Und Jan Van Eyck war wahrhaftig ein Genie! Diese Offenbarung stieß mich leider noch tiefer in meine Hoffnungslosigkeit hinein, und ich war nun endgültig der Überzeugung, dass mir keinerlei Zukunft beschieden war. Am Abend nach der Begegnung suchte ich den befreundeten Schöffen noch einmal auf. Ich überließ mich einem Impuls der Schwäche und vertraute ihm meinen Seelenzustand sowie meine Geldsorgen an. Er hörte mir aufmerksam zu, und als ich zu Ende geredet hatte, erbot er sich, mich in einen Zirkel einzuführen, den er vorsichtig als ›Bruderschaft‹ bezeichnete, eine Art Vereinigung, die ähnlich funktionierte wie unsere Gilden. Er gaukelte mir allerlei pekuniäre Vorteile vor, die ich aus der Mitgliedschaft ziehen könnte, und versicherte mir, was auch immer mir widerfahre, welcher Art meine Schwierigkeiten auch seien, unsere ›Brüder‹ – so benannte er die Angehörigen der Gilde – würden zur Stelle sein und mir die hilfreiche Hand entgegenstrecken. Natürlich fragte ich ihn, was ich als Gegenleistung für diese Hilfe zu erbringen hätte. Nichts, versicherte er, außer mich grundsätzlich bereithalten, falls man eines Tages doch meine Dienste benötigen sollte. Welche Art von Diensten, fragte ich sofort. Mein Mentor beschränkte sich auf eine sehr unbestimmte Antwort. Später. Es würde immer noch Zeit sein, Näheres zu erfahren. Ich habe eingewilligt.«

Der Maler verstummte, von seinen Geständnissen erschöpft.

Vom Belfried hörte man die Glocke die Sperrstunde einläuten.

»Fahrt fort«, drängte Idelsbad. »Worin bestand diese so genannte Gilde?«

»Ihr werdet mir nicht glauben, aber ich habe nie wirklich herausgefunden, was die wahren Absichten dieser Leute waren.«

»Aber Ihr habt doch an Versammlungen teilgenommen?«

»Ja, das habe ich. Aber wir waren nicht besonders zahlreich. Fünfzehn Personen, höchstens. Ich traf dort des öfteren Anselm De Veere, meinen Freund, den Schöffen, selten Lukas Moser, und eine vierte Person, einen Florentiner.«

»Sein Name?«

»Ich kenne nur seinen Vornamen: Giovanni. Ich glaubte zu verstehen, dass er ein Abkömmling der alten Florentiner Familie der Albizzi war, Todfeinde der Medici. Eines war offenkundig, er schien dem Großmeister der Gilde am nächsten zu stehen.«

»Und dieser Großmeister? Ich nehme an, seine Identität ist Euch unbekannt.«

Petrus machte eine bestätigende Handbewegung. »Ich weiß lediglich, dass er in Florenz residiert und dass man ihn *La Spada* nennt.«

»*La Spada* ... Das Wort habe ich doch schon aus Eurem Munde gehört. Und jene Versammlungen, was war ihr Zweck?«

»Dazu komme ich gleich. Aber vorher sollt Ihr erfahren, dass diese Gilde hierarchisch aufgebaut ist und dass den drei Stufen Farben zugeordnet sind: Schwarz, Rot und Grün. Schwarz ist der höchste Grad. Damit ist Euch wohl schon klar, dass ich – auf Grund meines gerade erst erfolgten Beitritts – zur Farbe Grün gehörte. Deshalb bin ich auch in das Wesentliche nicht eingeweiht. Anfangs waren die Diskussionen, besser gesagt, war die Unterweisung vor allem philosophischer und religiöser Art. Allem voran sollte der christliche Glaube gegen Ketzerei jeglicher Richtung geschützt und verteidigt werden, und zwar um jeden erdenklichen Preis. Niemand durfte sich das Recht anmaßen, auch nur die leiseste Kritik an den Dogmen oder an der Unfehlbarkeit des Heiligen Vaters zu äußern. Gültig war die Schrift, nichts als die Schrift. Jegliche Form von Zweifel, von Infragestellung der ursprünglichen Lehre galt es aus den Köpfen zu verbannen. Selbstverständlich war die Befreiung des Heiligen Grabes Teil des absoluten Ideals, dem sämtliche Kinder der Kirche in aktiver Teilnahme verpflichtet waren.«

»Bis hierher nichts besonders Neues«, warf Idelsbad ein.

»Gewiss, aber dieses rigorose Denken erstreckte sich auch auf andere Sphären. Man erklärte uns, wie unverbrüchlich wir an den Traditionen unserer Väter festzuhalten hätten. Dass die größte Gefahr der Fremde darstelle, woher er auch kommen mag, wer immer er sei. Dass es verboten sei, sich von ihm anregen zu lassen, und den schädlichen Ideen, die er einschleppt, Gehör zu schenken. Damit dieses Ziel erreicht würde, hatten wir die Pflicht, Mauern um unsere Städte zu errichten, Späher und Wächter aufzustellen, unsere Gesetze zu verschärfen, um jeden Zugang zu verwehren, und im Fall, dass einer der Unerwünschten sich doch eingeschlichen hätte, diesen zu isolieren, ihn zum Verlassen des Ortes zu zwingen, ja ihn bei etwaigem Widerstand zu töten. Unmerklich hielt der Gedanke, dass Menschen, die mit dem Ideal der Gilde im Widerspruch standen, physisch eliminiert werden sollten, in unseren Versammlungen Einzug. Er wurde selbstverständlich.«

Petrus seufzte, ehe er weitersprach. Der bittere Ton enthüllte die Tiefe seines Elends.

»Und dann geschah der erste Mord: Hugo Willemarck.«

»Der einer der Schüler Van Eycks gewesen war …«

»Richtig. Anschließend Wauters.«

»Auch er aus dem engsten Kreis um Van Eyck. Und der bisher letzte: Nikolas Sluter. Und da verlässt mich mein Verstand. Inwiefern standen diese Männer in Widerspruch zu Euren Prinzipien?«

Der Maler sah Idelsbad an. Seine Hilflosigkeit war nicht ge-

heuchelt. »Genau das entzieht sich meiner Kenntnis. Der Befehl war aus Florenz gekommen. Mir gegenüber hat man lediglich versichert, diese Männer stellten eine echte Gefahr dar, ihr Verschwinden werde sich als Wohltat auswirken, das war alles.«
»Aber wie erklärt Ihr die eigenartige Fügung, dass alle drei Van Eyck nahe gestanden hatten?«
»Ich bin außer Stande zu einer Antwort. Das müsst Ihr mir glauben.«
»Und Coster?«
»Mit ihm habe ich endgültig die Sphäre des Grauens betreten. Man wusste, dass ich sein Freund war. Ich habe Befehl erhalten, ihn zu beseitigen. Das Schrecklichste war, dass ich mich auch dabei wieder zu begnügen hatte mit fadenscheinigsten Rechtfertigungen. Ich sollte ihn töten, basta. Da die Gilde es verlangte, hatte die Gilde Recht. Als sie sahen, dass ich zögerte, kamen sie mit Drohungen. Man werde mir die materielle Lebensgrundlage entziehen. Meine Frau, meine Kinder würden die Folgen meiner Weigerung zu tragen haben. Ich musste gehorchen.«
Petrus konnte nicht weiterreden. Er war dem Weinen nah.
Der Portugiese betrachtete ihn schweigend, er wusste nicht, ob er ihn bemitleiden oder verachten sollte.
»An jenem Tag habt Ihr Euch endgültig auf den Wahnsinn dieser Leute eingelassen, bis zur letzten Konsequenz. Für ein paar Goldmünzen. In der Hoffnung, diese unsägliche Gesellschaft würde Euch zu jenem« – er griff Petrus' eigenen Ausdruck auf – »schnellen, gleißenden Ruhm verhelfen. Wie konntet Ihr, der Ihr so jung seid – keine dreißig Jahre – wie konntet Ihr so tief sinken?«
»Eine Falle, die Verlockung des Nichts, der Teufel in mir, ich weiß es nicht.« In kläglichem Ton fügte er hinzu: »Der Gipfel des Schreckens aber war die Ermordung Van Eycks. Da habe ich dann beschlossen abzuspringen, diese blutigen Wege nicht weiter mitzugehen. Was sie da zu tun gewagt hatten, war unerhört! Eine wahre Schandtat!«
Er richtete sich auf und schien in eine Art Monolog zu verfallen: »Am Abend von Van Eycks Tod habe ich geglaubt, die Welt

stürze in sich zusammen. Der Mann, dem ich grenzenlose Bewunderung entgegenbrachte, der Größte unter uns, der Größte von allen, ermordet! Mir war, als würde ich den Verstand verlieren.«
Idelsbad schüttelte den Kopf, hütete sich aber, Petrus zu korrigieren.
Der war auf den Schemel zurückgesunken.
»Später, als ich erfuhr, dass Jan als nächstes Opfer ausersehen war, bin ich geflohen.«
»Ihr werdet nicht lange auf der Flucht sein können. Im Übrigen haben sie Euch schon wieder ausfindig gemacht. Wenn sie derart mächtig sind – und offenkundig sind sie es –, und wenn sie den Entschluss gefasst haben, sich Eurer zu entledigen, dann werden sie Euch aufspüren, wo immer Ihr seid. Es ist übrigens das, was mir am meisten zu schaffen macht. Offenbar sind diese Leute bewundernswert gut organisiert. Ihr habt Florenz erwähnt und die Befehle, die von dort ausgehen. Ich nehme einmal an, der Inhalt ihrer Schreiben ist unverschlüsselt. Wieso gehen sie das Risiko sein, dass diese in unbefugte Hände geraten, dass sie weitergegeben werden? Die Landstraßen sind nicht sicher, die Kuriere gegen Räuber nicht geschützt. Selbst in Flandern hier, Ihr wisst es, könnten Leute wie Rodrigo de Villandrado und seine Schinder diese Briefe abfangen. Ist die Gilde nicht einfach leichtsinnig?«
Der Maler entgegnete leise: »Der Nachrichtenaustausch läuft über das Banksystem der Medici. Die Briefe sind verschlüsselt. Niemand außer dem Empfänger kann den Code durchschauen. Dieser Code ...«
Idelsbad unterbrach ihn mit einer Handbewegung. »Überflüssige Erklärung. Es fällt mir wieder ein. Erst heute Morgen hat man mir davon erzählt. Ihr werdet jetzt etwas für mich tun.«
»Was denn?«
»Ihr werdet nach meinen exakten Anweisungen eine Seekarte zeichnen.«
Petrus sah ihn entgeistert an: »Eine Karte?«

»Versucht nicht, irgendetwas zu begreifen. Die Zeit drängt. Machen wir uns an die Arbeit. Schnell!«
»Auf einem Stück Leinwand?«
»Nein, auf Velin oder auf Papier, solltet Ihr welches haben.«
»Aber es wird Zeit brauchen, bis die Farben getrocknet sind!«
»Ich verlange kein Gemälde von Euch, sondern eine Zeichnung.«
»Mit dem Bleistift? Mit der Feder? Mit der Reißkohle?«
»Da kenne ich mich nicht aus, Petrus! Strengt lediglich Eure Fantasie an, überlegt, wie Van Eyck es gemacht hätte bei ganz knapper Zeitvorgabe. Wenn er nur ein paar Minuten gehabt hätte, um diese Karte nachzuzeichnen.«
Der Maler schnaufte vernehmlich und erhob sich von seinem Schemel. Er fühlte sich so ausgelaugt und niedergeschlagen, dass der bloße Gedanke an weitere Fragen ihm schon über seine Kräfte zu gehen schien.
Er griff nach einem Bleistift, einem breiten Streifen Velin und begann auf Anweisung Idelsbads zu zeichnen. Und das Wunder geschah. Unmerklich veränderten sich Haltung und Gesichtsausdruck. Er war nicht mehr der Gebrochene, sondern ein Mann, der zu seiner Würde zurückfindet. Die Verwandlung war so eindeutig, dass der Portugiese sich einer gewissen Faszination nicht erwehren konnte. Petrus konzentrierte sich rückhaltlos. Dabei ging es um eine gewöhnliche Zeichnung, fernab aller Poesie. In ihm war der Künstler wieder erwacht. Er hatte keinen Herrn, keinen Peiniger mehr über sich. Es war, als ob seine Ängste nie existiert hätten.
In einer knappen halben Stunde waren auf einem Blatt Pergament die Umrisse der Guinea-Küste entstanden, mit dem Kap Blanco, Kap Bajador, den Azoren und Madeira. Selbstverständlich waren sämtliche Breitengrade mehr oder weniger falsch dargestellt. Ein Seemann, und sei er noch so erfahren, würde keine Chance haben, sich mittels dieser Darstellung zurechtzufinden. Bestenfalls würde er im Kreis segeln, im schlimmsten Fall musste die Irrfahrt in den Schlünden der Tiefsee enden. Zufrie-

den faltete der Portugiese die Karte und schob sie vorsichtig unter sein Wams.
»Ich danke Euch. Jetzt müssen wir auseinander gehen. Ich werde erwartet.«
Beinahe energisch unterbrach ihn der andere: »Wartet! Ich habe Euch nicht alles erzählt. Am Ende der letzten Versammlung, bei der ich dabei war, habe ich ein paar Fetzen eines ziemlich merkwürdigen Gesprächs belauscht, das zwischen Anselm De Veere und besagtem Giovanni stattfand. Letzterer hat mehrmals den Namen Cosimo de Medici sowie den eines Arztes, eines gewissen Blandini, erwähnt. Anschließend hat er erklärt, die große Lösung sei nah. Ein für alle Mal werde man mit dem Abschaum aufräumen. An jenem Tag würden Florenz und seine Erzhäretiker in den Flammen der Hölle untergehen. Es würde die Apokalypse, die totale Verwüstung sein.«
»Florenz verwüstet? Aber wie wollen sie das anstellen?«
»Mehr weiß ich dazu nicht. Dafür habe ich ihn sagen hören, wann es passieren sollte: an Mariä Himmelfahrt.«
»In etwas mehr als einem Monat!«
»Genau.«
Die Sache, sagte sich Idelsbad, nahm unzweifelhaft eine immer wahnwitzigere Wendung.
Er ging zur Tür, drehte sich an der Schwelle aber noch einmal um. Seine blauen Augen suchten Petrus' Blick und hielten ihn fest.
»Ich werde Euch höchstwahrscheinlich nie wieder sehen. Daher möchte ich Euch meinerseits ein Geständnis machen, wonach Euch hoffentlich leichter ums Herz sein wird. Van Eyck ist nicht durch eine Mordtat gestorben. Ich kann Euch dessen versichern. Er ist vor meinen Augen eines natürlichen Todes gestorben. Ein Schlagfluss oder eine ähnliche vernichtende Attacke, ich weiß es nicht. Ihr habt an seinem Tod keinerlei Schuld. Lasst mich noch Folgendes anfügen: Ich kenne Eure gemalten Werke nicht, aber ich glaube, dass Ihr großes Talent habt,und sei es auf Grund der Tatsache, dass Eure Bilder mit denen Eures Meisters

verglichen werden. Ich meine natürlich Van Eyck. Ich bin nur ein Seefahrer und in Kunstdingen unbewandert, aber ich weiß, dass in allem Großen, was ein Mann unternimmt, immer ein Funke wirksam ist, der von anderswoher kommt, ein Flämmchen der Inspiration. Ob das Feuer auflodert, hängt von uns selbst ab und vom Wagemut, der in einem jeden von uns schlummert. Wenn Ihr den Leuten der Gilde entrinnt –, und ich bin sicher, Ihr werdet ihnen entrinnen – , dann seid wagemutig, Petrus. Später werdet Ihr den Göttern dafür danken, dass sie Euch jenen *schnellen, gleißenden Ruhm*, von dem Ihr träumtet, nicht gewährt haben. Er wäre zur schlimmsten aller Strafen geworden, denn er hätte sich so jäh verflüchtigt, wie er gekommen wäre. Lebt wohl, mein Freund!«

Der Hüne öffnete schnell die Tür und verschwand in der Finsternis.

»Maude ...«

Die junge Frau hob überrascht den Kopf. Sie war eingeschlafen.

»Kommt«, sagte Idelsbad. »Es ist Zeit, diesen Ort zu verlassen. Wir laufen Gefahr, von der Stadtwache aufgegriffen zu werden.«

»Wohin wollt Ihr mich mitnehmen?«

»Wir haben eigentlich keine Wahl. Zu mir nach Hause. Mein Pferd steht nahe beim Gasthof.«

Die Nacht war wundervoll klar, der Himmel sternenübersät.

Kaum hatten sie die Strohhütte betreten, fragte die junge Frau: »Habt Ihr Nachricht von Jan?«

Er antwortete nicht sogleich. Er ging zur Feuerstelle und schürte die Glut in den Torfresten. Augenblicklich begann das Feuer zu knistern und erfüllte das Zimmer mit blassem Schein.

»Morgen, falls alles gut geht«, erklärte Idelsbad, »wird Euer Sohn frei sein. Ich habe die Tauschwährung beschaffen können, auf der seine Entführer bestehen.« Leicht verlegen deutete er auf die spärliche Einrichtung. »Es tut mir sehr Leid, aber das ist alles, was ich Euch bieten kann.«

Sie schien die Bemerkung überhört zu haben.

»Erzählt mir von Jan. Wie ist es gekommen, dass er in diese Tragödie verstrickt wurde?«
Als Antwort sagte er: »Wollt Ihr Euch nicht setzen?«
Die Begine sah sich um und entschied sich für die Holzbank beim Kamin. Sie setzte sich nieder, faltete die Hände und wartete.
»Die Angelegenheit ist unglaublich kompliziert«, sagte der Hüne warnend. »Ich werde versuchen, mich kurz zu fassen.«
Er ließ sich unweit der Frau auf dem Boden nieder, lehnte sich gegen die Wand zurück und begann, die Geschichte der vergangenen Wochen zu erzählen. Während er sprach, sprühte und knisterte das Torffeuer, und Maude fiel ihm kein einziges Mal ins Wort. Sie hörte äußerst aufmerksam zu, gab keinerlei Meinung kund und überließ es ihrem Gesicht, das auszudrücken, was der Bericht in ihrem Innern erweckte.
Als er geendet hatte, saß sie noch eine Weile sinnend da, dann sagte sie:
»Eine Seite der Sache habe ich sehr wohl begriffen: dass die Karte wichtig ist und dass da der Bezug zu meinem Sohn besteht. Die andere Seite hingegen durchschaue ich überhaupt nicht. Ich sehe immer noch nicht, warum diese Gilde verlangt, dass er stirbt. Jener Mann namens De Veere hat also zu Euch gesagt: ›Das Kind muss sterben für das, was es verkörpert.‹ Was ist mit diesen Worten gemeint?«
»Genau diese Frage habe ich mir auch gestellt und stelle sie mir weiterhin. Ich habe keine Antwort. Und jetzt möchte ich gerne, dass Ihr mir von Euch und Jan erzählt.«
»Würde das denn am Lauf der Dinge etwas ändern?«
»Nein. Ihr seid auch keineswegs verpflichtet dazu.«
Sie neigte sich zum Feuer. Ihr Blick schien nach innen zu gehen, hin zu Erinnerungen, die sie allein bewahrte.
»Ich habe einen Mann geliebt«, begann sie in sanftem, leisem Ton. »Ich war kaum achtzehn Jahre alt. Er war vierzig. Er hielt sich vorübergehend in Brügge auf, und er besaß alles, was ein naives Mädchen zum Träumen bringen kann: eine Mischung aus Kraft und Zärtlichkeit, Brillanz, eine stattliche Gestalt und je-

nes Quäntchen Wahn oder Unvernunft, das einen an das Unmögliche glauben lässt. Ihm schienen sämtliche Sterne mit der ausgestreckten Hand erreichbar. Vom Himmel würde er sie holen, sie mir im Kranz zu Füßen legen. Die prächtigsten Schiffe würden vor meiner Tür anlegen, und wir würden aufbrechen zu den Grenzen der Welt, zu Gefilden, wo die Sonne das ganze Jahr über wärmt. Ich war wie berauscht, und ich habe ihm geglaubt. Ich glaubte an alle seine Worte. Eines Abends ist er fortgegangen und nie zurückgekommen. Ich habe niemals irgendwelche Schiffe vor meiner Tür erlebt, und am Firmament fehlt auch kein einziger Stern.«

Einen kurzen Augenblick zog sie sich in Schweigen zurück, dann sprach sie weiter:

»Mein Vater ist ganz kurz vor meinem neunzehnten Geburtstag gestorben. Ich bin sein einziges Kind. Meine Mutter war Spitzenklöpplerin. Die Spitzen, die unter ihren Händen entstanden, glichen dem Schaum der Wellen, es waren die schönsten in ganz Flandern. Dennoch lebten wir in ärmlichen Verhältnissen. Angeblich war ich zu jener Zeit schön. Zumindest hat man es mir immer wieder gesagt. Um ein wenig Geld zu verdienen, fand ich mich bereit, den Malern der Stadt Modell zu stehen. Van Eyck war einer davon. Ich habe sofort gesehen, dass er gütig war, eine edle Seele, die edelste, der zu begegnen mir je vergönnt war. Er war noch nicht mit Margaret verheiratet. Einige Wochen nach der Abreise meines Sternenpflückers wusste ich, dass ich ein Kind erwartete. Ich habe geglaubt, wahnsinnig zu werden. In einer Liebschaft ohne jede Zukunft hatte ich die Freude am Leben und zugleich meine Ehre eingebüßt, und nun würde ich ein kleines Menschenwesen in meinen Untergang mit hineinziehen. Die Zeit meiner Schwangerschaft habe ich als Albtraum erlebt, denn ich versteckte mich zu Hause und musste mir tagaus, tagein die Vorhaltungen meiner Mutter anhören. Als Jan dann zur Welt kam, habe ich nicht lange gezögert. Ich habe ihn in einen Tragekorb an Van Eycks Tür abgesetzt und bin geflohen.«

»Ihr seid bei den Beginen eingetreten ...«

»Das war in meinen Augen die einzige Möglichkeit, meine Verfehlung wieder gutzumachen und mich von der Befleckung zu reinigen. An der Seite meiner Schwestern würde ich mich als nützlicher Mensch erweisen können. Aber ich wachte aus der Entfernung über Jan. Tag um Tag, Jahr um Jahr habe ich ihn heranwachsen sehen. Ich wusste, bei Van Eyck war er glücklich. Jedenfalls sehr viel glücklicher, als wenn ich ihn bei mir behalten hätte.«

»Jan allein könnte Euch das bestätigen.«

Sie zuckte zusammen.

»Warum sagt Ihr das?«

»Weil ich glaube, dass dieses Wohlgefühl, das Ihr da andeutet, nicht ganz so ausgeprägt war, wie es scheinen mochte. Frau Margaret war nicht gerade geneigt, ihre Gefühle aufzuteilen. Warum wäre Jan sonst nach Van Eycks Tod von zu Hause weggelaufen?«

Ein schmerzvoller Ausdruck trat auf das Madonnengesicht. »So hätte ich denn auch in meinem einzigen Handeln, das mir geglückt vorkam, versagt?« Sie unterdrückte ein Schluchzen. »Meint Ihr wirklich, dass er dort unglücklich gewesen ist?«

»Unglücklich sicher nicht, Ihr sagtet es ja gerade selbst, Van Eyck war eine edle Seele.«

»Was aber dann?«

Idelsbad betrachtete sie ernst. »Warum nicht Jan direkt fragen?«

»Niemals«, rief sie mit Nachdruck aus, »niemals! Er darf die Frau, die ich war, nicht entdecken. Das würde ich nicht ertragen.« Im gleichen Atemzug sagte sie; »Versprecht mir, dass Ihr ihm nichts sagt. Versprecht es mir!«

»Frau Maude, nie werde ich mir eine solche Eigenmächtigkeit gestatten. Es ist Euer Geheimnis, und Euch allein steht es zu, es mit irgendjemandem zu teilen. Nichtsdestoweniger ...«

»Nein!«, unterbrach sie ihn heftig. »So lange er die Wahrheit nicht kennt, so lange bewahrt er sich ein zwar undeutliches, aber von Schande freies Bild.«

»Nehmt bitte hin, dass ich mit Eurer Überlegung nicht einverstanden bin.«

»Warum nicht?«
»Weil die Wahrheit, und sei sie noch so grausam, immer noch weniger grausam ist als das Nichtwissen. Aus Nichtwissen erwächst Zweifel, allen möglichen Fantasien bleiben Tür und Tor geöffnet, oft sind es Fantasien unheilvollster Art. Ihr habt ihn aus Liebe ausgesetzt, ihr wolltet ihn von der Sphäre des Unglücks fern halten, er aber hat nur das Gefühl, dass er im Stich gelassen worden ist.«
Der Portugiese erhob sich und beendete somit das Gespräch.
»Ich glaube, Ihr müsst Euch ausruhen. Ich übrigens auch.«
Er wies auf die Schlafkammer.
»Das Bett ist noch das Bequemste in diesem Haus. Nehmt es. Ich werde mich hier niederlegen.«
»Auf den Fußboden?«
»Ihr braucht keine Skrupel zu haben. Ich bin an jede Art von Schlafstätte gewöhnt. Es wird kaum unbequemer sein als ein steiniger Erdboden.«
Sie stand von der Bank auf und fragte: »Warum tut Ihr das alles? Wenn ich Eure Erläuterungen richtig begriffen habe, dann könntet Ihr genauso gut Richtung Lissabon in See stechen und Euch um Jans Schicksal nicht weiter kümmern.«
»Offen gesagt«, erwiderte Idelsbad leichthin, »die Frage stelle ich mir seit nunmehr drei Tagen. Gute Nacht, Frau Maude.«
Sie tat einen Schritt auf den Nebenraum zu, als er plötzlich noch einmal fragte: »Dieser Mann, Jans Vater. Ihr sagtet, er habe sich vorübergehend in Brügge aufgehalten. Woher stammte er?«
»Aus Venedig. Er war Venezianer …«

XIX

Florenz, spät am selben Abend

Cosimo de Medici holte den Leuchter näher heran und überprüfte noch einmal die Zahlen, die ihm Antonio Sassetti, sein Berater, soeben vorgelegt hatte.

»Eines finde ich verwunderlich«, sagte er mit sanfter Stimme, »dass nämlich der *corpo*, der das Kapital unserer Brügger Niederlassung darstellt, dieses Jahr kaum die Summe von dreitausend Livres überschreitet. Das Doppelte dieser Summe haben wir Herzog Philipp geliehen. Besteht da nicht ein Risiko mit …«

»Nein, gnädiger Herr«, unterbrach ihn Sassetti. »Ich darf Euch daran erinnern, dass nicht der *corpo* die Hauptmasse des investierten Geldes darstellt, sondern der *sopracorpo*, und der umfasst die nicht ausgeschütteten Gewinne, die wir zwecks Erhöhung unserer Liquidität angesammelt haben, sowie die Summen, die von unseren Gesellschaftern außerhalb des Gesellschaftskapitals investiert worden sind. Dann sind da noch die Einlagen, die von Personen, die nicht zur *compagnia* gehören, getätigt wurden. Im Fall von Brügge belaufen sich diese Einlagen auf hunderttausend Florin, was immerhin das Vierfache des *corpo* der ganzen Firma darstellt.«

Leicht gereizt betrachtete Cosimo seinen Mitarbeiter. An das Äußere dieses Mannes, an seine extrem hagere Gestalt und an das wächserne Gesicht, würde er sich nie gewöhnen. Ein Klappergespenst. Was allerdings seiner überragenden Sachkunde keinen Abbruch tat. Er war gewitzt, streng, als Verhandlungspartner unerbittlich und hatte stets eindrucksvolle Tatkraft bewiesen. Bis in allerjüngste Zeit.

»Mein lieber Sassetti, Ihr scheint zu vergessen, dass Ihr mit dem Sohn des Giovanni di Bicci sprecht. Glaubt Ihr, mir sei der Unterschied zwischen *corpo* und *sopracorpo* unbekannt? Wenn das der Fall wäre, dann wäre diese von meinem Vater ererbte Firma in Konkurs und hätte niemals die Prosperität erlebt, die ihr heute zugesprochen werden muss. Ihr hättet mir nicht ins Wort fallen sollen, dann hättet Ihr den Grund meiner Verwunderung begriffen. Wir haben dem Herzog dreitausend Livres geliehen, parallel dazu sehe ich, dass wir ein gleich hohes Darlehen an jene beiden Kaufleute namens Anselm De Veere und Lukas Moser gegeben haben. Wir wissen, wofür der Herzog von Burgund steht. Er leitet einen reichen, wirtschaftlich blühenden Staat. Hingegen erscheint es mir äußerst riskant, eine solche Summe an einfache Bürger zu vergeben.«

Antonio Sassetti reagierte nicht, das heißt, er zeigte den Gesichtsausdruck, den er selbst in extremen Lebenslagen zu wahren wusste. Seine Züge blieben marmorglatt, die Augen kältestes Kristall. Er war um die Fünfzig, wirkte aber zehn Jahre jünger, wahrscheinlich, weil Falten diesem Gesicht nichts hatten anhaben können.

In gesetztem Ton formulierte er seinen Einwand:

»Gnädiger Herr, die fraglichen beiden Männer sind keine einfachen Bürger. Beide zusammen besitzen angeblich ein Viertel der Alaunbergwerke von Tolfa. Euch ist wohl bekannt, wie wichtig diese Abbaustätte ist, seit die Türken das Alaun von Phokaia unter ihre Kontrolle gebracht haben.«

»Ihr überrascht mich. So weit ich weiß, gehört Tolfa zum päpstlichen Territorium der Tyrrhenischen Küste. Die uneingeschränkte Verfügungsgewalt über die Bergwerke hat demnach der Heilige Vater. Wie konnten dann die beiden Männer an ein Viertel des Kapitals gelangen?«

»Das weiß ich nicht. Ich weiß nur, dass ihre geheimen Freundschaften in den innersten Kreis des Vatikan reichen und dass ihnen enormer Einfluss auf bestimmte Bischöfe nachgesagt wird.«

»Eure Antwort befriedigt mich nicht, Sassetti! Man verleiht nicht dreitausend Livres, indem man sich auf Mutmaßungen verlässt.« Cosimo schlug mit der flachen Hand auf die Tischplatte. »Ich will genaue, glaubwürdige Auskünfte. Ich will wissen, wie es um die Vergangenheit dieser Männer bestellt ist, woher ihr Vermögen stammt, welcher Art ihre Verbindungen zur Kurie sind. Alles! Keine Finanzmacht kann sich halten, wenn nicht strenge Kontrolle waltet. Denkt nur an den Zusammenbruch des Hauses Bardi. Nachdem sie sich die Zolleinkünfte Englands hatten verpfänden lassen, sind die Bardi gewaltige Risiken eingegangen, indem sie die beiden ersten Feldzüge Edwards III. gegen Frankreich finanzierten und dazu den Krieg der Stadt Florenz gegen Lucca. Der Konkurs hat die schwerwiegendsten Folgen gehabt, und die Republik ist knapp am Bankrott vorbei gekommen. Ich lege keinen Wert darauf, meiner Familie ein ähnliches Schicksal zuzufügen!«
»Seid ohne Sorge. Ich werde die Auskünfte einholen. Unbeschadet dessen sollt Ihr wissen – nachdem Ihr gerade das dem Burgunder gewährte Darlehen erwähnt habt –, dass sich unsere beiden Schuldner bis zum heutigen Tag einwandfrei verhalten haben. Mit vorbildlicher Pünktlichkeit nehmen sie Tilgung und Zinszahlung wahr. Gleiches vermag man über den Herzog nicht zu sagen. Wie Ihr selbst gerade betont habt: Gekrönten Häuptern Geld zu leihen ist eine kaum verlässlichere Sache, als wenn man einfachen Kaufleuten sein Vertrauen gewährt.«
»Nur dass da ein kleiner Unterschied besteht, Sassetti! Hinter dem Darlehen, das dem Herzog gewährt wurde, stehe ich, Cosimo de Medici! Die Entscheidung habe ich getroffen. In der vorliegenden Sache hingegen habt Ihr Euch unzulässige Freiheiten genommen, habt eigenmächtig gehandelt. Falls Ihr es vergessen haben solltet: Mir allein haben meine Untergebenen die Dinge zur Entscheidung vorzulegen, und bis zum Beweis des Gegenteils gehört Ihr dieser Kategorie an. Ist das klar?«
Sassetti nickte. Nicht das leiseste Zucken erschien auf seinem Gesicht. Aber man spürte, dass sein ganzes Wesen von schmerzhafter Anspannung ergriffen war.

Er nahm das Register vom Tisch und sagte: »Darf ich mich zurückziehen, gnädiger Herr?«
»Tut das.«
Er verneigte sich grüßend, aber statt zur Tür zu gehen, blieb er unbeweglich stehen, als wartete er noch auf etwas.
»Was gibt es?«, fragte Cosimo verwundert.
»Gnädiger Herr, da Ihr die Risiken angesprochen habt, welche die Firma nicht eingehen sollte, möchte ich, wenn Ihr gestattet, Eure Aufmerksamkeit auf einige Einzelheiten lenken, die von Bedeutung sein könnten.«
»Ich höre.«
»Erst gestern Abend habe ich die Ausgaben überprüft, die im Zusammenhang mit Eurem Mäzenatentum stehen. Wisst Ihr, welche Summe inzwischen aufgelaufen ist? Mehr als sechshunderttausend Florin. Die Villa di Careggi, die Abtei von Fiesole, die Renovierung der Heilig-Geist-Kirche in Jerusalem, nicht zu reden von den Stiftungen, dem Erwerb von Kunstwerken, den Manuskripten, den Arbeiten einer Platonischen Akademie, deren Spiritus Rector jener byzantinische Gelehrte ist, dem Ihr beim Konzil begegnet seid …, ich weiß nur seinen Namen nicht mehr.«
»Plethon.«
»Ferner gibt es den an Michelozzo erteilten Auftrag für Fresken im Kloster San Marco und dergleichen mehr, ich kann mir gar nicht alles merken. Meint Ihr nicht, dass auch da gewisse Risiken eingegangen werden?«
Schweigend sah Cosimo seinen Berater an, bevor er antwortete.
»Ihr redet so, weil das, was eigentlich den Menschen ausmacht, Euch fremd ist. Ihr seid bei der Vorstellung stehen geblieben, dass der Mensch auf seinen Urzustand zurückverwiesen werden muss: auf den einer versklavten, jeder Hoffnung beraubten Kreatur. Hättet Ihr den *Asclepius* gelesen, Ihr würdet Euch nicht in dieser Weise ausdrücken. Was lehrt uns Apuleius? ›Der Mensch ist ein großes Wunder, denn er zähmt die Erde, fordert die Elemente heraus, kennt die Dämonen, mischt sich unter die Geister, gestaltet alles um und schafft göttliche Bildwerke. Der Mensch

ist ein bewundernswertes, ein der Hochachtung und des Respekts würdiges Wesen, das sich der Natur eines Gottes anverwandelt, als wäre es selbst Gott.‹ Man muss also den Menschen unterstützen und ihm, wenn wir die Macht dazu haben, helfen, sich zu den Sternen aufzuschwingen.«

Sassetti setzte zu einer Entgegnung an.

»Ich bin noch nicht zu Ende! Als Gott, der oberste Baumeister, mittels Gesetzen von geheimnisvoller Weisheit das Haus der Welt, das wir vor uns sehen, errichtet hatte, da fiel es Ihm ein, den Menschen zu schaffen, und er wies ihm den Mittelpunkt zu. Wisst Ihr, was Er zu ihm sprach? ›Wir haben dich weder himmlisch noch irdisch, weder sterblich noch unsterblich geschaffen, damit du, als Herr deiner selbst, dir die Gestalt gibst, die dir selbst am liebsten gewesen wäre. Du kannst zu niederen Formen des Seins, den tierischen, absinken, du kannst im Gegenteil, und es wird deine geistige Entscheidung sein, zu höheren Formen, welche göttlich sind, emporsteigen.‹ Was bedeutet, dass der Mensch der Vervollkommnung fähig ist. Er kann über sich hinaus gelangen, vorausgesetzt, man gibt ihm die Mittel dazu. Das aber ist es, worauf ich seit meiner Rückkehr nach Florenz alle Mühe verwende. Und die Kunst, die Kunst ist eines der Mittel, welche jene Erhebung ermöglichen.«

Erneut schickte Sassetti sich zu Einwänden an, aber auch diesmal ließ ihn Cosimo nicht zu Wort kommen.

»Geht nun, mein Freund, es wird spät. Und ich fürchte, ich habe in der Wüste gepredigt. Geht …«

Brügge, am nächsten Morgen

Als Idelsbad erwachte, schlief die junge Frau noch. Er legte seine Kleidung ab, behielt nur die Kniehosen an und trat mit nacktem Oberkörper aus der Hütte. Der Himmel war mit rosa Wolkenstreifen bedeckt, die ersten Sonnenstrahlen waren zu ahnen.

Er begab sich zu einem Radbrunnen, schickte den Eimer in die Tiefe und zog ihn, gefüllt mit klarem Wasser, wieder hoch. Rasch wusch er sich, dann ging er zurück. Er sah die Frau in der Tür stehen. Wie lange schon mochte sie ihn beobachtet haben? Als ihre Blicke aufeinander trafen, drehte sie sich hastig um und verschwand im Inneren.

Er folgte ihr, nahm sein Wams, und während er es anlegte, erkundigte er sich: »Habt Ihr gut geschlafen?«

Sie stand beim Kamin und starrte in die erkaltete Asche.

»Nicht besonders. Aber Euer Bett hat nichts damit zu tun. Werdet Ihr wie ausgemacht die Entführer treffen?«

»Selbstverständlich. Aber davor bringe ich Euch zum Beginenhof zurück.«

»Nein. Ich begleite Euch. Ich will sicher sein, dass meinem Sohn nichts geschehen ist.«

»Wo denkt Ihr hin? Ihr würdet uns allesamt in Gefahr bringen. Wenn sie Euch erblicken, werden diese Männer Verdacht schöpfen.«

»Sie werden mich nicht zu Gesicht bekommen. Ihr setzt mich an einer Stelle ab, die Euch geeignet erscheint, irgendwo auf dem Weg zur Wassermühle. Danach finde ich mich schon allein zurecht. Seid unbesorgt, ich halte mich absolut im Hintergrund.«

»Und wenn dann der Austausch vollzogen ist?«

»Ich weiß nicht. Ich weiß es nicht mehr. Die ganze Nacht habe ich an das denken müssen, was Ihr zu mir gesagt habt. Besonders an einen bestimmten Satz.«

»An welchen?«

»›Ihr habt ihn aus Liebe ausgesetzt, Ihr wolltet ihn von der Sphäre des Unglücks fern halten, er aber hat nur eines im Sinn behalten: dass er im Stich gelassen wurde.‹ Entsetzlich!«

»Ihr habt geglaubt, richtig zu handeln«, erwiderte er mit einer Andeutung von Mitgefühl. »Außerdem, Ihr habt es selbst gesagt, hattet Ihr kaum eine Wahl.«

»Aber heute habe ich sie, die Wahl! Ich könnte mit ihm reden, könnte versuchen, ihm alles zu erklären.«

Aber im nächsten Moment wirkte sie wieder so verzagt wie zuvor.

»Nein. Er wird mich nur verachten. Er ist ja noch ein Kind. Er ist so weit weg von den Seelenqualen der Erwachsenen, von den Gefühlen, die diese manchmal zu so unvernünftigem Tun verleiten. Er wird richten über mich und mich verurteilen. Das ist unvermeidlich.«

»Seid Euch dessen nicht so sicher, Frau Maude. Ich bin nie Vater gewesen, und es stünde mir nicht wohl an, Euch Ratschläge zu erteilen. Dennoch will es mir vorkommen, als hätten Kinder eine viel umfassendere Wahrnehmung der Dinge und ein viel größeres Verständnis als zahlreiche Erwachsene. Für Jan gilt das ganz besonders. Ich sage es noch einmal: Ein eingestandener Fehler tut sicherlich weh, aber Schweigen quält wesentlich mehr. Was wünscht Ihr ihm? Dass er mit der Überzeugung durchs Leben geht, nicht geliebt worden zu sein?«

»Ich habe Angst«, sagte sie mit bebender Stimme. »Versteht Ihr? Vor allem schäme ich mich.«

»Ihr tut Euch Unrecht. Ihr wart jung, Ihr habt aus Liebe gehandelt, sowohl gegenüber dem Mann, der Euer Herz entzündet hatte, als auch in Bezug auf Jan. Liebe braucht sich niemals zu schämen.«

Ihr Blick ging in die Ferne, um den Mund zeigte sich ein halbes Lächeln. »Was wisst Ihr von der Liebe, Idelsbad? Ich meinte zu verstehen, dass Ihr dieses Gefühl aus Eurem Leben verbannt habt.«

»Das stimmt. Aber es hat sich mir in Erinnerung gebracht. Einmal.Vor langer Zeit …«

Einige Augenblicke verharrte er nachdenklich.

»Es wird Zeit.«

»Ich werde mit Jan reden.«

Sie nahm ihre ganze Energie zusammen und wiederholte: »Ich werde mit ihm reden. Dann wird er entscheiden.«

»Gut!«, sagte Idelsbad. »Aber was passiert danach? Könnt Ihr Euch vorstellen, dass er fröhlichen Herzens nach Hause zurückkehrt?«

»Leicht wird das nicht sein, aber wenn er weiß, dass ich ihm zur Seite stehe, dass es mich gibt, wird ihm das helfen, das Leben bei Margaret durchzustehen. Er wird von da an nicht mehr allein sein. Jedes Mal, wenn er das Bedürfnis haben sollte, mit jemandem zu reden, könnte ich für ihn da sein.«
Eilends fügte sie hinzu: »Es sind ja keine tausend Meilen vom Beginenhof zu Van Eycks Haus. Ich werde mit der Oberin reden, ich denke, sie wird Verständnis aufbringen. Wir leben nicht völlig von der Welt abgeschlossen. Wir haben einen Besuchergarten zur Verfügung, wo wir Angehörige treffen können. Jan kann mich regelmäßig besuchen kommen.«
»Ihr vergesst ein Detail. Solange diese Mörder in Freiheit sind, schwebt Euer Sohn in Gefahr.«
»Was tun?«
»Ich habe darüber nachgedacht. Ich gehe zum Bürgermeister und erzähle ihm alles. Ich werde ihm die Umtriebe dieser beiden Männer, De Veere und Moser, enthüllen. Auch mit Frau Margaret werde ich reden. Der Junge muss Schutz erhalten.«
Sie stimmte vorbehaltlos zu.
»Ihr seid ein Mann mit einem guten Herzen«, sagte sie mit Nachdruck, während sie ihm in die Augen sah. »Ihr seid von der Art Van Eycks.«
»Macht Euch keine Illusionen. Seine Großherzigkeit habe ich nie gehabt und werde ich wahrscheinlich nie haben. Ich bin ein Seefahrer, ein Einzelgänger. Ich wähle aus, ich sortiere, ich schiebe von mir weg. Nächstenliebe ist mir völlig unbekannt, ich kenne nur das Gefühl der Pflicht.«
Sie sah ihn mit einem Lächeln an.
»Wo endet Großherzigkeit? Wo beginnt das Gefühl der Pflicht?«
Er überhörte die Frage. »Wir müssen aufbrechen.«
Eine Stunde später ritten sie in Brügge ein.
Wie verabredet ließ Idelsbad die junge Frau an einer Straßenecke zurück, direkt unter der Nische mit dem Wappentier der Stadt, dem Eisbär. Das Tier stand aufgerichtet, ein breites Goldhalsband umgelegt und Riemen über dem gemalten weißen Brustfell,

und zwischen den Tatzen hielt es ein rotes und goldenes Wappenschild.
»Begeht keinerlei Unvorsichtigkeit. Wartet hier auf uns. Und was auch kommen mag, zeigt Euch nicht.«
»Ich verspreche es.«
Idelsbad gab seinem Pferd die Sporen und entfernte sich in Richtung der Wassermühle. Vor dem Bauwerk angekommen, inspizierte er den Platz. Von ein paar Färbern abgesehen, die zu ihrer Arbeit unterwegs waren, war die Stätte menschenleer.
Vom Belfried schlug die Glocke dreimal; beim fünften Schlag wurde am Ende der Straße Jan sichtbar. Die drei Spanier waren bei ihm. Der Mann mit dem ausgezehrten Gesicht ging ein paar Schritte voraus. Der aufkommende Wind drückte ihm den schwarzen Mantel gegen die Brust.
Als sie nur noch wenige Klafter entfernt waren, blieben seine Spießgesellen stehen, und er allein ging ein Stück weiter auf den Portugiesen zu.
»Hast du die Karte?«
Als Antwort schob der Hüne die Hand unter sein Wams und zog das vierfach gefaltete Pergament hervor.
»Lasst das Kind frei!«, befahl er.
»Zuerst die Karte. Dann das Kind.«
»Kommt nicht in Frage!«
»Was beweist mir, dass es sich nicht um ein gewöhnliches und völlig unbedeutendes Stück Pergament handelt?«
»Urteilt doch selbst«, erwiderte Idelsbad und hielt dem Spanier die Karte vors Gesicht. »Es ist alles drauf. Die Breitengrade, die Entfernungen. Alles.«
»Die Breitengrade?«
»Genau. Warum das Erstaunen?«
»Mir war unbekannt, dass Ihr Euch derlei Kenntnisse angeeignet habt.«
»Und mir war unbekannt, dass Euch derlei Kenntnisse noch abgehen. Wie habt Ihr Euch entschieden?«
Ein Moment des Zögerns, dann rief der Mann:

»Gebt ihn frei!«
»Lauf!«, ermunterte Idelsbad den Jungen.
Aber Jan rannte bereits auf ihn zu. Sekunden später hielt er sich an den Beinen des Hünen fest.
»Das Pergament!«, fauchte der Spanier.
Idelsbad reichte es ihm. Der Mann warf fiebrige Blicke darauf und sagte:
»Wie war noch dein Name?«
»Francisco Duarte.«
»Du bist Portugiese ...«
»Seit Anbeginn der Zeiten.«
»Sehr gut. Du hörst mir zu, Francisco Duarte, und gräbst dir meine Worte ins Gedächtnis ein: Sollte zu deinem Unglück diese Karte sich als Fälschung herausstellen, so schwöre ich den Eid, dass ich dich finden werde, wo immer du dich aufhältst. In einem Jahr oder in tausend Jahren. Und wenn wir uns dann gegenüberstehen, dann wirst du deine Mutter verfluchen, dass sie dir das Leben geschenkt hat. Habe ich mich klar ausgedrückt?«
Idelsbad bewahrte nicht nur die Fassung, er schlug einen fast lässigen Ton an:
»Ich weiß nicht, wie viel der kastilische Hof dir für die Erfüllung dieses Auftrags zahlt. Ich an deiner Stelle aber würde mich nicht damit begnügen, das Geld einzustreichen. Wie hoch die ausgesetzte Summe auch sein mag, nie kann sie den Reichtümern gleichkommen, die du an der Küste Guineas finden könntest, wenn du nur wolltest. Wenn ich dir einen Rat geben soll: Zögere nicht! Geh an Bord des erstbesten Schiffes. Du wirst es nicht bereuen. Und wenn wir uns dereinst wieder sehen, wirst du meine Mutter segnen. *Adios amigo!*«
Der Hüne nahm das Kind bei der Hand, und gemeinsam entfernten sie sich mit großen Schritten.
»Ich habe doch wirklich geglaubt, dass ich Euch niemals im Leben wieder sehen würde«, stammelte Jan atemlos vor Dankbarkeit.
»Sie haben dich doch nicht misshandelt, will ich hoffen?«

»Nein. Aber ich habe große Angst bekommen. Vor allem, als der Scheintote gedroht hat, Katelina etwas anzutun.«
»Der Scheintote?«
»Ja. Ihr Anführer. Ich habe im ganzen Leben keinen hässlicheren Menschen gesehen.«
Sie bogen um eine Ecke, und der Eisbär kam in Sichtweite. Idelsbad verhielt den Schritt.
»Ich muss dir etwas sagen, Jan.«
Der Junge blieb ebenfalls stehen und wartete ein wenig ratlos ab.
»Es wartet jemand auf dich, der mit dir sprechen möchte.«
»Jemand?«
»Ja. Eine Frau. Eine Freundin.«
Jan zuckte erschrocken zusammen.
»Ihr wollt mich im Stich lassen, ist es das?«, rief er in einem Ton aus, der ans Herz ging.
»Nein. Du bist auf dem Holzweg. Ganz im Gegenteil.«
»Doch!«, beharrte Jan wild. »Ihr habt beschlossen, mich zu Margaret zurückzubringen.«
»Vertraue mir. Von Margaret ist nicht die Rede. Es geht um jemand anderen. Ich ...« Er geriet beinahe ins Stottern, suchte nach dem richtigen Wort und bemerkte schließlich entmutigt: »Sie wird es dir erklären. Komm jetzt!«

Maude stand da und sah ihnen entgegen, unbeweglich, die Hände vor der Brust wie zum Gebet gefaltet.
Sie waren nur noch Schritte entfernt, als Jan sie wieder erkannte. Verdutzt flüsterte er:
»Aber ... Ihr seid ... Ihr seid doch die Dame vom Beginenkloster.«
»Ich heiße Maude.«
Mit schamhaftem Zögern nahm sie die Hand des Jungen und hielt sie fest umschlossen.
»Kommt«, schlug Idelsbad vor, »setzen wir uns irgendwo um einen Tisch. Dort lässt sich besser reden.«
Als sie unter der Nische mit dem Eisbären vorbeigingen, hob sie

spontan den Blick. »Merkwürdiges Tier, nicht wahr, Jan? Ich habe die Legende nie richtig gehört, die …« Der Satz mündete in einen jähen Ausruf:
»Vorsicht!«
Zuerst begriff Idelsbad die Warnung nicht. Er blickte sich rasch um, gewahrte aber nichts Unnormales.
Erneut schrie sie auf. Es war kein Ausruf mehr, es war das Aufheulen einer Wölfin:
»Jan! Nein!«
Jetzt erst entdeckte der Hüne den Mann, der weit aus einem der Fenster lehnte. Seine Augen flammten, das Blitzen darin war schärfer als das der Dolchklinge in der ausholenden Hand. Wie erstarrt drehte Idelsbad den Kopf zu Jan hin. Das Kind lag am Boden, über ihm wie ein Schutzmantel der Körper von Maude. Die beiden waren kaum zu unterscheiden.
Mit einem trockenen Laut bohrte sich der Dolch knapp unter der Taille in den Rücken der Frau. Ihr Körper zog sich nur ganz wenig unter dem Schmerz zusammen.
»Mein Gott – das ist doch nicht möglich«, ächzte Idelsbad.
Er ließ sich auf die Knie sinken. Mit kurzer, schneller Bewegung zog er die Klinge heraus, dann drehte er mit größer Behutsamkeit Maude zuerst auf die Seite, dann auf den Rücken, wobei er gleichzeitig Jan befreite.
Er schob der Frau die Hand unter den Nacken und sprach ihr Mut zu: »Haltet aus. Wir bringen Euch ins Spital. Alles wird wieder werden.«
Mit schwacher Stimme brachte sie hervor: »Ihr seid nicht nur ein ichsüchtiger Mensch, Dom Francisco, Ihr seid auch ein Lügner.«
Ihr Kopf kippte so, dass sie Jan sehen konnte. Der starrte sie totenbleich an, seine Lippen zitterten, seine Augen waren vor namenlosem Unglück geweitet.
Sie streckte die Hand nach ihm aus. Er ergriff sie und umschloss sie krampfhaft.
Keuchend fand sie die Kraft für die gemurmelten Worte:

»Jan, versprich mir, vergiss es nie. Ich liebe dich. Ich habe dich immer geliebt …«
Er nickte hilflos.
Der Blick des Hünen irrte zwischen den beiden hin und her. Er war drauf und dran, es dem Jungen zu sagen: ›Sie ist deine Mutter‹. Aber er sah sein Gesicht und schwieg. Es war unnötig. Jan wusste es bereits.

XX

Ein dichter Schwarm von Raben verdunkelte den Himmel über dem Friedhof. Aber es war nur eine Sinnestäuschung. Die Raben, die Jan über sich zu sehen glaubte, flatterten durch sein aufgewühltes, von wirren Bildern und Geräuschen erfülltes Gedächtnis. Langsam senkte sich der Sarg in die Grube, und ebenso langsam und schmerzlich entriss sich ihm ein Teil seiner selbst, um Maudes sterblicher Hülle nachzufolgen und sich ihr für alle Ewigkeit zu verbinden.

Seine Lippen formten das Wort »Mama«. Die Macht dieses Wortes, das zu sagen er nie Gelegenheit gehabt hatte, kam wie eine Woge über ihn: als erlitten sämtliche Galeeren Flanderns jetzt und in derselben Stunde Schiffbruch.

Nichts würde mehr so sein, wie es einmal war.

Das, was man unerreichbar glaubte, endlich wieder finden, nur um sich sogleich wieder seiner beraubt zu sehen – das Gefühl spottete jeder Beschreibung. Es war nicht einfach Verzweiflung, es war ein Abgrund, an dem er schwankend stand, unfähig, sich vom Rand zu lösen, unfähig, sich für immer hineinfallen zu lassen.

Er hatte Maudes Geruch eingeatmet, er hatte ihre Haare berührt, ihre weiche Haut flüchtig gespürt, er war ein Teil von ihr gewesen, als sie sich schützend über ihn geworfen hatte. Sie hatte ihm das Leben zweimal geschenkt.

Nichts würde mehr so sein, wie es einmal war.

Wie viele Jahre, wie viele Jahrhunderte würde er brauchen, um zu vergessen, dass er ihr nicht mehr hatte sagen können, ja, er verzeihe ihr, nichts sei ihm geblieben von der ganzen Geschichte,

die Idelsbad ihm anvertraut hatte, nichts außer Dankbarkeit und Trauer, unendliche Traurigkeit?
Mama ...
Sie war dorthin gegangen, wo Van Eyck wartete. Vielleicht würde sie dort droben wieder zu seinem Modell, falls Gott im Himmel den großen Geistern die Möglichkeit gewährte, ihr Werk fortzusetzen. Aber was sollte aus ihm, Jan, werden?
Halb unbewusst spürte er die Hand des Hünen, die sich um die seine schloss, und fügsam ließ er sich zum Ausgang führen. Kaum waren sie draußen, blieb Idelsbad stehen und nahm den Jungen bei den Schultern.
»Hör zu. Wir werden abreisen. Wir verlassen Flandern.«
Jans Augen leuchteten auf. »Wir?«
»Ja, Jan, wir. Solange diese Wahnsinnigen sich frei bewegen, bist du hier in Gefahr. Und ich übrigens auch.«
»Aber wohin werden wir gehen?«
»Ich nehme dich mit nach Lissabon. Anschließend suchen wir Henrique in Sagres auf. Wenn ich recht verstanden habe, liebst du das Meer und die Schiffe. Aber vor allem wirst du in Sicherheit sein.«
Jan erhob schwachen Protest: »Ich möchte Euch keine Ungelegenheiten machen. Ich habe immer noch die Möglichkeit, auf jenes Schiff zu gehen, das für Pisa bestimmt sein soll, und wer weiß, mit ein wenig Glück schaffe ich es eines Tages doch noch bis nach Venedig.«
Ein verlegenes Achselzucken folgte.
»Leider besitze ich kein Geld mehr. Die Summe, die mein Vater mir hinterlassen hatte, ist mir von den Leuten gestohlen worden, die mich ertränken wollten. Also müsste ich Euch um ein Darlehen angehen. Ihr könnt mir jedoch vertrauen, ich werde es Euch zurückzahlen, das verspreche ich Euch!«
»Das will ich doch sehr hoffen, dass du es mir zurückzahlst!«, gab Idelsbad mit gespieltem Ernst zurück.
Schnell wechselte er in die andere Tonart: »Nein, Jan. Ein Kind in deinem Alter zieht nicht einfach auf Abenteuer los. Jetzt kommt

zuerst einmal Lissabon, und später wirst du alle Freiheit und Muße haben, deinen Traum zu verwirklichen.«
Jan sah den Hünen fest an und fragte eindringlich: »Ihr seid Euch sicher? Ihr werdet es nicht bereuen? Ihr wollt mich wahrhaftig mitnehmen?«
»Ja.«
Idelsbads Lippen durchlief ein kaum merkliches Zucken. Er klang fast unbeholfen, als er sagte: »Ich möchte, dass du bei mir bleibst.«
Jan stieg die Röte in die Wangen. Er bewahrte Schweigen, aber die unbändige Freude, die er empfand, war ihm trotzdem anzusehen.
»Einverstanden«, flüsterte er.
»Das also wäre abgemacht. Ich schlage vor, wir begeben uns zuerst nach Sluys. Dort erhalten wir Auskunft über das nächste Schiff nach Lissabon. Aber vorher, erinnerst du dich, vorher ist da noch ein Versprechen deinerseits?«
»Die Karte?«
»Weißt du wirklich, wo Van Eyck sie versteckt hat?«
»Ich glaube, dass ich es weiß.«
»Du hast also nicht gelogen, als du mir den Pakt angetragen hast?«
»Nein.«
»Sehr gut. Dann sag, was du weißt.«
»Kurze Zeit vor seinem Tod hat mich mein Vater zu dem Altar mitgenommen, den er gemeinsam mit Hubert gemalt hatte.«
»Hubert?«
»Seinem Bruder. Damals hat er ein Werk erwähnt, das dieser Bruder geschaffen hatte. Ein Stundenbuch. Als ich mich verwundert zeigte, dass ich es nie zu Gesicht bekommen hatte, gab er mir lediglich die kurze Antwort: ›Es ist an sicherem Ort.‹ Wenig später hat mir Vater eine merkwürdige Weisung erteilt. Er hat gesagt: ›Wenn mir eines Tages etwas zustoßen sollte, wenn ich plötzlich nicht mehr da sein sollte, dann erinnere dich an das Stundenbuch.‹ Warum sollte er mir gegenüber diese vertrauliche

Bemerkung gemacht haben, wenn er mir nicht eine ganz bestimmte Botschaft übermitteln wollte?«

»Das erscheint mir in der Tat logisch. Aber zurück zu dem Buch. Wo könnte es deiner Meinung nach sein?«

»Ich sehe nur einen Ort: die Sankt-Johannes-Kirche, wo der Altar steht. In Gent.«

»Woher hast du diese Gewissheit?«

»Gleich nachdem diese Spanier bei uns eingedrungen waren, hat mein Vater das Pferd genommen und ist fortgeritten. Dabei hasste er das Reiten. Zurückgekommen ist er erst am nächsten Tag spätabends.«

»Du denkst also, dass er nach Gent geritten ist, um dort das Buch in Sicherheit zu bringen.«

Jan nickte.

»Nun, wenn das so ist, dann bleibt uns nichts anderes, als deine Eingebungen zu überprüfen.«

Idelsbad wirkte plötzlich besorgt.

»Aber fühlst du dich denn stark genug für diese Reise? Wenn nämlich deine Ahnung begründet ist, dann wird so schnell niemand die Karte entdecken. Bis es so weit ist, werden die Meere für Portugal keine Geheimnisse mehr bergen, und das gilt dann auch für die restliche Welt.«

Die Antwort des Jungen klang entschlossen: »Nein. Wir müssen dorthin.« Und in genauso festem Ton erklärte er: »Ich habe mich noch nie so stark gefühlt wie jetzt.«

Beinahe hätte er hinzugefügt, wem er dieses Kraftgefühl verdankte, nämlich ihm, Idelsbad, und der neuen Hoffnung, die ihm der Portugiese mit dem Wort Lissabon eingeflößt hatte. Ihm verdankte er, dass endlich der kleine Stern der Zuversicht wieder aufglomm, dass endlich das erschreckende Gefühl der Einsamkeit von ihm wich. Aber wie jedes Mal, wenn die Rührung zu stark wurde, blieben ihm die Worte im Halse stecken.

»Zum Thema Geld muss ich sagen«, fing Idelsbad wieder an, »dass auch ich eine gewisse Knappheit verspüre. Ich kenne jemanden, der unsere Kasse wieder etwas auffüllen kann. Ein por-

tugiesischer Freund. Bevor wir aufbrechen, machen wir einen Abstecher zur Zivilkanzlei. Dort arbeitet er nämlich.«
Er nahm Jans Hand und sagte: »Gehen wir!«

Als sie die Amtsstube von Rodrigues betraten, hatte der verfrorene junge Mann zwar den Handwärmer beiseite gelegt, aber das leise Bullern des Kaminfeuers hielt an.
Mit wenigen Worten machte Idelsbad ihm sein Anliegen klar.
»Gewiss doch, Dom Francisco, Ihr werdet den gewünschten Betrag erhalten. Leider kann ich ihn Euch nicht vor morgen aushändigen. Ihr werdet verstehen, dass ich die Mittel, die mir aus Lissabon zufließen, nicht hier verwahre. Dafür kann ich Euch aber aus meiner privaten Schatulle so viel vorschießen, dass der dringendste Bedarf gedeckt sein sollte.«
Rodrigues nestelte bereits die Geldkatze von seinem Gürtel und reichte sie mit spontaner Geste an Idelsbad.
»Ich danke dir. Neues Treffen also nach unserer Rückkehr aus Gent.«
Der junge Mann zögerte einen Moment, als wäre ihm die nachfolgende Frage eine Spur peinlich:
»Verzeiht meine allzu beflissene Eile, Dom Francisco, aber habt Ihr die Karte gefunden?«
»Noch nicht. Aber ich bin guten Mutes. Wenn alles glatt geht, wird sie sich heute Abend in unseren Händen befinden.«
»Und die Spanier?«
»Müssten eigentlich schon unterwegs zur Hölle sein.«
»Gott sei gelobt!«
Ein Hauch von Argwohn legte sich auf Idelsbads Gesicht. »Du kommst mir plötzlich sehr besorgt vor. Gibt es etwa ein Problem?«
»Ich weiß nicht recht. Heute Morgen beim Verlassen des Hauses hatte ich das Gefühl, jemand folge mir. Aber vielleicht war es nur eine Einbildung.«
»Eine Einbildung, ganz gewiss«, suchte der Hüne ihn zu beruhigen. »Sie wissen gar nicht, dass es dich gibt.«

»Hätten sie Euch nicht beschatten können, als Ihr mich hier vor achtundvierzig Stunden aufgesucht habt?«

»Das bezweifle ich. Außerdem habe ich ihnen gegeben, wonach sie suchten. Eine Seekarte. Selbstverständlich gefälscht. Das können sie aber erst merken, wenn sie auf See sind, und dann ist es zu spät.« Jeder weiteren Diskussion vorbeugend, sagte er nach knapper Pause: »Schluss jetzt, quäle dich nicht weiter mit solchen Gedanken. Bis morgen also.«

Er bedeutete Jan, ihm zu folgen.

Die Reise ging bei strahlender Sonne vonstatten. Der Sommer schien endgültig Nebel und garstige Winde besiegt zu haben. Aber Jan sah den Sommer nicht. In Gedanken erlebte er ein zweites Mal den Weg, den er wenige Wochen zuvor an der Seite Van Eycks zurückgelegt hatte. Damals war der Himmel unfreundlich grau gewesen, die Wolken waren dicht über den Kanälen entlang getrieben. Und Van Eyck war am Leben gewesen. Wie lange dauerte die Sehnsucht nach einem Menschen, wie lange verweilte der Kummer? Verschwanden sie eines Tages wie durch Zauberei, oder blieben sie ein Leben lang in uns, tief in der Brust verborgen, keinen Schmerz mehr verursachend, aber doch gegenwärtig? Von jetzt an schob sich Maudes Bild über das des Meisters. Und er, Jan, hatte geglaubt, sie hätte ihn niemals geliebt!

– *Jeder Mensch, der trotz Nichtwissens urteilt, befindet sich im Irrtum.*
– *Du sollst wissen, Jan, dass Im-Stich-lassen zuweilen eine ganz besondere Liebestat sein kann.*

Die Äußerungen Van Eycks, wie eindringlich sie heute an Sinn gewannen. Niemals würde er sie vergessen.

Als sie am Spätnachmittag den Vorplatz der Johanneskirche erreichten, war dem Jungen plötzlich, als geriete seine Seele ins Taumeln: Der Meister war zugegen, dort schritt er die Stufen zum Portal hinauf, die Ledertasche hing ihm über die Schulter. Er konnte ihn sehen, ja streifend berühren. Und genauso wie sein Vater wenige Wochen zuvor, stolperte er schwankend.

»Alles in Ordnung?«, fragte Idelsbad beunruhigt. »Bist du sicher, dass du weitergehen kannst?«
»Ja.«
Langsam gingen sie vor zum Hauptaltar. Unter dem Retabel blieben sie stehen.
»Was schlägst du vor?«
Der Junge schien verunsichert. »Vielleicht habe ich mich ja getäuscht.«
»Nein, Jan, das glaube ich nicht. Aber ich weiß, wie dir zumute sein muss. Trotzdem, reiß dich zusammen. Denke nach.«
»Der Retabel … die Figuren. Vielleicht liegt da die Antwort.«
Der Junge trat an die Bildtafeln heran, studierte eine nach der anderen, während in seinem Kopf Van Eycks Worte erklangen:
»Tritt näher heran. Ich werde dir eins der Geheimnisse dieses Altars enthüllen. Schau dir sehr aufmerksam diesen Flügelteil an. Siehst du die beiden Reiter?«
»Die Nasenflügel, der ausgeprägte Brauenbogen. Aber das seid ja Ihr! Ein wenig stattlicher als auf dem Selbstporträt, das Ihr vor einigen Monaten gemalt habt. Aber unverkennbar Ihr! Der ältere Mann hingegen, wer ist das?«
»Mein Bruder Hubert. Er war zwanzig Jahre älter als ich.«
Langsam ging er um den Flügelaltar herum bis zur Rückseite der Tafel, auf der Hubert zu sehen war. Jedem anderen Betrachter wäre das Detail entgangen. Jan aber registrierte augenblicklich, genau wie bei der venezianischen Miniatur, die überflüssige Stabilisierungsleiste, und dazu eine weitere Kleinigkeit: zwischen Leiste und Tafel war ein dünnes Nussholzbrettchen gezwängt worden.
»Ich glaube, hier ist es«, verkündete er Idelsbad, der nachgekommen war.
Gemeinsam bemühten sie sich, das Brettchen herauszulösen.
Da war es, das Stundenbuch, senkrecht eingefügt in sein Versteck. Kaum von der Verriegelung befreit, fiel es ihnen entgegen, und Idelsbad fing es wenige Zentimeter vor dem Boden auf.
»Gratuliere, mein Junge. Du hattest Recht.«

Sehr behutsam öffnete er das Buch.
Van Eyck hatte nicht übertrieben, als er von einem bewunderungswürdigen Werk gesprochen hatte. Im Gegenteil. Das Stundenbuch stand in der reinsten Tradition der Psalter: Der Kalender der Feiertage und der Heiligen ging den beiden Gebeten an die Jungfrau voraus: *Obsecro te* und *O intemerata*, woran sich Auszüge aus den Evangelien schlossen, wiederum gefolgt von den Stundengebeten: Morgengebet, Laudes, Erstes Stundengebet, Terz, Sexte und None, Vesper und Kompleta. Die Seiten waren mit Buchmalereien von großer Schönheit geschmückt, zu sehen waren die Evangelisten und Szenen aus dem Leben Jesu.
Zwischen zwei Seiten mit Psalmen entdeckte Idelsbad schließlich die Seekarte. Aber es gab auch einen Brief. Er nahm ihn heraus und übergab ihn Jan.
»Ich glaube, er ist an dich ...«
Der Junge zögerte einen Augenblick, nahm dann mit unsicherer Hand den Brief.

Mein geliebter Jan,
ich weiß, dass die Sanduhr rinnt und dass meine Tage gezählt sind. Ich bin nicht sicher, ob ich noch einen weiteren Sommer erleben werde, ob Du mich noch lange vor einer Staffelei antreffen wirst.
Aber wenn Du diesen Brief in Händen hältst, dann, weil ich nicht mehr bin, und das bedeutet, dass Du in Gefahr bist.
In Deinen Augen wie in den Augen meiner Umwelt war ich nie etwas anderes als ein Künstler. Das war ich auch, aber von einem bestimmten Tag im Jahr 1425 an kam ein zweites, ein paralleles Leben zu diesem Malerleben hinzu. Nach dem Tod meines ersten Gönners, des Grafen von Holland, Johannes von Bayern, bin ich in den Dienst des Herzogs Philipp getreten. Wie Du weißt, war ich sein Lieblingsmaler, aber ich wurde sehr schnell zu seinem persönlichen Diener, oder sagen wir besser, zu seinem Junker und unmerklich Schritt für Schritt zum Mann seines Vertrauens. Bald betraute mich der

Herzog mit bestimmten geheimen Missionen. Die Wahl mag überraschen, aber man muss den Herzog kennen, um diese Entscheidung zu verstehen. Seit dem ungeheuerlichen Mordanschlag, dem sein Vater, Johann Ohnefurcht, zum Opfer fiel, lebte er in der panischen Angst, er könnte seinerseits Verrat erleben. Er misstraut allen und jedem. Ich wage zu behaupten, dass, abgesehen von mir, der einzige Mensch, den er von diesem Argwohn ausnahm, der Kanzler Nicolas Rolin war.
Ich werde hier nicht näher auf die Aufträge eingehen, die ich zu erledigen hatte, dies ist nur für jene von Interesse, die über Wohl und Wehe der Menschen entscheiden. Das Wichtigste ist, was nun folgt: Von meiner letzten Reise nach Portugal habe ich im Auftrag des Herzogs eine Seekarte von unschätzbarem Wert an mich und zurückgebracht. Auch hier möchte ich Dich nicht damit belasten, dass ich Dir in allen Details erkläre, warum sie so wertvoll ist. Nur so viel sollst Du wissen: wertvoll ist sie unter militärischem Aspekt wie unter Handelsgesichtspunkten.
Ich habe diese Tat aus Treue zu Herzog Philipp, aber auch aus Liebe zu meinem Heimatland Flandern begangen. Bei oberflächlicher Betrachtung magst du mich dafür in schlechtem Lichte sehen, es ist aber so, dass ich nichts besonders Verachtenswertes getan habe: Die Welt der politischen Macht ist nun einmal so beschaffen, dass die Portugiesen die Spanier niederzuhalten suchen, die Spanier ihrerseits die Portugiesen, die Araber die Spanier, die Venezianer die Florentiner, die Genueser die Venezianer, die Türken das Abendland, und dass jeder alles an sich zu raffen sucht, was seine Machtstellung zu stärken geeignet ist. Wir sind da in einem Spiel gefangen, das so alt ist wie das Menschengeschlecht und das, wie ich fürchte, so lange andauern wird, wie die Menschen nicht zur Weisheit gefunden haben, das heißt bis zum Heraufdämmern des Jüngsten Tages. Folglich wird das, was manche als Verrat bezeichnen, von anderen als heroische Tat betrachtet werden.
Genau diese Rivalitäten nun werden, das befürchte ich, Ursa-

che meines Todes sein. Die Spanier haben durch ihre Spione herausbekommen, dass sich die Karte in meinen Händen befindet. Vor Ablauf von achtundvierzig Stunden werde ich nicht mit dem Herzog – er weilt fern von Brügge – zusammentreffen. In der Zwischenzeit kann alles passieren. Aus diesem Grund – nachdem wir Opfer eines Überfalls geworden sind – habe ich beschlossen, die Karte an einen sicheren Ort zu bringen.
Sollte ich sterben, bevor ich meinen Auftrag habe zu Ende bringen können, dann werdet ihr, die Meinen, in Gefahr sein. Ich denke vor allem an Dich als das älteste Kind. Sie werden euch alle auf keinen Fall in Ruhe lassen, solange sie nicht bekommen, wonach sie suchen.
Es geht auf gar keinen Fall an, dass, nachdem ich nicht mehr bin, ihr die Folgen meiner Taten zu tragen habt.
Wenn Du hier stehst, dann deswegen, weil Du den Geldbeutel gefunden hast, den ich hinter der von Dir so geliebten venezianischen Miniatur versteckt hatte, und vor allem, weil Du Dir jene Bitte oder Weisung gemerkt hast, die ich Dir gegenüber hinsichtlich des Stundenbuchs geäußert habe. Nimm die Karte und übergib sie unverzüglich jenen Leuten. Kein Geheimnis, kein Schatz ist so schützenswert, dass die Menschen, die ich liebe, dafür leiden und in angstvoller Unruhe leben sollten. Sieh zu, dass Du die Karte loswirst, dann ist auch die Drohung, die über euch schwebt, aufgehoben. Dafür sollst Du das Buch als Kostbarkeit bewahren. Wie ich Dir schon gesagt habe, ist es ganz und gar das Werk Huberts. Es wurde von Wilhelm IV. in Auftrag gegeben, aber dieser starb zwei Jahre später, als die Arbeit noch nicht vollendet war. Bei Huberts Tod habe ich es geerbt. Heute mache ich es Dir zum Geschenk. Es soll Dich an die Zuneigung erinnern, die ich für meinen Bruder empfand, sie war genauso groß wie jene, die ich für Dich empfinde.
Wohin mein Weg auch führt, Du wirst mir fehlen, Jan. Ich weiß nicht, ob Du eines Tages Maler sein wirst. Merkwürdig,

aber ich wünsche Dir gar nicht, dass Du es wirst. Das Künstlerleben ist eine schmerzhafte innere Auseinandersetzung, ein nie enden wollender, jede Stunde anhaltender Kampf. Sieg und gelassene Zuversicht wollen sich nur selten einstellen. Was immer Du jedoch tun mögest, tue es mit Gediegenheit und Takt, aufrichtig und mit dem Willen, Dein Bestes zu geben. Ich schließe Dich zärtlich in meine Arme …

Dein Vater JAN VAN EYCK.

Jan reichte den Brief an Idelsbad. Die Kehle war ihm wie zugeschnürt.

»Nehmt. Lest«, sagte er mühsam. »Vielleicht wird Eure Meinung über meinen Vater sich ändern.«

Ernst und konzentriert las der Hüne das Schreiben.

»Er hat dich geliebt, Jan. Das ist alles, was ich mir merken werde.«

Ohne weiteren Kommentar schritt er zu einem Nischenabsatz, wo ein Dutzend auf spitze Dreieckeisen gesteckte Kerzen flackerten, und hielt eine Ecke der Karte an eines der Flämmchen. Wenig später war das Pergament nur noch ein Häufchen Asche.

»So, jetzt suchen wir uns einen Gasthof«, sagte er. »Es ist zu spät für den Rückweg.«

»Ich kenne einen – zum Roten Kapaun. Hättet Ihr etwas dagegen, dass wir dort absteigen?«

»Nein, gar nichts. Aber warum gerade dieser Gasthof?«

»Weil Vater sich dort gerne aufhielt.«

»Also dann der Rote Kapaun.«

Im Moment des Aufbruchs wandte sich der Portugiese dem Flügelaltar zu, um ihn ein letztes Mal zu betrachten.

»Ich habe noch nie etwas so Schönes gesehen. Dein Vater besaß wirklich geniales Talent.«

»Er besaß mehr als geniales Talent, er war ein gütiger Mensch.«

In dieser Nacht schlief Jan wenig.

Kaum schlug Idelsbad die Augen auf, da fragte er ihn schon:

»Warum mich?«

»Was meinst du damit?«
»Ich musste ununterbrochen an jene Gilde, an jene Leute denken. Warum wollen sie meinen Tod?«
»Maude hat mir die gleiche Frage gestellt. Ich weiß es nicht, Jan.«
»Dennoch muss es eine Erklärung geben«, fügte er rasch hinzu. Der Hüne stieg aus dem Bett und trat ans Fenster. Die Straße war menschenleer. Der rote Ball der Sonne stieg langsam hinter dem Belfried empor.
»Stellen wir uns einmal vor, du seist, ohne dass du es weißt, Träger einer Information. Und zwar einer so hoch bedeutsamen Information, dass sie die Verschwörung, die da im Gange ist, gefährden könnte.«
»Aber ich weiß gar nichts!«
»Ich habe nicht umsonst gesagt: ›ohne dass du es weißt‹«, betonte Idelsbad nachdrücklich. »Dein Vater zählte nicht zu den gewöhnlichen Menschen. Er hat ein sehr vielseitiges, ein vielschichtiges Leben geführt, er hatte nahen Umgang mit hoch gestellten Persönlichkeiten. Könnte es da nicht sein, dass er dich eines Tages etwas besonders Vertrauliches hat wissen lassen?«
»Nein«, antwortete der Junge ohne das geringste Zögern. »Im Übrigen konnte auch er selbst sich keinerlei Reim auf diese Morde machen. Sie überstiegen einfach seine Vorstellungskraft. Hätte er eine Meinung gehabt, hätte er angenommen, dass sie unmittelbar mit ihm selbst oder mit ihm allein bekannten Geheimnissen zu tun hatten, dann hätte er doch nicht sein Nichtverstehen so klar ausgesprochen. Aber es kommt noch etwas hinzu …«
Jan ließ sich auf der Bettkante nieder und sprach mit Leidenschaft:
»Ihr habt den Brief gelesen. Der Schutz seiner Familie war ihm wichtiger als alles andere. Als er erfuhr, dass wir in Gefahr sein könnten, hat er sofort reagiert, und in diesem Moment scherte er sich nicht mehr um seinen Auftrag, um den Herzog oder um sonst irgendetwas. Glaubt Ihr, er hätte, falls er mich aus Unvorsichtigkeit zum Mitwisser in einer ganz entscheidenden Sache

gemacht hätte, mich nicht gewarnt, so wie er mich bezüglich der Karte gewarnt hat?«
»Das stimmt«, räumte Idelsbad ein. »Er hätte dich sicher gewarnt.«
Er ging zu dem Stuhl, auf dem seine Kleidungsstücke lagen. »Auf jeden Fall ist es nicht mehr unsere Sache. Kehren wir nach Brügge zurück. Rodrigues wird in der Kanzlei schon auf uns warten.«

Rodrigues wartete nicht auf sie. Er lag in einer großen Blutlache auf dem Fußboden, nahe beim Kamin. Die Hände hielt er an der Stelle über dem Bauch verkrampft, wo eine klaffende Wunde zu sehen war.
Von Grauen gepackt, wies Idelsbad den Jungen an, bei der Tür zu bleiben, und kniete hastig neben dem jungen Mann nieder. Der öffnete mit Mühe die Lider einen Spalt, seine Züge waren entstellt, der Tod fasste ihn schon an.
»Dom Francisco ...«, stöhnte er. »Seid auf der Hut ... hinter Euch sind sie her!«
»Wer denn?«
»Italiener ... Sie müssen Euch gefolgt sein ... Sie wussten Bescheid ...«
Er deutete eine Kopfbewegung zu einer Ecke des Raumes hin an.
»Das Gold ... in dem Kästchen ... Sie haben es nicht genommen ... Gestern. Ich habe vergessen, es Euch auszurichten. Es war eine Nachricht aus Lissabon für Euch eingetroffen ... vom Prinzen Henrique.«
»Was war ihr Inhalt?«
Es erfolgte keine Antwort.
»Rodrigues, ich flehe dich an! Bleibe tapfer! Was besagte die Nachricht?«
»Henrique ... Der Prinz will ein Schiff nach Florenz besteigen ... Er macht sich Sorgen Euretwegen ... Er ...«
Die Worte gingen in einem Röcheln unter. Ein letztes Ächzen. Die Hand des Sterbenden umkrampfte die Idelsbads, dann fiel sie kraftlos zurück.

Regungslos, zu keiner Geste fähig, verharrte der Hüne auf den Knien.

Henrique … In Florenz? War es möglich? Wenn Rodrigues die Wahrheit sprach – und wie konnte er daran zweifeln? –, dann bedeutete das, dass der Infant von nun an in Gefahr schwebte.

Nebelhaft kam ihm Petrus Christus ins Gedächtnis und was er von dem belauschten Gespräch berichtet hatte: ›*… Die große Lösung sei nah … Ein für allemal werde man mit dem Abschaum aufräumen. An jenem Tag würden Florenz und seine Erzhäretiker in den Flammen der Hölle untergehen. Es würde die Apokalypse sein … Am Tag von Mariä Himmelfahrt.*‹

Er stand auf, ging zu dem Kästchen, hob den Deckel an. Tatsächlich befand sich eine Geldbörse darin. Er nahm sie an sich und ging zu Jan zurück. Der Junge stand immer noch an der Schwelle, er hatte sich abgewendet und das Gesicht zwischen den Händen vergraben. Langsam zog ihn der Hüne mit sich fort und schloss die Tür.

Die Kraft des Lichts auf dem Morasplein schien ihnen plötzlich kaum erträglich. Es war wohl der Kontrast zu der verfinsterten Welt, die sie mit ihrer Trostlosigkeit unermüdlich einzuholen trachtete.

Idelsbad gewahrte eine steinerne Bank, ging darauf zu und ließ sich nieder. Schweigend, seinen Gedanken hingegeben, verharrte er so. Jan, der neben ihm Platz genommen hatte, beobachtete ihn mit ängstlicher Neugier, wagte jedoch nicht, ihn zu stören.

»Eines ist sicher«, murmelte schließlich der Hüne, »das Leben ist sehr merkwürdig. Warum, zum Teufel, hat Henrique beschlossen, sich nach Italien zu begeben? Warum gerade jetzt? Obwohl er sich doch seit Jahren weigert, sein Refugium auf der Ponta de Sagres aufzugeben.«

»Vielleicht die Lust auf eine Seefahrt?«, mutmaßte Jan halbherzig. »Habt Ihr nicht selbst erwähnt, dass er praktisch nie zur See gefahren ist?«

»Wenn dem so wäre, dann wäre der Augenblick verdammt schlecht gewählt. Machst du dir die Folgen klar? Wenn wirklich

eine Katastrophe Florenz zu treffen droht, dann kann auch er unter den Opfern sein.«
Entschlossen verkündete er:
»Wir gehen nicht mehr nach Lissabon.«
Jans Miene wurde zur stummen Frage.
»Was glaubst du wohl? Er ist mein Freund, und er ist auch mein Fürst. Es kommt nicht in Frage, dass ich ihn seinem Schicksal überlasse. Hast du nicht gesagt, es gehe demnächst ein Schiff nach Pisa?«
»Doch, ja. Wenn der Hafenmeister, der mir die Auskunft gab, sich nicht geirrt hat, dann müsste noch heute eine Karake in See stechen.«
»Dann haben wir keine Minute mehr zu verlieren.«
Er löste sich von der Bank. »Gebe Gott, dass sie noch am Kai liegt.«

Die Karake war da. Im Hafen von Sluys lag sie vertäut und war im Sonnenlicht prächtig anzusehen. Von geringem Tiefgang, kompakt und rund, erinnerte sie an ein dickes Ei, das man auf die Wellen gesetzt hat, während hoch am Hauptmast der Wappenwimpel der Stadt Pisa im Wind flatterte.
Den ganzen Kai entlang stapelten sich Kisten, Tonnen, Fässer und Fässchen, die man am selben Morgen aus dem Bauch des Schiffes gezerrt hatte. Auf dem Deck eilten Matrosen geschäftig hin und her, bereit, die Trossen einzuholen, andere machten sich unter Besan und Rah zu schaffen. Die Segel waren zum größten Teil losgemacht. Das Auslaufen schien eine Frage von Minuten.
Anselm De Veere, der an der Reling lehnte, glaubte, er sei Opfer einer Sinnestäuschung. Er packte Lukas Moser so heftig am Arm, dass sich dem Maler ein Schmerzensschrei entrang.
»Was ist denn in Euch gefahren?«
»Da«, stammelte De Veere, »schaut nur!«
Er zeigte auf den Kai hinunter: ein Riese und ein Kind kamen im Laufschritt auf die Karake zu.

»Das ist doch nicht möglich«, hauchte Moser entsetzt. »Was haben die hier zu suchen?«
»Was meint Ihr wohl? Sie kommen an Bord.«
»Bei Gott, das ist unglaublich!«
»Kommt! Schnell!«, befahl De Veere. »Sie dürfen uns nicht sehen.«
Mit eingezogenem Kopf hasteten sie in Richtung Vorderkastell.

Idelsbad setzte als erster den Fuß auf den Steg, nach ihm kam Jan. Dieser bewegte sich zögernd, mit ungläubigem Gesichtsausdruck. So viele Schiffe hatten sich herausfordernd vor seinen Augen präsentiert, und dies in so langen Jahren, dass er sich nur mit Mühe klar machen konnte, dass sein alter Traum Gestalt annahm. Die Gewürzdüfte, mit denen der Himmel gesättigt schien, verstärkten noch das Gefühl von Trunkenheit.
Als sein Fuß das Deck berührte, fühlte er, wie die Planken und er selbst eins wurden.
Es war kein Traum mehr. Er näherte sich der Reling. In der Ferne sah man die Türme von Brügge, Termuyden und Oostkerke. Zum ersten Mal würde er diese hohen, massiven Steingebilde betrachten können, bis sie nur noch eine unscheinbare, verschwimmende Takelage am Horizont wären.
Er hätte nicht zu sagen vermocht, wie viel Zeit er so damit zubrachte, die bunte Kulisse, das Hin und Her der Seeleute zu beobachten. Das Geräusch aber, das jetzt aus den Eingeweiden des Schiffes heraufdrang, dieses dumpfe Rasseln der sich allmählich um den Kabestan rollenden Ankerkette, würde er sein Leben lang im Gedächtnis bewahren.

XXI

Florenz, in der gleichen Nacht

Zu Füßen der Loggia del Bigatello lag die Stadt im Schlummer. An dieser Stätte stellte man drei Tage lang verirrte oder ausgesetzte Kinder aus, bevor man sie gegebenenfalls in aufnahmewilligen Familien unterbrachte.

Der Saal war äußerst spärlich erleuchtet. Die einzige Kerze war heruntergebrannt, und der Docht blakte auf einem letzten Klümpchen Wachs. In der dunkelsten Ecke saß ein Mann. Eine Halbmaske aus schwarzem Samt verdeckte einen Teil seines ausgezehrten Gesichts. Geduldig wartete er ab, bis Doktor Piero Bandini seine Darlegungen beendet hatte, dann bekundete er seine Zustimmung.

»Ich gratuliere Euch. Euer Plan ist fein gesponnen, er ist raffiniert, und er passt mir weit besser als sämtliche *conium maculatum* und sonstigen abgedroschenen Gifte.«

»Ich habe doch nur Eure Empfehlungen umgesetzt, gnädiger Herr.«

»Ich weiß. Aber was ich besonders bestechend finde, ist nicht allein das ausgeklügelte Vorgehen, sondern dessen Symbolik. Er gefällt mir recht gut, dieser Gedanke vom Leben, das sich ununterscheidbar mit dem Tod vermischt. Was ist denn auch im Grunde das Leben, wenn nicht der sich anbahnende Tod? Aber werdet Ihr zum geplanten Datum fertig sein?«

»Es ist noch knapp ein Monat bis Mariä Himmelfahrt. Mehr als ausreichend Zeit für meine Zwecke.«

»Gut so. Allmählich werde ich des Schattenlebens überdrüssig,

dieser Treffen an trostlosen Orten« – seine Hand beschrieb ausgreifend die Loggia – »wie zum Beispiel diesem hier.«
Zerstreut berührte er mit dem Zeigefinger seine Samtmaske.
»Endlich werden wir sie vom Hals haben, diese Leute, die das Chaos stiften! Ach, hätten doch seinerzeit Männer meines Schlages den Mut aufgebracht, rechtzeitig Widerstand zu leisten, dann wäre es nicht so weit gekommen! Mehr als ein Jahrhundert verloren und vergeudet! Denn Ihr wisst natürlich, dass das *Tier*, das der Apokalypse, mit jenem angeblichen Dichter, jenem Petrarca in die Welt gekommen ist! Als dieser starb, hätten wir eigentlich hoffen dürfen, dass die unheilvollen Ideen, die er ausgesät hatte, mit ihm zusammen zur Hölle gefahren seien. Nichts da. Sie haben sich immer weiter ausgebreitet.«
Mit eintöniger Stimme hob er an zu zitieren:
»›Und ich sah einen seiner Köpfe wie zum Tode geschlachtet, doch wurde seine Todeswunde geheilt, und die ganze Erde folgte dem wilden Tier mit Bewunderung.‹ Apokalypse, Kapitel 13, Vers 3. Hört Ihr, Bandini, die ganze Erde! Das ist sie, die Seuche! Ihr Einhalt zu gebieten ist unsere heilige Pflicht.«
Er richtete seinen Blick starr auf den Arzt.
»Eine Idee, ein einziges unheilvolles Individuum haben dafür genügt, dass heute Abend unsere Welt in ihren Grundfesten wankt.«
»Petrarca, gewiss. Aber meines Erachtens ist der Verfasser des *Decamerone* kaum einen Deut erquicklicher.«
»Ihr meint diesen Bastard, diesen Giovanni Boccaccio?«
Zur Bestätigung verzog Bandini angeekelt den Mund.
»Schau sie nur an, all die jungen Männer, die jungen Frauen, die von sinnlichem Genuss besessen sind.«
Er neigte sich dem Mann mit der Samtmaske entgegen. »Habt Ihr die Vorrede gelesen?«
»Natürlich. Vom substanzlosen Stil, vom betrüblich schlechten Satzbau ganz abgesehen, wie kann man nur auf die Idee kommen, ein literarisches Werk den Frauen zu widmen? Sie unter dem Vorwand zu bedauern, sie würden von Sitte und Gesell-

schaft daran gehindert, die Stätten körperlicher Ertüchtigung aufzusuchen oder sich Männern vorbehaltenen Tätigkeiten zu widmen? Wie kann einer wagen zu erklären, und ich zitiere wieder: ›Die Gesetze müssen gemeingültig sein und mit Zustimmung derer verkündet werden, an die sie sich wenden. Die Frauen aber sind nie dazu befragt worden!‹ Darüber hinaus war Boccaccio nicht nur ein kläglicher Poet, er war auch ein Verräter und ein Rufmörder. Ich lasse ganz beiseite, dass er stets Neapel seiner Heimatstadt Florenz vorgezogen hat, und sage nur, dass seine Kritik an unserem Gemeinwesen nichts als ein Haufen Lügen ist, alles verbrämte Beleidigungen.«

Bandini nickte heftig und nutzte die Gelegenheit, selbst wieder das Wort zu ergreifen.

»Wisst Ihr, dass die Ideen dieser Leute mittlerweile auch schon die Medizin mit ihrem Gift durchsetzen? Erst gestern Abend habe ich einen meiner Berufskollegen erklären hören, wir müssten radikal Schluss machen mit der Vergangenheit, und es sei Zeit, das Verbot des Sezierens von Leichen zu durchbrechen! Die Lehren eines Galen und eines Hippokrates seien kritisch zu überprüfen, und nur eine Art Extrakt in deren *ursprünglicher Reinheit* sei zurückzubehalten. Kurz, die Stunde sei gekommen, eine *andere* Heilkunst aufzubauen, und dies im Namen der Befreiung des Menschengeistes!«

»Seid ohne Sorge. Bald werden all diese zersetzenden Ideen nicht den geringsten Widerhall mehr finden, ganz einfach, weil kein einziges Gehirn sich mehr finden wird, das sie weitertragen könnte. Wir haben viel Zeit verloren. Ich gebe zu, dass ich die Lage falsch eingeschätzt habe.«

Noch einmal zitierte er:

»›Und ich sah aus dem Meer ein wildes Tier mit zehn Hörnern und sieben Köpfen aufsteigen und auf seinen Hörnern zehn Diademe, und auf seinen Köpfen lästerliche Namen …‹ Ja, ich habe einen Irrtum begangen, ich habe geglaubt, wir könnten die Köpfe einzeln abschlagen. Ich hatte mir nicht bewusst gemacht, dass das *Tier* die Lernäische Hydra ist: für einen abgeschlagenen Kopf

wachsen deren sieben nach. In Wirklichkeit hätten wir das Herz herausreißen müssen. Ohne Herz wäre der Körper der Verwesung preisgegeben gewesen.« Er schloss mit den Worten:
»Aber seht Euch vor! Der geringste Fehltritt hätte die unerfreulichsten Konsequenzen. Ihr braucht Euch nur anzusehen, was in Flandern verpfuscht wurde. Absolut unfähige Leute!«
»Und die Ghiberti-Affäre … Auch da kann man nicht behaupten, alles sei großartig gelungen.«
»Da wir gerade bei den verpatzten Dingen sind … Was ist mit dem Knaben? Wisst Ihr, ob sie ihn ergriffen haben?«
Bandini geriet erkennbar in Verlegenheit. »Nein. Ich weiß es nicht. Die Kuriere sind eben langsam …«
»Ich wage gar nicht, mir auszudenken, er könnte ihnen entwischt sein.«
Erneut legte er eine Pause ein, dann kam er zur nächsten Frage:
»Habt Ihr Nachricht von Anselm und Lukas?«
»Auch nicht, leider. Nichts Neues, seit sie uns ihre baldige Ankunft in Florenz verhießen. Wenn meine Informationen verlässlich sind, dann müssen sie heute in Brügge das Schiff bestiegen haben.«
Der maskierte Mann erhob sich von seinem Sitz, zum Zeichen, dass die Unterredung beendet war.

Anselm De Veere warf einen verächtlichen Blick auf Lukas Moser, der bleich und mit hilflos verzerrtem Gesicht in seiner Koje lag.
»Verehrtester, ich wusste gar nicht, dass Ihr von so schwächlicher Konstitution seid.«
»Weil Ihr keine Ahnung habt, was es bedeutet, seekrank zu sein. Das Gefühl, dass einem der Magen in die Kehle steigt, dass die Decke einem entgegenkommt. Der Fußboden schlingert obendrein. Einfach scheußlich. Es ist …«
Der Maler hatte gerade noch Zeit, die Schale vor sein Gesicht zu reißen, dann schüttelte ihn in Abständen, aber quälend lang das Erbrechen.

Angewidert wandte De Veere sich ab.
Als das Schlimmste vorbei war, trat er einen Schritt auf Moser zu.
»Euer Zustand ist beklagenswert. Zu zweit wären wir wirklich nicht zu viele gewesen, um mit dem Mann fertig zu werden und um den Knaben endlich aus dem Weg zu räumen. Was für ein unglaublicher Zufall, das muss ich noch einmal sagen!«
»Wir können von Glück sagen, dass sie unsere Anwesenheit immer noch nicht bemerkt haben!«
»Wie sollten sie? Wir belegen eine der beiden einzigen Passagierkabinen. Und wir haben seit der Abfahrt das Deck nicht mehr betreten.«
Moser wischte sich mit dem Ärmelaufschlag den Schweiß von der Stirn und grummelte: »So schnell wird man mich da auch nicht erblicken.«
»Das soll wohl ein Scherz sein. Angeblich dauert diese Seereise einen Monat. Drei Wochen bei besonders günstigen Winden. Ihr werdet Euch doch nicht während der gesamten Überfahrt selbst in diesen Verschlag einsperren!«
»Anselm, ich wäre Euch zu Dank verpflichtet, wenn Ihr mich nicht weiter quälen wolltet. Schließlich geht es um mich und um meine Gesundheit. Erlaubt mir außerdem, Euch daran zu erinnern, dass der Mann uns auf der Stelle erkennen wird, wenn wir vor die Kabinentür treten. Was tut Ihr dann?«
»Was ich in Brügge hätte tun sollen: ihn definitiv loswerden.«
Moser verzog zweifelnd das Gesicht.
»An Eurer Stelle würde ich mich auf so etwas nicht einlassen. Habt Ihr gesehen, wie groß der Kerl ist? Ein wahrer Koloss! Außerdem sind wir nicht einmal bewaffnet.«
»Das hat keinerlei Bedeutung. Es gibt andere Mittel. Vergesst nicht, dass er sich auf diesem Schiff in Sicherheit wähnt und deswegen nicht auf der Hut ist.«
Der Maler öffnete den Mund, um zu protestieren, aber ein Würgen erstickte die Worte, und kläglich senkte er erneut den Kopf über seine Schale.

An der Reling stehend, spähte Jan zum Nachthimmel hinauf. Nie in seinem ganzen Leben hatte er so viele Sterne gesehen. Sie mussten plötzlich der Nacht entsprossen sein, um dem sieghaft die Wogen teilenden Schiff zu leuchten. Noch mehr faszinierte ihn ihr Widerschein auf der grünschwarzen Meeresoberfläche, die Tausende von Goldtropfen, die sich in den Wellentälern auflösten, bevor sie in der Tiefe erstarben.

In der Ferne erahnte man die Küstenlinie Flanderns.

»Ein sehr schönes Schauspiel, nicht wahr?«, bemerkte Idelsbad.

»Noch schöner, als ich es mir vorgestellt habe.«

Der Hüne deutete zu einer Stelle am Firmament hinauf.

»Da oben rechts siehst du den Aldebaran. Und direkt über uns den Sirius.«

»Schade.« Jans Stimme verriet leise Melancholie.

»Was meinst du damit?«

»Schade, dass die Menschen, die ich sehr gemocht habe, jetzt nicht da sind, um das hier mit mir zu erleben.«

»Was weißt du schon davon? Sie sind vielleicht gegenwärtig, sind ganz in unserer Nähe.«

»Glaubt Ihr? Glaubt Ihr wirklich, das sei möglich?«

Idelsbad zuckte die Achseln.

»Der Gedanke ist jedenfalls nicht verboten. Schließlich weiß niemand genau, wohin die Menschen nach dem Tode gehen. Warum sollten sie nicht weiterhin über jene wachen, die ihnen lieb sind?«

Der Junge überlegte, bevor er antwortete.

»Gut, gehen wir einmal davon aus. Fehlen tun sie mir trotzdem.«

»Maude?«

»Maude ist nie da gewesen. Ich habe mich daran gewöhnt, dass sie innerlich bei mir ist. Aber mein Vater ist da, und auch Katelina. Bei ihr aber weiß ich, dass ich sie eines Tages wieder sehen werde.«

Plötzlich fragte er: »Warum habt Ihr mich nicht in Brügge zurückgelassen?«

»Deine Frage überrascht mich. Ich dachte, ich hätte schon geantwortet.«
Das Gesicht des Knaben ließ starken Zweifel erkennen.
»Du warst nicht überzeugt?«
»Nur halb. Ich habe ein hervorragendes Gedächtnis. Vor nicht allzu langer Zeit habt Ihr mir gestanden: ›Ich bin nicht nach Brügge gekommen, um den Kinderbeschützer zu spielen.‹ Dennoch steht Ihr jetzt neben mir.«
»Glaubst du, man ist sich seines Tuns stets vollständig bewusst, man macht sich immer die Folgen klar, die diese oder jene Tat nach sich ziehen kann? Wenn du das glaubst, irrst du dich. Ein Mensch ist wie ein Schiff: Es gibt Augenblicke, da entscheidet der Wind oder das Meer, oder etwas Unvorhersehbares zwingt dazu, den Kurs zu ändern, den Sturm zu erdulden oder genauso die Flaute.«
Er schwieg, bevor er wie abwesend weitersprach:
»In Wahrheit habe ich lange allein gelebt. Lange habe ich geglaubt, es gebe keinen anderen Sinn in meinem Leben als das Meer, die Kameradschaft unter Seeleuten, das Abenteuer. Vor kurzem habe ich gelernt, dass da noch anderes existiert. Dass Selbstlosigkeit mehr bereichern kann als sämtliche Entdeckungen und dass eine Empfindung, sei sie noch so intensiv, noch intensiver sein kann, wenn sie geteilt wird. Verstehst du jetzt besser, was ich meine?«
»Nein, nicht so recht.«
Idelsbad ließ ein ärgerliches Knurren hören. »Weil du nicht verstehen willst!«
»Es wäre so viel besser.«
»Was wäre besser?«
Der Junge setzte ein schwer beschreibliches Lächeln auf.
»Wenn Ihr mir einfach sagtet, dass Ihr mich ein wenig gern habt.«
Verdutzt starrte ihn der Hüne einen Moment an, bevor er in barschem Ton erwiderte:
»Nun schön, ich habe dich ein bisschen gern. Bist du jetzt zufrie-

den?« Und er wechselte das Thema. »Mein Gott, ist dieses Schiff langsam!«
»War Eures schneller?«
»Es war eine Caravelle. Wesentlich wendiger als diese Karake.«
»Und Ihr wart der Kapitän?«
»Ja.«
Der Junge wandte seine Aufmerksamkeit wieder dem Meer zu. »Eines Tages«, murmelte er gedankenverloren, »bin ich es vielleicht auch.«
»Und die Malerei?«
»Ich werde niemals Van Eyck sein. Er war nämlich ein Genie.«
»Jan, wenn du glaubst, man müsse unbedingt genial sein, um das zu tun, was man gern tun möchte, dann würde die Mehrheit der Menschen, welche die Erde bevölkern, gar nichts tun. Es reicht aus, wenn man das liebt, was zu tun man beschlossen hat.«
»Also werde ich Seefahrer!«
»Das sagst du so, weil du keine Ahnung hast, was das Leben auf See wirklich bedeutet. Die Lehrzeit eines Schiffsjungen ist in nichts mit der eines Künstlers zu vergleichen.«
Jan runzelte die Stirn. »Und bei Euch sieht man genau, dass Ihr nie einen ganzen Tag damit verbracht habt, zwei Pfund Krapplack zu verreiben! Eine Mühsal ohnegleichen!«
»Mag ja sein. Aber was man einem Schiffsjungen auferlegt, ist noch weit mühseliger. Er muss die Töpfe des Kochs scheuern, an Land Feuerholz sammeln oder, wenn das Schiff im Hafen liegt, unsäglich stinkende Laderäume mit Essig schrubben, damit sie für die nächste Fahrt bereit sind, er muss Kleidung waschen und flicken. An Tagen, wenn der Wind das Schiff im Stich lässt und die Sonne herunterbrennt, muss er schleunigst große Eimer Wasser auf Deck ausgießen, manchmal stundenlang, nur damit die pechbestrichenen Planken sich nicht vor Hitze spalten. Und all das ist noch gar nichts. Im Sommer wird man versengt, im Winter friert man zu Stein. Bequeme Betten sind unbekannt, das Essen schmeckt fade. Und ich rede noch gar nicht von den tausendundein Gefahren, die auf den Seefahrer lauern. Im Übrigen

kannst du dir im Laufe dieser Überfahrt ja selbst ein Bild machen!«

»Wenn ich richtig verstehe, liebt Ihr das, was Ihr tut, nicht besonders.«

Idelsbad ließ ein spontanes Lachen hören. »Willst du die Wahrheit wissen? Das Meer kennt kein Erbarmen, aber der Mann, der gegen die Elemente ankämpft, ist reicher als der reichste der Fürsten.«

Der Junge seufzte. »Die Erwachsenen sind wahrhaftig kompliziert. Ihr hättet doch auch mit Eurem Schluss-Satz anfangen können.« Dann fragte er: »Wie gedenkt Ihr vorzugehen, wenn wir erst einmal in Florenz sind?«

»Es ist wahrscheinlich, um nicht zu sagen, sicher, dass der Infant vor uns an Land gegangen sein wird. Ich dürfte kaum Schwierigkeiten haben, mit ihm Kontakt aufzunehmen. Portugals Handelsinteressen werden in Florenz von einem Mann vertreten, den ich gut kenne: Pedro de Meneses. Vor mehr als zwanzig Jahren stand er neben mir in der Schlacht; das war bei einer Strafexpedition gegen die Mauren von Ceuta.«

»Ceuta?«

»Davon ein andermal. Meneses weiß bestimmt, wo Henrique abgestiegen ist. Ich werde ihn von der Gefahr in Kenntnis setzen, in der er schwebt, und ich hoffe, ihn dazu zu bewegen, die Stadt schnellstens zu verlassen. Vor dem von Petrus erwähnten Schicksalsdatum.«

»Mariä Himmelfahrt?«

»Genau«

»Und danach?«

»Gehen wir auf Henriques Schiff. Ziel Lissabon.«

Der Blick des Hünen verlor sich einen Augenblick in der Ferne.

»Hoffentlich kommen wir noch rechtzeitig …«

»Hoffen wir es«, seufzte Jan.

Er unterdrückte ein Gähnen.

»Sind wir verpflichtet, uns mit den anderen unten im Laderaum hinzulegen? Könnte man nicht hier auf dem Deck schlafen?«

»Das wollte ich dir gerade vorschlagen. Aber es könnte kalt werden. Ich gehe und versuche zwei Decken aufzutreiben.«

Endlos zog sich der Sternenhimmel über dem Meer dahin, und immer weiter durchpflügte die Karake die Wellen, hinter sich eine milchige, schaumbrodelnde Spur lassend. Außer dem Steuermann und dem Wachoffizier waren alle anderen Mitglieder der Besatzung sowie die Passagiere in Schlaf gesunken.

Der Hüne jedoch schlief nicht. Er betrachtete den friedlich schlummernden Knaben.

»Ihr habt mir vor nicht allzu langer Zeit gestanden: ›Ich bin nicht nach Brügge gekommen, um den Kinderbeschützer zu spielen.‹ Dennoch steht Ihr jetzt hier neben mir.«

Er war hier, das war nicht zu leugnen, und es war auch nicht zu leugnen, dass sich zwischen ihm und dem Kind unzerstörbare Bande geknüpft hatten. Wäre er nur etwas weniger schamhaft gewesen, er hätte ihm eingestanden, dass er sich ein Leben ohne ihn bereits nicht mehr vorstellen konnte. Wie von selbst wanderten seine Gedanken weiter zu Maude. Woher kam es nur, dass Frauen diese Fähigkeit hatten – und nur ihnen würde sie je eigen sein –, das Leben, das sie geschenkt haben, um den Preis des eigenen Lebens zu verteidigen?

Die junge Frau hatte gehandelt, und nicht das geringste Zögern war in ihrem Tun zu erkennen gewesen. Sie hatte das Fleisch von ihrem Fleische beschützt, nach dreizehn Jahre währender Trennung. Seltsam war das Geschick dieser Frau. Sie hatte im Schatten gelebt und war nur herausgetreten, um sich aufzuopfern.

Behutsam zog er Jan die Decke höher über die Schultern, bevor er sein Bild mit in den Schlaf nahm.

Die erste Morgendämmerung erhob sich über dem Meer, weitere folgten. Je mehr der Kurs nach Südwesten führte, desto lauer und feuchter wurde die Luft, die Wolken wurden spärlicher, und die verbleibenden zerfransten jeden Tag ein bisschen mehr.

Eines Morgens schließlich beherrschte strahlendes Blau den Himmel.
Man näherte sich *Finistère*, der äußersten Spitze der Bretagne, und nervöse Spannung bemächtigte sich der Mannschaft. Da er selbst diese Region befahren hatte, wusste Idelsbad, dass die vielen Klippen entlang der Küste oft hinter Nebel oder Regenschleiern verborgen waren. Aber es war nicht so sehr ein möglicher Schiffbruch, der den Portugiesen beunruhigte, sondern der Gedanke, er könnte außer Stande gesetzt werden, Henrique zu warnen.
Aber das Wetter war schön. Ohne Problem passierte man das Kap.
Draußen vor der Landzunge umfuhr man die Insel Ouessant, eine weitere tödliche Falle für die Schiffe. Wenn man die Insel sah, war es gewöhnlich zu spät, um noch auszuweichen. Daher wahrscheinlich der alte Seemannsspruch: »Wer Ouessant sieht, sein Ende sieht.«
Jan durchlebte diese Tage in stets erneutem Staunen. Jeder Tag bedeutete Entdeckungen, und dennoch erfüllte ihn die seltsame Gewissheit, dass er diese Welt seit jeher kannte, dass ihm von den Dingen des Meeres nichts fremd war. Eines Morgens steigerte das Glücksgefühl sich noch, als Idelsbad ihm half, den Mastkorb zu erklimmen. Eine Stunde lang fühlte sich Jan, als ob der Himmel und die unendliche Weite ihm allein gehörten.
Wenig später fuhr das Schiff in den Atlantik ein.
Ein erster Halt wurde in La Rochelle eingelegt, wo zum Tausch gegen Bordeauxweine Wollballen und getrocknete Heringe ausgeladen wurden.
In der Biskaya brach wie naturgemäß ein Gewittersturm aus und bedrängte die Karake mit wilden Böen, herabstürzenden Wasserfluten und Blitzen. Solange er andauerte, schmiegte Jan sich an den Hünen, betete zur Heiligen Jungfrau und erflehte das Erbarmen des heiligen Bavo.
Danach kamen die Küsten des Königreichs Galizien und Portugals in Sicht, letztere von Sandbänken gesäumt, die meistens auf

den Karten nicht verzeichnet waren. Im Westen, dort, wo die Sonne unterging, begann das große Geheimnis.
»Was ist auf der anderen Seite?«, fragte Jan, auf den Horizont deutend.
»Wir wissen nichts darüber«, erwiderte Idelsbad.
»Könnte es nicht sein, dass dort unerforschte Länder liegen?«
»Das ist mehr als wahrscheinlich. Ich bin sogar davon überzeugt. Auf Madeira habe ich Blumen und Früchte gesehen, die man nirgendwo sonst auf der Erde findet. Ich bin sicher, dass ihre Samen von den aus Westen wehenden warmen Winden herangetragen wurden. Einer meiner Kameraden – João Gonçalves – hat an einem Strand der Insel einen Ast gefunden, der aus einem holzigen, zylindrischen Stängel bestand, wie ihn keiner von uns je gesehen hatte. Aber was uns am meisten zu schaffen gemacht hat, war jenes gestrandete offene Schiff, worin wir Leichen mit sehr eigenartigen Gesichtern gefunden haben. Die Hautfetzen, die noch an den Knochen klebten, waren von fast olivgrüner Farbe.«
Er schwieg einen Augenblick und machte wie zur Bestätigung eine Handbewegung.
»Ja, kein Zweifel, im Westen gibt es Land. Die Frage lautet nur: Wie weit weg? Tausend Meilen? Zehntausend? Hunderttausend? Ein Schiff, und sei es bis zum Rand mit Vorräten beladen, kann auf dem Meer nicht mehr als drei Monate durchhalten.«
»Eines Tages, so viel ist sicher, wird jemand der Gefahr trotzen und zum großen Abenteuer aufbrechen.«
»Ich wage zu hoffen, dass es ein Portugiese sein wird!«, rief der Hüne aus.
»Oder ein Flame!«, gab Jan mit vorgerecktem Kinn zurück.
»Warum nicht?«
»Wie dem auch sei, das Unternehmen würde mich reizen.«
»Wenn du wirklich und leidenschaftlich daran glaubst, dann wirst du auch dabei sein.« Hastig schränkte er ein: »Es sei denn, in der Zwischenzeit kommt dir ein Seefahrer, der kühner ist als die anderen, zuvor ...«

Zu Beginn der dritten Woche passierte die Karake das Kap São Vicente, den südlichsten Endpunkt des Kontinents, und die Besatzung grüßte im Vorbeifahren.
Als das Schiff danach zwischen den Säulen des Hercules einfuhr, nahm der Portugiese Jan beim Arm und deutete auf einen unsichtbaren Punkt.
»Erinnerst du dich? Vor ein paar Tagen habe ich diesen Freund, Dom Pedro, erwähnt und eine Strafexpedition gegen Ceuta. Die Stadt liegt dort drüben. Beinahe hätte ich dort mein Leben gelassen.«
»Was ist passiert?«
»Es war, wie schon erwähnt, vor etwas mehr als zwanzig Jahren. Wir hatten die Mauren aus Portugal vertrieben, aber sie erwiesen sich nach wie vor als gefährlich. Ihre blitzschnellen Überfälle auf See und an Land bedrohten unseren Handel und unsere Bauern. Um dem ein Ende zu bereiten, beschloss König João, den nächstgelegenen maurischen Hafen, also Ceuta, in seine Gewalt zu bringen. Henrique gehörte zum Expeditionskorps. Er schlug Dom Pedro und mir vor, ihn zu begleiten. Mehr als zweihundert große und kleine Schiffe mit zwanzigtausend Soldaten fuhren den Tejo hinunter und aufs offene Meer hinaus. Der Infant hatte sich von seinem Vater die Gunst ausbedungen, als erster den Fuß auf die afrikanische Erde setzen und den Angriff anführen zu dürfen. Ich war an seiner Seite. Eine Lanze durchbohrte mir im Verlauf des Kampfes die Leiste, und eine Woche lang schwebte ich zwischen Leben und Tod.«
Idelsbad sah zum Himmel empor. »Irgendjemand da droben muss ein Auge auf mich gehabt haben.«
»Ist es Euch gelungen, die Stadt zu erobern?«
»Ja. Die Mauren waren überrumpelt worden und leisteten nur wenige Stunden lang Widerstand. Das Ganze war jedoch ein Blutbad. Nachdem sich die Festung ergeben hatte, sind unsere Soldaten losgestürmt wie bei einer Hetzjagd. Ich bin ziemlich sicher, Henrique hat am selben Abend noch begriffen, dass er nicht für den Krieg geschaffen war, und hat beschlossen, sich

den seefahrerischen Entdeckungen zu widmen. Der Beweis war, dass er sofort nach unserer Heimkehr seinen Vater um Erlaubnis bat, sich nach Sagres zurückzuziehen. Seine Umgebung glaubte zunächst an einen frommen Rückzug aus der Welt. Man täuschte sich. Henrique hatte nur vor allen anderen geahnt, dass die Eroberung von Ceuta nutzlos sein würde. Einzig die Entdeckung neuen Lands konnte Portugal die für seinen Handel notwendigen Ressourcen liefern.«

»Was ist aus Eurem Freund, diesem Dom Pedro, geworden?«

»Er ist zurückgeblieben, um die Verteidigung des Platzes zu übernehmen. Aber vor etwa einem Dreivierteljahr hat der König zur Belohnung für seine treuen Dienste den Posten in Florenz an ihn vergeben.« Er warf einen Blick auf das Meer hinaus und bemerkte mit einem Anflug von Nervosität: »Dieses Schiff braucht ewig … Die Reise will kein Ende nehmen.«

Nachdem sie die Küste der Provence entlanggefahren war, machte die Karake einen weiteren Halt im Hafen von Genua. Die Stadt kam in Sicht, dicht gedrängte Dächer zwischen Wasser und steilem Küstengebirge, überragt von den gezackten Türmen der befestigten Palazzi und den Kuppeln der Kirchen.

Im Hafen herrschte lebhaftes Treiben, und Jan verschlang dieses Bild mit den Augen. Wenn er die Ohren spitzte, war ihm, als hörte er die Klage der verwundet aus einer Seeschlacht heimgekehrten Schiffe, als erzählten ihm die Wellen von den jüngsten Überfällen maurischer Seeräuber und von den Fährnissen der Pilger, die das Heilige Land besucht hatten. Schiffe jeglicher Gestalt und jeglicher Herkunft lagen entlang der Kais vertäut, und ganze Fliegenschwärme umsummten die überall verteilten Exkremente, Abfälle und sonstigen Unrathaufen. Aus Korsika herüber gekommene kleine Händlerschiffe mit ihrer Ladung Melonen suchten sich einen Platz zwischen Caravellen und Galeeren. Letztere ankerten im Schutz eines Festungswerkes am Hafeneingang, das von einem hohen Wehrgang beherrscht wurde. Waffentragende Offiziere standen Wache, die Nasenlöcher mit Knoblauchzehen verstopft, denn eine andere Strategie gab es nicht, wollte man sich des Verwesungsgeruchs, der von den angeketteten Ruder-sklaven hochstieg, erwehren.

In dieser Nacht, während die Karake immer noch im Hafen lag, schwebte der Vollmond über dem Meer und tauchte die schlafende Landschaft in milchiges Licht. Idelsbad schlummerte neben Jan an Deck. Es war still, bis auf ein paar undeutliche Geräusche vom Hafen herüber und das Plätschern der Wellen gegen den Schiffsrumpf.

Eine Gestalt drückte sich unter dem Fockmast vorbei und kam auf leisen Sohlen auf die Stelle zu, wo der Hüne und das Kind schliefen. Die Zimmermannsaxt, die der Mann mit sich führte, fing mehrmals für Bruchteile von Sekunden das Blinken der Sterne auf. Seine Finger krampften sich stärker um den Griff, je näher er seinem Ziel kam. Als er bei dem Portugiesen anlangte, schimmerten die Fingerknöchel weiß.

Genau als er ausholte, stieß der Wachoffizier, der aufmerksam geworden war, einen Alarmruf aus. Danach ging alles sehr schnell. Idelsbad rollte sich seitwärts, wich um Haaresbreite der Axt aus, die sich in die Planken grub. Die Reflexe, die in den Nächten inmitten einer oftmals feindlichen Umwelt geschärft worden waren, die Gewohnheit, dem Unvorhergesehenen entgegenzutreten, die Routine im Umgang mit Gefahren, das alles wirkte sich aus. Schon war der Portugiese aufgesprungen.

Anselm de Veere musste erleben, wie er buchstäblich vom Boden hochgerissen und mit unerhörter Wucht gegen die Reling geschleudert wurde. Halb betäubt schaffte er es dennoch, hochzukommen, aber der andere Mann war schon über ihm. Mit der Wut der Verzweiflung wehrte sich der Flame, legte alle Kraft in die Faustschläge, die ihn befreien sollten. Vergebens. Idelsbad packte ihn um die Taille, hob ihn mit verblüffender Leichtigkeit hoch und kippte ihn über Bord. De Veeres Schicksal war augenscheinlich besiegelt, sein Körper pendelte zwar ins Leere, aber Idelsbad hielt ihn noch am Unterarm gepackt und ließ nicht los.

»Nein!«, schrie Jan. »Nein! Nicht umbringen!«
»Sei unbesorgt!«, keuchte der Hüne, ohne sich umzudrehen. »Ich werde mich hüten.«
Sich zu De Veere hinabbeugend, verlangte er in schneidendem Ton:
»Ich will einen Namen hören ...«
Ein Ausdruck unglaublicher Härte entstellte das Gesicht des Mannes. Eine Ader pochte an seiner Schläfe, während in den Augen der Hass leuchtete, unendlicher, unbeugsamer Hass.
»Lieber in der Hölle verbrennen ...«
»Du hast es nicht weit bis dorthin. Einen Namen!«
Wider Erwarten und den Portugiesen überrumpelnd, raffte der Flame seine letzte Energie zusammen und befreite sein Handgelenk. Eine halbe Sekunde lang sah es aus, als bliebe der Körper zwischen Himmel und Meer in der Schwebe, dann fiel er den Wellen entgegen.

XXII

Bei der Ankunft in Pisa wurde Jan sofort gewahr, dass hier eine ganz andere Atmosphäre als in Genua, geschweige denn in Brügge herrschte. Man hatte den Eindruck, eine tote Stadt zu betreten. Als der Junge seine Verwunderung zum Ausdruck brachte, erklärte ihm der Hüne, dass die Zeiten vorbei waren, in denen Pisa im Spiel der Mächte Venedig und Genua gleichrangig gegenübertrat, in denen es Sardinien und Korsika beherrschte, in denen seine Handelsleute den Kreuzzügen folgend im arabischen Nahen Orient Fuß fassten. Sardinien und Korsika waren dem Hause Aragon in die Hände gefallen, die pisanische Flotte war von den Genuesern vernichtet worden, und nach mehrmonatiger Belagerung hatten vor fast vierzig Jahren die Florentiner die Herrschaft über die Stadt angetreten und bis heute nicht aus der Hand gegeben. Außerdem, so vergaß der Portugiese nicht zu erwähnen, war es nicht beim politischen Missgeschick geblieben. Wie im Fall von Brügge tat die Natur das Ihre, um die Stellung der Stadt zu bedrohen: Den Anschwemmungen des Arno ausgesetzt, versandete der Hafen. Das Venedig des Nordens ebenso wie die Stadt des Schiefen Turms waren einem langsamen Sterben geweiht.

Sie hatten kaum das Schiff verlassen, da erwarben sie beim Pferdehändler am Stadttor eine junge Stute. Jan schwang sich hinten auf, und wenig später überquerte das Duo den Ponte di Mezzo und schlug den Weg nach Südosten ein. Bis nach Florenz waren es weniger als zwanzig Meilen.

Rechts und links breitete sich nicht einfach eine Landschaft aus, sondern ein Garten, ein von warmem Hauch und Kräuterdüften

getränkter Garten. Das wogende Grün der kleinen Täler, die hügelauf, hügelab und so weit das Auge reichte sich reihenden hundertjährigen Zypressen, die hitzematten Olivenbäume, das grelle, hartnäckig blendende Licht, dem man ganz und gar preisgegeben war, alles verschwor sich, um Jan den Kontrast zum nebligtrüben Flandern mit Gewalt einzuprägen. Die Verzauberung ließ keinen Augenblick nach, und sie hielt noch lange an, nachdem Dunkelheit die Szenerie eingehüllt hatte.
Am nächsten Tag stiegen, während die Sonne langsam auf die Hügel herabsank, die steilen Vorberge des Apennin vor ihnen auf. Jan, der Idelsbad um die Taille gefasst hielt, lief der Schweiß herunter. Nie in seinem kurzen Leben war ihm so warm gewesen.
»Vielleicht ist das die Hölle?«, ächzte er erschöpft.
»Nein«, versetzte der Hüne ungerührt. »Das ist der Sommer.«
Nach etwa zehn weiteren Meilen begann die Dämmerung über die ockerfarbene Erde auszufließen. Idelsbad hielt das Reittier an und musterte mit ärgerlicher Miene die Gegend.
»Was ist los?«, fragte der Junge besorgt.
»Nichts wirklich Ernstes. Wir sind ein wenig von unserem Weg abgekommen. Nach Empoli hätte ich mich mehr östlich halten müssen.«
Er wies auf einen Hügel, der sich vor ihnen erhob.
»Fiesole. Wir sind nur noch zwei oder drei Meilen von Florenz entfernt. Schau, links da drüben.«
In der Ferne am metallisch blauen Horizont zeichneten sich der Campanile und Brunelleschis Kuppel ab.
»Wir müssen nur noch das Dorf umreiten, dann sind wir da.«
Ein knapper Stoß der Stiefelabsätze, und die junge Stute setzte sich wieder in Bewegung. Oben auf der Kuppe erblickte man die Dächer einer Abtei. Auf ein erneutes Kommando Idelsbads schwenkte das Pferd auf einen staubigen Pfad ein, der ostwärts einen Hang hinunterführte.
»Hört einmal!«, rief Jan aus. »Das klingt wie Stöhnen.«
Der Hüne lauschte. Der Junge hatte Recht. Aber es war nicht der Jammerlaut von einem oder mehreren Leuten, es war ein dump-

fes, raunendes Stöhnen, das anschwoll, je näher sie dem Hügel kamen.
Immer mehr wuchs es an, wurde zur ununterbrochenen, durchdringenden Klage, welche die gesamte Ebene von Mugello erfüllte. Als läge irgendwo da vorn ein ganzes Volk im Sterben.
»Ich frage mich, was das sein kann«, murmelte Idelsbad.
Er trieb das Pferd in Richtung Dorf.
Wenig später hatte sich das Klagen in schrilles, betäubendes Geschrei verwandelt.
Und dann ritten sie mitten hinein in ein Bild des Grauens. War das die Piazza Mino, oder war es ein Friedhof, dessen Gräber sich geöffnet hatten? Beim Brunnen, um die Abtei herum schrien mit verzerrten Gesichtern Kreaturen – Menschen konnten das nicht sein –, sie krümmten sich vor Schmerzen, als würden ihre Glieder von einem unsichtbaren Feuer verzehrt. Die aus den Höhlen tretenden Augen leuchteten wie glühende Kohlen. Manche hatten keine Arme, keine Beine mehr, anderen war das Gesicht zu Fetzen entstellt, wieder andere rollten sich am Boden, hatten sich die Kleider weggerissen, kratzten sich blutig. Eine Gestalt, ein Wesen, das einmal eine Frau gewesen sein musste, kam taumelnd auf Jan und Idelsbad zu. Sie war nahezu entblößt. Die Tunika gab den Blick frei auf klaffende, Grauen erregende Wunden in der Brust.
Bevor der Hüne noch ausweichen konnte, klammerte sie sich an sein Beinkleid und stöhnte abgehackt:
»Erbarmen … Ich verbrenne … Nehmt mich mit!«
In Panik zerrte Idelsbad an den Zügeln. Das Pferd brach seitwärts aus, und die Frau verlor das Gleichgewicht. Aber kaum lag sie am Boden, da stürzte schon eine weitere Gestalt auf sie zu. Ein Mann, besser gesagt, der Schatten eines Mannes. Er warf sich vor das Pferd, das scheuend hochstieg und ihn beinahe zertrampelte.
»Schnell«, schrie Idelsbad, »nur weg von hier!«
Schaudernd nahm Jan die Szene in sich auf, sein Mund stand offen, aber er brachte keinen Laut hervor.

Unter dem Schenkeldruck des Hünen sprengte die Stute quer über den Platz, Staub wirbelte auf, um Haaresbreite wich sie denen aus, die ihr in den Weg treten wollten. Als spürte sie genau, was ihr Reiter von ihr erwartete, fand sie instinktiv ihren Weg, sprang über Gräben, galoppierte zwischen herumliegenden Leichen, zwischen flehend ausgestreckten Händen hindurch.
Jan hatte das Wort Hölle ausgesprochen, hier war es, als rasten sie den Styx entlang.
Auch nachdem sie das Dorf hinter sich gelassen hatten, eilte das Tier in schnellem Tempo weiter den Hügel hinab, wobei der Galopp jetzt fließender, weniger hektisch war. Schließlich, nach einer Lichtung, wurde die Straße nach Florenz wieder sichtbar. Der Portugiese ließ das Pferd in Trab zurückfallen.
»Was war das?«, stammelte der am ganzen Körper zitternde Jan. »Was ist mit diesen Menschen passiert?«
»Ich weiß es nicht. Niemals habe ich so etwas gesehen. Niemals.«
Nach der Blässe zu urteilen, die sein Gesicht befallen hatte, war auch der Hüne nicht in bester Verfassung.
Er versuchte den Knaben zu beruhigen. »Wir sind bald da.«
»Und wenn das die Pest war?«
»Das glaube ich nicht. Deren Wirkungen kenne ich. Ich darf dir versichern, dass sie absolut nicht mit dem vergleichbar sind, was wir gerade gesehen haben. Diese Unglücklichen schienen von einem inneren Feuer verzehrt zu werden. Erinnere dich daran, was die Frau gerufen hat: ›Ich verbrenne.‹ Nein. Es ist etwas anderes. Vielleicht eine Art Fallsucht?«
»Diese Frau hat Euch angefasst. Hoffentlich ist es nicht ansteckend.«
Idelsbad antwortete nicht. Er begnügte sich damit, das Pferd wieder zum gestreckten Galopp anzutreiben.
Als sie die Stadtmauer von Florenz passierten, versank die Sonne hinter den Hügeln des Belvedere und des Bellosguardo. Der Junge hatte vom ersten Moment an das Gefühl, nicht in eine Stadt, sondern in einen erhabenen Palast einzureiten. Das sin-

kende Licht verlieh den Mauern und dem Pflaster eine Färbung zwischen Rot und Ocker. Nein, dies war keine Stadt, dies war ein Wunder.
Während sie an einem vollständig mit rosa Marmor verkleideten Gebäude entlangritten, sprach der Hüne – in einem nahezu tadellosen Toskanisch – einen Händler von unbestimmbarem Alter an, der einen schwer mit Gemüse beladenen Karren vor sich her schob. »Signore, könnt Ihr uns den Weg zum Portugalhaus sagen?«
Der Mann streckte träge die Hand aus.
»Ganz da hinten. Nehmt die Straße der Hosenhändler, dann zuerst rechts, dann links, dann wieder rechts, und dann steht Ihr vor dem Palazzo dei Signori. Das Haus, das Ihr sucht, ist direkt angebaut.«
»Woran erkenne ich den Palazzo?«
Der Händler fing an zu lachen. »Daran, dass er nicht so aussieht.« Matt bequemte er sich zu einer Erläuterung: »An seinem viereckigen Turm.«
Der Hüne dankte und schickte sich an, die vorgegebene Richtung einzuschlagen, da rief der Händler:
»Heh, einen Moment noch! Wo kommt Ihr her?«
»Aus Flandern«
»Über die Straße von Pisa?«
Idelsbad bejahte.
»Seid Ihr durch Fiesole gekommen?«
»Ja.«
»Wird da immer noch gestorben?«
»Ich fürchte, ja. Leider.«
Der Händler bekreuzigte sich und schob sein Gefährt wieder an.
»Wisst Ihr denn, was dort vor sich geht?«, fragte der Portugiese. »Was ist das für eine Krankheit?«
Der Mann lachte sarkastisch. »Eine Krankheit? Sagt lieber eine Katastrophe, ein Strafgericht Gottes. Und wenn Ihr meine Meinung hören wollt ...« Im Flüsterton sprach er weiter: »Das ist etwas, was diese Teufel von Juden ausgeheckt haben! Die sind

wirklich zu allem fähig. Was soll man auch anderes erwarten von Leuten, die es über sich bringen, Kinder zu kreuzigen.«

»Kinder zu kreuzigen?«, rief Jan tief verschreckt aus.

»Aber natürlich, mein Kleiner.«

»Na, na. Jetzt redet Ihr aber Unsinn«, protestierte Idelsbad.

»Wieso? Seid Ihr denn gar nicht informiert? Ihr lebt wohl hinter dem Mond.«

Der Händler trat einen Schritt vor.

»In jeder Karwoche wird von ihnen ein Christenkind entführt und ans Kreuz geschlagen. Damit wollen sie die Kreuzigung unseres Heilands verhöhnen. Und außerdem, was meint Ihr wohl, was sie unter dieses ungesäuerte Brot mischen, von dem sie sich zu ihrem Osterfest ernähren?«

Idelsbad zuckte skeptisch die Schultern.

»Blut! Das Blut eines Christenkindes! Man muss sich nur ihre scharlachrot gesprenkelten Fladenbrote anschauen, dann weiß man Bescheid. Ich gebe Euch einen Rat: Kehrt schleunigst dorthin zurück, wo Ihr herkommt, und schützt vor allem Euren Knaben. So schnell wie das Übel sich ausbreitet, wird es bald Florenz erreichen.«

»Ist es ansteckend?«, fragte Jan ängstlich.

»*Chi lo sa*? Ihr werdet's erfahren, falls Ihr nicht binnen zweier Tage tot seid.«

Der Hüne unterdrückte einen Schauder und trieb die Stute an.

Jan beeilte sich nachzufragen: »Ist das wahr, was er von den Juden erzählt hat?«

»Er ist ein alter Narr. Und er ist nicht der einzige. Selbst in Portugal habe ich solche gefährlichen Schwätzer gekannt. Dort braucht nur irgendwo eine Seuche auszubrechen, und prompt erheben sich Stimmen, die den Juden die Schuld geben. Was kann man machen, es wird eben immer ein Sündenbock gebraucht. Aber wenn diese Menschen so wären, wie man sie nur allzu gerne hinstellt, dann wäre Prinz Henrique nicht von Männern wie Jehuda Cresques umgeben.«

»Wer ist das?«

»Ein großer Geograph. Wie übrigens auch schon sein Vater. Es mag paradox erscheinen, aber unsere Kartographie verdankt ihre Fortschritte den Juden, nicht zuletzt, weil sie regelmäßig von überall vertrieben wurden.«
»Aha ... Und Ihr? Seid Ihr Jude?«
»Dumme Frage! Nein. Aber ausgesucht habe ich mir das nicht.«
Der Palazzo dei Signori glich mehr oder weniger der Beschreibung des Gemüsehändlers. Zumindest äußerlich hatte er in der Tat nichts von einem Palast, dafür sehr viel von einer Festung. Gleiches ließ sich von der portugiesischen Handelsvertretung indessen nicht sagen, denn hier bestimmte üppiger, um nicht zu sagen extravaganter Reichtum den Eindruck. Doppelarkadenfenster schmückten die beiden Stockwerke. Die Fassade schimmerte von Alabaster, und das massive Eichenportal erinnerte an das einer Kathedrale.
Idelsbad betätigte dreimal den Türklopfer. Langsam schwang die Tür zurück. Ein sehr kleiner, stämmiger, düster blickender Mann wurde sichtbar.
»Was wünscht Ihr?«
»Ich wünsche Pedro de Meneses zu sprechen. Ist er da?«
»Wer seid Ihr?«
»Ein enger Freund. Dom Francisco Duarte.«
Der Titel bewirkte augenblicklich eine respektvollere Haltung. Das Männchen führte sie beflissen durch ein Labyrinth von Gängen, entlang einer Flucht von Räumen mit spiegelblanken Parkettböden bis zu einem weiträumigen Salon, dessen Wände hinter Fresken und Gobelins verschwanden.
»Wartet hier auf mich, ich bitte Euch. Ich werde Dom Pedro benachrichtigen.«
Jans Blick schweifte über die Einrichtung. So viel Prunk konnte verwirren.
»Ich wusste nicht, dass die Portugiesen so reich sind.«
»Du dachtest wohl, nur die Flamen leben auf großem Fuß?«
»Nein. Aber ich habe mir vorgestellt, dass der einzige Ort, der es mit Brügge aufnehmen kann, Venedig ist.«

»Da hast du dich eben getäuscht. Es gibt Venedig, aber auch Siena, Lissabon, Paris, Wien, London und zahlreiche andere Städte. Die Welt ist voller Wunder.«
Einen kurzen Augenblick sah sich Jan an Bord eines Schiffes über die Meere gleiten, lange Flüsse hinunterfahren, grandiosen Ländern und traumschönen Städten entgegen.
»Francisco! Das nenne ich eine Überraschung!«
Meneses' frohgemute Stimme riss den Jungen aus seiner Träumerei. Die Gestalt des Hausherrn nahm er nur undeutlich wahr, denn dieser hatte sich Idelsbad in die Arme geworfen und drückte ihn jetzt mit so viel Überschwang an die eigene Brust, dass Jan ein wenig schockiert war.
»Nach zwanzig Jahren!«, rief er, einen Schritt zurücktretend, und musterte den Hünen. »Ein Menschenleben!«
Ein schelmisches Lächeln blitzte in seinen Augen.
»Du bist immer noch genauso groß!«
»Und du immer noch genauso rund!«
»Ich weiß. Dabei hätte ich eigentlich Haut und Knochen sein müssen nach all den Jahren in einem Fort mitten in der Wüste. Weiß der Himmel, wie das kommt. Aber was tust du hier? Ich dachte, du durchpflügst die Ozeane.«
»Das ist eine sehr lange Geschichte, mein Freund.«
Meneses warf einen schrägen Blick auf den Jungen.
»Dein Sohn?«
»Nein. Aber jemand, der mir lieb ist. Er heißt Jan.«
»Sei mir willkommen, Jan!«, rief der Portugiese aus. Er ergriff den Knaben bei den Schultern und drückte ihm einen schallenden Kuss auf die Wange. Auf einen mit Atlas – oder war es Brokat? – bezogenen Diwan weisend, forderte er seine Gäste auf, Platz zu nehmen, während er selbst es sich in einem üppigen Sessel bequem machte.
»Ihr müsst durstig sein.«
Er streckte die Hand nach einem seidenen Klingelzug aus, hielt aber jäh inne. »Ich bin zu dumm! Ihr sitzt bestimmt mit leerem Magen hier.«

Er wartete die Bestätigung nicht ab und zog mehrmals an der Schnur. Der stämmige kleine Mann erschien fast auf der Stelle, nahm Meneses' Anweisung entgegen und verschwand wieder.
»Weißt du, dass du großes Glück hast? Du kommst niemals darauf, wer sich seit einigen Tagen in Florenz aufhält.«
»Prinz Henrique.«
Meneses betrachtete ihn fassungslos. »Du weißt Bescheid?«
»Er ist sogar der Grund meines Hierseins.«
»Das ist ja unglaublich!«
»Ich sagte bereits, das Ganze ist eine lange Geschichte.«
»Oh, ich höre für mein Leben gern Geschichten. Nur muss ich sagen, dass mir in Ceuta wenig anderes zu Ohren gekommen ist als Berichte über in einen Hinterhalt geratene Patrouillen und das Gebet für die Toten.«
Sehr ernst sah Idelsbad den Freund an.
»Leider klingt meine Geschichte nur unwesentlich anders. Jedenfalls, was das Thema Tod angeht.«
Beeindruckt wechselte Meneses den Tonfall: »Du machst mir Angst. Was ist los?«
»Ich werde dir alles erzählen. Zuvor aber antworte mir: Weißt du, wie man zum Infanten vordringt?«
»Selbstverständlich. Cosimo de Medici hat ihm die Gastfreundschaft seines Hauses angeboten. Wie wäre es, wenn du mir sagst, worum es überhaupt geht?«
Der Hüne atmete tief ein.
»Angefangen hat alles in Brügge ...«
Lange war Idelsbads Stimme in der Stille des Salons zu hören, unterbrochen nur in regelmäßigen Abständen von den abwechselnd ungläubigen und bestürzten Ausrufen seines Zuhörers.
Als er verstummte, hatte Kerzenlicht die Dämmerung abgelöst. Dom Pedro hatte all seinen Überschwang abgelegt. Er war nicht mehr die gleiche Persönlichkeit, die sie eine Stunde zuvor empfangen hatte, hier saß ein Mann mit bleichen Zügen, der mühsam um seine Fassung rang.
»So also«, sagte er mit tonloser Stimme, »findet alles seine Erklä-

rung. Oder fast alles. Jetzt bin ich an der Reihe, dich über gewisse Ereignisse in Kenntnis zu setzen. Seit kurzem lebt die Stadt in nervöser Anspannung. Mehrere Künstler und ein Geistlicher haben Todesdrohungen erhalten. Erst gestern hat man am Arno-Ufer einen Schüler von Meister Donatello mit durchgeschnittener Kehle gefunden. Und …«

In gepresstem Flüsterton vollendete er den Satz:

»… den Mund voll gestopft mit Veroneser Erde.«

»Wie bei Sluter«, warf Jan ein.

»Da siehst du es«, erklärte Idelsbad. »Alle diese Elemente bestätigen, dass sich der Mittelpunkt der Verschwörung hier befindet.«

»Ganz sicher. Was mich aber am meisten beunruhigt, ist diese Todesgefahr, die der Stadt anscheinend droht. Petrus hat tatsächlich angedeutet, Florenz werde verwüstet werden?«

»Er hat nur wiedergegeben, was er mitgehört hatte: Florenz und seine Erzhäretiker werden im Feuer der Hölle untergehen.«

»Übermorgen«, hauchte Jan.

Dom Pedro zuckte zusammen. »Wie kommst du denn darauf?«

»Weil der Mann das genaue Datum genannt hat: Mariä Himmelfahrt.«

Der Junge wandte sich zu Idelsbad: »Ich habe doch Recht, oder?«

Der Hüne nickte.

»Aber das ist absolut erschreckend! Uns bleiben knappe achtundvierzig Stunden!«

»Deswegen müssen wir schnellstens Henrique unterrichten. Er muss die Stadt verlassen.« Hastig fügte er hinzu: »Mir kommt plötzlich eine schreckliche Ahnung. Und wenn der Kopf dieser Verschwörung kein anderer wäre als Cosimo persönlich?«

»Unmöglich! Die Sprache dieser Individuen ist unendlich weit entfernt vom Denken eines Mannes wie des Medici. Er ist ein Freund und großzügiger Förderer der Künste. Ein Mann, der die Insignien der Macht stets abgelehnt und den Titel eines Gonfaloniere nur widerstrebend und auch nur für eine Amtszeit von zwei Monaten akzeptiert hat. Gewiss ist er alles andere als ein Heiliger. Aber von da bis zu der Vorstellung, in ihm stecke ein Mörder, ein Schurke, der fähig ist, die eigene Stadt zu verwüsten, die Einwohner zu massakrieren ... Nein. Schlag dir die absurde Idee aus dem Kopf.«

»Auch gut. Was Henrique angeht – können wir gleich morgen mit ihm zusammentreffen?«

»Wir *müssen*! In frühester Morgenstunde begeben wir uns zu Cosimo, und auch wenn wir ihn aus dem Bett scheuchen müssen, ich werde nicht zögern.«

Einigermaßen beruhigt, drehte sich der Hüne nach Jan um.

Das Kind schlief tief und fest.

XXIII

Eine gleißende Sonne versengte die Stadt, aber hinter den geschlossenen Läden der Loggia del Bigatello war es nach wie vor düster. Der Mann mit der schwarzsamtenen Halbmaske hatte wie gewohnt in der finstersten Ecke Platz genommen. Einigermaßen erkennbar waren die untere Hälfte des Gesichts und die Augen. Und in diesen Augen leuchtete jetzt ein innerer Jubel, vielleicht schon das vorweggenommene Gefühl des Triumphs. Die zusammengepressten Lippen, die abweisend-unkenntliche Physiognomie verrieten nichts. Er allein war im Besitz des Wissens. Ihm gegenüber zur Rechten stand, Schweißperlen auf der Stirn, Lukas Moser. Und zur Linken, einen halben Schritt zurück, Doktor Bandini.

Der Maskierte bemerkte in deutlich gekünsteltem Ton:

»Fünfzig Tote. Traurig. Fünfzig Unschuldige, die gezwungen wurden, den Preis zu zahlen, den andere hätten entrichten sollen.«

Bandini hielt eine Einschränkung für angebracht. »Gnädiger Herr, das war doch Bettelvolk. Ganz unbedeutende Existenzen.« Etwas nervös fragte er: »Solltet Ihr Bedauern empfinden?«

»Bedauern? Ihr scherzt, möchte ich hoffen. Bedauern, wo die Schuld doch die Ruchlosen trifft, jene Leute, die weder an Gott noch an Satan glauben? Die Unglücklichen von Fiesole wären niemals gestorben, wenn jene, die sie regieren, nicht unbeschreibliche Verantwortungslosigkeit bewiesen hätten. Was tun wir denn anderes, als dass wir die hoffnungslose Entartung der Sinne und jeglicher Moral endlich radikal beenden? Wir sind der weltliche Arm des Herrn, Bandini! Vergesst das nie. Im Namen des Herrn handeln wir, in seinem Namen trennen wir die Spreu vom Weizen.«

Lukas Moser brummte nicht nur zustimmend, er ließ es sich nicht nehmen, den Gedanken zu vertiefen: »Wir gehen noch weiter, gnädiger Herr. Wir bereiten künftigen Generationen eine Welt ohne Qualen, ohne Erschütterungen. Uns werden sie es zu verdanken haben, dass sie nicht Maßlosigkeit und Chaos kennen werden, sondern heiteren Seelenfrieden, Gerechtigkeit, Reinheit der Kunst, all das, was niemals hätte in Frage gestellt werden dürfen.« Seufzend schloss er: »Wir aber, wer wird sich an uns erinnern? Niemand, befürchte ich. Schaut nur den armen Anselm an. Er ist als Held gestorben. Die Geschichte aber wird nichts von seinem Leben, von seiner Tapferkeit überliefern.«

»Ihr könnt beruhigt sein, Meister Moser. Derjenige, der diese monströse Tat begangen hat, wird dafür büßen, und zwar schneller, als Ihr Euch vorstellen könnt. Denn die Vorsehung ist auf unserer Seite. Habt Ihr nicht gesagt, dieses Individuum sei zugleich mit Euch in Pisa von Bord gegangen?«

Moser bejahte.

»Zusammen mit dem Knaben. Der Logik nach müssen sie in Florenz eingetroffen sein.«

Der Maskierte schlug einmal kurz die Handflächen zusammen. »Damit sind sie uns ausgeliefert!«

»Allerdings müsste man sie erst einmal finden.«

»Darum kümmere ich mich persönlich. Aber dieser ... Duarte ... So heißt er doch?«

»Francisco Duarte, genau.«

»Was weiß er eigentlich?«

Der Maler antwortete dumpf:

»Meiner Ansicht nach entgeht ihm die Hauptsache. Selbst wenn Petrus geredet hat, kann er nicht viel Ahnung haben, außer dass unsere Bewegung existiert und dass ihre Zentrale sich in Florenz befindet, das ist auch schon alles.«

»Es ist auch ohne Bedeutung!«, ergriff der Mann mit der Samtmaske wieder das Wort. »Störende Sandkörnchen im Getriebe, aber morgen werden er und der Knabe dasselbe Schicksal wie die anderen erleiden.«

Er wandte sich fragend an den Arzt:
»Ihr seid doch bereit?«
»Die Ergebnisse von Fiesole mögen Euch als Bestätigung gelten. Um ganz sicher zu gehen, habe ich mir erlaubt, mein Experiment auch noch hier auf Florenz auszudehnen. Aber ausschließlich im Oltrarno-Viertel.«
»Was?«, fragte Moser aufgeschreckt. »Hier? Habt Ihr auch an uns gedacht?«
»Ich darf Euch beruhigen, Meister. Ihr lauft keinerlei Gefahr. Oltrarno, das ist auf der anderen Flussseite. So weit ich weiß, habt Ihr nicht die Absicht, dort zu wohnen?«
»Gott behüte!«
Bandini wandte sich seinerseits fragend an den Samtmaskenmann. »Was gedenkt Ihr in der Zwischenzeit bezüglich Duarte und des Knaben zu unternehmen, gnädiger Herr?«
»Was meint Ihr wohl? Ich werde nach ihnen ausschicken. Und wenn wir sie gefunden haben, werde ich mir etwas einfallen lassen.«
Der Arzt war noch nicht beruhigt. »Seid Ihr sicher, dass Eure Leute sie identifizieren werden? Florenz ist kein Dorf.«
»Ich darf Euch daran erinnern, dass Meister Moser von Beruf Maler ist. Wer könnte besser als ein Maler einen Menschen beschreiben? Zweifelt Ihr etwa meine Fähigkeit an, mit der Sache fertig zu werden?«
Ein leiser Unterton von Verachtung, von kaum verschleierter Härte war hörbar geworden.
Sofort übte sich der Arzt in Demut. »Nein, gnädiger Herr.«
»Dann ist die Diskussion beendet. Wir sehen uns morgen wieder …«
Mit einer nervösen Geste forderte der Maskierte die beiden Männer auf, sich zurückzuziehen.

Ein Sonnenstrahl fiel durch das Fenster und erhellte das Profil des Prinzen Henrique, Sohn Joãos I., des rauen Soldaten, und Filipas von Lancaster, der tugendhaften Engländerin. War es diese Vermischung von Norden und Süden, die dem Infanten seinen zugleich strengen und warmherzigen, munteren und schwermütigen, auf jeden Fall von Wehmut geprägten Ausdruck verlieh?

Jan, der zum ersten Mal einen Fürsten sah, beobachtete ihn unablässig, seit sie bei dem Medici eingetroffen waren. Er hatte bemerkt, dass Henriques Hautfarbe noch dunkler war als die seines Freundes Idelsbad, sein Gesicht länger und das Auge sehr viel düsterer. Hinzu kam noch der starke, goldbraune Schnurrbart, der dezent über die Mundwinkel herabhing und den er nachdenklich immer wieder glatt strich. Welcher Kontrast zur willensbeherrschten Erscheinung des Florentiners, der neben ihm saß! Hier spürte man Vermögen und Macht, dort die Entsagung des Asketen und die abgeklärte Hellsicht des Einsiedlers. Wie er so dasaß, in das lange schwarze Gewand gehüllt, wirkte er im Grunde mehr wie ein Mönch denn wie ein Prinz. Das jedenfalls war Jans Eindruck.

Idelsbad, der im Gegenlicht vor den beiden Männern stand, näherte sich dem Ende seines Berichts. Im Hintergrund stand Dom Pedro und hörte mit sichtlicher Spannung zu.

Als der Hüne verstummte, blieb es still im Raum, so als empfänden Cosimo wie Henrique das Bedürfnis, die Realität des gerade Vernommenen erst einmal auf sich wirken zu lassen.

Es war der Medici, der schließlich mit schneidender Stimme sagte: »So gäbe es denn einen Verräter in meiner Umgebung. Einen Verräter und Verbrecher.« Er ließ noch eine Bemerkung folgen: »Dieses Komplott wäre weniger tragisch, hätte man einzig und allein mich im Visier. Aber es geht um mein Volk, um meine Stadt.«

Henrique wies auf Jan. »Und um ein Kind. Auf die Gefahr hin, Euch zu schockieren, muss ich sagen, dass dieses Detail mir noch mehr zu schaffen macht als der ganze Rest. Warum er? Warum dieser erbitterte Verfolgungswille?«

Er wandte sich fragend an Idelsbad: »Ich nehme an, du verfügst nicht über die Antwort.«

»Nein, gnädiger Herr. Dabei ist Gott mein Zeuge, dass ich mir die Frage immer wieder gestellt habe.«
Cosimo erhob sich plötzlich und begann den Raum zu durchschreiten.
»Mir ist das Gesamtproblem undurchschaubar. Eine Gruppe von Individuen wäre also bereit, Unschuldige hinzumorden, mit dem einzigen Ziel, der eigenen Sache zum Triumph zu verhelfen. Aber welcher Sache? Guelfen, Ghibellinen, Familienfehden, Kampf um die Macht, Eifersucht, Rache, militärische Interessen – ich habe sämtliche denkbaren Auseinandersetzungen miterlebt, und unsere Straßen bewahren noch die Spuren des vergossenen Bluts. Aber hier? Wo ist das Motiv? Ich kann kein einziges erkennen.«
Er blieb stehen und drehte sich auf dem Absatz zu dem Infanten um.
»Was meint Ihr dazu, Monsignore?«
Henrique schwieg eine Zeit lang, ehe er antwortete.
»Spontan möchte ich Euch beipflichten. Es stimmt, die Motive liegen scheinbar im Dunkeln. Je mehr ich jedoch darüber nachdenke, desto mehr glaube ich, eine Erklärung zu ahnen.«
Cosimo verschränkte abwartend die Arme.
»Gerade habt Ihr in nur allzu berechtigter Weise die Hauptursachen aufgezählt, die den Menschen zu allen Zeiten und ohne Unterlass auf seine ursprüngliche Bestialität zurückgeworfen haben. Eine aber habt Ihr vergessen, und diese dünkt mir genauso entscheidend.«
»Welche?«
»Das Aufeinanderprallen der Ideen.«
Der Medici legte die Stirn in Falten, hielt sich aber zurück.
»Ja, Monsignore. Eine Idee ist ungreifbar, unsichtbar, aber sie ist fester in des Menschen Seele verankert als eine Eiche im Erdreich. Ihr, die Ihr Euch vor die Künstler, die Schöpfer stellt, Ihr, die Ihr den Künsten großzügigste und aus Begeisterung erwachsende Unterstützung zukommen lasst, Ihr müsst besser als jeder andere wissen, wie heftig eine neuerungsträchtige Idee die jahrhundertealte Ordnung erschüttern kann.« Er wandte sich an

Idelsbad: »Würdest du uns bitte die Äußerungen dieses Malers, dessen Namen ich vergessen habe, wiederholen?«
»Lukas Moser? Er hat gesagt: ›Ihr wisst doch auch, dass es Unterschiede zwischen den Lebewesen gibt, welche die bekannte Welt bevölkern.‹ Und bezüglich der schwarzen Sklaven aus Guinea hat er hinzugefügt: ›Glaubt Ihr, diese Monstren mit menschlichem Gesicht hätten eine Seele? Es sind nur Entwürfe, wieder verworfene Skizzen aus der Hand Gottes.‹«
Henrique fiel ihm ins Wort: »Ich meine eigentlich den anderen Maler …«
»Petrus?«
»Richtig. Wenn ich mich recht erinnere, hat er angedeutet, diese Gilde habe zum Ziel, Widerstand zu leisten gegen jede Form der Infragestellung der ursprünglichen Lehre. Sie seien bereit zu töten, sollte man diesen ihren Willen durchkreuzen wollen.«
»Genau so ist es.«
Henrique wandte sich dem Medici zu.
»Beginnt Ihr zu begreifen? Ihr, Monsignore, hattet Feinden entgegenzutreten, die in den meisten Fällen Euch die Macht zu entwenden trachteten oder manchmal auch Euch in der Eroberung der Macht zuvorzukommen strebten. Gefährliche Männer, ganz ohne Zweifel. Ich jedoch habe einen ganz genauso zu fürchtenden Gegner kennen gelernt, und ich kenne ihn immer noch: den Obskurantismus. Möchtet Ihr auch nur einen Augenblick annehmen, dass das, was ich seit bald dreißig Jahren auf meinem Felsenvorsprung von Sagres vollbringe, die Geister gleichgültig lässt? Meint Ihr, ich hörte sie nicht, die Stimmen jener, die meine Unternehmung für abwegig, für fruchtlos, für eitel erklären? Gerade habe ich von den Ideen gesprochen und von der ihnen innewohnenden alles erschütternden Kraft. Nun, was verzögert am meisten das mutige Vorankommen der Seefahrer? Die materiellen Mittel? Sie fehlen nicht. Etwas anderes ist es …«
Er tat einen kurzen Atemzug.
»Etwas, das in den Köpfen und Herzen ist, und sein Name ist Furcht.«

Erneut legte er eine Pause ein, dann holte er weiter aus:
»Ich werde Euch jetzt eine persönliche Erinnerung anvertrauen. Nachdem das Kap Bajador entdeckt worden war, wollte niemand mehr sich noch weiter wagen, um gar keinen Preis. Das Gerücht ging um, auf uns lauerten, kaum sei das Kap umfahren, das Nichts, die ewige Finsternis, die Höllenschlünde, und außerdem werde man jenseits dieser Barriere kein Menschenvolk, keinen bewohnten Ort mehr antreffen. Bajador war zum Kap der Furcht geworden. Ich war vom Gegenteil überzeugt. Zehn Jahre! Fünfzehn Expeditionen! Wenn sie zurückkamen, schallte jedesmal die gleiche Rede an mein Ohr: Nahe beim Kap tobe das Meer wie entfesselt, es regne roten Sand, gewaltige Geröllmassen kämen von himmelhohen Klippen herabgestürzt. Ein Anblick wie das Ende der Welt, so sagte man zu mir. Bis zu dem Tag, an dem ich einen Seefahrer gefunden habe, der wagemutiger war als die anderen, und das Kap wurde umfahren. Muss ich erwähnen, dass die Örtlichkeit sich als merklich weniger schrecklich herausstellte als etliche der Gefahren, die zuvor von unseren Seeleuten überwunden worden waren?«
Er kam zum Schluss:
»Ihr suchtet nach einer Ursache für die Umtriebe dieser Gilde? Eine Idee, Monsignore. Ich ahne das Wahngespinst einer Idee.«
Der Medici nickte, von den Ausführungen sichtlich beeindruckt.
»Sie werden nicht gewinnen!«, rief er energisch aus. »Es ist ausgeschlossen, dass ich meine Philosophie auch nur im Mindesten ändere, und noch weniger kommt in Frage, dass ich die Meinen im Stich lasse. Ich werde Florenz nicht verlassen, auch auf die Gefahr hin, dass ich hier mein Leben verliere.«
Er beeilte sich, zu dem Infanten gewandt hinzuzufügen: »Euch aber, mein Freund, Euch hält nichts in diesen Mauern zurück. Reist ab. Stecht wieder in See. Kehrt nach Lissabon zurück.«
Auf Henriques undurchdringlichem Gesicht erschien die Andeutung eines Lächelns.
»Nach allem, was ich gerade zum Thema Furcht gesagt habe?

Das wäre Verrat an mir selbst. Ich habe diese Reise aus zahlreichen Gründen unternommen. Einer davon hat mit dem Wunsch zu tun, unseren Erdteil selbst in Augenschein zu nehmen und jenen zu begegnen, die ihn regieren. Ich habe meine Meinung nicht geändert. Florenz, so hat man mir gesagt, ist ein Gemeinwesen von vielfältigstem Glanz. Soll ich mir jetzt versagen, all das Schöne zu bewundern?«
Meneses rief in hektischer Besorgnis: »Aber Ihr riskiert den Tod! Denkt doch an die Folgen!«
»Mein lieber Dom Pedro, seit mehr als dreißig Jahren riskieren meine Seeleute für mich ihr Leben. Werde ich mich feige davonschleichen, das einzige Mal, da mein eigenes Leben in Gefahr ist?«
Idelsbad tat einen Schritt auf Cosimo zu.
»Euer Mut gereicht Euch beiden zur Ehre, aber meint Ihr nicht, wir sollten über Mittel nachdenken, die Bedrohung abzuwehren? Nur noch ein paar Stunden sind es bis Mariä Himmelfahrt. Wollen wir, ohne zu handeln, abwarten, bis eine Katastrophe über die Stadt hereinbricht?«
»Handeln sollen wir?«, rief der Medici aus. »Nichts lieber als das! Aber wo handeln? Wie? Wir haben keinerlei konkreten Hinweis. Nicht einen einzigen Namen. Nichts als zwei Anfangsbuchstaben: N. C., und einen Vornamen: Giovanni. Nun kenne ich aber niemanden in meiner Nähe, dessen Name mit diesem Buchstaben begänne. Und Giovannis gibt es ungefähr so viele wie Zypressen in der Toskana!«
»Gnädiger Herr«, sagte der Hüne eindringlich, »ich darf nochmals die Worte von Petrus Christus zitieren: Florenz und seine Erzhäretiker werden in den Flammen der Hölle untergehen. Es wird die Apokalypse sein.«
»Ich habe durchaus verstanden! Was schlagt Ihr vor?«
»Wie könnte man ein so makabres Ergebnis erreichen, wenn nicht durch Gift oder durch Feuer?«
»Das ist in der Tat wahrscheinlich. Ihr wünschtet demnach, dass ich die Brunnen, den Fluss, die diversen Stadtviertel überwachen lasse? In Ordnung. Ich werde entsprechende Befehle ausgeben.

Aber wenn Ihr meine Meinung hören wollt: Ich fürchte sehr, dass die Mühe umsonst sein wird.«
Der Medici blieb abrupt stehen. An der Tür hatte es nachdrücklich geklopft.
»Herein!«
Ein Landsknecht erschien auf der Schwelle, keuchend, mit zerzaustem Haar.
»Bitte um Vergebung, gnädiger Herr. Aber es passieren sehr ernste Dinge. Es ist ...«
»Rede schon!«, sagte Cosimo schroff. »Was ist los?«
»Die Krankheit von Fiesole! Sie hat angefangen sich drüben im Oltrarno auszubreiten. Es ist grauenvoll. Die Straßen sind übersät mit Sterbenden.«
Der Medici wurde leichenblass. Er drehte sich nach Idelsbad um.
»Ist es nicht schon zu spät?«
Trotzdem sprach er in entschlossenem Ton weiter:
»Ich begebe mich nach Oltrarno. Was Euch betrifft, Monsignore ...«
Henrique war schon aufgesprungen und unterbrach ihn mit einer Handbewegung: »Ich komme mit. Ich will mit eigenen Augen sehen, was uns erwartet.«
»Gestattet, dass ich mich anschließe«, erbot sich Idelsbad.
Cosimo befahl dem Landsknecht: »Bleibe du bei dem Jungen. Weiche keinen Zoll von seiner Seite. Du haftest mir für sein Leben!«

In Oltrarno taten sich die Pforten der Hölle auf. Leichen mitten auf den Gassen. Kniende, das Gesicht von den Qualen schrecklich verzerrt, andere, die Erlösung in den Fluten des Arno suchten, die sich lieber ertränkten, als von den unsichtbaren Flammen verzehrt zu werden, die von ihrem Körper Besitz genommen hatten. Entsetzen und Röcheln überall.
Auf der Piazza Santa Felicità hätte der Kutscher in der herandrängenden Menge beinahe die Herrschaft über die beiden Pferde verloren. Drinnen saßen der Medici und seine Gäste und

beobachteten das Schauspiel, halb ungläubig, halb schreckensstarr.
»Wie ist das möglich?«, sagte der Infant mit tonloser Stimme. »Meint Ihr, das sind sie, die von diesen Verschwörern prophezeiten Gräuel?«
»Ich muss es sehr befürchten«, antwortete Idelsbad.
»Aber nein!«, rief Dom Pedro dazwischen. »Vielleicht ist es eine unbekannte Erkrankung, eine Seuche, ein neuartiges Übel oder sonst irgendetwas?«
»Vierundzwanzig Stunden vor dem Marienfeiertag? Schaut Euch doch diese Unglücklichen an. Unmöglich, das kann kein Zufall sein. Ich bin überzeugt, wir erleben gerade die Anfänge einer Katastrophe, die auf uns alle lauert.«
»Aber wie bewerkstelligen sie das nur?«, rief Henrique aus. »Welche teuflische Machenschaft könnte eine solche Erkrankung auslösen?«
»Leider, mein hoher Herr, fürchte ich, dass einzig die Drahtzieher uns die Antwort liefern können.«
Bleich, mit zusammengepressten Lippen verharrte Cosimo ohne Regung, aber man spürte, wie er innerlich bebte vor Zorn. Seine Stadt, sein Volk waren dabei, zu sterben, und er war ohnmächtig, konnte nicht helfen. Als würde die Vorstellung ihm unerträglich, rief er dem Kutscher zu:
»Zurück!«

XXIV

Es war zwölf Uhr Mittag. Zwischen Idelsbad und Dom Pedro ging Jan in bedrückter Stimmung über den Domplatz.
Das Drama, das sich in Oltrarno abspielte, war in aller Munde, und überall erhob sich die gleiche bange Frage: Wann? An welchem Tag? In welchem Moment wird das Übel über den Fluss kommen?
Die Furcht, über die Prinz Henrique so eindrücklich gesprochen hatte, diese Furcht hatte sich schließlich in Jans Gemüt eingeschlichen. Und nun verließ sie ihn nicht mehr.
In welchen Winkel seiner Erinnerung hatte sich die harmlose Freude am Dasein verkrochen? Die zauberhaft bunten Seiten im Buch des Lebens, das Kapitel einer leuchtenden Kindheit, wer hatte es gelöscht? Denn er spürte wohl, dass ein Teil seiner selbst sich abgelöst hatte, dass seine Augen eine Welt zu schauen begannen, die er niemals für möglich gehalten hätte. Die Welt der Erwachsenen? Eine nachtschwarze Welt, wo man die Sterne brandschatzte. Würde er von nun an lernen müssen, darin zu leben? Er wollte es nicht glauben. Van Eyck, Idelsbad, Cosimo, Dom Pedro, Katelina, Prinz Henrique, Maude waren doch der Beweis, dass nicht nur die Finsternis existierte. Es gab das Licht! Aber wie schmerzhaft griff sie ihm ans Herz, diese neue Empfindung! Gestern hatte Van Eyck ihn verwaist zurückgelassen, heute trauerte er um ein Stück seines eigenen Lebens. Eine Tür hatte sich geschlossen, wie jene, welche die »Kathedrale« des Meisters gehütet hatte, aber diesmal gab es keinen Schlüssel, würde es nie mehr einen geben.
»Schaut!«, sagte unvermittelt Dom Pedro. »Dort drüben, vor einer

der Türen der Taufkapelle. Der Mann mit dem fast kahlen Schädel, das ist Lorenzo Ghiberti. Kommt, wir sagen ihm Guten Tag.«
Aber kaum hatten sie sich genähert, da wurden sie von zwei Landsknechten aufgehalten.
»Tut uns Leid«, erklärte der eine, »Ihr dürft hier nicht weitergehen. Der Zugang ist untersagt.«
»Ich weiß«, erwiderte Dom Pedro. »Aber ich bin ein Freund von Lorenzo.«
Er hielt die Hände als Sprachrohr vor den Mund und rief in Richtung des Bildhauers:
»Lorenzo!«
Ghiberti, der sich konzentriert mit einer der Tafeln der *Paradiestür* beschäftigte, wandte sich um. Ein warmherziges Lächeln erschien auf seinem Gesicht.
»Lasst sie passieren!«, wies er die Wachen an.
Der Portugiese forderte Idelsbad und Jan auf, ihm zu folgen.
»Ich stelle fest«, rief Pedro aus, indem er ihn umarmte, »dass du besser bewacht bist als ein König!«
»Eine Ehre, auf die ich gern verzichtet hätte, das darfst du mir glauben.«
Pedro beeilte sich, seine Begleiter vorzustellen.
»Francisco Duarte. Mein ältester Freund.«
Dem Jungen die Hand auf die Schulter legend, sagte er:
»Jan Van Eyck.«
Einen Moment zeigt der Florentiner ungläubiges Staunen.
»Van Eyck? Der Sohn des Malers?«
Der Junge nickte.
»Was für ein merkwürdiger Zufall! Es ist kaum ein paar Wochen her, da sprachen wir unter Freunden über deinen Vater, und wir haben sogar das Glas auf sein Andenken erhoben.« Zu Dom Pedro gewandt, fügte er hinzu: »Ich kenne mindestens zwei Menschen, die hocherfreut sein und sich geehrt fühlen werden, dem Sohn Van Eycks die Hand zu drücken.«
»Wer denn?«
»Meine Künstlerkollegen: Donatello und Alberti.«

Jan machte große Augen.
»Alberti? Leon Alberti? Der Verfasser von *De pictura*?«
»In der Tat. Du kennst ihn also?«
»Natürlich. Ich habe sogar seine Abhandlung über die Malerei gelesen.«
»Darüber wird er entzückt sein. Er selbst erzählt, dein Vater habe dieses Buch ungemein geschätzt.«
»Das stimmt auch. Er hat es sehr oft zitiert.«
Der Bildhauer lächelte frohgemut.
»Na, dann machen wir ja gleich mehrere glücklich. Ich wollte ihn nämlich gerade zum Mittagessen aufsuchen. Auch Donatello und weitere Leute aus der Künstlerzunft werden anwesend sein. Ihr kommt einfach mit.«
Dom Pedro deutete auf die *Paradiestür.* »Was meinst du, wann bist du fertig?«
Ghibertis Antwort ließ einen Hauch von Überdruss erkennen. »Ich weiß es nicht mehr. Bald siebzehn Jahre bin ich nun mit dem Werk beschäftigt. Was sind da ein paar Jahre mehr oder weniger? Es kommt vor, dass ich bereue, jenen Wettbewerb gewonnen zu haben, in dem ich gegen Brunelleschi, Della Quercia und die anderen antreten musste!«
Jan war gleichzeitig mit Idelsbad näher herangetreten, und gemeinsam betrachteten sie mit respektvoller Bewunderung die mit Blattgold überzogenen Bronzetafeln.
»Siebzehn Jahre«, murmelte Jan und strich behutsam über eine der Darstellungen. Sie zeigte Kain, wie er Abel tötete.
»Ja, mein Kleiner. Und das Ende ist nicht abzusehen.«
»Wie viele Szenen habt Ihr geplant?«, wollte der Hüne wissen.
»Zehn. Auf der letzten wird König Salomon zu sehen sein, wie er die Königin von Saba empfängt. Ich hoffe, eines Tages kann ich sie in Angriff nehmen.« In düsterem Ton fügte er hinzu: »Falls nicht die Krankheit, die in Oltrarno wütet, mich vorher hinwegrafft. Aber Schluss mit solchen trübsinnigen Gedanken! Folgt mir. Die anderen warten sicher schon ungeduldig.«
Die Wachen folgten ihnen in knappem Abstand.

Kaum hatten sie die Tür der Taverna del Orso hinter sich geschlossen, da fragte sich Jan, ob sie in eine Hochzeit hineinplatzten. Stimmengewirr, dröhnendes Lachen, Händeklatschen. Eine Lautenmelodie drang durch die Geräuschkulisse an ihr Ohr. Und der Wein floss in Strömen.
»Lorenzo! Hierher!«, rief jemand.
»Noch am Leben?«, fragte der Wirt hinter seinem Schanktisch ironisch.
»Erst gehe ich auf deine Beerdigung!«, knurrte Ghiberti, während er sich zu dem Tisch drängte, wo ein Dutzend Gäste auf ihn warteten.
Als er vor ihnen stand, nahm der Bildhauer Jan beim Arm und rief laut:
»Ruhe! Wir haben einen Ehrengast.«
Und im Verschwörerton verkündete er:
»Darf ich vorstellen: Jan Van Eyck. Der Sohn des großen Van Eyck.«
Nach der ersten Überraschung erhob sich die gesamte Tafelrunde und applaudierte. Aberti wies spontan auf einen Platz an seiner Seite und wollte den Knaben zu sich herwinken, was einen Schwall von Protesten auslöste.
»Nein! Neben mir!«, rief Donatello.
»Nein, hierher!«, übertönte ihn Fra Angelico.
»Nur die Ruhe!«, mahnte Ghiberti launig. »Etwas mehr Haltung, meine Herren. Das arme Kind muss ja glauben, dass die Südländer Barbaren sind.«
Er zog den Knaben mit sich zum Kopfende des Tisches und wies ihm den Ehrenplatz an.
»So gehört er niemandem und allen.«
Jan ließ sich brav auf dem Schemel nieder. Er war eingeschüchtert, aber zugleich gerührt und stolz. Stolz auf Van Eyck, stolz, weil das Können des Meisters geschätzt und anerkannt wurde, stolz womöglich vor allem, sein Sohn zu sein.
Er suchte Idelsbads Blick. Der zwinkerte ihm beruhigend zu, bevor er sich in die Lücke zwischen Brunelleschi und Alberti schob.

»Sag mal«, begann Letzterer, »ist es wahr, was flämische Freunde mir berichtet haben? Dein Vater soll *De pictura* in Händen gehabt haben?«
Als Antwort fing der Junge an zu zitieren: »In der Hand des Künstlers sollte sich sogar ein Meißel in einen Pinsel, und das heißt in einen frei fliegenden Vogel verwandeln.«
Wäre die Sonne in die Taverne hereingerollt, die Wirkung auf Leon Alberti wäre nicht größer gewesen. Ein Leuchten erschien auf seinem Gesicht, seine Lippen öffneten sich zu einem strahlenden Lächeln.
»Nie hätte ich das geglaubt«, sagte er mit aufrichtiger Rührung. Es sind knapp sechs Jahre her seit dem Abschluss dieses Buchs, über dessen Nutzen ich mir nachträglich viele Gedanken gemacht habe. Und jetzt höre ich meine eigenen Worte aus dem Mund eines flandrischen Kindes.«
»Was klar besagt«, warf Brunelleschi halb ernsthaft, halb scherzhaft ein, »dass eine Schrift viel leichter auf Reisen geht als eine Kuppel. Wer außerhalb der Mauern von Florenz kennt schon meinen Namen?«
»Du sollst wissen, mein Junge«, meldete sich nun Donatello, »dass ich anlässlich einer Neapelreise das Glück gehabt habe, ein Gemälde deines Vaters bewundern zu dürfen: ein Bildnis des Herzogs von Burgund. Ich war hingerissen von der Transparenz der Lasuren und vom Reichtum der Farbabstufungen. Van Eyck ging mit den Farben ganz ungewöhnlich meisterhaft um. Auf welchem Holz arbeitete er denn?«
»Auf Nussholztafeln, auf die er eine Leinwand aufleimte.«
»Aber die Grundierung?«, wollte Fra Angelico wissen.
Jan antwortete mit beflissenem Ernst: »Er benutzte Weißkalk, der vorher gereinigt und mehr als einen Monat lang in einem Mörser feucht gehalten worden war.«
»Das ist genau die Methode, die wir auch anwenden.«
»Und sein Rot?«, ergriff Donatello wieder das Wort. »Ich fand es von ganz besonderer Leuchtkraft. Ich nehme an, er verwendete zerriebenen Zinnober?«

»Stimmt. Aber es war ihm wichtig, es selbst herzustellen, in einem Alchimistenöfchen.«
»Ach ja?«, verwunderte sich Fra Angelico. »Aus welchem Grund? Es ist doch eine langwierige, öde Arbeit, die alles in allem nicht viel erbringt.«
»Weil Vater der Meinung war, etliche Apotheker fälschten den Zinnober durch Zusatz von Ziegelstaub und Beimischung von Minium.«
»Das ist ja empörend!«, warf Alberti ein. »Florentinische Apotheker lassen von derartigen Manipulationen lieber die Finger. Sie würden sonst erleben, dass ihre Kundschaft dahinschmilzt wie Schnee an der Sonne. Und arbeitete er auch *al fresco*?«
»Nein, nie. Für Wandmalerei hatte er wenig Sinn.«
»Das ist sehr merkwürdig. Hier in Italien ist sie sehr beliebt. Man braucht sich nur unsere Kirchen und Palazzi anzusehen. Allerdings ist die Haltbarkeit dieser Werke eher begrenzt. Regen und Feuchtigkeit werden ihnen zum Verhängnis.«
»Damit wisst Ihr, warum ich lieber mit Bronze arbeite«, erklärte Donatello. »Die Bronze hat eine Seele. Da bin ich mir ganz sicher. Ein Standbild aus diesem göttlichen Material widersteht den Unbilden der Witterung und überdauert die Zeiten.« Er neigte sich zu Ghiberti und rief ihn zum Zeugen an: »Habe ich nicht Recht?«
»Gewiss doch.«
Jan rief plötzlich in beinahe hochmütigem Ton aus: »Ich darf Euch versichern, dass die Werke meines Vaters genauso lange Bestand haben werden wie die Statuen aus Bronze. Weder Sonne noch Regen werden ihnen etwas anhaben.«
Man reagierte auf diese Verlautbarung mit einem zugleich amüsierten und gerührten Lächeln.
»Mein Kleiner«, bedeutete ihm nun Frau Angelico, »du sollst wissen, dass unsere *a tempera* gemalten Bilder leider sehr empfindlich sind. Und der schützende Firnis nimmt den Farben oft den Glanz.«
»Das gilt nicht für die Werke meines Vaters.«
Man versuchte nicht mehr, ihn zu widerlegen, man stimmte

ihm sogar zu, aber der Junge ließ sich nicht täuschen. Es war klar, dass keiner ihm in diesem Punkt Glauben schenkte. Aber was hatten alle diese Künstler eigentlich immer mit dieser Tempera-Technik? Sie war doch wahrhaftig nicht die einzig mögliche!

Das Mittagessen ging seinen Gang, die Stimmung war herzlich und ungezwungen, bis zu dem Augenblick, als jemand die auf dem Oltrarno-Ufer wütende unheimliche Krankheit erwähnte. Da kam eine gewisse Nervosität auf, und als es Zeit wurde, auseinander zu gehen, war alle Fröhlichkeit verflogen.

Die Landsknechte hatten treu auf Posten gestanden und nahmen Ghiberti sofort wieder in ihre Obhut.

»Ich darf mich verabschieden«, sagte er und wirkte plötzlich ein wenig ermattet. »Es ist Zeit für meine Siesta. In meinem Bett fühle ich mich wenigstens sicher.«

Schon halb im Gehen, fragte er noch:

»Sehe ich euch morgen im Dom?«

»In Santa Maria del Fiore? Natürlich«, erwiderte Dom Pedro nickend. »Was meinst du denn? Die Portugiesen sind mindestens ebenso treue Gläubige wie die Italiener. Wenn sie nicht gerade auf dem Sterbebett liegen, käme es ihnen nicht in den Sinn, eine Messe zu versäumen, und schon gar nicht die Feier von Mariä Himmelfahrt!«

»Dann bis morgen. Gehabt euch wohl, meine Freunde.«

Er entfernte sich mit Trippelschritten in Richtung des Palazzo Salviati. Man hätte meinen können, er sei um zehn Jahre gealtert.

Dom Pedro sagte leise zu Idelsbad: »Beinahe hätte ich ihn vorgewarnt. Hätte ich es nicht eigentlich tun müssen?«

Der Hüne machte eine abwehrende Handbewegung. »Wozu hätte es genützt? Er ist bereits bedroht, und außerdem hätten wir gegen den Befehl des Medici verstoßen. Schließlich mussten wir ihm schwören, kein Wort auszuplaudern. Womit er Recht hat, denn wenn die Bedrohung sich herumspräche, würde Panik die ganze Stadt ergreifen, und zwar sofort!«

Er ballte nervös die Fäuste.

»Trotzdem packt mich der kalte Zorn! Wir sind dazu verurteilt, die Ereignisse abzuwarten, und können nicht die geringste Abwehrstrategie entwickeln. Und dann ist da Jan … Wir müssen daran denken, wie wir ihn aus der Gefahrenzone bringen. Er kann nicht länger hier bleiben.«

Im selben Moment drängte sich der Junge an Idelsbad.

»Nein!«, rief er wild, »ich will nicht mehr weg von Euch!«

»Wie kommst du denn darauf? Ich habe nicht die geringste Absicht, mich von dir zu trennen. Ich denke an deine Sicherheit, das ist alles.«

»Lasst uns zurückgehen«, sagte Dom Pedro. »Im Haus haben wir mehr Ruhe zum Nachdenken.«

Langsam machten sie sich auf den Weg durch das Gewirr der Gassen zurück zur Portugiesischen Handelsvertretung. Da und dort konnte man die ersten Soldaten sehen, die um die Brunnen Aufstellung bezogen.

Sie bogen um eine Ecke, passierten eine sonnenüberflutete *bottega*. Automatisch warf Jan einen Blick ins Innere. Ein Junge, der in seinem Alter sein mochte, stand vor einer Staffelei und malte. Er tat es konzentriert, und man spürte, dass ihn in diesem Moment nichts anderes interessierte. Jan trat an das Fenster, das auf das Gässchen hinausging. Die Leinwand stellte eine Jungfrau mit dem Kind dar. Obwohl in Temperatechnik aufgetragen, waren die Farben erstaunlich lebhaft, fast genauso durchsichtig wie auf den Ölbildern Van Eycks.

Der Satz, den der Meister in Gent gesprochen hatte, fiel ihm wieder ein:

»Ich werde aus dir den Größten von allen machen.«

Auch wenn er seine Lehre fortgeführt hätte, niemals wäre Jan fähig gewesen, etwas so Schönes zu schaffen. Dieser Junge hier besaß wirkliches Talent. Man konnte höchstens bedauern, dass er sich auf die Temperamethode beschränkte, wo doch das Öl die Leuchtkraft und Reinheit der Farben unzweifelhaft gesteigert hätte.

»Was hältst du davon?«, fragte Idelsbad, der seinerseits das Bild ins Auge gefasst hatte.
»Ich beneide ihn ein wenig. Aber ich begreife auch, warum ich kein großer Meister hätte werden können.«
Dom Pedro, den der Ernst des Jungen belustigte, warf ein: »Er ist doch noch ein Kind! Niemand kann sagen, ob seine Anlage sich entfalten wird.«
»Oh doch!«
»Woher hast du die Gewissheit?«
»Ganz einfach: Er liebt das, was er tut, leidenschaftlich.«
Dom Pedro klopfte an die Scheibe und machte dem Knaben ein Zeichen, er möge öffnen. Ein wenig überrascht gehorchte dieser.
Meneses fragte ihn auf Toskanisch: »Weißt du, wer Van Eyck ist?«
Der jugendliche Maler verneinte.
»Es ist ein großer Künstler. Vielleicht der größte.« Er stellte Jan vor: »Das ist sein Sohn. Er findet dein Bild bewundernswert, und er ist überzeugt, dass du wirkliches Talent besitzt. Wir wollten, dass du das weißt.«
Der kleine Florentiner tauschte ein verschmitztes Lächeln mit Jan, verneigte sich zum Zeichen der Dankbarkeit ganz leicht und kehrte an seine Staffelei zurück.

Das Trio machte sich wieder auf den Weg, aber kaum war der Bargello – Gefängnis und Sitz des Magistrats – in ihr Blickfeld getreten, blieb Idelsbad wie angewurzelt stehen.
»Was ist los?«, fragte Meneses.
»Die beiden diskutierenden Männer da vorn, direkt vor dem Eingang des Gebäudes. Ich habe einen von ihnen wieder erkannt.«
»Und wer ist er?«
»Lukas Moser! Ich habe dir von ihm erzählt.«
»Der Komplize von De Veere?«
»So ist es.«
»Aber was tut er in Florenz?«

Jan kam Idelsbad zuvor: »Er muss auf demselben Schiff gewesen sein wie wir. Eigenartig, dass wir ihn nicht gesehen haben.«
»Noch eigenartiger allerdings ist seine Anwesenheit hier«, bemerkte der Hüne. »Er muss doch Bescheid wissen über das, was die Stadt erwartet: diese Apokalypse, dieses Höllenfeuer … Der Logik nach müsste er tausend Meilen weit weg sein. Dennoch ist er hier. Das ist nicht normal. Der Mann bei ihm, weißt du, wer das ist?«
»Ich sehe ihn zum ersten Mal.«
»Wenn einer wissen muss, was sich anbahnt, dann dieser Moser.«
Er beendete seine Überlegungen. »Kehrt zum Haus zurück! Ich werde bald nachkommen.«
»Wo wollt Ihr hin?«, fragte Jan angstvoll.
»Mir diesen Schurken vornehmen!«
Er ließ den Knaben und Dom Pedro stehen und stürmte in Richtung Bargello los.

Wer von beiden, Lukas Moser oder Doktor Bandini, wurde zuerst unruhig? Moser wahrscheinlich, denn er wäre beinahe in Ohnmacht gefallen.
»Dort …«, stammelte er, »der Mann, der auf uns zurennt. Anselms Mörder!«
»Was? Seid Ihr sicher?«
»Aber ich sag's Euch doch! Er hat mich bestimmt erkannt!«
In panischem Schrecken wandte er sich zur Flucht.
»Nein! Nicht da lang!«, schrie Bandini. »Mir nach!«
»Aber …«
»Himmel! Vertraut mir!«
Idelsbad war nur noch Klafter entfernt, aber der Arzt stand schon vor einem der Wachsoldaten am Gefängnistor.
»Wache! Hierher! Ich bin Doktor Piero Bandini, Leibarzt des Medici.«
Anklagend deutete er auf Idelsbad.
»Dieser Kerl trachtet mir nach dem Leben!«
Der Hüne blieb abrupt stehen.

Ein Zögern erfasste die Soldaten. Augenscheinlich wussten sie nicht, was sie von der Sache halten sollten.
Bandini wiederholte seinen Appell: »Ich sage es noch einmal: Ich bin Cosimos Leibarzt!«
Der Portugiese versuchte trotzdem, Lukas Moser zu packen. Dieser sprang entsetzt zurück.
»Verhaftet ihn, worauf wartet ihr!? Ein Verrückter! Er wird uns alle umbringen!«
Als er sah, wie der erste Wachsoldat sich entschloss, auf ihn zuzumarschieren, begriff Idelsbad, dass er verloren hatte. Er wollte kehrtmachen, beseitigte damit aber die letzten Bedenken bei den Wachen und bestätigte unwillkürlich Bandinis Anschuldigungen.
In Windeseile war er von einem Dutzend bewaffneter Männer umzingelt.
Er leistete keinerlei Gegenwehr.

XXV

Aus den Wänden der Zelle drang die Feuchtigkeit. Man sah kaum die Hand vor den Augen, dabei hatte die Morgendämmerung vor mindestens zwei Stunden eingesetzt. Einige Klafter über dem Boden befand sich eine winzige vergitterte Fensteröffnung, durch die ein matter Streifen blassen Lichts hereindrang. Auf einem verdreckten Strohsack sitzend, mit dem Rücken gegen den Stein gelehnt, hatte Idelsbad die Nacht damit zugebracht, über sein leichtsinniges Verhalten vom Vortag nachzudenken. Wie hatte er derart töricht vorgehen können? Nicht nur war er außer Stande gewesen, Moser zu ergreifen, sondern er hatte auch dem anderen, diesem Arzt, ein Warnsignal gegeben, so dass er sich höchstwahrscheinlich weitab von Florenz in Sicherheit gebracht hatte. Und Jan? Was würde mit ihm geschehen?

Heute war Mariä Himmelfahrt. Und er, Francisco Duarte alias Idelsbad, hockte hier als Gefangener, dazu verurteilt, auf einen Laut, auf fernes Getöse, auf ein Vorzeichen der nahenden Katastrophe zu lauern. Er schloss die Lider und bemühte sich, seine Beklommenheit und das zornige Pochen seines Herzens unter Kontrolle zu bringen. Erschöpft, am Ende seiner Widerstandskraft ließ er sich endlich vom Schlaf überwältigen.

Er schlief so fest, dass ihm entging, wie die massive Eisentür seiner Zelle sich in den Angeln drehte.

»Signor Duarte!«, rief eine Stimme. »Wacht auf. Ihr seid frei.«

Ungläubig blinzelnd richtete Idelsbad sich auf. Ein Mann, der Gefängniswärter, stand über ihn gebeugt.

»Was sagt Ihr?«

»Ihr seid frei. Die Sache ist uns peinlich. Es war ein Irrtum.«

Der Portugiese erwiderte unwirsch: »Ich habe mich redlich bemüht, euch genau das klar zu machen. Aber niemand wollte auf mich hören.«
»Es tut uns aufrichtig Leid. Wir konnten es nicht ahnen.«
»Wem verdanke ich, dass ich wieder ein freier Mann bin?«
»Ich weiß nichts Näheres. Ich weiß nur, dass ein Bote meinen Vorgesetzten ein Schreiben überbracht hat, das vom Medici eigenhändig unterzeichnet war und worin Eure sofortige Entlassung angeordnet wurde. Draußen erwartet Euch jemand.«
Wahrscheinlich Meneses, dachte Idelsbad. Vermutlich war er bei Cosimo vorstellig geworden.
Er durchschritt die Zellentür und ließ sich von dem Wärter bis zum Ausgang des Bargello geleiten.
Draußen stand tatsächlich sein Freund in gespannter Erwartung.
»Du bist mir ernsthaft zu Dank verpflichtet«, bemerkte dieser. »Hätte ich nicht die ganze Szene miterlebt, dann würdest du weiter in dem Loch da verschimmeln.«
»Meine Dankbarkeit ist dir gewiss, alter Freund. Immerhin hättest du mir auch die Nacht da drin ersparen können.«
Zum Zeichen seiner Ohnmacht breitete Meneses die Arme aus. »Ich habe getan, was ich konnte. Unglücklicherweise habe ich Cosimo erst heute Morgen erreichen können.«
»Wo ist Jan?«
»In Sicherheit. Zusammen mit Prinz Henrique. Der Infant hat Wert darauf gelegt, ihn in seiner Nähe zu behalten. Sie warten auf uns im Dom.«
»Im Dom?«
Dom Pedro machte eine ungeduldige Geste. »Heute ist Hochamt in Santa Maria del Fiore.« Er zog Idelsbad am Arm mit sich. »Beeilen wir uns. Der Gottesdienst hat längst angefangen.«
Während sie zum Domplatz unterwegs waren, erkundigte er sich: »Dieser Mann, der zum Schutz Mosers eingeschritten ist, hast du eine Ahnung, wer er ist?«
»Wenn er die Wachen nicht angelogen hat, dann ist er Cosimos Leibarzt. Ausgegeben hat er sich als Piero Bandini.«

»Bandini? Der Name kommt mir in der Tat bekannt vor. Das heißt wohl, dass auch er dem Verschwörerkreis angehört ...«
»Wie sollte man seine Reaktion anders deuten? Aus welchem Grund hätte er sich sonst vor Moser gestellt?«
»Cosimos Leibarzt«, wiederholte Meneses nachdenklich. »Diese Leute haben sich wahrhaftig überall eingeschlichen. Immerhin hat bis zur Stunde die Oltrarno-Krankheit den Fluss nicht überschritten, und immerhin ist kein Versuch einer Brunnenvergiftung gemeldet worden. Merkwürdig, aber nie hat in Florenz eine solche Ruhe geherrscht. Man könnte beinahe glauben, unsere Befürchtungen seien unbegründet.«
»Aber, aber Pedro! Kannst du ernsthaft meinen, dieses Übel sei dem Zufall entsprossen?«
»Warum nicht? Wie sagte ich doch schon in Cosimos Kutsche? – Vielleicht handelt es sich um eine unbekannte Erkrankung?«
Idelsbad runzelte die Stirn. Nicht nur ließ er sich mit keinem Wort überzeugen, man sah ihm an, dass die Verlautbarungen seines Freundes neue, intensive Besorgnis in ihm auslösten. Er hielt weitere Erörterungen für sinnlos und beschleunigte seinen Schritt.
Je näher sie dem Zentrum kamen, umso mehr sah er sich zu der Feststellung genötigt, dass Dom Pedro mit seiner Nachricht von der allgemein herrschenden Ruhe nicht übertrieben hatte. Was zu erwähnen er unterlassen hatte, falls es ihm überhaupt bewusst geworden war, war die unter der Oberfläche schwelende Nervosität. Die Atmosphäre war mit einer dumpfen Spannung geladen. Es waren keine Passanten zu sehen, aber dafür war etwas Unsichtbares, Bedrohliches allgegenwärtig.
Auch der Bezirk unmittelbar um Santa Maria del Fiore war nahezu menschenleer, ein für einen Feiertag ganz und gar ungewöhnlicher Anblick. Hatte der Ring von Soldaten, die im Vorfeld der Kirche und rund um den gesamten Platz Wache standen, die Gläubigen abgeschreckt? Oder sorgte die Angst vor Ansteckung dafür, dass sich die Florentiner zu Hause verkrochen?
Die beiden Männer eilten die wenigen Stufen zum Hauptpor-

tal hinauf und betraten Santa Maria del Fiore. Der Dom war halb leer. Noch etwas, was unangenehm auffiel, dachte Idelsbad. Angst hatte sich der Einwohner bemächtigt, das war es. Dafür waren die vorderen Reihen vollständig belegt von den Notabeln und Würdenträgern.
Der Hüne tauchte die Finger der Rechten in das Weihwasserbecken und bekreuzigte sich, während sein Blick bereits Jan suchte. Da war er, der Junge, er stand in der ersten Reihe zwischen Cosimo und Prinz Henrique. Beruhigt ließ sich Idelsbad neben Dom Pedro im Schatten eines Pfeilers nieder.
Über dem Kirchenschiff schwebte der riesenhafte Schatten von Brunelleschis Kuppel – majestätisch, erhaben, und doch federleicht. Ganz oben in der Spitze klaffte eine runde Öffnung, durch die ein Sturzbach von Licht hereindrang.
»Wie kommt es«, fragte Idelsbad flüsternd Dom Pedro, »dass man diese Öffnung gelassen hat?«
»Die Arbeiten sind noch nicht vollständig abgeschlossen. Es kommt gerade eine Laterne darauf, dann ist alles zu.«
Der Chor stimmte einen Wechselgesang zu Ehren der Jungfrau Maria an. Der Gesang wogte die Mosaiken entlang und liebkoste die Glasfenster, bevor er sanft vom Hauptaltar zurückgeworfen wurde.
Gleich würde das Offertorium folgen.
»Ich sehe gar nicht deinen Freund Ghiberti«, flüsterte von neuem der Hüne.
»Doch, er ist da, hinter Cosimo. Neben ihm steht ein Geistlicher. Pater Cusanus.«
Sehr leise sagte er:
»Nie habe ich so viele geniale Menschen zur gleichen Stunde am gleichen Ort versammelt gesehen. Brunelleschi, Alberti, Fra Angelico, Donatello, Michelozzo, und sicher habe ich ein paar übersehen.«
Er wurde durch die kristallreine Stimme eines Chorknaben unterbrochen, die einen Respons deklamierte.
Als wieder Stille herrschte, ergriff der Priester die als dünner

Rundfladen gebackene Hostie, kniete nieder, hob sie dem Kruzifix entgegen, das sich über dem Tabernakel erhob, während im selben Moment die Kirchengemeinde demutsvoll das Haupt neigte. Dann brach er das Brot und führte ein kleines Stück davon zum Mund. Danach nahm er den Kelch, trank einen Schluck und verharrte in weihevoller Andacht.

Erst als er sich wieder erhob, stimmte der Chor einen Lobgesang auf den Allmächtigen an. Gleich würde die Kommunion beginnen.

Idelsbad richtete seinen Blick wieder auf Jan. Aber was geschah mit dem Jungen? Alles Blut war aus seinen Wangen gewichen, das Gesicht von äußerster Anspannung gezeichnet, als wäre ihm eine wächserne Maske aufgedrückt worden.

Von Angst gepackt, stieß der Hüne Dom Pedro mit dem Ellbogen an:

»Schau auf Jan! Mir kommt es vor, als wäre ihm plötzlich schlecht.«

Cosimo de Medici war soeben zu den Stufen vorgetreten, die den Altar vom Schiff trennten. Vor dem Priester beugte er ein Knie und öffnete halb die Lippen, bereit, das heilige Sakrament zu empfangen.

»Nein!«

Jans Aufschrei hallte im Gewölbe mit vervielfachter Kraft wider.

»Nein, gnädiger Herr! Esst die Hostie nicht!«

Sich an Henrique und den anderen hohen Persönlichkeiten vorbeidrängend, stolperte er in den Mittelgang und eilte zu dem Medici.

»Nein!«, rief er erneut. »Nicht! Ihr werdet sterben!«

Verunsichert zog Cosimo die Brauen hoch.

»Was sagst du da, mein Kind?«

»Es ist im Brot. Die Krankheit ist im Brot! Die Hostien sind vergiftet!«

In den ersten Reihen entstand Bewegung. Niemand schien zu begreifen, am wenigsten der Priester, der sprachlos immer noch seine Hostie Cosimo hinhielt.

Cosimo antwortete in leicht gereiztem Ton: »Aber was soll denn diese Geschichte? Siehst du nicht, dass du dabei bist, den Gottesdienst zu stören?«
»Ich versichere Euch, hoher Herr, Ihr müsst mir glauben! Das Übel von Fiesolo und von Oltrarno kommt vom Brot. Man hat Mutterkorn hineingetan.«
Idelsbad stand inzwischen bei dem Jungen.
»Jan, willst du uns bitte ganz ruhig erklären, was das alles bedeutet? Wieso redest du vom Mutterkorn?«
Der Priester hielt eine Erläuterung für angebracht: »Zumal unsere Hostien aus ungesäuertem Weizen hergestellt werden …«
»Erklär es uns!«, sagte der Hüne mit Nachdruck.
»Ein Bäcker in Damme … Er war es, er hat mir das gesagt, als ich dort war, um Hostien zu holen.« Fiebrig keuchend stieß er hervor: »Das Mutterkorn ist ein kleiner Auswuchs, hinter dem ein Pilz steckt, der sich auf Kosten der Getreidekörner entwickelt. Wenn man ihn unter das Mehl mischt, kann er ein Feuer auslösen, das die Eingeweide verzehrt, das Zittern und schreckliche Schmerzen verursacht, bis dann allmählich die Glieder sich ablösen und regelrecht zerfallen.«
»Absurd!«, unterbrach ihn eine Stimme. »Völliger Schwachsinn!«
Sämtliche Blicke wandten sich dem Mann zu, der so vehement protestiert hatte. Es war Antonio Sassetti, einer der Ratgeber des Medici. Hoch aufgerichtet stand seine asketische Gestalt im Gegenlicht. Sein gewöhnlich so undurchdringliches Gesicht zeigte eine unglaubliche Härte.
Er trat zu Jan, und seine Hand umschloss energisch den Arm des Jungen.
»Zurück auf deinen Platz, Kleiner. Du bist im Begriff, heillose Unruhe zu stiften. Ein wenig Respekt wäre angebracht.«
»Nein!«, knurrte Idelsbad drohend. »Lasst ihn ausreden!«
Immer noch fiebrig aufgeregt, hob Jan wieder an: »Diese Krankheit, die die Leute befällt … es sind die gleichen Anzeichen wie die, die der Bäcker geschildert hat. Ihr …«
»Das alles ist völliger Unsinn!«, fiel ihm Sassetti ein zweites Mal

ins Wort. »Wenn das Mehl verseucht wäre, dann hätte es die ganze Stadt getroffen und nicht nur ein Viertel oder ein kleines Dorf! Ich wiederhole: Diese Behauptungen sind schwachsinnig!«

»Vielleicht doch nicht ganz, Signor Sassetti!«

Ein Mann von etwa sechzig Jahren kam heran und nahm vor Cosimos Ratgeber Aufstellung.

»Ich bin Arzt. Dieses Kind redet keinen Unsinn. Ich habe ihm zugehört, und dabei sind mir Erinnerungen gekommen, die das Mutterkorn betreffen. Diese Krankheit hat es in alten Zeiten wirklich gegeben. Die Leute hatten sie damals ›Gliederbrand‹ oder auch ›Antoniusfeuer‹ genannt. Ich besitze zu Hause ein altes Zauberbuch, worin geschrieben steht, um das Jahr 997 sei die Stadt Limoges von dem Übel so schlimm heimgesucht worden, dass Abt und Bischof sich mit dem Herzog absprachen und den Bewohnern ein dreitägiges Fasten befahlen. Drei oder vier Jahrhunderte später sprach man – ich weiß nicht mehr, in welcher Gegend – von einem heimlichen Urteil des Herrn und der nachfolgenden göttlichen Rache, die das Volk ereilte. Und ich kann die Worte zitieren: ›Ein tödliches Feuer begann zahllose Opfer zu verzehren, sowohl unter den Großen wie bei den mittleren und unteren Ständen. Es ließ einige, nachdem es ihnen einen Teil der Glieder geraubt hatte, davonkommen, auf dass sie den folgenden Generationen zum sichtbaren Angedenken gereichten.‹«

Der Arzt schloss:

»Ihr seht also, dass die Worte dieses Knaben keineswegs der Grundlage entbehren.«

Sassetti hatte sich wieder unter Kontrolle. Sein Gesichtsausdruck war eisig unbewegt. In gepresstem Ton bemerkte er nur noch:

»Ich glaube von dem Ganzen kein Wort.«

Inzwischen hatten sich einige aus der Menge der Gläubigen gelöst und waren zum Hauptaltar nach vorn gekommen. Ihre Gesichter zeigten völliges Unverständnis.

»Ich finde Eure Skepsis zumindest merkwürdig«, äußerte Idelsbad in spöttischem Ton.

»Wie meint Ihr das?«

»Warum ist es Euch so wichtig, dass wir diese Kommunion empfangen? Sollte die Logik nicht gebieten, dass wir uns im Zweifel derselben lieber enthalten?«
»Im Zweifel? Welchem Zweifel? Euch zufolge sollten wir den Fantastereien eines vorlauten Knaben Glauben schenken?«
»Und Euch zufolge sollten wir das Risiko eingehen, zu sterben?«
Sassetti zuckte verachtungsvoll die Achseln und zog es vor, zu schweigen.
»Er hat aber Recht«, pflichtete Cosimo Idelsbad bei. »Hat nicht der hier anwesende Doktor soeben angedeutet, der Knabe könnte die Wahrheit gesagt haben?«
Es erfolgte keine Antwort.
In Cosimos Augen flackerte Argwohn, als er jetzt seinen Berater ansprach:
»Ich glaube, wir beide sollten eine ernsthafte Unterhaltung führen, Sassetti.« Er fügte hinzu: »Es ist eigenartig. Ich muss plötzlich wieder an diese Darlehenssache denken. Ihr habt mir immer noch nicht die verlangten Auskünfte bezüglich der beiden Kaufleute erbracht, die angeblich Anteile an den Alaunbergwerken von Tolfa besitzen. Ihr habt das doch nicht vergessen, oder?«
Die Mundwinkel des Ratgebers verrieten ein leichtes Zittern. Er murmelte: »Ich sehe da eigentlich keinen Zusammenhang, gnädiger Herr.« Er wandte sich an den Priester: »Habt Ihr nicht soeben kommuniziert, Hochwürden?«
»Ja … doch …«, stammelte der Angesprochene.
»Empfindet Ihr irgendwelches Unwohlsein? Schmerzen? Übelkeit?«
Der Kleriker verneinte hastig.
»Dabei müsstet Ihr, wollte man diesem Arzt und dem Kind glauben, im Sterben liegen und hundertfach leiden!« Er trat wieder einen Schritt auf den Medici zu und fuhr fort: »Empfindsame Seelen sind eben allzu beeinflussbar. Ich werde es dem gnädigen Herrn beweisen.« Er kniete unvermittelt vor dem Priester nieder und erklärte feierlich:
»Reicht mir die Kommunion, Hochwürden.«

Da der Priester nicht reagierte, sagte er mit noch mehr Nachdruck: »Ihr habt völlig richtig gehört. Besser als jeder andere müsst Ihr wissen, dass der Tod keinen Eingang finden kann in den Leib unseres Heilands.« Er wiederholte, jetzt aber im Befehlston: »Reicht mir die Kommunion!«

Der Priester ersuchte Cosimo mit dem Blick um Zustimmung, die ihm mit einem Blinzeln erteilt wurde.

Absolute Stille herrschte, als der Priester sich daraufhin fügte und die Hostie Sassetti auf die Zunge legte. Dieser senkte den Kopf, faltete die Hände und verharrte im Gebet. Über den Kirchenraum hatte sich eine Atmosphäre stummer Erwartung gelegt. Es war, als wagte niemand mehr zu atmen.

Nach einer ewig scheinenden Weile erhob er sich und breitete die Arme aus.

»Wo ist der Tod?«, rief er triumphierend. »Wo ist der angebliche Gliederbrand?«

Sein Blick schweifte über die gesamte Gemeinde, während er bereits weiter redete: »Seid ihr etwa zu Heiden geworden, dass ihr den Leib unseres Herrn Jesus Christus, das Symbol des ewigen Lebens, von euch weist?!«

Er tat einen Schritt in Richtung Seitenschiff und ergriff die Hand eines Mannes, der zwischen Fra Angelico und Alberti saß. »Ihr, mein Freund, Ihr sollt mit gutem Beispiel vorangehen!«

Lukas Moser, denn er war es, machte sich heftig los und wandte den Kopf zur Seite.

Sassetti erneuerte sein Ansinnen, doch ohne Erfolg.

»Kommt«, sagte er, sich zu dem Priester umwendend, »ich bitte Euch, kommt hierher. Gewährt unserem Bruder das heilige Sakrament des Altars. Ich bin überzeugt –«

Der Rest des Satzes blieb unausgesprochen. Moser war aufgestanden, er war bleich, seine Stirn schweißbedeckt. Wie ein gehetztes Tier suchte er aus der Bankreihe auszubrechen, seinen Nachbarn heftig zur Seite stoßend.

Sassetti fing ihn ab. »Wo eilt Ihr hin, mein Bruder? Ihr solltet ruhig Blut bewahren.«

»Nein! Ich will nicht! Ich will nicht sterben!«

»Wer hat denn etwas von Sterben gesagt? Fasst Euch wieder! Eure Haltung ist lächerlich!«

Idelsbads Stimme übertönte die letzten Worte des Florentiners:

»Dieser Mann, edler Herr! Er gehört zur Verschwörung!«

Der bestürzte Medici zögerte einen Augenblick.

»Lasst mich los!«, brüllte Moser. »Lasst mich hier raus!«

Der Hüne stürzte auf ihn zu, während im selben Moment Cosimo, der sich von seiner Überraschung erholt hatte, befahl:

»Wachen! Verhaftet diese Männer!«

In dem geheiligten Bezirk entstand Gerangel. Schritte wurden laut. Als hätten sie nur auf den Moment gelauert, tauchten aus allen Ecken des Doms Landsknechte auf. Als ersten packten sie Lukas Moser, der mit Macht davonstrebte, wüst schimpfte, kämpfte. Alles vergeblich.

Cosimos Ratgeber hingegen zuckte mit keiner Wimper. Er blieb eisig, auch als die Soldaten an ihn herantraten. »Unnötiger Aufwand!«, erklärte er im Ton der Verachtung. »Feigheit ist mir fremd. Ich gehöre nicht zu denen, die fliehen.«

Dem Medici rief er verhalten zu: »Ich flehe Euch an, erspart mir die Demütigung …« Seine Stimme verwandelte sich in einen gerade noch hörbaren Hauch:

»In vierundzwanzig Stunden ist alles vorbei.«

Ein eisiger Schauer durchrann die Versammlung. Künstler, namhafte Stadtbürger, namenlose Gläubige starrten fragend auf Cosimos Berater. In ihre Verblüffung hatte sich Entsetzen gemischt. War die Szene wirklich, oder war in Santa Maria del Fiore die Realität umgeschlagen in etwas Unbeschreibbares irgendwo zwischen Halluzination und Albtraum?

»So hatte denn der Knabe Recht«, sagte Cosimo in tonloser Bestürzung. »Euer Hass muss grenzenlos sein, dass Ihr Euch geopfert habt, nur um uns mit in den Tod zu ziehen …«

Sassetti bewahrte seine feierlich starre Haltung, sein Gesicht war abweisender denn je.

Plötzlich ertönte die Glocke des Campanile. Es war wie ein Totengeläut aus den Tiefen der Erde.
Lorenzo Ghiberti löste sich aus seiner Bankreihe und schritt auf Sassetti zu, sogleich gefolgt von Pater Cusanus, Fra Angelico, Alberti, Brunelleschi und den anderen.
»Warum?«, fragte der Goldschmied der *Paradiestür.* »Warum mich? Warum meine Zunftgenossen?«
Die steinernen Züge des Ratgebers belebten sich nicht nennenswert:
»Weil Ihr das Böse verkörpert! Ihr!« – eine herrische Handbewegung folgte – »Ihr, und diese da!«
Ghiberti ließ ein schrilles Lachen hören. »Kann es sein, dass das Mutterkorn Euch bereits das Hirn anfrisst?«
Sassettis Haltung hatte sich verändert. Die erhobene Stirn signalisierte Herausforderung und Trotz.
»Jawohl, das Böse!«
Er beachtete Ghiberti nicht weiter, betrat rasch die oberste Stufe vor dem Hauptaltar und wandte sich dann mit zum Himmel emporgereckten Fäusten direkt an die Schar der Gläubigen:
»Meine Brüder! Südlich und nördlich der Schelde hat die Barbarei die Herrschaft angetreten! Eine fluchwürdige Zeit dämmert herauf, die Zeit des Chaos, die den Zusammenbruch unserer Zivilisation einleitet. Aus Bologna, aus Neapel, aus Mantua, aus Köln, aus Paris hören wir das Echo gotteslästerlicher Stimmen, die den Glauben leugnen, die von ihm abfallen. Hier in Florenz ist dieser Widerhall so laut geworden, dass er uns zu betäuben droht. Man gibt uns inzwischen zu verstehen, unsere Kinder würden mit unfruchtbaren Glaubensfomeln geistig abgestumpft, man sollte aufhören, sie unsere Heiligenlegenden auswendig lernen und aufsagen zu lassen. Das ist Ketzerei!«
Er verstummte, als suchte er das Fieber zu besänftigen, das ihn so vehement ergriffen hatte.
Im Kirchenschiff war keine Regung wahrnehmbar, kein Atemzug mehr zu hören. Hoch über den Köpfen schien die Kuppel zu vibrieren.

Sassettis Stimme wurde schärfer:
»Mit eigenen Ohren habe ich einen Lehrer erklären hören, die einzigen Quellen des Wissens sprudelten im alten Griechenland, in Rom, man müsse die weltlichen, heidnischen Bildwerke des Altertums aus der Erde befreien und das Studium der Schriften eines Plinius, eines Plato, eines Apuleius oder eines Seneca wieder zur Pflicht machen! Wisst ihr, dass dieser Mann …«
Sein Finger zeigte auf Cosimo:
»… dass dieser Mann und die, die um ihn sind, sich mit den Namen antiker Helden schmücken? Dass sie den *Canzoniere* von Petrarca genauso andächtig deklamieren, als würde es sich um Verse des Evangeliums handeln? Petrarca, die absolute Symbolfigur dieser sittenlosen Gesellschaft!«
Sassettis Faust krampfte sich fester zusammen. An seinen Schläfen pochte die Ader. In jeder Faser seines Körpers vibrierten Hass und Wahn.
»Wie kann man zulassen, dass solche Ideen sich wuchernd ausbreiten? Wie kann man hinnehmen, dass Jahrhunderte der Opfer im Dunkel versinken sollen, dass unser Glaube bedroht, die heilige Kirche besudelt, die Gräber unserer Märtyrer im Namen von Eros und von Danae entweiht werden? Man predigt uns blanken Unsinn, man verhöhnt die bewährte Ordnung. Hört nur, was sie sagen. Angeblich kann man auf der Welt nichts Bewunderungswürdigeres erblicken als den Menschen. Dabei wissen wir doch genau, was er taugt, der Mensch! In diesen Barbarenzirkeln lehren sie, die gesunde Entwicklung unserer Kinder sei nur dann möglich, wenn man alle moralischen und religiösen Zwänge abschüttle. Es kommt noch schlimmer! Sie predigen, dass man es sich schuldig ist, die heiligen Texte kritisch zu prüfen, angeblich, um ihnen ihre ursprüngliche Reinheit zurückzugeben. Gotteslästerung!«
Er deutete auf die beieinander stehenden Künstler.
»Begreift ihr nun, womit diese Individuen das Böse verkörpern? Mit ihren Bildwerken, ihrer weltlichen Malkunst sind sie die Zerstörer der Ordnung und aller gesicherten Überzeu-

gung. Und was bieten sie uns dafür? Die allgemeine Ungewissheit!«

Er fixierte Pater Cusanus.

»Wenn man sich vor Augen führt, dass Ihr, Pater, ein Gottesmann, Euch mit der Absicht tragt, das System des Ptolemäus anzuzweifeln, das doch von unserer heiligen Kirche anerkannt und mit ihrem Segen versehen ist? Nicht die Erde soll der Mittelpunkt des Weltalls sein, sondern die Sonne? Des Weltalls, das vom Allmächtigen nach unabänderlichen Prinzipien geschaffen wurde.«

Er hielt inne. Lange genug, um der Stimme Jans Gehör zu verschaffen, die sich zitternd in der Stille erhob.

»Aber ich? Was habe ich Euch getan?«

Ein zynisches Lächeln umspielte die Lippen des Florentiners.

»Unter ihnen allen bist du vielleicht der Gefährlichste, der Bedrohlichste.«

Er bohrte seinen Blick in den des Jungen.

»Der Bernstein! Der Bernstein und sein Mysterium, zu dem du niemals hättest Zugang haben dürfen. Die Entdeckung des großen Geheimnisses.«

»Ich verstehe gar nichts ...« stotterte Jan, wie vor den Kopf geschlagen. »Ich schwöre Euch, ich verstehe gar nichts! Wovon redet Ihr?«

Sassetti sah ihn an, plötzlich aus der Fassung gebracht. Es war deutlich zu sehen, dass die Antwort des Jungen ihn völlig überrascht hatte. Erstmals vermittelte er den Eindruck, dass er die Situation nicht mehr im Griff hatte. Er zuckte erneut verächtlich die Schultern und nahm in noch gehässigerem Ton seine Rede wieder auf:

»Wenn man sich vor Augen führt, dass mittels der künstlichen Schrift, durch das Buch, durch Bücher, die in wenigen Stunden, in Tausenden von identischen Exemplaren und damit jeder Kontrolle sich entziehend, hergestellt werden sollen, wenn man sich vor Augen führt, dass jener Ungläubige namens Laurens Coster darauf aus war, auf diese Weise das Wissen unter dem Volk zu verbreiten, womit er erlauben wollte, dass es jedem Dahergelau-

fenen zugänglich wird! Wahnwitz! War ihm denn unbekannt, dass das Wissen eine Waffe ist? Dass vom Umgang mit dem Wissen die Kunst abhängt, die Völker zu regieren? Was aber ist ein Volk, wenn nicht der Umweg, den die Natur einschlägt, um zur Größe eines einzelnen großen Mannes zu gelangen?! Der gemeine Sterbliche kann weder, noch darf er zum Wissen Zugang haben, es sei denn, er wird vom Eingeweihten für höherwertig befunden und unterrichtet. Einige wenige Einzelne, sonst niemand, haben das Recht, Träger und Wahrer des Wissens zu sein, und ihre geheiligte Sendung ist es, die Erkenntnis zu bewachen, auf dass sie niemals in unfromme Hände falle. Gott hat uns dieses Vorrecht verliehen. Gott möge uns behüten!«
Ein wenig abseits im Halbdunkel schien die Statue der heiligen Reparata in ihrem Alabastergewand zu frösteln. Ein Leichentuch hatte sich über die Versammlung gelegt. Diese Rede war nicht wirklich. Es hatte sie nie gegeben. Keiner würde sie je halten. Nicht heute, nicht morgen, und auch in zukünftigen Jahrhunderten nicht …
Die Atmosphäre war unerträglich dumpf geworden. Die Atemluft in den Bankreihen wurde knapp.
Ghiberti tat einen Schritt nach vorn und musterte den Florentiner geringschätzig.
»Ihr tut mir Leid, Sassetti«, erklärte er mit neutraler Stimme. »Ihr tut mir Leid, nicht nur wegen Eures kranken Geistes, sondern vor allem, weil Euch alles abgeht, der Sinn des Lebens, der Wagemut und die großherzige Gesinnung. Ohne diese drei Eigenschaften ist alles Geschaffene, ist jegliche noch so erhabene Idee nichts als ein totes Gestirn. Wie Ihr, Sassetti. Ein totes Gestirn …«
Erneut kehrte lastende Stille unter dem Domgewölbe ein, bis Cosimo sich entschloss, sie zu durchbrechen.
»Lasst ihn ziehen«, befahl er den Wachen. »Kein Gefängnis, keine Bestrafung könnte seinen Taten angemessen sein. Für immer entschwinden soll er, aber so wie die Unschuldigen von Fiesole und jene vom anderen Ufer des Flusses. Und sollte einer von Euch ihm begegnen, wie er entfleischt und stöhnend in einer

Straße von Florenz auftaucht, so soll er ihm lediglich seine eigenen Worte entgegenhalten: ›Wir wissen doch genau, was er taugt, der Mensch …‹«
Langsamen Schrittes ging Sassetti den Mittelgang entlang, öffnete die Portaltüre und verschwand, von der Sonne verschlungen.
Es gab keinerlei erleichterte Seufzer, und die Spannung fiel mitnichten in sich zusammen. In den Köpfen dröhnten die Worte, die der Mann ausgesprochen hatte. Sie hallten im Dom wider, aufgenommen und weitergegeben von den Mosaiken und Steinen, von den Gewandfalten der Statuen und von den schimmernden Glasfenstern. Durch die gähnende Öffnung in Brunelleschis Kuppel stiegen sie auf in den tiefblauen Äther, stoben zu den Grenzen der Erde. Irgendjemand würde sie auffangen, eines Tages …
»Komm«, sagte Idelsbad und nahm Jan bei der Hand. »Gehen wir weg von hier.«
Der Hüne und das Kind entfernten sich, sie kümmerten sich nicht um das Stimmengewirr, das schlagartig im Kirchenschiff eingesetzt hatte. Draußen empfing sie wunderbares Licht. Sie hätten schwören mögen, der Himmel bade in ganz neuer, reiner Luft, die so durchsichtig war wie die Gemälde Van Eycks.
Nach einer Weile fragte Idelsbad:
»Sag mal, Jan, was hat er gemeint, als er vom Bernstein und vom großen Geheimnis gesprochen hat?«
Der Junge war in Gedanken versunken und brauchte eine gewisse Zeit, bis er antwortete:
»Es kommt mir vor, als ahnte ich ganz allmählich die Wahrheit.«
»Worum mag es gehen?«
Der Junge blieb stumm. Eine Flut von Erinnerungen stieg die Ufer seines Gedächtnisses empor. Ganze Szenen rollten vor seinem Auge ab. Er sah Van Eyck in seinem Gärtchen an dem Tag, an dem Katelina gegen den beißenden Geruch des gekochten Öls gewettert hatte.
Der Meister hatte den Inhalt eines Näpfchens in den Schmelztiegel geschüttet: Harzöl.

»Du wirst schon sehen. Das ist viel besser so. Der flüchtige Anteil wird rasch verdunsten und auf dem Bild wird nur der dünne Film gekochten Öls zurückbleiben. Außerdem ist mir aufgefallen, dass die Kombination der beiden Bindemittel auf der Maltafel stabil bleibt, während das gekochte Leinöl allein zum Verfließen neigt.«

Er dachte zurück an die mit ausgefallenen Gegenständen voll gestopfte Werkstatt ... Da war der Ofen aus Töpferton gewesen, die Retorten, der Athanor, die aschgrau-weißlichen Flüssigkeiten, die einen so intensiven Moschusgeruch ausströmten. Er dachte daran, wie beim ersten Mal Van Eyck auf sein Erstaunen reagiert hatte: *»Kleiner, man muss zu schweigen wissen, vor allem wenn man weiß.«*

Merkwürdig, die Haltung des Meisters, der so eifersüchtig seine Bilder vor fremden Blicken schützte, und das, lange nachdem die Farben getrocknet waren.

Im gleichen Moment fiel ihm die Szene in der Taverne wieder ein und wie die Künstler hartnäckig nur eine einzige Maltechnik, die *Tempera*, zur Sprache brachten und wie Donatello kundgetan hatte: *»Ich war hingerissen von der Transparenz der Lasuren und vom Reichtum der Farbabstufungen. Van Eyck ging mit den Farben ganz ungewöhnlich meisterhaft um.«*

Sie hatten nicht auf den Weg geachtet, aber auf einmal standen sie wieder vor der *bottega* vom Vortag.

Der junge Maler war immer noch da und immer noch eifrig mit seinem Bild beschäftigt.

Jan beobachtete ihn lange, dann sagte er sehr leise: »Jetzt habe ich es verstanden.«

Der Hüne bewahrte gespanntes Schweigen.

»Ich habe es verstanden«, wiederholte Jan.

Er atmete einmal tief ein und verkündete: »Das Geheimnis der Ölmalerei ...«

Der Portugiese riss die Augen weit auf.

»Würdest du das bitte erklären?«

Der Junge artikulierte, so nachdrücklich er konnte: »Mein Vater hatte das Geheimnis der Ölmalerei entdeckt!«

Mit Inbrunst sprach er weiter: »In einer Schrift mit dem Titel *Schœdula Diversarum Artium* beschreibt ein Mönch namens Theophilus die Verwendung von Öl. Aber er verdammt sie sogleich, wobei er schließt: ›Jedesmal wenn ihr eine Farbe auftragen müsst, könnt ihr mit keiner anderen darüber malen, bevor die untere trocken ist, was bei Bildnissen sehr langwierig und verdrießlich ist.‹ Und dennoch habe ich meinen Vater nie anders als unter Verwendung von Öl malen sehen. Folglich hatte er den Weg gefunden, die von dem Mönch beschriebenen Hindernisse zu überwinden. Ich selbst bin aufgewachsen, ohne eine andere Methode zu kennen, mir erschien sie deswegen immer selbstverständlich. Mir wäre gar nicht in den Sinn gekommen, dass sie anderen Malern vielleicht unbekannt war, egal, ob in Flandern oder sonst irgendwo. Ganz offenkundig habe ich mich geirrt. Ich habe ja gesehen, dass die Künstler hier mit der Sache nicht vertraut waren. Der Beweis ist, dass sie weiter in der Temperatechnik malen. Die Malart fußt auf sehr komplizierten Rezepten. Die auf Öl- und Harzbasis hergestellten Firnisse, die sie verwenden, dienen lediglich dazu, ihre Farben zu lasieren, das heißt sie mit anderen Tönungen zu übermalen, damit der Eindruck von Ölmalerei entsteht. Das ist aber auch schon alles.«

»Das Geheimnis der Ölmalerei … Für Sassetti warst du somit der Träger einer neuen Erkenntnis, die genauso bestimmenden Einfluss nehmen würde wie die so genannte künstliche Schrift. Du verkörperst eine Kunst, welche die Vergangenheit radikal in Frage stellen konnte, welche jahrhundertealte, bewährte Gewissheiten erschüttern würde. Die große Befreiung …«

Der malende Knabe hinter dem Fenster war ihrer gewahr geworden und lächelte Jan zu.

Der trat näher und klopfte an die Scheibe. Als der Knabe öffnete, sagte Jan zu dem Hünen:

»Könnt Ihr ihn nach seinem Namen fragen?«

»Antonello«, erwiderte der jugendliche Maler, »Antonello da Messina.«

Jan nickte mit einem herzlichen Lächeln. Aber nahezu im selben

Moment fasste er sich wie von Schwindel ergriffen an die Stirn. Auf dem fertigen Bild hatte er soeben rechts unten die Signatur erblickt: A. M.
Augenblicklich und halb wie im Traum sah er seine geliebte venezianische Miniatur vor sich.
Er stammelte:
»Fragt ihn, ich bitte Euch, fragt ihn, ob er jemals ein Bild gemalt hat, worauf Venedig zu sehen ist.«
Idelsbad übersetzte.
»Ja«, antwortete der Knabe ziemlich überrascht.
»Das kann doch nicht wahr sein!«, rief Jan vor Freude fast außer sich. »Ist er sich ganz sicher? Schiffe, die aussehen wie schwarze Seepferdchen, drapiert mit Damast, Samt und Goldstoff? So übersetzt doch, seid so gut!« Erneut gehorchte der Portugiese, und wieder lautete die Antwort ja.
»Und vornehme, mit Loggien geschmückte Häuser?« Diesmal ließ es der junge Maler nicht bei einer Bestätigung bewenden, er sagte: »Und Frauen hinter Balkongeländern, die anmutig einem Festzug auf dem Wasser zuwinken.«
Aufgewühlt suchte Jan den Blick Antonellos und hielt ihn lange fest. Der andere Junge tat desgleichen. Ihre Herzen knüpften Bande, als würden zwei Schiffe am Kai miteinander vertäut.
Sie sprachen miteinander. Ja, sie sprachen miteinander. In einer nur ihnen beiden bekannten Sprache. Was sie einander zu sagen hatten, war eine Welt von Farben und von Wissen.
Jan blickte zu dem Hünen auf und flüsterte: »Könnt Ihr nachher wieder kommen?«
»Nachher? Wann denn?«
»Weiß nicht. Nach einer Weile.«
»Darf man den Grund erfahren?«
Jans Augen leuchteten.
In rätselhaftem Ton flüsterte er:
»Das ist mein Geheimnis …«

Epilog

Im Jahre 1441 war Antonello da Messina etwa so alt wie Jan. Wohl weiß man seit langem um den bedeutenden Platz, den er in der Welt der Malerei einnahm, sein Leben aber und seine Laufbahn bleiben weithin ein Geheimnis. Eine gewisse Anzahl von Fragen zu seiner Ausbildung und zu seinem Werkverzeichnis sind bis heute nicht befriedigend beantwortet worden.
Seine Biographie gibt eine ganze Reihe von Rätseln auf. Wie hat er die Malkunst erlernt? Ist er in Flandern gewesen, was gewisse Bilder nahe legen? Hat er sich in Mailand, in Rom, in Florenz aufgehalten? Die Geschichte seines Stils ist kaum aufhellbar.
Dabei steht fest, dass gerade er einen radikalen Wandel brachte. Die Maltechnik seiner Zeit veränderte er grundlegend, indem er die Zugabe von Blei beim Kochen der Öle einführte.
Wenn er heute jedoch in der Kunstgeschichte einen herausgehobenen Rang innehat, dann verdankt er ihn seinem seltenen Talent und nicht diesen gewiss entscheidenden Entdeckungen, die in keinem schriftlichen Dokument explizit erwähnt werden.

Wie mag er Van Eycks Technik kennen gelernt haben? Niemand ist heute in der Lage, dies mit Sicherheit zu sagen.

Ulrike Schweikert

Die Hexe und die Heilige

Roman

Deutschland am Vorabend des 30-jährigen Krieges: In einer wohlhabenden Familie in einer deutschen Kleinstadt kommen Zwillingsschwestern zur Welt. Während die tugendhafte Helena ins Kloster geht, wird ihre eigenwillige Zwillingsschwester Sibylla Hebamme. Als die Tochter des obersten Richters der Stadt ein uneheliches Kind bekommt, soll Sibylla das Mädchen von dieser ›Last‹ befreien. Damit weiss sie um ein dunkles Geheimnis der Mächtigen und wird zur Gefahr. Die Häscher der Inquisition rüsten zur Hexenjagd …

»Ein Buch, von dem man nicht mehr lassen kann!«
Rheinzeitung

Knaur

Roland Mueller

Der Fluch des Goldes

Roman

Don Ricardo de Molinar ist ein kleiner Landadliger, der in Liebe zu der schönen Doña Inés entbrennt, der Frau des mächtigen und reichen Don Ramón de Navarra. Er wagt es tatsächlich, sich der Dame seines Herzens zu nähern, die seine Avancen erwidert. Als die beiden in flagranti ertappt werden, bleibt Don Ricardo nur eine Chance, um dem sicheren Tod zu entgehen: Er muss im Auftrag der Krone nach Südamerika reisen und dort für den König von Spanien und vor allem für Gott Gebiete erobern.
Doch die angebliche heilige Mission entpuppt sich mehr und mehr als Alptraum…

Knaur